KAREN ESSEX

Drácula apaixonado

Tradução de
Márcia Alves

EDITORA RECORD
RIO DE JANEIRO • SÃO PAULO
2013

CIP-BRASIL. CATALOGAÇÃO NA FONTE
SINDICATO NACIONAL DOS EDITORES DE LIVROS, RJ

E82d
Essex, Karen
Drácula apaixonado / Karen Essex; tradução de Márcia Alves. – Rio de Janeiro: Record, 2013.

Tradução de: Dracula in Love
ISBN 978-85-01-09204-5

1. Romance americano. I. Alves, Márcia. II. Título.

13-0540
CDD: 813
CDU: 821.111(73)-3

Título original:
Dracula in Love

Copyright © 2010 by Karen Essex

Publicado mediante acordo com Doubleday, um selo de The Knopf Doubleday Publishing Group, uma divisão da Random House, Inc.

Texto revisado segundo o novo Acordo Ortográfico da Língua Portuguesa.

Todos os direitos reservados. Proibida a reprodução, no todo ou em parte, através de quaisquer meios. Os direitos morais da autora foram assegurados.

Editoração eletrônica: Abreu's System

Direitos exclusivos de publicação em língua portuguesa somente para o Brasil adquiridos pela
EDITORA RECORD LTDA.
Rua Argentina, 171 – Rio de Janeiro, RJ – 20921-380 – Tel.: 2585-2000, que se reserva a propriedade literária desta tradução.

Impresso no Brasil

ISBN 978-85-01-09204-5

Seja um leitor preferencial Record.
Cadastre-se e receba informações sobre nossos lançamentos e nossas promoções.

Atendimento e venda direta ao leitor:
mdireto@record.com.br ou (21) 2585-2002.

Para Olivia Fox, corajosa e atrevida.

Procure a magia

Você deve se tornar quem realmente é.
FRIEDRICH NIETZSCHE

Prólogo

Todos nós temos uma vida secreta. Talvez a sua não passe de fios flutuantes de uma teia de pensamentos e fantasias urdidas nos sulcos mais recônditos de sua mente. Ou atos furtivos realizados na surdina, ou traições — grandes e pequenas — que, se viessem à tona, poderiam mudar as opiniões a seu respeito.

Diferentemente da maioria das pessoas, cujas histórias são mantidas reservadas, a minha foi escrita por outro, vendida em troca de dinheiro e oferecida ao público para entretenimento. O autor do romance argumenta estar acima de qualquer crítica porque todos os registros escolhidos são "estritamente contemporâneos". Mas esses "registros" são falsos, baseados em mentiras de uma corja de assassinos desesperados por ocultar seus atos tenebrosos.

A verdadeira história permanece um segredo — meu segredo —, e por um bom motivo. Leitor, você está prestes a entrar em um mundo que existe simultaneamente ao seu. Mas atenção: nesse reino não há regras e, com certeza, não há uma fórmula infalível para se tornar — ou para destruir — aquele que se eleva acima da natureza humana. Isso não passa de ilusão. Apesar do que você leu na literatura popular, no mundo sobrenatural, ciência e religião são ineficazes, e alho, crucifixos e água benta — pouco importando quantas vezes tenha sido benzida e por quem — são igualmente inúteis e benignos. A verdade é mais profunda, mais tenebrosa e mais insólita do que você imagina. Conforme escreveu Lord Byron:

"A verdade é sempre estranha; mais estranha do que a ficção: se pudesse ser narrada, os romances teriam muito a lucrar com a troca!" Nas páginas seguintes, veremos o que se tem a ganhar quando a verdade vem à tona.

Mesmo correndo risco, tanto por parte de mortais como por parte de imortais, vou revelar agora a você o que aconteceu naquele extraordinário e frutífero ano de 1890, quando me desprendi do casulo da vida comum, atravessei a membrana da prosaica existência terrena e entrei num mundo de sobrenatural magnificência: o mundo que aprendemos, desde criança, a temer — o universo dos duendes, fantasmas, espíritos e da magia —, embora seja no mundo tangível onde se alastrem os mais inimagináveis horrores.

Verdade seja dita: devemos temer menos os monstros e tomar mais cuidado com os da nossa espécie.

Mina Murray Harker, Londres, 1897

P.S.: O leitor sagaz vai observar que empreguei aqui os mesmos nomes fictícios usados na outra história, exceto o de Morris Quince, que não guarda nenhuma semelhança com o estereótipo do caubói norte-americano Quincey P. Morris, e o do Dr. Von Helsinger, que não é um produto de Amsterdã, mas da Alemanha, o país líder mundial em psiquiatria durante o nosso século.

Parte Um

LONDRES

Capítulo Um

29 de junho de 1890

No princípio, foi a voz.

Foi assim que começou naquela primeira noite, com uma voz masculina me chamando enquanto eu dormia; uma voz desencarnada que se esgueirou para dentro do meu sonho, de timbre e tom graves, de frêmitos sensuais e de gemidos prolongados e abafados — uma voz carregada de esperança, de promessas e de amor. E me era tão familiar quanto a minha, embora eu não soubesse se vinha de dentro da minha cabeça ou de fora de mim, ou de algum lugar que não fosse deste mundo. Ligeira como o vento que sopra no vale e macia como o veludo, ela clamava por mim, e eu não tinha — nem queria ter — nenhum poder contra ela. A voz era senhora de mim.

Estava à sua procura, eu disse.

Não, estávamos procurando um pelo outro.

Depois vieram as mãos, não, não exatamente mãos, mas o toque — a *essência* do toque, afagando meu rosto, pescoço, braços, arrepiando minha pele e despertando algo que há muito jazia latente dentro de mim. Lábios suaves, beijos ternos. Vieram e se foram brandamente. *Venha, Mina*, sussurraram os lábios, e senti o hálito quente que envolvia as palavras. *Você chamou por mim, não foi?*

Ansiosa por conhecer o dono daqueles lábios, o doador daquele toque, penetrei na escuridão sem saber onde estava nem para onde era levada, muito menos por quem. Sabia, porém, que quando finalmente nos uníssemos, seria como voltar para casa. Senti como se meu corpo estivesse envolto em peliças acolhedoras e suspenso no ar. Flutuando através das sombras para o desconhecido, eu não voava, não exatamente, era carregada com segurança nas alturas enquanto ondulava suspensa no nada. Alguma coisa, um pelo, talvez, roçou debaixo do meu queixo, e ao redor do meu pescoço e das minhas costas.

Depois do que pareceu uma viagem infinita, meus pés descalços tocaram um solo musguento. Excitada e intensamente viva, meu corpo não me era familiar, a não ser pelo coração, que batia num ritmo novo e feroz. O resto de mim era uma massa trepidante de energia enquanto eu corria para aquelas mãos e aqueles lábios com suas promessas de carícias, beijos e amor. Não via nada, mas sentia mãos que surgiam das trevas e afagavam meu cabelo e me acariciavam com imensa doçura.

Porém, conforme eu me entregava às carícias e às sensações, a suntuosa peliça que me encobria se desprendeu, e as mãos se tornaram ásperas. De repente, não mais estava coberta com peles, mas por algo molhado. Comecei a tremer violentamente. O calor agradável foi substituído por um ar congelante que batia em meu rosto. A umidade atravessava meu corpo e congelava meus ossos. Alguém — ou *alguma coisa*; seria um animal? — suspendeu minha saia acima dos joelhos. Sim, era uma mão, mas não aquela que antes me havia tocado — era fria, tão fria que certamente pertencia ao cadáver que subia pela minha perna, afastava minhas coxas e encontrava o único ponto ainda quente do meu corpo. Ofeguei e arrisquei gritar, mas engasguei com a própria voz quando aqueles dedos gelados alcançaram o lugar inviolável.

— A questão é fazer com que você esteja pronta.

Essa voz era grosseira e de escárnio e não lembrava em nada a voz afetuosa que me encontrou durante o sono.

Sabia que precisava resistir, mas não conseguia sentir meu corpo. Quis ter pernas para chutar, braços para me erguer, punhos para fechar, músculos para reunir forças e atacar aquela coisa que me dominava; mas todo o poder de meu corpo parecia ter desaparecido. Indaguei a mim mesma se estava morta, e se aquilo em cima de mim era o demônio.

Apesar disso, não podia me entregar. Na certa, a mente que ainda era capaz de pensar estava presa a um corpo. Abri a boca para gritar, mas som nenhum se desprendeu, nem mesmo uma vibração. Respirei, e um cheiro podre e azedo se agigantou em minhas narinas, me fazendo engasgar e, ao mesmo tempo, me certificando de que estava viva. Uma gota quente e úmida caiu sobre meu olho, como se alguém tivesse cuspido em mim.

Abri os olhos. Não estava sonhando. Não, a criatura em cima de mim, fedendo a cerveja rançosa e respingando saliva em meu rosto, era bem real. Mas onde eu estava? Quem era esse homem que escancarava minhas pernas com os joelhos, esse espírito maligno com o rosto áspero, a barba espinhenta e os olhos esbugalhados e tão vermelhos que julguei que fossem sangrar? Tirou de dentro de mim os dedos gelados — um ato tão chocante quanto a entrada —, e começou a remexer nos botões da calça. Girei de um lado para o outro sobre a relva molhada tentando me desvencilhar, mas com a mão livre ele arrebanhou minha camisola até a altura do pescoço e me sufocou.

— Quieta ou vai se arrepender de ter nascido — disse ele.

Percebi o que estava acontecendo; lembro-me de tentar adivinhar o que meu noivo diria quando eu lhe contasse — se é que o faria, se é que sobreviveria para tanto — que fora estuprada enquanto perambulava inconsciente pela madrugada. Imaginei Jonathan recebendo a notícia, o rosto em estado de choque, lívido, e ele se esquivando de mim com nojo. Como é que um homem, qualquer homem, até mesmo um tão bondoso quanto Jonathan, poderia olhar para uma mulher com os mesmos olhos depois desse tipo de degradação? Naquele momento, me dei conta de que tinha de me livrar daquela situação. Minha vida, ou mais do que minha vida — como eu a imaginava naqueles dias inocentes — estava em risco.

Tentei gritar, mas os dedos dele apertavam minha garganta. Ele desabotoou o último botão da braguilha, e sua virilidade aflorou. Vermelha, rija e feia. Tirou a mão do meu pescoço, e com ela cobriu minha boca, mas eu a mordi com força, com uma força de que não me julgava capaz, como se uma nova carreira de dentes houvesse despontado em minha boca. Praguejando, ele retirou a mão.

— Agora você vai ver o que é bom! — disse, afastando minhas coxas.

Mirou entre minhas pernas e depois fitou meu rosto com olhos vermelhos ardentes. Um jeito gaiato substituiu sua ira e propósito.

— O que é isso? A marca do demônio? — Estava falando do sinal cor de vinho na parte interna da coxa, que ascendia em duas pontas como asas de anjos. Aproveitei para fechar as pernas, mas ele era mais forte. — Ah... você vai ser difícil.

Comecei a chutar, a dar socos com toda a força até que tudo em volta de mim se transformou num borrão. Não via nada a não ser o brilho repentino de satisfação naquele rosto horrível contra um céu negro. Tentei achar minha voz, pois me lembrara de ter lido que a melhor defesa de uma mulher ao ser atacada era seu grito agudo. Afinal e a muito custo, senti um tremor crescer dentro do peito, serpentear pela garganta, encontrar saída pela minha boca e se espalhar pelo frio ar da noite.

— Tire essas mãos nojentas de mim — urrei, e depois gritei de novo.

— Cale a boca, sua prostituta — rosnou o demônio e levantou a mão para me esbofetear.

Retraí-me apavorada, sentindo a coragem se esvaindo e levando com ela o ar, ao me enroscar sobre mim mesma. Mas a pancada não veio. Em vez disso, ouvi uma batida pesada, um baque surdo que vinha das costas do meu agressor, e alguma coisa o agarrou por trás e o afastou de mim. Vi a surpresa e o terror em seu semblante enquanto ele era, de um golpe só, arrancado de cima de mim e atirado ao solo como uma pilha de lixo.

Sentei-me. Não podia ver as feições do meu salvador, mas ele usava o chapéu de copa alta dos aristocratas e uma capa preta suntuosa, forrada de cetim brilhoso cinza claro. À mão, uma bengala, que ele usou para desferir golpes e mais golpes em meu agressor. Tudo aconteceu muito rápido, como se o tempo se pusesse a correr. Meu salvador era um turbilhão vertiginoso, um embravecido, afligindo o algoz até que este estivesse imóvel no chão.

O cavalheiro nem se incomodou com aquele ser que acabara de agredir, mas de repente, enquanto eu me sentava, me encarou em estado de choque. Será que pisquei e perdi o instante em que ele se virou para mim? Um pensamento tomava minha mente: fui atacada por um malfeitor e salva por um fantasma. O ângulo da aba de seu chapéu encobria seu rosto, e suas feições estavam à sombra, pois a luz da lua incidia sobre suas costas. Estranhamente, como se fôssemos velhos amigos, abriu os braços cordialmente. Ele me era familiar, mas eu não conseguia reconhecê-lo.

Naquele momento, a única coisa que me veio à mente foi que ele teria, em mim, o mesmo interesse do primeiro, e enrolei-me na camisola e comecei a arrastar-me para longe. A bengala que trazia na mão direita tinha no cabo, em alto-relevo, uma cabeça de dragão dourada, cuja boca escancarada revelava longos dentes pontiagudos. Esgueirando-me para trás sobre minhas mãos e pés, fiquei esperando que avançasse sobre mim, mas ele se mantinha imóvel, os braços esticados num gesto de rendição. Era alto, e se o porte realmente revela a verdadeira idade, teria de dizer que possuía o físico esbelto dos jovens, mas a atitude de um homem maduro. Refleti por um segundo que deveria me acalmar e lhe agradecer. No entanto, os artigos nos jornais sobre moças sendo raptadas à noite por homens elegantemente vestidos permaneciam vivos em minha memória. Os perigos em potencial por estar ainda vulnerável a ele sobrepujavam em muito minha curiosidade. E quando tive a sensação de que minhas pernas suportariam meu peso, levantei-me e corri em disparada.

Logo me dei conta de que estava às margens do Tâmisa, e que em questão de minutos presenciaria o raiar da aurora, aquele instante em que o mundo toma a cor misteriosa das pérolas cinzentas; aquele momento em que o céu é uma miscelânea luminescente de luz da lua e alvor do sol. Uma aragem fria cobriu minha face, e um trovão rompeu o silêncio. Senti uma ou outra gota de chuva e não pude resistir ao impulso de virar-me para ver se meu salvador havia vindo atrás de mim. Ele tinha uma aparência tão benevolente, com os braços esticados na minha direção, como a imagem de Cristo recebendo seu rebanho. Parte de mim desejava que ele me tivesse seguido, de modo que eu pudesse descobrir quem era e o que estava fazendo às margens ermas do rio àquela hora. Mas a força brutal e a desenfreada investida que empregou sobre meu algoz fizeram com que reconsiderasse minhas veleidades.

Não precisava ter-me preocupado; ele já não se encontrava no lugar em que o havia deixado. À distância, distingui um coche preto luzidio, as lanternas apagadas e dois portentosos corcéis negros para puxá-lo. O trovão ribombou mais uma vez e um raio atravessou o céu como uma flecha. Os cavalos relincharam, um empinou sobre as patas traseiras, enquanto o outro dava a impressão de soltar rinchos para o firmamento. Tentei ver se meu salvador estava na carruagem, mas as cortinas fechadas asseguravam privacidade. Sem que pudesse notar a presença de ninguém pelas redondezas, uma estrondosa trovoada fez com que os cavalos de repente avançassem, e o imenso coche, cintilando sob os primeiros raios de luz, foi-se em disparada.

Não sabia ao certo onde estava, mas imaginei que, se descesse o rio, logo chegaria ao terreno da escola em que trabalhava como assistente da diretora e à segurança de meu quarto. Precisei me lembrar de como respirar enquanto fugia da cena de minha desgraça em potencial. Embora estivéssemos no verão, o ar estava gelado, e a chuva fina que caía me congelava. Sentia-me sufocar cada vez que inspirava em minha corrida pela margem do rio, até que avistei um ponto familiar e virei apressada na direção da rua Strand.

Ouvi o ruído de rodas da carruagem atrás de mim, mas, ao me virar para ver se ela vinha ao meu encalço, notei que a rua estava deserta, com exceção de algumas charretes que serviam como carros de aluguel, estacionadas em frente a hotéis. Os cocheiros se encolhiam debaixo de seus casacões de tecido oleado que os protegiam da garoa, à espera, talvez, de clientes apressados para pegar os trens que partiam bem cedo. Uma carroça de flores passou por mim a caminho do mercado, os lírios brancos chacoalhando em seus vasos, acenando como se me desejassem um bom-dia.

Calculei, pela mudança de luz no céu, que ainda não eram cinco da manhã, hora em que tudo começava a se agitar, tanto na cidade quanto na escola. Precisava entrar em meu quarto sem ser vista. Não haveria outra explicação a não ser um acesso de loucura — para chegar a essa hora, e de camisola — que satisfizesse a Srta. Hadley, a diretora.

Na verdade, não havia explicação que eu pudesse dar, nem a mim mesma, de como saí porta afora no meio da madrugada para, por pouco, não ser estuprada por um estranho às margens do rio logo antes da aurora, e de ter sido salva por um santo — ou um demônio — em trajes de gala. Como foi que esses homens chegaram até mim? Lembrei-me de um sonho que tivera no passado, e da voz aveludada, da maciez das mãos em contraste com a brutalidade do homem que tentou me deflorar. Talvez ele fosse o castigo que me fora impingido, por causa daquele sonho pecaminoso. Uma mulher que saltasse da cama, por mais involuntariamente que fosse, para ir atrás de uma voz sedutora, desencarnada, haveria de encontrar o que estava procurando. Como fui fazer isso, considerando que estou noiva de um homem maravilhoso como Jonathan? Eu ardia de vergonha.

Meus pensamentos foram mais uma vez interrompidos pelo inconfundível tropel das rodas de uma carruagem. Olhei por todos os lados, mas não identifiquei nada vindo em minha direção. O som definitivamente estivera lá, não há dúvida quanto a isso, mas era distante, como se viesse de dentro de uma cratera. Atribuí essa sensação à forma como o som reverbera de um lado para o outro nesta cidade: conversas e ruídos distantes eram carregados até a sala de estar de alguém por casuais rajadas de vento. Mesmo assim, eu não conseguia me livrar da impressão de estar sendo seguida.

Trêmula, caminhei pela passagem paralela à velha mansão que abrigava a Escola de Educação Feminina da Srta. Hadley, refazendo os passos que devo ter traçado quando saí. A porta dos fundos estava destrancada; devo ter deixado assim. Fechei-a com extremo cuidado e, pé ante pé, subi as escadas de acesso que havia atrás do prédio, preocupada em não acordar nenhuma das alunas internas no dormitório ou, o que seria bem pior, a diretora. Por sorte, os funcionários da limpeza e da cozinha não moravam no prédio, e o horário de entrada só seria às cinco e meia. Depois de 15 anos morando na escola, conhecia cada nesga em que a madeira dos degraus rangia e, como uma criança brincando de amarelinha, fui — um passo para cá, outro para lá — evitando os pontos que iriam denunciar minha presença e, assim, alcancei o terceiro andar praticamente sem fazer ruído algum.

No instante em que fechei a porta do meu quarto, tornei a ouvir os mesmos sons de cascos de cavalos e de rodas de carruagem lá fora. Conhecia tão bem a rotina do bairro quanto o compasso do meu coração. Estava cedo demais para as entregas regulares, e a presença de um veículo àquela hora era desconcertante. Fui até a janela, e, através do vidro leitoso, avistei, coberta por um denso nevoeiro, a traseira da mesma carruagem preta e luzidia desaparecendo de vista.

Com o coração descompassado, joguei minha camisola molhada na gaveta da pequena cômoda e vesti uma limpa. Enfiei-me debaixo das cobertas e tiritei de frio entre os lençóis gelados. Tivera episódios dessa mesma misteriosa e perturbadora natureza quando criança, mas fazia uns 15 anos, talvez mais, que nada acontecia. Estava com 22, e podia jurar que já havia superado totalmente aquela fase. Mas agora as lembranças, novamente pulsantes, me tomavam de assalto e brincavam em minha cabeça como em pequenas cenas teatrais.

Lembrei-me de quando ainda era criança, na Irlanda, e estava brincando no quintal da casa de meus pais quando bolas coloridas de luz apareceram e me levaram para a floresta. Lá, conversei com os animais — esquilos, pássaros, raposas, até aranhas e abelhas — e estava convencida de que eles falavam comigo, mas não na minha língua. Contei para minha mãe o que acontecera, mas ela foi categórica, dizendo que os animais não sabiam falar, e também que eu precisava aprender a controlar minha imaginação ou acabaria maluca, ou coisa bem pior. Mais tarde, naquele mesmo ano, meu tio-avô morreu, e minha mãe me levou ao enterro. Eu estava sentada quietinha no banco da igreja, ao lado dela, quando o espírito do defunto se aproximou de mim e fez cócegas em minha barriga. Tentei conter o riso, me contorcendo toda, e minha mãe ficou zangada e puxou minha orelha até que a dor suplantou o riso, e meu tio desapareceu.

— O que você está fazendo, sua mal-educada? — perguntou ela.

Quando lhe contei que o homem que havia morrido me fizera cócegas, ela sentiu um arrepio e daquele dia em diante passou a desconfiar de mim.

Foi por essa época que comecei a me levantar durante a noite e a andar como uma sonâmbula. Meus pais costumavam me encontrar em lugares variados: sentadinha no jardim, caminhando na direção do rio e, uma vez, dançando sob a luz da lua e cantando uma canção que eu aprendera na igreja. Meu pai, preocupado com minhas aventuras noturnas, segurava-me pelos ombros e pelos cabelos e me arrastava para dentro de casa e escada acima. Ele me punha de volta na cama e trancava a porta por fora. Eu o ouvia gritar com minha mãe a meu respeito, usando palavras que machucavam meus ouvidos. Então, eu cobria a cabeça com um travesseiro e cantava baixinho para mim mesma até que eles se acalmassem e eu conseguisse voltar a dormir.

Aprendi a ser bastante cuidadosa na presença dos meus pais, mas houve uma vez que, por um lapso, pedi a meu pai para se calar porque os anjos estavam conversando, e eu queria ouvi-los. Sob protestos de mamãe, ele me trancou no quarto e, para inteirar o castigo, me deixou sem jantar. Apesar das ocasionais — e vãs — tentativas de me defender, minha mãe começou a me evitar por seus próprios motivos. Muitas vezes eu escutava o que ela estava pensando, mas quando eu perguntava a respeito, ela ficava muito zangada. Minha mãe cometeu o erro de contar a meu pai que eu podia ler mentes, e ele exigiu saber que entidade demoníaca estava me dizendo o que se passava na mente dos outros. Quando não consegui responder à pergunta dele, ele me deu uma surra.

Depois que papai morreu afogado num acidente, minha mãe botou todos os meus pertences numa pequena valise preta e me levou de trem, de balsa e depois outra vez de trem para a Escola de Educação Feminina da Srta. Hadley, em Londres. Eu tinha 7 anos. E, de acordo com mamãe, devia estar agradecida por não se tratar de um colégio interno para meninas más, que era o que eu merecia, e também por não ser um asilo de loucos, que era para onde meu pai teria me levado — se tivesse sobrevivido, ela enfatizou —, ou um abrigo para meninas cujas famílias não mais tinham posses para alimentá-las, mas um lugar aonde as meninas eram mandadas para aprenderem a se comportar como damas. Eu tive sorte, disse ela, porque de repente recebemos algum dinheiro para isso, vindo do falecido avô da mamãe.

— Você é igual à sua avó — dissera ela —, o mesmo tipo de pessoa problemática. Quando ficou velha, perdeu a noção de moralidade. Ela não controlava nem a si mesma, nem às suas necessidades. Você quer que as pessoas falem isso de você?

Eu não fazia a menor ideia do que ela estava falando, mas virei o rosto com toda força de um lado para o outro para que minha mãe tivesse certeza de que eu não tinha a intenção de ser aquele tipo de pessoa.

— E ela teve um fim bastante terrível. De modo que você precisa aprender a se controlar e a cuidar de seu comportamento. Se você aprender a ser boa, então, talvez, possa voltar para casa.

E eu *fui* boa. Tornei-me uma aluna exemplar e a preferida da Srta. Hadley.

— Nunca vi uma menina tão bonita e com os olhos verdes mais sedutores — disse ela à minha mãe no dia em que cheguei. Eu sabia que a Srta. Hadley tinha gostado de mim na hora, e calculei que poderia usar isso a meu favor. Escutei cada palavra que ela disse com a maior atenção, tanto dentro da sala de aula como fora. Assimilei seus ensinamentos com um fervor que nenhuma outra menina jamais chegaria a igualar. No dia da formatura, ela disse: — Dei aulas para centenas de meninas, Wilhelmina, mas a nenhuma delas eu havia considerado como uma filha, até que conheci você.

Durante os anos em que passei estudando, minha mãe faleceu. Ao terminar meus estudos, a Srta. Hadley me deu o emprego de professora de leitura, etiqueta e normas de conduta para meninas entre 7 e 17 anos.

Apesar de uma aparência absolutamente normal, eu sabia que era diferente. Sabia que havia alguma coisa selvagem, terrível e ameaçadora dentro de mim, algo que eu precisaria continuar a suprimir a todo custo. A diretora não sabia como eu havia sido quando criança, antes de me mandarem embora de casa. Ela conhecia apenas a menina carinhosa e dócil que me obriguei a ser. Eu sabia a verdade. Sabia que era diferente das outras meninas, e também que essa diferença não era nada boa.

Tentei descansar antes de acordar para a lida diária, mas estava apavorada com a possibilidade de cair no sono e, mais uma vez, ouvir o chamado daquela voz. Saí da cama, fiz a higiene e me vesti com o uniforme de linho marrom com gola de renda que as professoras usavam. O mote da nossa escola era "Gentileza acima de tudo", e a diretora fazia questão de uma atmosfera familiar amável, na qual os atributos femininos e domésticos deviam ser cultivados. Por isso, todas as professoras eram tratadas por "tia", e as meninas me chamavam de Tia Mina.

Após o lúgubre incidente da noite anterior, a ironia que a maior parte do dia tivesse sido devotada ao estudo de etiqueta e decoro não me passou despercebida. Um dia inteiro era destinado a essas matérias, enquanto os demais dias da semana eram divididos entre as aulas de desenho, princípios de matemática, dança, francês, leitura e religião e moral. Visto que se considerava uma pessoa erudita, a diretora regalava as alunas com ocasionais preleções em que visitávamos os mestres nos ramos da história, da geografia e da ciência. A escola possuía uma reputação ilibada, embora fosse criticada pelas sufragistas e reformistas que, além do direito ao voto, também faziam campanha para que as meninas aprendessem as mesmas matérias acadêmicas — e com a mesma carga — que os meninos.

A escola de Srta. Hadley era meu lar e minha família, e eu não aceitava críticas muito bem. Sabia que fora o fato de ter sido educada em artes femininas que me dera condições de conquistar meu noivo, um advogado com uma carreira promissora. Não haveria nenhum interesse da parte dele em uma órfã nascida na Irlanda, sem família para protegê-la ou por ela se responsabilizar, caso eu não tivesse aprendido a assimilar as qualidades de uma dama. Além do mais, era de conhecimento geral que muita instrução se tornava apenas um obstáculo para as moças no mercado matrimonial. Eu era realista. Tinha certeza de que era o casamento com um homem como Jonathan Harker — e não o direito de votar numa eleição ou ser capaz de ler em grego — que traria segurança para minha vida e melhoraria minha posição social. E mais: por ter apenas tênues lembranças da vida familiar, eu apreciava as prendas domésticas que aprendera na escola e ansiava por ter uma casa e uma família só minha. Às vezes, quando estava dando aula, sentia-me como uma atriz, ansiosa para ser escalada como a dona de casa de um lar de verdade.

Nesta manhã, a sensação de ser uma impostora era mais forte, sobretudo ao olhar para as minhas jovens e inocentes alunas, que mais pareciam anjinhos, vestindo aventais brancos engomados com blusas de mangas fofas arregaçadas até os ombros. O que elas não haveriam de pensar se me tivessem visto há apenas algumas horas, me debatendo debaixo de um degenerado?

Começamos como fazíamos todas as manhãs, com as alunas usando tábuas presas nas costas por tiras atadas nos ombros para aprimorar a postura. Todas as meninas reclamavam dessa atividade, até que mandei que observassem meu porte ereto, e como isso realçava meu corpo e me dava um ar de refinamento feminino. Algumas meninas imediatamente se animavam a fazer o exercício, na intenção de desenvolver uma postura graciosa, enquanto outras ficavam se remexendo, reclamando e tentando se livrar das correias.

— Não adianta nada fazer resistência às tábuas, mocinhas, pois elas sempre vão vencer. Tia Mina ainda está por encontrar uma menina que consiga partir a tábua com a força dos ombros — eu disse, tirando risadinhas das alunas obedientes e escárnio das poucas que estavam contrariadas.

— Como é que alguém consegue se acostumar a ser encilhada como um cavalo, Tia Mina? — Uma menina de seus 12 anos me desafiou.

Não respondi, e ela pensou que tivesse obtido uma pequena vitória sobre mim. Mas meu silêncio se deveu a uma visão que tive ao olhar seu rosto desafiador. Vi a mim mesma aos 7 anos, enquanto a diretora prendia meus braços através das alças da corda. Lembro-me da sensação de humilhação, como se me tivessem amarrado no tronco de um condenado. A tábua repuxava meus ombros para trás, e eu odiava a sensação de ser arreada e subjugada. Minha irritação aumentava, e a criatura selvagem dentro do meu ser só pensava em correr de costas e me chocar contra a parede para quebrar a madeira. E eu estava prestes a fazer isso quando vi um homem em pé no fundo da sala. Ele era alto e bonito, com os longos cabelos de um dândi francês e trajes do mesmo estilo, e levava uma bengala com a cabeça de um dragão no punho. Recordo de ter achado que o conhecia e de ter ficado feliz em vê-lo. Ele sorriu para mim e vagarosamente fez que não com um dedo longo e elegante. Foi o bastante para acalmar meu espírito e me induzir a obedecer à diretora de modo que ela me autorizasse a conversar com minha visita depois da aula.

— Comporte-se bem — disse ele com seus lábios vermelhos, grossos e sobrenaturais.

Ouvi o sussurro de suas palavras, mas ninguém mais na sala tomou conhecimento dele. Então, mais tranquila, deixei que o jugo se acomodasse em minhas costas e comecei a caminhar ao redor da sala, seguindo os passos das outras meninas. Queria que ele visse quão altaneira e feminina eu podia ser, se tentasse. Porém, logo que virei um dos cantos da sala para passar diante dele, busquei-o com o olhar, e ele não estava mais lá.

Eu havia enterrado aquela lembrança por muitos anos, e então ela me voltou num estalo. Seria o mesmo homem, ou eu apenas o teria imaginado? Teria imaginado os dois? Será que os episódios que perturbaram a minha infância haviam voltado para me assustar? Eu não podia permitir que isso acontecesse, não agora, quando estava prestes a embarcar numa nova vida com Jonathan.

A menina que me fizera a pergunta olhava para mim à espera de uma resposta. Levei alguns segundos para me recompor antes de poder responder com a frase clichê que usávamos como respostas às meninas difíceis:

— As meninas que são mandadas de volta para casa dos colégios internos estão marcadas para sempre e em geral acabam solteironas — sentenciei. — Que isso lhe sirva de incentivo para colaborar com as aulas.

As palavras soaram ocas, insinceras e forçadas, mas talvez essa garota descobrisse, do mesmo modo que eu havia descoberto, que assim que sucumbisse à docilidade, isso lhe seria muito conveniente. Ela ficou amuada — todas ficavam, pelo menos por um tempo —, mas depois entrou na fila e caminhou sem reclamar; e pelo restante da aula, os fantasmas do meu passado se mantiveram devidamente escondidos.

Aliviada, consegui me concentrar na aula de oratória, matéria que eu estava mais bem-aparelhada para ensinar. A escola era conhecida por toda a Inglaterra como capaz de erradicar todo e qualquer vestígio de sotaque interiorano, e a diretora reconhecia que eu, com minha carregada pronúncia irlandesa, tinha sido um de seus casos mais complicados.

— Nada é mais prejudicial às chances de casamento do que um sotaque que denuncia a origem rude — ela informava aos pais ao receber as filhas deles. — É uma ignomínia e um desperdício que um pai gaste uma fortuna em vestidos da estação para a filha, mas nem um cêntimo para polir o que sai dos lábios dela.

Com esforços diligentes da diretora, e nem sequer uma palmada ou surra que outras meninas tiveram de suportar, uma voz macia, feminina, musical finalmente veio tomar o lugar da pronúncia de minha infância. A diretora volta e meia me apontava como exemplo para as outras meninas, ou para pais que cogitavam matricular suas filhas.

— Quando Wilhelmina começou aqui, ela soava como uma camareira, e agora tem a voz de um anjo inglês — dizia orgulhosa. E então eu recitaria alguns versos de um poema e faria uma reverência, e em recompensa teria aplausos contidos e sorrisos afáveis.

Após a aula de oratória, que transcorreu sem incidentes, seguimos tranquilamente para um aspecto mais importante dos estudos de etiqueta, a arte de redigir cartas, crucial para a manutenção dos contatos sociais e para administrar os assuntos domésticos. Uma dama deve ser eloquente ao falar e ao escrever — era outra máxima da escola.

— Cartas a comerciantes e outros subalternos devem ser escritas apenas na terceira pessoa, a fim de manter o distanciamento apropriado entre os criados e a dona da casa — eu ensinei. — Entretanto, não se pode esquecer de ser cordial o tempo todo. Ao se corresponder socialmente, lembre-se de que há uma forma correta para aceitar um convite por escrito e uma forma correta para discliná-lo. Nunca, mas nunca, uma dama deve ter uma atitude de desdém ao rejeitar um convite, até mesmo quando o bom tom a impede de aceitá-lo.

Mandei que redigissem bilhetes para a criadagem, amigos, parentes e vizinhos imaginários, enquanto eu pelejava para manter os olhos abertos até a aula sobre a hora do chá, na qual praticávamos como servir o chá, como levar uma xícara aos lábios sem fazer barulho (pois nenhuma mulher deve aturdir os nervos de um homem), como se sentar (que era quando as aulas de postura com o bastão mostravam resultados), e como abaixar o olhar, devagar e graciosamente, ao se dirigir a um cavalheiro, em vez de desviá-los, como faria um criado envergonhado.

— Há o momento correto para diluir o chá em água fervente, jovens senhoritas, e nenhuma de vocês deve se distrair com conversas de salão a ponto de deixar esse momento passar.

Essas lições banais sobre convenções, repetidas centenas de vezes ao longo de anos, me serviram de consolo. Afinal, não me havia sucumbido a esse ressurgimento do que eu imaginava ser minha natureza inferior. Continuava sendo Tia Mina Murray, pronta para comandar uma classe apinhada de meninas, ensinando-lhes os modos da sala de visitas que lhes proporcionariam o inevitável prêmio de um casamento economicamente seguro.

Às cinco da tarde, as alunas externas voltavam para casa; às seis, era hora das internas e das professoras fazerem uma ligeira refeição. Foi um alívio receber o bilhete em que Jonathan se desculpava, explicando que negócios imprevistos com um novo cliente o manteriam ocupado até o fim da semana seguinte. Terminei meu jantar depressa, tendo problemas para manter os olhos abertos, e corri para o meu quarto o mais rápido que pude, mas não tanto que levantasse suspeita.

Para prevenir outro incidente como o da noite anterior, decidi montar uma barricada para mim mesma, e empurrei uma pequena cômoda até que ficasse encostada contra a porta do quarto. Abri a gaveta em que havia jogado minha camisola. Ainda se encontrava úmida, uma lembrança vívida do terrível acontecimento. Coloquei-a de volta na gaveta, esperando poder lavar as manchas de relva antes de ter de dar explicações à lavadeira ou — o que seria bem pior — à diretora.

2 de julho de 1890

E a vida seguiu seu rumo banal. Além de minhas obrigações de professora, às vezes eu ajudava minha ex-colega de quarto, Kate Reed, agora uma jornalista, a organizar suas anotações e pesquisas. Os pais de Kate haviam matriculado sua filha desobediente de 15 anos na escola da Srta. Hadley para aprimorá-la para o mercado matrimonial, mas a tentativa produziu o efeito inverso, fazendo despontar uma moça mais rebelde ainda. Após a formatura, enquanto seus pais supunham que ela estivesse se dedicando ao serviço voluntário, Kate se oferecia para estagiar com Jacob Henry, um jornalista que ela conhecera quando foi, às escondidas, a uma reunião na Sociedade Fabian. Ela o seguiu para todo lado por quase um ano, organizando anotações e revisando os artigos que ele redigia.

Em determinado momento, ele começou a dividir com ela a autoria, e agora ela escrevia matérias tanto com ele quanto individualmente. Ela e Jacob eram amigos sinceros, ela explicou, e se encontravam à noite, quase sempre, acompanhados de "tabaco e cerveja", para ler os jornais do dia seguinte que haviam acabado de sair das prensas de impressão. Kate adorava me escandalizar — a professorinha de etiqueta e convenções sociais — com suas excentricidades. Certa vez tentou me incluir em uma dessas reuniões, depois que ela e Jacob haviam concluído a redação de uma longa matéria sobre crime contra mulheres. Mas eu não gostava da aparência de Jacob, com aqueles dedos manchados de fumo e tinta, a barba sempre por fazer e os olhos que esquadrinhavam o corpo das mulheres sem um pingo de respeito.

Eu estava estudando estenografia e outras práticas de escritório, de modo que pudesse ser útil a Jonathan no exercício de sua profissão de advogado logo que nos casássemos, e havia me tornado incrivelmente rápida tanto na taquigrafia quanto na datilografia. Foi por causa dessas habilidades que comecei a ajudar Kate, da mesma maneira que ela havia ajudado Jacob. Poucos dias antes do incidente às margens do rio, fomos pesquisar uma área de cortiços localizada nas estreitas e encardidas ruas dos distritos de Bethnal Green e Whitechapel, que servia de moradia aos empregados das fábricas.

Juntas, entramos em cômodos de sujeira e miséria, sem água corrente, em que mães e pais se amontoavam com oito, dez crianças num mesmo quarto. As roupas, lavadas nas águas carregadas de dejetos do Tâmisa, eram penduradas por todo lado, e latrinas sem esgoto se espalhavam pelo terreno. Fui presenteada, ou amaldiçoada, com o sentido do olfato bem aguçado, e achei que fosse desmaiar por causa do miasma de detritos humanos, fraldas sujas, suor e ensopado barato de pernil com osso. As mulheres que encontramos eram também trabalhadoras: tecelãs, rendeiras, costureiras ou lavadeiras. Ainda jovens, mas cheias de rugas e carcomidas, com dedos aleijados iguais a pernas de caranguejo, e a pele calejada. Reclamavam que, por mais que elas e seus maridos trabalhassem, era quase impossível pagar os escorchantes aluguéis.

Em seguida, Kate conseguiu adentrar nos elegantes escritórios dos senhorios usando o charme feminino que aprendera com Srta. Hadley. No momento oportuno, porém, ela mostrou ao que viera.

— Como você espera que essas pessoas sustentem suas famílias, se o aluguel consome noventa por cento do salário que recebem? Você as está escravizando com vencimentos baixos e aluguéis altos. Você não tem nenhum sentimento cristão de caridade?

Saímos da entrevista sob o efeito da indignação de Kate e do meu entusiasmo:

— Você açoitou aqueles homens com palavras. — Eu estava exultante. — Estou tão orgulhosa!

— Adoro estar no *centro* de tudo, e não apenas observando da periferia. — Os olhos de Kate brilhavam. — E desconfio que você também, embora nunca vá admitir. — Sempre dramática, Kate selecionava uma palavra ou outra, a fim de realçar sua importância.

— Ver você trabalhar é como estar no teatro. — Eu me animei. — Apenas observo, pois não vejo necessidade de participar. — E então fiquei pensando na veracidade dessas palavras.

Hoje, caminhei sob uma chuva torrencial de verão até o apartamento de Kate nas imediações da rua Fleet. Passei por garotos que, aos gritos, vendiam os jornais vespertinos pouco se incomodando com o mau tempo, e também por outros vendedores de rua anunciando suas mercadorias. Ela morava, para a consternação dos pais, no terceiro andar de um prédio do século XVIII que não havia sido reformado nos últimos cinquenta anos e, portanto, carecia de cuidados. A porta estava aberta, derramando no saguão a suave luz amarela do lampião a gás, e foi por onde meti minha cabeça. Cachos de seu cabelo louro escuro escapavam de um coque improvisado, sustentado por um lápis, na altura da nuca. Segurava um fósforo aceso nos dedos esqueléticos, com o qual acabara de acender um cigarro. Apagou a chama e ondeou o fósforo em minha direção como se fosse uma varinha mágica, o rosto sardento se abrindo num grande sorriso.

Abraçou-me com aqueles longos braços, e eu me senti embrulhada por seus ombros largos. Magra e mais alta do que eu, Kate tinha as maçãs do rosto bem-delineadas e penetrantes olhos azuis. Hoje, ela não usava espartilho, o que vinha bem a calhar com os ideais feministas.

— Meu editor permitiu que eu fizesse um artigo de três mil palavras sobre a educação de meninas na Grã-Bretanha, a maior matéria da minha carreira! E só você, Mina, tem capacidade de organização para me ajudar a classificar *todas* essas informações — disse ela, gesticulando para os panfletos, revistas e jornais espalhados por todo lado.

— Acho melhor você me preparar um chá — gracejei, enquanto me arrumava para enfrentar a tarefa.

— Está quase pronto — respondeu, apontando para a chaleira de água fervente.

— Que lindo tapete — comentei. Nunca tinha visto uma tapeçaria tão luminosa, com desenhos abstratos em verde, vermelho e amarelo. Kate havia conseguido fazer com que a sala parecesse mais ampla ao pendurar o fole acima da lareira como se fosse a escultura em alto-relevo. Três cadeiras de vime haviam sido dispostas ao redor da mesa de madeira com pernas torneadas. Ela retirou os papéis das cadeiras, empilhou-os em cima da mesa e me convidou para sentar.

— Presente de papai. Ele está se aventurando em tapetes feitos à máquina. Ele é de opinião que a mulher moderna tem mania de decoração.

Dei uma olhada na pilha de papéis.

— Qual o seu ângulo da história? — Eu havia assimilado o jargão jornalístico de Kate e começara a usá-lo livremente.

— A questão é mostrar a gama de oportunidades à disposição das meninas, e a necessidade que elas têm de tirar partido disso.

— As meninas já estão se aproveitando — acrescentei, segura do que estava falando. — E prova disso é que não há sequer uma vaga na escola da Srta. Hadley.

Kate me mandou um daqueles olhares de esguelha.

— Você sabia que a Universidade de Londres está oferecendo *todos* os diplomas para as mulheres, inclusive em medicina? O que me diz de um dia ser atendida por uma médica?!

Secretamente, eu costumava fantasiar que estudava numa universidade, e sentia inveja das meninas que tinham essa oportunidade.

Ela apanhou um caderno e, abrindo-o, sacudiu as páginas diante de mim.

— Espere até você ver as minhas anotações. Não demora muito, e todas as crianças com menos de 13 anos, inclusive as meninas, serão obrigadas por lei a ir para a escola... Escolas que dão aos meninos e às meninas a mesma instrução em matemática, história e ciências. Quando isso acontecer, você terá de dizer *au revoir* para a Srta. Hadley, no idioma que ela considerar sinal de boa estirpe. Ou ela se adapta ou terá de fechar as portas. — Kate soltou uma nuvem de fumaça no ar, para pontificar sua opinião.

— Esse será um dia de lástima para as meninas que querem se tornar damas — retruquei. — Mas, na minha opinião, as suas previsões estão erradas. A própria rainha é contra esse tipo de coisa.

— Pouco importa o que uma velha acha ou deixa de achar. As leis e as mentes das pessoas estão se transformando muito depressa. Assim que tivermos o direito de votar, tudo vai mudar ainda mais rápido.

Peguei um exemplar da revista *O mundo feminino* na minha bolsa e o entreguei à Kate, que foi quem me havia apresentado à revista.

— É isso que a Sra. Fawcett sustenta em seu artigo sobre o direito de voto das mulheres — acrescentei. Kate e eu compartilhávamos exemplares da revista, a qual era publicada para "mulheres de influência e de posição", e editada pelo Sr. Oscar Wilde. Enquanto eu apenas lia o conteúdo, Kate fazia de tudo para ter um artigo seu publicado naquelas páginas.

— É um ensaio muito bom, não acha? — comentou Kate. — Quisera tê-lo escrito.

— Fiquei mais interessada na matéria sobre casamentos. Afinal, não vai demorar muito para eu me tornar a Sra. Harker.

Kate apagou o cigarro num gracioso pratinho de porcelana.

— Vamos falar sério, Mina, você sabe que escreve muito bem. Agora que consegue estenografar e datilografar como o vento, deveria considerar se tornar jornalista. — Antes que eu pudesse objetar, ela continuou: — Mina, este é o nosso *tempo*. Eu amo você, minha amiga, e reconheço seus talentos. Não desperdice essas oportunidades que nunca antes foram concedidas ao nosso sexo.

As palavras dela me surpreenderam. Eu me impressionava com a capacidade de Kate, mas nunca sonhei em possuir os mesmos talentos que ela.

— Jonathan jamais aceitaria — eu disse.

— Então eu jamais deveria aceitar *Jonathan*! — Kate meneou a cabeça em pequenos movimentos convulsivos como se o mero pensamento de capitular à vontade de um homem a pudesse mandar direto para o manicômio. Depois, aquietou-se. — Sei que ele é bonito e inteligente e tem um futuro brilhante pela frente, e que você o ama, e que ele adora você. Mas será que alguém precisa mesmo de um marido, um senhor, um patrão? — Ela me olhou com o mesmo sorriso malicioso que reconheci dos tempos de criança. — Acho que a mulher moderna só devia ter *amantes*.

— Já se esqueceu da Lizzie Cornwall? Ela teve um amante e agora passa os dias nos subterrâneos do ópio de Blue Gate Fields.

Lizzie Cornwall fora professora na escola da Srta. Hadley, até que o pai de uma aluna cismou com ela e a convenceu a largar o emprego.

— Ele vai montar uma casa maravilhosa para mim. — Lizzie nos confidenciou com os olhos negros dançando de júbilo.

— Eu sempre dou a ela um pouco de dinheiro quando a vejo — disse Kate —, mas ela foi uma boba. Nós duas não somos idiotas, Mina. Somos mulheres inteligentes e *talentosas*.

— Lizzie também tinha suas qualidades, mas agora ela anda para cima e para baixo na rua Strand, metida num vestido alugado, se oferecendo a todos os homens que cruzam por ela. Está arruinada! Ninguém vai contratá-la depois que ele a abandonou. Mulheres rejeitadas são tratadas pior do que animais!

— Mina, como você é dramática. Se você não fosse tão preocupada em preservar sua imaculada reputação, eu lhe aconselharia a trabalhar no *teatro*. — Kate juntou os lábios e revirou os olhos para o teto. Sua expressão era tão hilária que caí na gargalhada. — Você parece uma esfinge, de tão enigmática, Mina Murray. Suas palavras vão numa direção, mas às vezes suas ações não correspondem às próprias palavras.

— O que você está querendo insinuar? — perguntei na defensiva.

Kate se levantou e ajeitou algumas lanternas japonesas de papel que ela havia enfiado num vaso oriental.

— Quando Jonathan viajou para Exeter no mês passado, você ficou animada com a chance de ir a uma casa de espetáculos para ver aquelas mulheres travestidas de homens. Há mesmo um quê de atrevimento em você.

Era verdade; eu havia acompanhado Kate ao show de Kitty Butler e Nan King, duas atrizes que se vestiam com roupas masculinas e cantavam uma para a outra como se estivessem apaixonadas.

— O que Jonathan acharia se a tivesse visto naquele lugar com outras moças, bebendo cerveja sem álcool e embevecida com a apresentação? — indagou Kate.

As moças na plateia — a maioria da classe trabalhadora — pareciam totalmente apaixonadas pelos dois cantores, como se não atinassem que os dois belos "rapazes" eram na verdade mulheres. Depois do show, chamei a atenção de Kate para esse fato, e ela me explicou:

— Elas têm a beleza das mulheres e a bazófia dos homens. E quer saber? Acho que também fiquei apaixonada por elas. — Nós duas rimos tanto, que as pessoas na rua pararam para nos olhar.

— Gostei muito daquele show — tive de admitir —, mas o que isso tem a ver com ser atrevida?

Kate botou as mãos nos quadris:

— A criatura que você chama de *dama*, nem morta seria vista num show daqueles, e menos ainda teria gostado, se ela não fosse atrevida o bastante para desafiar as restrições impostas pela sociedade. Minha opinião é que você, sob o uniforme e as boas maneiras da escola da Srta. Hadley, é da espécie das *atrevidas*. Mas ainda não sabe...

Trabalhamos juntas até bem tarde, e Kate sugeriu que fôssemos jantar num restaurante da vizinhança. A clientela era composta quase toda por jornalistas que trabalhavam até mais tarde para atender aos prazos dos jornais ou, então, para ler as edições matutinas que saíam das prensas de véspera. Imaginei que o estabelecimento tivesse uma sala de jantar reservada para as damas, o que não era verdade, de modo que estávamos em meio aos homens, dentre eles alguns que conheciam Kate. Ainda bem que ela recusou os convites para nos sentarmos às suas mesas ensopadas de cerveja e apinhadas de jornais.

Enquanto degustávamos um capão, cada uma de nós perdida nos próprios pensamentos, um homem com vestes formais entrou no restaurante, correu os olhos pela sala e os fixou em mim. Contive a respiração até que por fim ele retirasse o chapéu, mostrando ser bem idoso e em nada semelhante ao meu misterioso salvador.

Eu disse:

— Kate, você tem sonhos assustadores?

— Claro, Mina. Todo mundo tem *pesadelos*.

— Você já ficou confusa, sem saber se estava acordada ou dormindo? Ou saiu da cama mesmo continuando a dormir? — Eu temia puxar esse assunto com a inquiridora e curiosa Kate, mas precisava saber se alguém mais tinha tido as mesmas experiências.

— Não, nunca me aconteceu, mas ouvi falar a respeito. É chamado de *sonambulismo*. Um cientista alemão, esqueci o nome dele, realizou alguns estudos sobre isso e concluiu que acomete pessoas com faculdades sensoriais superdesenvolvidas.

Senti meu estômago ir ao chão.

— De que tipo? Alguém com o olfato superdotado, talvez?

— É, ou o paladar, ou a audição. Por que a pergunta, minha querida? Será que você, dentre todas as pessoas do mundo, está tomando parte de *estranhos* eventos enquanto dorme?

Não estava pronta para confessar o que me acontecera, nem interessada em me tornar o objeto de uma das investigações de Kate, fossem elas profissionais ou não.

— Não, não eu. Uma das meninas da escola se levanta da cama durante a noite e sai do prédio, mas jura que não faz ideia de como isso acontece. — Eu não me incomodava de tramar essa mentira, pois sabia que, em toda Londres, as pessoas menos prováveis, de entabular uma nova conversa seriam Kate e a diretora. — Isso a deixa bastante perturbada.

— A menina deve ser avaliada por um psicólogo. Esses especialistas estão cada vez mais perto de compreender o funcionamento da mente no estágio do sonho.

— Vou passar a informação para a diretora — disse.

— Isso seria incrível — comemorou Kate. — A diretora aceitando um conselho meu.

— Ela sabe que estou colaborando nas suas pesquisas. Ainda que você tenha sido sua aluna menos maleável, ela sempre fica satisfeita ao receber notícias suas.

— A Srta. Hadley e suas alunas são afortunadas por tê-la, Mina. Se você tivesse sido minha professora, talvez eu tivesse me transformado em outra pessoa — comentou ela com um gracejo.

— Ah... duvido. — E nós duas caímos na gargalhada.

Kate pagou o jantar com dinheiro que tirou da bolsa. Enquanto nos dirigíamos para a rua, ela tocava de leve a aba de seu chapelinho na direção dos homens, como se fosse um deles. Fomos caminhando até um ponto de táxi, ela deu dinheiro para o motorista e o instruiu a me levar ao meu destino sem delongas. Ele assentiu e nem mesmo olhou-a de lado por ela estar sem o espartilho e sem um acompanhante, à meia-noite. Dei-lhe um beijo de boa-noite e sentei-me no coche, perguntando-me se por acaso seria verdade que o mundo estava mudando na direção dela, e eu, no meu posto resguardado na escola da Srta. Hadley, não percebia a magnitude da mudança.

Capítulo Dois

31 de março de 1889 e 6 de julho de 1890

Intrépido leitor, antes de permitir que você seja apresentado a Jonathan Harker e prosseguir com essa nossa história, gostaria de, por breves minutos, levá-lo de volta ao ano anterior, mais exatamente para a primavera de 1889, quando a diretora decidiu alugar um andar da casa vizinha à escola, como um expediente que lhe garantiria mais salas de aula para suas alunas. Foi por isso que ela entrou em contato com um advogado e amigo de longa data, o Sr. Peter Hawkins, que mantinha escritórios em Londres e também em Exeter. Hawkins estava a maior parte do tempo em Exeter e, portanto, despachou seu jovem sobrinho, estudante de direito e morador de Londres, para ajudá-la nessa transação. E foi assim que Jonathan surgiu em nossas vidas e entrou também no sufocante gabinete da diretora, onde o vi pela primeira vez.

O cômodo não guardava nenhuma semelhança com o novo ecletismo do apartamento de Kate Reed, pois havia sido decorado uns cinquenta anos antes pela velha Sra. Hadley, de quem a diretora herdara a casa. O mobiliário era pesado e ornamentado, condizente com o estilo da primeira parte do nosso século. Por causa de sua atmosfera formal, a diretora usava a sala para receber os pais e suas filhas — potenciais alunas —, e visitas ilustres, ocasião em que servia o chá em porcelana finíssima e usava as toalhas de mesa do enxoval de casamento dos avós, cujas etapas de engomar, passar e dobrar ela — em pessoa — havia supervisionado. Uma toalha de mesa em renda guipura antiga, da Bélgica, com motivos de rosas com as pétalas em alto-relevo, cobria a mesinha quase até o chão, revelando apenas os pés, que, dessa forma, pareciam pertencer a um colossal gigante de mogno.

Enquanto os dois confabulavam, necessitei fazer uma pergunta à diretora e foi assim que enfiei minha cabeça porta adentro, e Jonathan e eu trocamos olhares. Ele me olhou com ousadia, o que me fez enrubescer. Antes que a diretora pudesse abrir a boca, ele, de um salto, ficara em pé e solicitara ser apresentado a mim. O que foi realizado com todo respeito. Eu respondi ao cumprimento com um leve aceno de cabeça, enquanto aproveitava para observar como ele era alto e bonito, e como o colarinho era branco, a camisa era engomada e o paletó de veludo listrado em cores sóbrias tinha o corte perfeito dos alfaiates. As mãos eram longas e elegantes e asseadas com tanto, mais tanto esmero, que os arcos brancos dos leitos das unhas pareciam cintilar. Não deu para ver direito a cor dos olhos; avelã, talvez, com um traço de amarelo-âmbar. A impressão que dava era de que nessa mesma manhã ele fora ao barbeiro fazer a barba e cortar o cabelo. O chapéu, na moda, mas sem ser ridículo nem efeminado, estava sobre a mesa. Parecia novo em folha.

Ele quis saber o que eu ensinava, e me ouviu responder: etiqueta, comportamento e leitura. Ele se demorou buscando palavras e fez uma piada sobre ser deficiente nas primeiras duas matérias, mas que se considerava, justamente por ser advogado, uma pessoa de bastante leitura. A diretora me dispensou, mas só fui embora depois de mais uma troca de olhares e um sorriso.

No dia seguinte, a Srta. Hadley me informou que o Sr. Harker havia se oferecido para fazer uma preleção para a minha classe de leitura, e que o tema seria a importância de desenvolver fortes preferências literárias. Ele voltou na semana seguinte, trazendo nas mãos suas anotações. Explicou às meninas que, quando estava estudando, leu Goethe numa tradução e ficou tão impressionado com a obra que resolveu aprender alemão para apreciá-la no original. A expectativa dele fora de que ao menos uma das alunas presentes iria desenvolver esse tipo de real sensibilidade literária. Para aquelas com um paladar mais romântico, ele declamou um poema do Sr. Shelley, lançando uns olhares para mim enquanto lia, e abertamente me encarando quando explicou o que significava. Ele tinha a aparência cansada, como se tivesse passado a noite em claro preparando sua palestra. Depois, durante o chá, ele confessara que fora exatamente isso o que acontecera, e pediu permissão à diretora para voltar outras vezes. Ao que ela disse:

— Se o seu interesse é conversar com Wilhelmina, então a resposta é sim.

Ele gaguejou algumas palavras:

— Era isso mesmo que eu queria. — Então saiu, mas o afogadilho era tanto que teve de voltar para apanhar o chapéu.

E esse foi o prelúdio de nosso namoro: um ano de visitas frutíferas, de passeios e piqueniques aos domingos e de longas conversas sobre assuntos de interesse comum à mesa do chá, culminando, algumas semanas atrás, com um pedido de casamento apresentado à diretora e que foi aceito em meu nome com um prazer desmesurado.

— É o remate perfeito para tudo que lhe ensinei, Wilhelmina. Sua ausência será terrivelmente sentida aqui. Contudo, seu sucesso servirá de inspiração para nossas alunas e de uma soberba propaganda para a escola. Estou tão feliz como se fosse sua mãe, por ter contribuído para a sua boa sorte, e mais feliz ainda por você não ter precisado fazer um casamento com alguém inferior.

Nós duas sabíamos que isso fora um risco; moças com um histórico familiar ambíguo, como o meu, em geral acabavam sem outra opção a não ser casar com um homem de classe inferior para não ficarem solteironas. Aliás, o Sr. Hawkins, que foi quem educou Jonathan depois de os pais dele terem morrido na epidemia, expressou seus temores quanto a minha pessoa. Tenho certeza de que me via como uma caçadora de dotes. Contando com a aparência, a educação, o futuro brilhante, Jonathan poderia escolher a dedo dentre muitas moças de famílias proeminentes. Mas Jonathan explicou ao tio que éramos dois órfãos que tiveram uma afinidade instantânea e, além disso, uma atração romântica. Compreendíamos a solidão que só crianças sem pais experimentavam, e nós dois ansiávamos por construir uma família que nos proporcionasse a espécie de vida doméstica com a qual sonhávamos desde a infância. Após um chá prolongado com a diretora, e após ter-me submetido a um interrogatório, o Sr. Hawkins deu-nos sua bênção.

— Perdoe minha cautela em se tratando desse assunto, Srta. Murray. — Ele se dirigiu a mim. — Jonathan é meu subalterno, minha família e meu herdeiro. Estou plenamente satisfeito no que se refere ao seu caráter, e tenho certeza de que será uma esposa adorável e uma companheira fiel a ele.

Naqueles dias, sentada ao lado de Jonathan, bebericando chá e conversando amenidades, não parava de dar graças pela minha boa estrela. Ao contrário de Kate, eu não estava "no meio da ação", onde teria chances de encontrar um par compatível, e também me faltavam os contatos dos círculos de amizade de familiares que me trariam um homem distinto. A minha queridíssima amiga Lucy era um ano mais nova que eu e havia declinado uma porção de propostas de casamento de homens que ela sempre tentou colocar no meu caminho. Contudo, após serem rejeitados por Lucy, eles se dispunham a correr atrás de outras herdeiras, ainda que não tão belas nem tão ricas, até acharem uma que aceitasse o que eles lhes propunham.

Jonathan estava acima disso tudo. Era bondoso, educado e honrado, tinha a mente aberta e uma visão de mundo bem mais ampla. Para ele, o amor vinha antes do dinheiro e, embora fosse varonil e protetor, também me encorajava a ler livros e jornais, de modo que pudéssemos discutir literatura — o que para mim sempre havia sido um prazer —, além dos eventos atuais que, devo admitir, por causa dele e de Kate, passei a achar mais interessantes.

Hoje, ele entrou naquela mesma sala de visitas e tirou o chapéu com o que só posso descrever como "um floreio". Beijou-me nos lábios, uma intimidade a que nos permitimos desde o nosso noivado.

— Você não vai se arrepender de se casar comigo, Srta. Murray.

— Jamais imaginei uma coisa dessas, Sr. Harker — respondi permanecendo na ponta dos pés, na esperança de que ele me beijasse de novo. Demorei-me com os braços ao redor de seu pescoço, aproveitando para sentir a amplidão de seus ombros.

— Mina, aconteceu algo extraordinário! Um conde, membro da nobreza austríaca, contratou a empresa para cuidar de uma transação imobiliária de grande importância, em Londres. Como meu tio está assoberbado resolvendo uma questão sobre a herança de duas propriedades rurais, passou esse assunto inteiramente para mim.

Os olhos de Jonathan, hoje castanhos, tinham um brilho incomum. Sua pele estava afogueada pelo calor do verão que despontava e pelo próprio entusiasmo.

— Após uma prolongada troca de correspondências, o conde foi taxativo e exigiu que meu tio me enviasse como seu emissário particular. Parto em alguns dias para o ducado da Estíria.

Quisera eu poder compartilhar da animação de Jonathan, mas só conseguia perceber que essa missão significava que ele teria de sair do país e ficar longe de mim.

— Não consegue enxergar, Mina? Um bônus substancial estará à minha espera. Teremos então uma soma considerável de dinheiro para começar nossa vida de casados, o bastante para alugar uma daquelas pequenas casas geminadas em Pimlico, pelas quais você caiu de amores.

Tomada de assombro e sem conseguir conter a emoção, bati com a mão sobre meus lábios, um gesto nem um pouco condizente com uma dama:

— Você está falando sério, Jonathan? — perguntei. — Você não brincaria sobre um assunto tão importante, não é? — Eu havia passado horas imaginando o senhor e a Sra. Harker morando numa daquelas casas recém-construídas, com uma sala de visitas aconchegante, dois quartos, sala de jantar, cozinha e um aposento sanitário.

Jonathan viu minha felicidade. Segurou-me pela cintura e rodopiamos pela sala.

— Sr. Harker! Está se deixando levar pelos impulsos! — disse, brincando.

— Oh, não, Mina, quando *finalmente* me deixar levar, será bem mais interessante do que isso! — Desde que ficamos formalmente noivos, Jonathan começara a fazer alusões ao excitamento do leito conjugal, o que, naturalmente, me deixava ao mesmo tempo estimulada e constrangida.

Servi o chá e me sentei. Jonathan sentou-se na cadeira ao lado e puxou-a para perto de mim.

— Claro que eu não brincaria com você, Mina. Vê-la feliz me deixa feliz. Pedi que me mandassem uma brochura sobre a propriedade. Quando concluir meus serviços com esse conde, estarei mais do que pronto para negociar o aluguel. Nossa primeira casa terá dois quartos. Você acha que Quentin vai se incomodar por dividir o quarto com a pequena Maggie pelos primeiros anos das suas vidas?

Jonathan e eu havíamos passado horas sem fim imaginando os filhos que teríamos; seus nomes e suas características, e os detalhes dos primeiros anos.

— Mas a pequena Maggie pode vir primeiro. Teríamos de perguntar-lhe se ela se importaria de ter um irmãozinho invadindo seu quarto.

— Maggie é uma menininha muito generosa — explicou Jonathan, abrindo um amplo sorriso ao falar sobre sua futura filha. — Ela vai adorar dividir o quarto com o irmão, desde que ele respeite as bonequinhas que o papai deu a ela. Quer saber, Mina? Já comprei uma para ela.

— Você comprou uma boneca para Maggie? — perguntei.

Jonathan ficou vermelho.

— Passei pelas lojas ontem e vi um setor inteiro dedicado a brinquedos de crianças! Imagine! Comprei uma boneca para Maggie e um pequeno trem de madeira para Quentin.

Dei um gritinho estridente e passei os braços ao redor de mim, ao sentir o amor de Jonathan pelos nossos futuros filhos.

— Espero que você não me considere um bobalhão.

— Você é o homem mais maravilhoso que conheci na vida! — E, esticando o pescoço, beijei delicadamente seus lábios. Ele enfiou a mão no bolso e tirou de lá uma caixinha de joia e entregou-a a mim. Eu havia recebido tão poucos presentes na vida que não tinha bem certeza de quanto tempo precisaria esperar para abri-lo. — Então... vá em frente... — disse ele com um sorriso. — O presente não é a caixinha, Mina.

Abri-a bem devagar. Lá dentro, apoiado sobre o veludo verde-alpino, estava um coração em filigrana de ouro, pendendo de um cordão, e junto vinha uma pequenina chave também de ouro, fazendo de amuleto. Tanto o coração quanto a chave eram salpicadas de minúsculas ametistas. Tirei-os da caixa e segurei o cordão pelo fecho, deixando-o pendurado no ar. Para mim, as pedrinhas eram tão deslumbrantes quanto diamantes.

— É a chave do meu coração, Mina, que já é seu. — E tomando o colar da minha mão, fechou-o ao redor do meu pescoço.

— É lindo, Jonathan. Terei sempre muito carinho por ele — disse, apertando o colar contra o peito.

— Há muito tempo que eu queria lhe dar um presente, mas não sabia se seria apropriado. Hoje, não consegui me conter e saí comprando presentes para toda a minha família. — Jonathan enfiou a mão em outro bolso e de lá tirou um pequeno bloco com capa de couro: — Comprei um desses para você e outro para mim. Parto amanhã, e vamos deixar registrado cada pensamento, cada experiência, de forma que, quando eu estiver de volta, ler os diários vai compensar pelo tempo que estivermos afastados.

— Que ideia romântica... — comentei ao deslizar os dedos pelo macio couro marrom.

— Não deve haver segredos entre um homem e a sua esposa. Precisamos compartilhar nossos pensamentos mais íntimos. Esse é o segredo para se manter um casamento cheio de vida e frescor. — Jonathan andava lendo manuais sobre casamento desde que formalizamos o noivado.

Intuitivamente, as mulheres sabem censurar seus pensamentos ao expressá-los a um homem, seja marido ou o que for. Sem a menor dúvida, os homens se submetem a um processo similar quando se dirigem às mulheres. Mas a sinceridade das palavras de Jonathan me tocaram fundo; então pensei em tentar confiar a ele pelo menos uma pequena parte da minha recente experiência.

— Será que compartilhar pensamentos mais íntimos também se aplica aos sonhos? — perguntei.

Ele enrubesceu:

— Sonhos estão fora de nosso controle, Mina.

— Tenho tido uns sonhos perturbadores ultimamente — eu disse. — Sonhos assustadores, nos quais as pessoas estão me fazendo mal, me machucando.

Ele tomou minha mão:

— Querida Mina, quem iria querer machucá-la, mesmo que em sonho?

— Sonhei que estava sendo atacada por um homem.

Ele esperou e depois soltou minha mão. Tomou um gole de chá:

— Era exatamente esse tipo de coisa que eu temia. Você não me contou que Kate Reed a levou até aqueles cortiços miseráveis na pior parte da cidade? E que depois arrastou você até os escritórios dos homens que construíram esses mesmos imóveis, e lá os confrontou?

— Sim, mas...

— Você não acha que é perigoso para uma mulher ficar de um lado para o outro na parte mais imunda de Londres, e depois confrontar os homens responsáveis pela construção desses cortiços?

— Sim, concordo, mas é a Kate quem os enfrenta. Eu fico tão quieta quanto um camundongo.

— Mas aquele bairro está cheio de criminosos. Você podia ter sido atacada. Você não percebe, Mina? Aventurar-se por esses mundos dilapidados com Kate é motivo o bastante para ter pesadelos. Os doutores da mente dizem agora que os sonhos são os reflexos dos medos. Se você for exposta a esses ambientes assustadores e a homens ameaçadores, então a sequência lógica é que vá sonhar que está sendo atacada. — Jonathan se considerava um homem moderno, que seguia todas as novas tendências em ciências, na medicina, na indústria e, de uma maneira bem especial, as explicações do Dr. Darwin sobre a evolução humana.

— Mas os sonhos foram perturbadores; as experiências reais, não.

— Seu inconsciente lhe deu o sonho para adverti-la de que não deveria repetir essas experiências. — Ele tomou as minhas mãos nas suas e as beijou. — Quando nos casarmos, todos os sonhos ruins vão desaparecer. Vou bani-los de seu reino, minha princesa!

As preocupações de Jonathan com meu bem-estar sempre tiveram como efeito aplacar as feridas de minha infância. Será que alguém, algum dia, ocupou-se comigo assim? Contudo, eu não queria meus afazeres com Kate prematuramente restringidos.

— Vamos fazer um trato — propus. — Se eu prometer que não vou me expor a situações perigosas, você me permite ajudar Kate até nos casarmos? Depois estarei ocupada demais cuidando da nossa casa. Além do que, eu só aprendi estenografia e taquigrafia para ajudá-lo, e é isso que vou fazer até que nosso primeiro filho venha ao mundo.

A tensão se desfez e ele foi-se abrindo num sorriso amplo, inocente.

— Esta é a Mina que conheço — rematou.

— Amo o seu sorriso, Sr. Harker, e farei de tudo para mantê-lo em seu rosto — prometi, enquanto acariciava suas faces.

— Mas nada de segredos entre nós, Mina? Por piores que forem as desventuras que vier a padecer pelas mãos da Srta. Kate Reed?

— Não, meu querido, prometo — respondi, me questionando sobre como manter o meu lado do trato se outro episódio estranho viesse a acontecer. — Nada de segredos.

22 de julho de 1890

Fazia duas semanas que Jonathan havia viajado, e as aulas do semestre estavam quase acabando, quando Kate me convidou para acompanhá-la numa entrevista. O casal de espiritualistas e fotógrafos Godfrey e Louise Gummler se tornara muito famoso nos últimos anos, prosperando na cidade de Londres, onde muitos outros que afirmaram ter fotografado espíritos haviam sido desmascarados e despachados para longe. Um fotógrafo que Kate conhecia havia examinado fotografias tiradas pelo casal, nas quais seus clientes apareciam junto a espíritos flutuando ao fundo, e suspeitara de que eles usavam uma sofisticada técnica de dupla exposição para obter tal efeito. Um francês, também supostamente fotógrafo de espíritos e que usava essa mesma técnica, acabara de ser processado e considerado culpado, em Paris. Os Gummler cobravam um bocado de dinheiro pelo serviço, e Kate e Jacob — sempre dispostos a denunciar fraudes —, estavam ansiosos para destrinchar a verdade.

Kate convencera seu pai a lhe dar o dinheiro para a compra de um traje de luto bem caprichado, para representar o papel de uma desolada mãe.

— Suponho que você possa usá-lo quando eu morrer — dissera. — Sua mãe vai ficar satisfeita ao vê-la tão bem-vestida.

Nesta noite, ela estava sombriamente bela, envolta em um torvelinho de seda moiré preta. Presumo que quisesse dar aos Gummler a impressão de que era uma mulher de posses, pronta para ser enganada em uma boa soma de dinheiro. Ou isso, ou ela, nos recônditos de sua mente, se deliciava em vestir-se das mais finas sedas, embora se sentisse impedida de admitir esse seu desejo, por causa dos ideais que defendia. Jacob vestia um terno escuro que comprara anos antes para fazer a cobertura de enterros de gente importante para os jornais. Ele não estava em condições de igualdade com sua "esposa", mas homens de dinheiro em geral não davam muita importância aos trajes que vestiam. Ele havia conseguido, porém, encontrar uma solução para os dedos eternamente enodoados de tinta, que agora estavam impecavelmente limpos.

Eu os acompanhei na qualidade de madrinha do suposto filho morto. Não possuía uma roupa de luto, mas Kate me garantiu que o vestido escuro que eu usava como uniforme serviria. Vesti um casaco curto de algodão para melhorar a aparência, mas Kate disse que era claro demais e fez com que o tirasse, colocando ao redor dos meus ombros um xale preto de lã ordinária. Afastou-se para me olhar. Eu me virei para o espelho.

— Pareço sua prima pobre — comentei.

— Mas essa é a *ideia*, Mina. Você deve parecer a mais miserável possível, mas levando em conta seu belo rosto e sua pele perfeita de marfim que brilha como uma rosa branca ao luar, e as duas esmeraldas que você chama de olhos, parecer uma pobretona é tarefa das mais difíceis.

O salão dos Gummler parecia um estúdio de tricô. Xales espanhóis com estampas de flores cobriam quase todos os móveis. Madame Gummler, uma senhora de meia-idade, tinha borrões de ruge solidificados nas bochechas e pó de arroz cobrindo as rugas que desciam do nariz até a boca. Godfrey Gummler parecia ter arrancado todos os fios de cabelo da cabeça e os plantado no rosto. Era careca como bunda de neném, mas usava costeletas longas e peludas, e uma barba volumosa que estivera na moda anos atrás, após o término da Guerra da Crimeia.

O objeto de maior proeminência na sala era uma câmera fotográfica em formato de caixa, também decorada com um xale espanhol. Madame Gummler envolveu Kate num abraço depois de nos conduzir para dentro da sala.

— Minha querida, fiquei emocionada ao ler sua carta. Uma tragédia! Imagine encontrar o bebezinho morto no berço! Levado de você sem aviso, sem uma doença, sem nenhuma razão previsível! — ela chamou a Jacob e a mim de anjos da misericórdia. — Ladeando esta encantadora mulher neste momento difícil. Que boa fortuna ter duas pessoas leais como vocês. — E depois para nós três: — Sentem-se, por favor.

Kate sentou-se quieta à mesa, enquanto madame Gummler servia três xícaras de chá, apoiando os pires sobre pequenos paninhos de renda para proteger o xale que fazia de toalha de mesa.

— Primeiro, vamos evocar o espírito do seu filhinho morto — disse madame Gummler. — Depois de estabelecermos uma forte ligação com ele, meu marido vai tirar a fotografia. Como podem comprovar pelo exposto nas paredes, obtivemos grandes sucessos no passado, ao promover o reencontro entre vivos e mortos.

A sala era coberta de fotos emolduradas dos clientes vivos dos Gummler, todos sentados neste mesmo cômodo, e todos com uma imagem fantasmagórica manifestando-se num segundo plano. Os retratos iam desde a altura do lambri até a faixa de papel de parede florido que contornava a parede beirando o teto. Os fantasmas variavam: alguns idênticos aos sujeitos fotografados, o que significava, conforme explicação de madame Gummler, que a câmera havia capturado o corpo etéreo dos vivos, ou o ser superior; outros eram entidades totalmente diferentes dos vivos.

— Este aqui é Sir Joseph Lansbury com sua querida mãe — explicou Godfrey.

Sir Joseph parecia um respeitável senhor de uns 40 anos; o fantasma da mãe lembrava uma matrona, de touca branca e vestido também branco e gola rendada. Outros eram fotografados com espectros dos bebês em mandriões de batizado, ou acompanhados de fantasmas de idosos vestindo roupas de antigamente. Algumas das assombrações tinham formas angelicais; outras não passavam de remoinhos de luz que, supunha-se, representavam os espíritos.

— São os próprios espíritos que nos dizem como a fotografia deve sair — ensinou Godfrey. — Eles se manifestam ao fundirmos nosso corpo sobrenatural com os deles. Isso faz gerar uma aura mista. Quando os raios de luz atravessam essa atmosfera híbrida, eles sofrem refração, o que faz com que as imagens deles sejam projetadas na chapa fotográfica.

— Mas isso é muito interessante, uma legítima explicação científica — observou Jacob.

— Um simples véu a separa de seu filho Sra. Reed. Apenas uma tênue membrana, invisível, feita de vapor. Acredite-me, ele está do outro lado. Qual é o nome da adorável criança?

Kate, que aparentemente devia tentar a vida no palco, produziu uma única lágrima e disse:

— Simon. Em homenagem ao avô. — Jacob inclinou-se e tocou a mão dela. Que grandes atores! Eu continuava sentada e quieta, bebericando o chá e tentando parecer a mais lúgubre possível. Godfrey foi de um lado para o outro do aposento acendendo velas. Também apagou as lamparinas a gás que ficavam, cada uma, nas laterais da lareira.

— Simon. Lindo nome. Agora vamos começar — sugeriu madame Gummler.

— Devemos nos dar as mãos? — indagou Jacob.

— Não, nada dessas tolices — respondeu a Sra. Gummler. Ela ergueu as mãos bem alto, e com os olhos voltados para o teto, chamou com uma voz grave: — Evoco os corpos celestiais e os anjos das mais altas hierarquias para entregarem o espírito da criança Simon Reed! Simon Reed, sua mãe o chama! Caso o pequeno Simon já tenha feito sua transição e esteja sentado no paraíso ao lado de Deus, então peço ao Senhor para permitir que tomemos emprestado o seu espírito por um breve instante, a fim de confortar sua mãe que sofre. Vamos tomá-lo emprestado da eternidade! Ó Magníficos... Miguel, Jofiel, Uriel, Gabriel e Afriel, protetores dos bebês e das crianças... atendam ao meu clamor! Respondam-me!

Os olhos dela estavam cerrados, e ela balançava bem devagar de um lado para o outro enquanto esperava uma resposta do além. Todos na sala mantinham os olhos bem fechados. As velas bruxulearam, fazendo com que os retratos nas paredes ficassem duplamente sinistros. Mas nada aconteceu.

— Simon Reed, sua mãe, seu pai, sua madrinha estão lhe chamando. Ó, Espírito Materno! Libere a criança para que ela venha até nós. Prometemos devolvê-lo, e assim ele poderá descansar no seu santo seio por toda a eternidade.

De repente, a respiração dos médiuns mudou de padrão e a mulher começou a ofegar, como se estivesse prestes a ter um ataque de asma. Jogou-se na cadeira, dando a impressão de que alguma coisa lhe havia roubado o ar.

— Outra entidade entrou na sala — disse madame Gummler, abrindo os olhos e olhando direto para mim. — Há alguém próximo a você ou que a ama muito que habite o mundo espiritual?

Ela dava a impressão de estar sinceramente amedrontada, mas também interessada. Ou era uma atriz com o talento de uma Ellen Terry, ou sentira de verdade alguma coisa que passou despercebida aos demais.

Permaneci encarando-a, o rosto inexpressivo.

— Alguém próximo a você que tenha morrido? — insistiu ela.

— Bem, todos nós — respondi.

Jacob riu. Kate abriu os olhos e me olhou com raiva:

— É evidente que *nós* não estamos mortos, Wilhelmina.

— Na... não, claro que não — gaguejei. — Talvez minha mãe esteja tentando entrar em contato comigo.

— Não, não há a menor dúvida de que se trata de um homem.

— Não imagino quem possa ser — respondi, na esperança de que não fosse meu pai. Na última lembrança que tenho dele, ele estava me dando uma surra e gritando coisas horríveis. Eu não queria que ele se manifestasse aqui nesta sala, se intrometendo na nova vida que eu havia criado para mim e dizendo coisas que perturbariam a opinião de Kate a meu respeito.

— Talvez seja Simon — sugeriu Kate.

— Sim, sim, também sinto a presença do pequeno Simon. Sim... que criança doce. Ele tem uma mensagem para você, Sra. Reed. — Madame Gummler fechou os olhos e os apertou, como se tentasse ouvir algum som vindo bem de longe. Depois falou numa voz alta, delicada, imitando a de uma criancinha. — Eu estou aqui, mamãe. Não abandonei você. É só que... Deus me quer ao Seu lado.

— Oh! — exclamou Kate.

— Vamos tirar o retrato enquanto a criança está aqui conosco — disse Godfrey se levantando e acendendo as duas lamparinas ao lado da lareira, o que enviou um fulgor amarelo pela sala abafando os tons suaves das velas. — Precisamos de bastante luz para tirar a fotografia, mas não tanto que possa afugentar o espírito — disse ele. — É um equilíbrio delicado que precisa ser mantido. — Ele colocou uma poltrona de espaldar alto ao estilo jacobino na frente da lareira e pediu à Kate para se sentar nela. — Agora, madame Gummler, por favor.

Madame Gummler ergueu-se, e repôs a ponta do xale que havia escorregado de seu ombro ao redor do pescoço. Caminhou até a câmera e apoiou a mão sobre ela.

— Isso incentiva o processo — explicou, fazendo círculos sobre a máquina.

— Que pose devo fazer? — perguntou Kate.

— Ponha as mãos como se fosse receber seu menininho — sugeriu Godfrey.

Kate obedeceu e ficou estática enquanto Godfrey tirava o retrato.

Madame Gummler pôs a mão sobre o peito e respirou fundo, como se estivesse prestes a desmaiar. Virou-se para mim:

— Alguém está tentando entrar em contato com você, e ele está sendo muito persistente. Você gostaria de uma fotografia, minha querida?

Balancei minha cabeça com toda força.

— Por favor, não rejeite os espíritos que vieram vê-la. Eles podem tomar isso como um insulto — insistiu ela. — Eu me dedico tanto em fazer do meu gabinete de trabalho um local benfazejo para os do outro lado... Não arruíne meus esforços com seu ceticismo.

— Não sou cética — respondi. — Simplesmente não posso pagar.

— Ora, Wilhelmina, *nós* vamos pagar — disse Kate com uma atitude magnânima. — É o mínimo que podemos fazer. Talvez o pequeno Simon queira tirar um retrato com sua *Tia* Mina — acrescentou ela, me provocando com a forma que minhas alunas costumam me chamar.

— Isso mesmo, Wilhelmina, por favor, nos permita isso — insistiu Jacob. Percebi que ele e Kate talvez quisessem obter mais evidências para a reportagem.

— Mas o Sr. Gummler já levou a câmera — respondi. E ele havia mesmo saído da sala levando consigo a máquina fotográfica assim que tirou a fotografia de Kate.

— Ah, mas estou de volta. — Não saberia dizer quanto tempo ele passou em pé junto à porta da sala. — Já descarreguei a placa na câmara escura e instalei uma nova na máquina — continuou ele, enquanto fixava o instrumento no tripé. — Por favor. — Ele se dirigiu a mim, apontando para a cadeira antiga, que de repente me pareceu ter sido usada na Inquisição.

Não consegui encontrar uma forma de escapar da situação. Tomei o lugar de Kate na cadeira e, muito empertigada e muito carrancuda, permiti ser fotografada.

— Entendi pelos seus outros clientes que você lhes permitiu estarem presentes ao processo de revelação — disse Jacob. — Será que poderia nos conceder o mesmo privilégio?

— Será um prazer — respondeu Godfrey —, se tiverem tempo.

Entramos na pequena câmara escura, empestada com os odores das substâncias químicas do ofício de Godfrey. O cômodo era abafado e mal-iluminado por uma única lamparina, cujo vidro havia sido pintado de vermelho-escuro.

— Só leva um ou dois minutos para revelar os negativos — explicou Godfrey ao esfregar ambos os lados da placa com uma pequena escova de pelo de camelo para remover a poeira. — As fotografias com alto-contraste devem ser reveladas rapidamente e, nesses casos, o contraste entre o ser vivo e o espiritual cria um verdadeiro *chiaroscuro* de luz e sombra.— Ele colocou o primeiro negativo num cadinho e misturou uma solução que cheirava a amônia numa xícara grande. Após mexer o conteúdo com um bastão de vidro, com gestos de um bruxo, Godfrey despejou a solução sobre o negativo e agitou o disco de um lado para o outro.

— Impressionante! — exclamou. — Mãe, venha ver isto.

Madame Gummler inclinou a cabeça na direção do disco.

— Olhem! O bebezinho! Aqui está Simon, venham ver.

Nós três olhamos por cima dos ombros dela. Sobre a chapa, como se tivesse vindo diretamente do éter, uma imagem rarefeita de uma trouxa apareceu no colo de Kate. Não se podia distinguir o rosto, mas a imagem se parecia mesmo com a de um bebê envolto em uma linda manta de renda.

Kate fixou os olhos na imagem e, em seguida, encarou Jacob.

Madame Gummler perguntou à Kate se ela gostaria de se sentar, ou se achava que iria desmaiar, que era o que costumava acontecer com mulheres que se comunicavam com seus filhos mortos. Kate respondeu sem um pingo de emoção:

— Será possível levar a fotografia pronta ao sairmos?

— Mas claro — confirmou Godfrey. — Embora o melhor seria deixar conosco para secar. Podíamos entregá-la amanhã.

— Não, estamos partindo para o campo amanhã, para visitar parentes. Precisamos levar o retrato conosco.

Fiquei surpresa por Kate abster-se de declarar sua verdadeira missão, mas supus que ela tivesse de levar o plano até o final para conseguir sua prova. Comecei a ter dificuldade de respirar, com aqueles odores pungentes das substâncias químicas e o calor gerado por cinco corpos naquele cômodo minúsculo e sem ventilação. Comentei que não me sentia bem, e madame Gummler se ofereceu para preparar um chá enquanto o marido revelava o outro negativo e imprimia as fotografias.

— Você deve estar muito emocionada. — Madame Gummler dirigiu-se à Kate enquanto nos servia o chá.

— Você não faz *ideia* do quanto — respondeu Kate.

— Talvez sua fotografia mostre quem está tentando entrar em contato com você. — A mulher disse para mim. — Às vezes, os espíritos ficam encabulados, mas esse é forte. Eu o senti aqui — disse, apontando para o próprio coração.

Kate sufocou uma risada, e desconfiei de que ela estava prestes a abrir o jogo, mas preferiu ocupar a boca com chá. Após ver a imagem do inexistente bebê morto de Kate, sabíamos que os Gummler estavam à frente de uma operação fraudulenta, mas eu ainda estava curiosa para ouvir o que madame Gummler estava dizendo. Queria lhe fazer perguntas, mas não podia alertar Kate sobre o meu recente e perturbador incidente. Não para a inquiridora e depreciativa Kate.

Jacob caminhou até a lareira — que não estava acesa, pois era verão —, e ficou admirando-a como se ali houvesse chamas que prendessem sua atenção. Muito estranhamente, Kate estava silenciosa. Madame Gummler pegou um xale espanhol que estava no espaldar de uma cadeira e o ajeitou sobre os ombros de Kate.

— É melhor manter o corpo aquecido quando se leva o choque de ter entrado em contato com os do além-túmulo.

Desejei que ela tivesse colocado o xale sobre os meus ombros. Senti uma aragem percorrer a sala e atingir em cheio o meu rosto, embora ninguém mais parecesse ter notado. Meu corpo, tão quente na câmara escura, agora sentia como se uma pedra de gelo escorregasse pelas costas. Abracei a xícara com as mãos, e encostei-a no meu estômago. De nada serviu para amenizar a friagem inexplicável que tomava conta de mim, e minhas mãos começaram a tremer. Botei a xícara sobre mesa, na esperança de que ninguém tivesse reparado em nada.

Madame Gummler já ia oferecer mais chá, quando Godfrey entrou na sala. E dirigindo-se à esposa, disse:

— Mãe, preciso da sua ajuda.

Ela pediu licença e foi atrás do marido de volta para dentro do quarto escuro. Kate virou-se para mim:

— Está se sentindo bem, Mina? Você parece aflita.

— Estou com um pouco de frio.

— Não se preocupe. Logo, logo iremos embora daqui.

— Quieta, querida — disse Jacob. — Os espíritos podem estar ouvindo. — Os dois acharam graça. Eu não sabia se ele a havia chamado de querida por estar fingindo ser marido dela, ou se eles eram, de fato, amantes, e Kate não me havia contado.

Os Gummler entraram na sala devagar, madame Gummler na frente, em solene procissão. Cada um deles segurava, com dois dedos, uma cópia fotográfica ainda úmida.

— Temos uma surpresa bem incrível — anunciou madame Gummler. Godfrey já ia me entregando a fotografia, quando a esposa o repreendeu: — Uma coisa de cada vez, querido.

Ela deu uma das fotografias para Kate. Jacob e eu nos levantamos para ver.

— Aqui está ele, o pequeno Simon, tão feliz nos braços de sua mãe — disse a Sra. Gummler.

— O que acha do pequeno Simon, Sr. Reed? — Kate perguntou lhe entregando o retrato.

— Acho que temos tudo o que precisávamos — respondeu Jacob.

— De que precisavam? Para qual propósito? — perguntou Godfrey. Seus olhos meio encobertos por pálpebras pesadas ficaram ainda mais apertados e desconfiados, como pequenas feridas.

— Somos jornalistas e colegas de trabalho, senhor. Não somos casados, e nenhum dos dois tem filho, vivo ou morto.

— Nós lhes contamos a nossa história antes de virmos aqui — disse Kate no mesmo tom que havia usado naquela outra vez com os senhorios dos cortiços. — Vocês adulteraram a placa antes de tirar a fotografia.

51

Vocês enganaram muitas pessoas e delas extorquiram dinheiro. Isso não pode continuar.

Mas em vez de sucumbir à humilhação ou atacar, madame Gummler respondeu calmamente:

— Jornalistas, é isso o que dizem? Quem veio aqui com uma mentira? Eu lhes pergunto, quem são os verdadeiros charlatões aqui? Afirmo que são vocês dois.

Godfrey me encarou:

— O que importa é o seguinte: quem é esta mulher?

— Eu? — Levei a mão ao peito. O que eu tinha a ver com isso?

— Ela trabalha conosco, é nossa aprendiz — respondeu Kate.

— Pois desconfio de que ela seja bem mais do que isso — disse madame Gummler. — Para mim, ela é aprendiz de feiticeira. — E virou a outra fotografia para mim: — Você conhece esta pessoa?

Olhei a imagem de mim mesma sentada na cadeira, com uma aparência plácida, desinteressada e um pouco assustada. Atrás de mim, havia um homem em elegantes trajes formais e uma capa. Ele carregava uma bengala que segurava por baixo da alça, expondo a cabeça de um dragão de ouro na ponta. Diferentemente da foto do bebê envolto em panos da primeira fotografia, o corpo do homem não estava borrado nem era uma massa indiscernível de luzes fantasmagóricas, mas quase tão nítido quanto o meu. Os olhos cavados, assombrados, olhavam direto para mim. Os cabelos longos desciam até os ombros. Não tive tempo de estudar em detalhe a imagem porque o reconheci de imediato. E, no mesmo instante, a sensação de frio subiu pela minha espinha e atravessou minha cabeça, vindo se alojar dentro dos meus olhos. Tudo foi ficando escuro, obscurecendo minha visão, e senti que meu corpo foi sumindo. E, antes que pudesse evitar cair, fui direto ao chão e perdi a consciência.

Quando recobrei os sentidos, Kate insistia com madame Gummler para que ela chamasse um médico; Jacob, porém, teimava em me tirar dali o mais rápido possível. Tomei o partido de Jacob, que saiu para pegar um táxi. Madame Gummler me entregou o retrato do — como haveria de chamá-lo? — espírito do meu misterioso salvador, mas o marido queria ficar com ele para estudos.

— Isso nos pertence — disse Kate, arrancando a fotografia da mão do homem.

Supus que ela quisesse usá-la como prova. Não discuti, e os Gummler também não, e saímos daquele lugar carregando as fotografias. A caminho de casa, Jacob quis saber o que acontecera para eu ter desmaiado tão de repente, e inventei que desde cedo não estava me sentindo muito bem e, com certeza, não deveria ter participado de um evento tão sensacional.

— É evidente que eles alteram todas as placas negativas. Aposto que cinquenta por cento das mulheres da Inglaterra possuem um retrato com aquele belo fantasma em pé atrás delas — disse Kate. Depois, se virou para Jacob: — Eu teria preferido que você tivesse esperado mais um pouco, antes de acabar com a farsa. Eles teriam engendrado uma mentira fabulosa sobre o fantasma da Mina que talvez pudéssemos usar em nosso artigo.

— Eu estava entediado — respondeu ele. — Sabíamos que eles eram uma fraude, e os desmascaramos. Só isso, nada mais. E também, por que uma mãe enlutada não haveria de acreditar que seu filho está flutuando no céu?

Fora Kate quem iniciara a investigação sobre os Gummler, e eu podia notar que ela considerava a falta de entusiasmo de Jacob uma afronta pessoal. Felizmente, isso retirou o foco do que acontecera comigo e, até chegarmos em casa, eles se concentraram em discutir se deviam ou não publicar a matéria.

Deixei a fotografia com eles. Tinha medo de confirmar o que vira. Então imaginei que se nunca mais botasse os olhos naquele retrato, não teria certeza do que vi. Assim, poderia dizer a mim mesma que a imagem fantasmagórica não passava de um truque. Conforme me explicara Jonathan, era a manifestação de meus temores. Com o tempo, compreenderia que minha mente, perturbada pelos acontecimentos recentes, havia atribuído as características do meu salvador àquela figura e, um belo dia, tudo seria esquecido. Tão logo estivesse em segurança, casada com Jonathan, esses eventos estranhos se dissipariam no ar. Estaria tão ocupada cuidando da nossa casa e me preparando para começar uma família, que não teria tempo para aventuras misteriosas no desconhecido. Assim como estar matriculada na escola da Srta. Hadley fez com que minhas prévias experiências com o sobrenatural desaparecessem, estar casada com Jonathan me impingiria a voltar à normalidade, e mais uma vez esses inexplicáveis elementos seriam expulsos da minha vida.

Mas nesta mesma noite, aconteceu algo em meu sonho para o qual não consegui formular nenhuma explicação racional; uma experiência a que fui forçada em algum plano astral, e que fugiu do meu controle e me fez ser dominada pelos espectros que rondam os éteres. Nesse sonho — embora parecesse mais real do que um sonho comum —, um homem estava em cima de mim e dentro de mim, e eu o queria. Eu o prendia para que não se mexesse, enfiando minhas unhas com força nas costas dele, agarrando-o e forçando-o a ir mais e mais fundo dentro de mim. Intenso e desesperado, meu desejo era incomensurável. Freneticamente eu buscava algo, mas não sabia o que era. Meu desejo era como uma escada que deve ser subida um degrau por vez, mas nunca conseguia chegar ao topo.

Acordei no meio dessa experiência, o corpo tremendo, ensopada de suor, e ainda desvairada para chegar ao destino desconhecido a que só o amante poderia me levar. Estava sozinha no quarto, mas o espírito desencarnado ainda estava bem fundo dentro de mim, explorando aquela cavidade escura. Permaneci deitada, imóvel, por um tempo muito longo, tomando ciência do ambiente e me acalmando com os detalhes familiares do quarto: a pequena cômoda, a cadeira com espaldar reto, o móvel lavatório com bacia e jarro, e um pequeno espelho oval com moldura em madeira logo acima. Disse o nome de tudo que havia ali em voz alta, na esperança de que os objetos de alguma forma me certificassem de que eu estava mesmo no meu quarto e acordada. Mas estava? Embora só, ainda podia sentir o homem — ou alguma presença —, dentro de mim.

Nomear os objetos não fez com que aquela sensação se desvanecesse. Eu nunca havia me tocado ali, de modo que não sabia como era sentir lá dentro. Subi minha camisola e desci minha mão. Com todo cuidado, como se estivesse tocando alguém que não fosse eu mesma, apalpei meu umbigo, desci até a barriga, através dos pelos, até chegar à parte úmida e secreta de mim. Essa parte do meu corpo era um mistério, mais desconhecida do que o coração ou os pulmões, pois desses órgãos eu havia visto ilustrações. Ouvi um ruído do lado de fora da porta e retirei correndo a mão; mas logo me dei conta de que era apenas o vento varrendo o corredor e chacoalhando as portas. Quis voltar a dormir e esquecer tudo, mas não havia como ignorar a avassaladora sensação dentro de mim. Algo me preenchia, literalmente. Seria algum fantasma que apareceu durante a noite e me estuprou? Se fosse o caso, sem dúvida eu havia sido uma vítima ansiosa e condescendente. Botei a mão entre as pernas e as abri totalmente. Com o dedo médio, localizei a pequena abertura e, devagar, o enfiei lá dentro. Foi uma sensação incrível, inusitada. Era macio e liso; vazio e cheio ao mesmo tempo, uma caverna úmida e acolchoada. Algo dentro de mim apertou meu dedo, fazendo ressurgir o mesmo palpitar do meu sonho. De onde será que veio o meu amante e para onde ele terá ido? Não sentia nada mais além das paredes úmidas, cremosas e quentes de meu próprio corpo. Alguma coisa fez com que eu quisesse continuar a me explorar; porém, quanto mais eu gostava das sensações, mais tinha consciência de que deveria dar por finda essa jornada nesse escuro caminho. Retirei o dedo bem devagar, levando-o para o ar frio da noite, e com ele veio uma essência salgada de lá de dentro da gruta secreta. Assim que o retirei, a sensação se dissipou por completo, como se nunca ninguém tivesse estado dentro de mim.

Na manhã seguinte, recebi uma carta de Lucy Westenra, minha queridíssima amiga da época da escola, que passava as férias de verão com a mãe numa estância balneária em Whitby, no litoral. "Estou ávida por uma companhia feminina, com quem compartilhar o que se passa em meu coração e em minha mente, sem falar nas novidades interessantes sobre um assunto que nos é tão predileto", ela escreveu, e anexado à carta vinha um bilhete de trem. Lucy sabia que Jonathan estava viajando, e que a escola da Srta. Hadley fica fechada para as férias durante o mês de agosto. As alunas e as professoras iam visitar suas famílias, e a diretora viajava para a casa da irmã em Derbyshire. Por isso, eu, que não tinha parentes com quem ficar, passaria um mês de abandono, lendo livros, passeando por Londres, e supervisionando as obras de manutenção do prédio da escola. Eu executava as tarefas diárias da minha rotina, me sentindo na solidão miserável de quem, ao contrário do que deveria, não tem um destino familiar para os meses de verão.

Havia semanas que Jonathan partira e, até o momento, eu não havia recebido nenhuma carta dele, o que também deixava meus nervos em frangalhos. Será que ele estava bem? Será que pensava em mim? Eu vinha atribuindo a falta de notícias à ineficiência do serviço postal e, por isso, enviei-lhe uma carta com o endereço de Lucy em Whitby, pedindo que escrevesse para mim enquanto eu estivesse lá.

Na verdade, eu andava ansiosa para passar um tempo com Lucy que, diferentemente de Kate, iria se deliciar com os detalhes dos planos para meu iminente casamento. Lucy tinha um admirador insistente chamado Arthur Holmwood, que em breve se tornaria lorde Godalming, e a quem eu ainda teria de ser apresentada. Mas se Lucy tinha novidades para contar, vai ver Arthur afinal lhe fizera a pergunta que há tempos queria fazer, e ela — que nunca dera sinais de estar apaixonada por ele, mas enfim se conformara com a ideia de que seu destino era se casar com um membro da nobreza — respondera que sim. Lucy não iria me deixar nervosa, como fazia Kate, sempre questionando qual deveria ou poderia ser a trajetória da vida da mulher num mundo utópico que jamais existiria. Seria mesmo um alívio passar um tempo na companhia da exuberante Lucy, conversando, excitadas, sobre os nossos destinos como noivas.

Parte Dois

WHITBY, NA COSTA DE YORKSHIRE

Capítulo Três

1º de agosto de 1890

O trem para York partiu da estação numa preguiçosa manhã de verão, um pouco antes do alvorecer. Senti-me tensa nos minutos que o comboio levou para cruzar Londres e seus subúrbios, com a sensação de que a qualquer momento eu poderia ser agarrada por um desconhecido e impedida de me afastar das ruas estreitas e dos becos da periferia da cidade. Assim que o trem deixou para trás os céus esfumaçados e a bruma da manhã que cobriam Londres, repentinamente me senti livre. O sol atravessou as nuvens escuras, transformando os campos orvalhados em vastas extensões de verde reluzente. Fardos dourados de feno, amarrados bem apertados como carretéis gigantes, brilhavam na campina e, como num passe de mágica, traziam à lembrança os cachos de Rapunzel. Cavalos e carneiros esticavam seus focinhos para o sol, absorvendo o calor. Meninos com botas de cano alto se arrastavam nos pastos barrentos devido às chuvas de verão, mas o sol provedor de vida que brilhava sobre eles era o mesmo que trespassava a janela e vinha pousar em meu rosto. Conforme o trem ia rangendo sobre os trilhos, uma brisa quente bafejava pela janela aberta, muito provavelmente trazendo consigo um pouco da fuligem cuspida pela chaminé da locomotiva, mas eu nem me importava. Algumas damas que viajavam no mesmo vagão cobriam o rosto com lenço; o ar, porém, era mais limpo e fresco do que qualquer outro que eu tivesse sentido há muito tempo.

Muitas horas depois, quando entramos em York, desci do trem e tomei um coche que me conduziria por milhas e milhas de região pantanosa até Whitby. A paisagem de planície foi substituída por uma cadeia de montanhas, e o caminho acidentado me fez sentir nauseada. O sol, meu constante companheiro no trem, de repente sumiu atrás de pesadas nuvens. As revoadas de pássaros brancos foram escasseando à medida que seguíamos em frente, provavelmente em busca de abrigo contra o que quer que os céus ameaçadores viessem a cuspir sobre eles. Fizemos uma breve parada em Malton para pegar novos passageiros, e aproveitei para perguntar ao cocheiro se a hora do relógio da torre estava correta. Não acreditei que fosse apenas meio-dia.

— O velho relógio parou à meia-noite anos e anos atrás, e nenhum relojoeiro da Inglaterra conseguiu consertá-lo — respondeu ele com ar de desaprovação.

Comprei um sanduíche de ovos e uma xícara de chá na estação. Logo em seguida estávamos de volta ao coche, subindo em direção à área pantanosa. A escuridão tornou-se mais intensa conforme nuvens bem escuras se concentravam sobre nós, dando a sensação de crepúsculo, embora ainda fossem quatro horas da tarde. Olhei para fora da janela empoeirada e reparei que o céu atrás de nós continuava azul brilhante, como se as nuvens se deslocassem junto com o coche em direção ao pântano. Que ideia mais boba, claro. Subitamente, porém, tive o pressentimento de que as cruciantes experiências do meu passado recente não ficariam para trás; muito pelo contrário, viriam no meu encalço até mesmo nas minhas férias. Tentei me concentrar nas urzes, com suas maravilhosas cores púrpuras agora esmaecidas pelo cinza da luz do dia. Mas as urzes só floresciam aqui e acolá; então, em vez de tapetes luxuriantes de roxo, apenas algumas vastidões solitárias de vegetação baixa e silvestre, e de grama selvagem, dominavam a vista.

A carruagem passou por um alto crucifixo de pedra cravado à margem da estrada, do qual pendia uma coroa seca de hera; sem dúvida um monumento a alguém cuja morte o alcançou na estrada. Uma mulher que ia sentada à minha frente fez o sinal da cruz e ficou me olhando, à espera de que eu lhe seguisse o exemplo, mas virei o rosto e olhei pela janela a paisagem desoladora e o horizonte agourento. Uma tempestade se armando no verão inglês era uma ocorrência bem comum, mas eu não conseguia me desvencilhar da avassaladora intuição de que alguma coisa me seguia desde Londres... Algo que eu preferiria ter deixado para trás. A primeira visão do mar deveria ter-me dado ânimo, mas enquanto observava a maré baixar, tive a sensação de que as ondas queriam me levar junto para aquelas águas turvas.

Por causa da minha chegada à noite, a mãe de Lucy contratou um senhor para ir me buscar na estação. Ele recebera uma perfeita descrição de mim e por isso veio direto apanhar minha bagagem assim que botei o pé para fora do coche. Assustada como estava, presumi — erradamente — que fosse um ladrão pilhando visitantes, até que ele se identificou. Absolutamente desconcertada, desculpei-me inúmeras vezes; ele aceitou as desculpas com uma risada.

Lucy veio me receber na sala de visitas contígua aos quartos reservados no segundo piso de uma colossal casa para hóspedes no East Cliff, bem acima do mar, com vista para os telhados vermelhos da cidade, para a praia, e para os dois faróis que davam boas-vindas aos navios que entravam no porto. Estava bem mais magra do que da última vez em que a vira, mas os cabelos dourados ainda flutuavam como ondas ao redor de seus ombros. Ela os havia prendido numa mecha para trás com uma fita acetinada cor-de-rosa que combinava com seu vestido diurno. A pele, sempre alva, tinha agora mais cor, e as sardas bem clarinhas que lhe cobriam o nariz e as maçãs do rosto desde que eu a conhecera, 13 anos atrás, estavam mais proeminentes.

— Estava andando de bicicleta — disse, como forma de explicar o avermelhado da pele. — Minha mãe está furiosa por eu ter deixado a pele escurecer, mas não ligo a mínima.

— Você? Andando de bicicleta? Igual a uma mulher comum? Lucy, você me surpreende!

Mas eu não estava nem um pouco surpresa.

Na época que estudávamos juntas, Lucy, com sua linda cabeleira loura e os inocentes olhos azuis, dava a impressão de ser um anjo; mas na verdade era uma criança insubordinada que roubava balas da caixinha de tesouros da própria Srta. Hadley e inventava esquemas tão bem-elaborados que nunca foi pega. Houve uma manhã, porém, que, enquanto a Srta. Hadley nos levava marchando para o parque no passeio semanal, passamos em frente a uma loja que vendia balas de dar água na boca. Já no parque, Lucy me puxou para longe do grupo de meninas e me revelou seu mais recente plano. Caminharíamos direto para pessoas totalmente desconhecidas ali no parque, com a desculpa de que estávamos angariando dinheiro para os cegos, mas na verdade usaríamos o dinheiro para comprar as tais balas.

Eu fiquei petrificada de medo, mas mesmo assim entrei na brincadeira. Abordamos então senhoras de gorros amarrados debaixo do queixo e senhores com suíças recém-aparadas por barbeiros; Lucy inventava uma história, e eu meneava a cabeça concordando. Quando tínhamos duas mãos cheias de moedas, voltamos para perto da Srta. Hadley e das outras meninas e nos embrenhamos no grupo. Aconteceu, porém, que uma das senhoras que nos tinha dado dinheiro veio até a Srta. Hadley, e a cumprimentou por estar instilando nas jovens um meritório espírito filantrópico. A Srta. Hadley ouviu com atenção e agradeceu educadamente. Depois, aproximou-se de nós, e com uma das mãos puxou Lucy pela orelha e com a outra agarrou na minha trança, e nos obrigou a confessar a estripulia.

— Mas nós íamos doar o dinheiro para os cegos! — insistira Lucy. E contou que sua mãe resolvera ajudar os necessitados, o que a havia inspirado a impressioná-la com sua própria caridade.

— Doravante, eu lhe aconselho a ajudar o trabalho de sua mãe, em vez de fazê-lo por conta própria.

Ela exigiu que devolvêssemos as moedas, e as que sobraram ela deu para um mendigo caolho que estava sentado num banco do parque. E o assunto se encerrou ali. Qualquer outra aluna teria levado uma surra e ido para cama sem jantar.

Tal era o talento de Lucy para escapar ilesa de suas transgressões.

— Mina, você é a pessoa mais antiquada que conheço — disse Lucy, em resposta à minha reprovação à ideia de damas andarem de bicicleta. Desconfiei que ela ainda conseguia fazer tudo o que quisesse. — Minha mãe ficaria tão, mas tão feliz se você fosse a filha dela, e não eu...

— Não dou a mínima para o que você diz. Não posso imaginar montar numa coisa dessas e conseguir conduzir-me com um mínimo sequer de compostura!

— Talvez você ainda não tenha visto as novas bicicletas, muito mais seguras, e que são muito populares nas cidades de veraneio. Um pequeno suporte as mantém no lugar enquanto a pessoa monta e desmonta, praticamente sem desarrumar a saia. Um pouco de ar fresco e exercícios são benéficos também para as mulheres! — Os grandes olhos azuis de Lucy estavam quase selvagens de tanta excitação ao verbalizar essa ideia.

— É o Sr. Holmwood que tem levado você para essas aventuras com a bicicleta? — perguntei.

— Não, não, o Arthur não. Mas um amigo dele, da época de Oxford. Um norte-americano chamado Morris Quince. Ele está me acompanhando enquanto Arthur se ocupa dos assuntos de família — explicou ela, se afastando de mim.

Pediu que nos trouxessem chá e sanduíches, que foram servidos por Hilda, a criada contratada ali na cidade; e esta nos avisou que a Sra. Westenra fora se deitar por causa de uma dor de cabeça.

— Ultimamente ela está sempre doente — informou Lucy. — Sua saúde nunca foi boa, mas desde que papai morreu, só fez piorar. O médico achou que o ar do mar traria mais vigor para o coração dela, mas temo que tenha ocorrido o inverso.

Lucy parecia desesperançada. Ela fora mais agarrada ao pai, que falecera alguns anos antes.

— Bobagem. Mais um mês respirando o ar marinho, e logo se verão melhoras — eu disse, afagando-lhe a mão. — Sua carta soava como se você tivesse novidades para contar.

Minha intenção era desviar-lhe a atenção de suas angústias, mas, meneando a cabeça, ela disse:

— Não, minha querida. Primeiro você. Quero saber de tudo sobre o seu Jonathan.

Retirei o caderno de esboços da minha pasta escolar e o abri na página em que eu tracejara um vestido de noiva branco.

— Tirei ideias de uns modelos que vi na revista *O mundo feminino*, e fiz alguns acréscimos e alterações da minha cabeça — expliquei. — Vou encomendá-lo em Exeter, onde as costureiras trabalham por uma fração do preço de Londres. Você gosta do arranjo de cabelo? Vai ser de flores de laranjeira.

— Mas veja, Mina, é uma variação daquele vestido que você desenhou quando tinha apenas 13 anos. Às escondidas, você ia desenhando vestidos de noiva, à noite, antes de ir para a cama — lembrou-se Lucy. — E você dizia também que seria branco, como o da rainha.

Eu não me recordava de como eram aqueles modelos de vestido, mas me lembrava de esconder os desenhos debaixo da cama.

— Que estranho. E olha que este modelo está na última moda. Como eu poderia saber que o meu vestido seria assim, nove anos atrás?

— Talvez você seja uma visionária! O que não seria uma surpresa para mim. Sempre achei que, de nós três, você era a mais inteligente. Não conte para a Kate que eu disse isso!

— Bem... não é verdade — contestei. — A inteligência de Kate consta hoje dos anais públicos. Ela vem escrevendo longas e profundas peças de jornalismo que monopolizam a atenção de Londres inteira, enquanto eu ainda estou ensinando meninas a se sentarem e a servirem o chá.

— Conte-me tudo sobre seu casamento — pediu Lucy, excitada. — Vai ser em Exeter?

— Vai sim! — respondi, feliz em poder compartilhar meus planos com uma amiga. — O Sr. Hawkins e a irmã se ofereceram para dar uma festa após a cerimônia.

Muitos meses antes, acompanhada da tia de Jonathan, eu havia passado um fim de semana na casa de Exeter, na companhia de Jonathan e do tio. Assim que vi a Catedral de São Pedro, sabia que queria me casar ali. Eu ficara impressionada com o tamanho, com as imensas pilastras em arco e as cores desbotadas da fachada que originalmente era de cores fortes.

— E eu serei convidada? — perguntou Lucy de brincadeira.

— Você é a minha família, Lucy. Tradicionalmente, a moça se casa na presença de familiares, mas como não tenho ninguém, você e Kate e a diretora, que é uma mãe e um pai para mim, estarão comigo. Você vai usar um vestido prateado para realçar seus olhos azuis — afirmei, enquanto apanhava um artigo sobre como planejar um casamento. Ansiosa, Lucy o arrancou de minha mão. — Eu recortei esta página do nosso exemplar de *O mundo feminino* antes que Kate tivesse tempo de lê-lo, e não tenho remorso algum por isso. É evidente que ela não iria querer macular suas suscetibilidades com essas ideias *burguesas*. — Minha imitação de Kate fez Lucy guinchar de tanto rir. — Mas tudo que está no artigo é verdade. O casamento, para as mulheres, significa que todos os aspectos de sua vida se alteram. Ela se muda para uma casa nova, recebe um novo nome e tem novas obrigações. Casamento significa que um homem elegeu uma mulher e a colocou acima de qualquer outra, escolhendo-a para ser amada e protegida. É uma posição muito elevada.

— O seu casamento vai ser maravilhoso — disse Lucy. — Você está se casando com alguém a quem ama. Nada de ruim pode acontecer a você. — Ela se virou como se tivesse ouvido um ruído do lado de fora da janela; para mim, era só o barulho do mar que batia ruidosamente contra os rochedos íngremes de Whitby. Recordei-me de ter ouvido dizer que pouco importava onde a pessoa estivesse em Whitby, o mar era um constante e audível companheiro.

— E as suas novidades? Será que teremos dois casamentos em breve?

— Aceitei o amável pedido de casamento do Sr. Holmwood — contou ela tranquilamente.

— Parabéns, minha querida amiga — disse, exultante. Tomei-lhe as duas mãos, que estavam geladas, e lhe beijei o rosto, que estava quente. — Ele vai ser um bom marido, e você será uma noiva encantadora e a senhora soberana da propriedade. — A mansão Waverley, a propriedade da família dele em Surrey, era conhecida por ser uma das mais belas residências do sul da Inglaterra.

O sorriso de Lucy mais parecia uma recente ferida à faca em seu belo rosto.

— Ah, bem... por si só, o tamanho é intimidador. Mas Arthur diz que seu único desejo na vida é me fazer feliz. Então, o que mais posso querer?

Eu estava prestes a concordar com Lucy, do fundo do meu coração, quando ela me interrompeu:

— Acho que está na hora de irmos para cama. Vamos dormir no mesmo quarto. Isso vai ser divertido, não? Será nossa última oportunidade de ficarmos juntas antes de nos tornarmos umas velhas senhoras casadas.

A mansão dos Westenra, em Hampstead, era de dimensões e elegância extraordinárias. Sempre que passava a noite lá, tinha um quarto só para mim com uma cama que me envolvia com a maciez do colchão de penas. Contudo, na maioria daquelas noites, Lucy vinha para a minha cama, e conversávamos até o raiar do sol. Eu estava desapontada por terminar nossa noite assim tão cedo, mas não dei voz ao meu descontentamento e fui lavar meu rosto e minhas mãos, além de me trocar e vestir a camisola, enquanto Lucy fazia o mesmo.

A janela do quarto era virada para um antigo cemitério de igreja, com lápides que pareciam ter sido colocadas a esmo e ameaçando a tombar umas contra as outras no caso de uma forte rajada de vento. Atrás do cemitério, eu podia distinguir as ruínas da Abadia de Whitby, delineadas contra a noite escura. Estávamos na cama antes das dez da noite, com as luzes apagadas e a janela aberta, para que o ondear do mar pudesse embalar o nosso sono. Eu podia ouvir algumas vozes de pessoas que desciam a rua Henrietta em direção ao porto, mas devia estar mais cansada do que queria admitir, pois ao cabo de alguns minutos caí num sono sem sonhos. Pouco tempo depois, fui acordada por um ruído. Abri meus olhos e vi Lucy sair do quarto na ponta dos pés.

— Lucy? Algum problema? — perguntei.

— Não, querida, só vou dar uma olhada na mamãe para ver se ela tomou todos os remédios. E vou passar a noite com ela, se ela quiser. Volte a dormir. — Ela me assoprou um beijo e fechou a porta atrás de si; minutos depois, voltei a dormir.

Na manhã seguinte, à mesa do café, Lucy recebeu um bilhete de Morris Quince, o amigo norte-americano de Arthur Holmwood. A mensagem dizia que Quince estaria fora por alguns dias, e a Sra. Westenra manifestou sua satisfação por ele estar impedido de comparecer ao seu salão de visitas:

— A família Quince é absolutamente escandalosa, Mina, e o rebento saiu aos seus. — Lucy revirou os olhos.

Desde que a conheci, a Sra. Westenra sempre apreciara uma boa sessão de mexericos, e não poupou nenhum detalhe sobre o abjeto Quince.

— O pai é rico — contou ela, espalhando um naco generoso de manteiga sobre uma torrada e, em seguida, acrescentando geleia de amora.
— Mas ele começou a carreira como artista de circo! Quando a Guerra Civil Americana irrompeu, ele se pôs a contrabandear mercadorias para as linhas inimigas, e, aparentemente, não tinha nenhum escrúpulo de vender planos de guerra roubados tanto de um lado, como do outro, e é isso o que corre à boca pequena por aí. Dizem também que o homem

é na verdade judeu, o que, naturalmente, teria instigado a trajetória dele para os ramos bancários e financeiros. Nos quais, querida Mina, ele fez sua segunda fortuna.

Embora a Sra. Westenra tivesse a aparência pálida e doente no início do café da manhã, a conversa sobre o pai inescrupuloso de Morris Quince lhe trouxe um bocado de cor à face. Lucy, ao contrário, parecia cansada. Pequenas veias arroxeadas avançavam por suas olheiras, e uma vermelhidão cobria os cantos internos de seus olhos.

A Sra. Westenra continuou:

— É fato notório que o Sr. Quince mantém uma dançarina de cabaré como amante; dizem, porém, que a Sra. Quince não se importa porque... Mina, querida, perdoe-me o que vou dizer. Só estou lhe contando esses detalhes por querer que você esteja ciente das verdades sobre o histórico familiar desse homem, caso ele tente conquistá-la. Mas como eu estava dizendo, a Sra. Quince não liga a mínima para as indiscrições do marido porque ela está, segundo a opinião geral, envolvida num relacionamento sáfico.

A Sra. Westenra deu seu discurso por findo com uma firme expressão facial. Pegou outra torrada e, meticulosamente, espalhou sobre ela o conteúdo de uma travessinha de condimentos.

— Desculpe, Sra. Westenra, mas não entendi. A Sra. Quince é poeta?

— Querida Mina, querida, minha querida Mina. Você tem de se atualizar com a terminologia moderna. O Dr. Seward... você ainda não o conheceu, mas irá, com certeza. Ele estava enlouquecido pela Lucy, mas, naturalmente, ela não poderia dispensar o futuro lorde Godalming para ficar com um pobretão de um médico de loucos, não é mesmo?

Lucy nunca havia mencionado nenhum médico entre seus pretendentes. Ela, porém, simplesmente deu de ombros e se serviu de mais chá.

— Seja como for, quando contei a mesma história para o Dr. Seward, ele me explicou que safismo é a nomenclatura médica para a doença em que uma mulher se apaixona por outras mulheres, transferindo a elas o mesmo sentimento que as mulheres normais sentem pelos homens.

— Mãe, você tem de parar de contar para todo mundo essas histórias escabrosas — cortou Lucy. — Você está apenas repetindo mexericos inúteis. Com que olhos Mina irá enxergar o Sr. Quince quando for apresentada a ele?

— Ele é um homem muito bonito, querida. É um grande prazer mirar nos olhos dele — comentou a Sra. Westenra. — Eu achei que a nossa Mina deveria ser avisada sobre ele. Talvez ele queira roubá-la do Sr. Harker.

— Mãe! — Lucy atirou com raiva sua torrada contra o prato. — Mina é absolutamente apaixonada pelo Sr. Harker. Ninguém deveria enodoar o seu caráter; ela não iria permitir.

— Vocês são duas senhoritas muito ingênuas — rebateu a Sra. Westenra. — Sinto-me na obrigação de preveni-las para não caírem nas armadilhas dos homens. O Sr. Quince tem um certo charme bruto dos norte-americanos, mas não planos sólidos. O homem pinta! Que tipo de sujeito pinta? Um homem que gosta de ver as damas sem roupa... é que pinta!

Pequenas gotas de suor apareceram sobre seus lábios tremulantes. Ela secou-os com um guardanapo, depois pegou seu leque e agitou-o bem rápido.

— Mina não tem o aconselhamento materno e por isso fica agradecida quando lhe chamo a atenção para determinadas situações. Não é mesmo, Mina?

A diretora sempre insistira na importância de se acatar os conselhos dos mais velhos; neste caso, porém, o alerta da Sra. Westenra só fez aumentar minha curiosidade de conhecer esse homem tão terrível.

— A senhora dormiu bem essa noite? — perguntei à guisa de mudar de assunto.

— Não, Mina, não dormi nada. Fiquei me debatendo na cama a noite inteira.

— Sinto muito — comentei —, isso explica a palidez de Lucy. Presumo que também você não tenha conseguido dormir! — Olhei para Lucy, cujas feições congelaram, mas ela apoiou a mão sobre a da mãe.

— Fui ver como você estava à meia-noite e fiquei sentada no seu quarto por um longo tempo, mas não creio que você se lembre — afirmou Lucy.

— Você não pode deixar que minha doença estrague sua saúde — disse a Sra. Westenra. — Vou ter uma conversa com o Dr. Seward sobre prescrever um comprimido para você que a ajude a dormir.

— Não vou tomar nada — respondeu Lucy num tom de voz muito contrariado. — Alguém nessa família deve permanecer alerta.

— É para isso que servem as criadas! Estou zangada com você, minha filha. Se seu pai estivesse aqui, ele lhe diria para me obedecer! — Ela meneou a cabeça com força, o que fez com que a pele flácida das maçãs do rosto sacudisse para a frente e para trás. — Ó Senhor, espero que Mina não precise assistir a um dos meus ataques. Eles vêm tão de repente, nada parecidos com palpitações. Angina é outra doença, conforme entendi. O ataque vem sem aviso e começa com uma forte dor no osso esterno.

Ela apontou para o lugar com um dedo. Começou a respirar mais pausada e tranquilamente, fazendo massagem circular sobre o peito.

— É assustador sentir como se seu coração estivesse prestes a parar, Mina. Sinto um medo indescritível, e minha pele parece de gelo, como se o sangue tivesse parado de circular. Meu pobre coração arqueja pelo seu fluido vital, e sinto como se estivesse morrendo. Deve ser terrível morrer! Ó, meu pobre marido. — As lembranças do Sr. Westenra a sufocaram, e ela começou a chorar, secando os cantos dos olhos com o guardanapo.

Lucy manteve uma atitude de indiferença durante o discurso da mãe, bebericando o chá como se fosse a única pessoa naquela sala. Mais tarde, quando estávamos a sós, eu disse:

— Se você não tivesse mãe, talvez apreciasse as preocupações dela.

Ela olhou para mim como se eu a tivesse traído.

— A única coisa que quis dizer é que gostaria de ter uma mãe que me ajudasse a navegar pelas fases da vida e também para a maturidade. Talvez você tenha tido sorte — concluiu Lucy. — Você está livre para navegar por conta própria, e, para uma moça, isso pode ser considerado um privilégio.

Lucy resolveu tirar um cochilo após o café da manhã, e fiquei satisfeita em poder ter um tempo só para mim. O sol não brilhava exatamente, mas era aparente por trás de uma fina camada de nuvens. Eu queria dar uma volta e encontrar um lugar em que pudesse me sentar e escrever no meu diário. Tinha ouvido dizer que a melhor vista de Whitby era de um banco no antigo cemitério, de onde se podia ver o centro, o porto e o mar. Subi os 199 degraus até a Igreja de Santa Maria, obedecendo à superstição local de que cada degrau deveria ser contado ou uma desgraça cairia sobre sua cabeça. Parei para admirar a imensa e antiga cruz celta na entrada do jardim da igreja; depois dei uma espiada dentro da pequena capela que estaria totalmente às escuras, não fosse por uma luz que atravessava o vitral tríptico atrás do altar, indo parar bem no centro do corpo de Cristo crucificado. Umas poucas mulheres vestidas de preto rezavam com fervor na penumbra. Acendi uma vela para os mortos; depositei uma moeda na caixa de esmolas; e saí.

Todos os bancos do jardim estavam tomados, mas eu não queria dar por encerrados os meus planos. Um homem sozinho ocupava o banco que ficava mais afastado do promontório e que, por isso, tinha a melhor vista do mar. Ele dava a impressão de ter sido forte e atraente, mas as décadas lhe haviam encolhido até o tamanho de uma velhinha. As roupas que vestia até podiam ter-lhe caído bem há uns vinte anos; agora, desciam em dobras sobre o corpo esquelético. Sua pele era tão bronzeada e enrugada como um amendoim torrado e coberta por manchas escuras e verrugas.

— Incomoda-se se eu me sentar aqui? — perguntei.

Ele aquiesceu com um forte sotaque de Yorkshire, do tipo que, na escola da Srta. Hadley, trabalhávamos com afinco para remover.

— Não vou perturbar sua tranquilidade — acrescentei enquanto abria meu diário e removia a tampa da minha caneta.

— Em breve, terei toda a tranquilidade de que preciso — respondeu ele engolindo as vogais, como era costume fazer nesta região. Eu não sabia exatamente o que ele queria dizer com isso, até que ele sinalizou com a cabeça na direção das lápides. Sorri, e depois mirei o mar em busca de concentração. Comecei a escrever, mas o idoso, carente de companhia, presumo eu, puxou conversa comigo e começou a falar sobre si mesmo.

Ele era o último sobrevivente dentre aqueles homens que outrora "estragaram a própria vida" com a indústria baleeira.

— Os barcos de Whitby eram conhecidos como os mais resistentes na água — disse ele, explicando que todos os grandes marinheiros do último século, inclusive o próprio Capitão Cook, preferiam as embarcações construídas nos estaleiros do lugar. — As embarcações tinham de ser resistentes para enfrentar os ventos dessas frígidas águas, e os homens precisavam ser fortes para arrostar o mar, a pilhagem e a pirataria. Eu era um jovem rapaz num dos grandes barcos baleeiros, o *Esk*.

Percebi que tinha pela frente um longo e envolvente relato; então, respirei fundo e fiz cara de interessada.

— Estávamos voltando para casa, nem trinta milhas do porto, depois de lutar o dia inteiro contra um vento sul, quando, de repente, um furor no ar como nunca antes se viu veio sibilando do leste. Como as velas haviam sido encurtadas, não estávamos preparados para nada parecido com aquela tormenta, e o vento nos arremessava contra a costa. — Quanto mais ele falava, mais animado e jovial ia ficando. — Senti o *Esk* bater no rochedo e sabia que ia afundar. O barco se partiu, partiu-se mesmo, cuspindo todos nós para o mar, como se fôssemos nada além de sementes de um pedaço de fruta. Eu tinha quase 26 anos e era forte como um touro. Agarrei dois homens e tentei mantê-los com a cabeça fora d'água, mas no final só três de nós sobrevivemos. Depois disso, passei para arenques para me sustentar. Imagine... um dia perseguindo o maior peixe do mar e depois ser rebaixado a pescar o menor deles!

Expressei minhas condolências pelos colegas de bordo que ele havia perdido.

— Eles estão todos aqui, os que foram achados — disse, fazendo um gesto largo com o braço para o cemitério. — Eu os visito todos os dias, mantendo-os informados sobre as novidades da cidade. Eles apreciam, gostam mesmo.

— E como o senhor sabe disso? — perguntei.

— Porque eles me agradecem. Os mortos falam conosco, se tivermos paciência para escutá-los. Os outros que se perderam no mar e viraram comida dos próprios peixes que pescamos para jantar, eles também falam. Não em palavras, mas em assustadores uivos. E quem haveria de culpá-los por isso? Moços perdendo suas vidas no auge da juventude? Num dia, fortes e valentes, como jovens deuses, de repente, aos caprichos dos ventos, tornam-se comida de peixes. Muito estranho, se você parar para refletir. Eles fizeram de nós canibais, esses peixes.

Não quis me deter em considerações sobre essa imagem repulsiva, nem sobre entrar em contato com os mortos. Tinha vindo para Whitby justamente para escapar disso. Dei-lhe meu nome e perguntei o dele. Respondeu-me que era conhecido como o pescador de baleias. Já ia dizer adeus ao meu novo conhecido, quando ele me convidou para ver o lugar exato onde fora arrastado pela água.

— Há dias em que ainda se pode ouvir o lamento dos marujos — sussurrou ele, e alguma coisa me impingiu a acompanhá-lo escada abaixo em direção à praia.

O dia estava nublado e não fazia calor. Alguns banhistas se espalhavam pela areia, mas nenhum deles se aventurava no mar. Os mais otimistas haviam alugado amplos guarda-sóis e cadeiras, nas quais se sentavam sob cobertas, para protegê-los da viração. O mar estava encapelado, batendo implacavelmente contra os despenhadeiros à distância, lançando ondas na praia e forçando os banhistas a recuarem suas cadeiras, afastando-as das águas invasoras. O pescador de baleias e eu caminhamos bem longe da água. Não era a minha intenção molhar um dos poucos vestidos bonitos que eu possuía. Levantei a saia tanto quanto me atrevia enquanto passeávamos pela areia. Vendedores de chá, limonada e bolos haviam montado suas barracas ao longo da faixa de terra. Repentinamente, o idoso puxou-me para o lado, guiando-me pelo braço para esconder-me atrás de uma barraca de chá.

Um homem alto com um físico bem avantajado e cabelos ruivos que escapavam pelas laterais do gorro caminhava pesadamente pela areia, as pernas de suas calças enroladas até o joelho, revelando musculosas panturrilhas. Enquanto caminhava, soltava rugidos para o mar, como se tentasse acuá-lo, mantendo-o longe dos maciços que rodeavam a costa.

— Aquele homem parece estar num concurso de oratória com o mar — comentei, estreitando o xale contra o peito para me proteger das lufadas de ar.

— O melhor que se tem a fazer é evitá-lo. Ele vai arrancar tudo de mim até eu morrer.

— Ele ameaçou agredi-lo? — perguntei. O homem dava mesmo a impressão de ser louco e também perigoso, fosse fazendo sua ginástica com os braços ou acenando-os na direção de algo invisível, enquanto gritava o tempo todo para as ondas.

O pescador de baleias deu uma risada:

— Agredir? Não, ele vai me encher de cerveja e fazer com que eu lhe conte minhas façanhas. Vai me levar para um lugar proibido para jovens senhoritas e me oferecer tanta bebida que não vou conseguir sair dali nem arrastado.

O idoso me revelou que o sujeito era um escritor que gerenciava um teatro. Que ele viera a Whitby em busca de histórias sobre monstros e fantasmas, procurando material para escrever uma peça para um famoso ator londrino.

— Como ele se chama? — perguntei.

— O ruivo?

— Não, o ator. Gosto de ir ao teatro em Londres e vou sempre que posso.

O ruivo chegou a dar o nome do ator para o velho, como se ele o devesse conhecer tanto quanto o próprio nome, mas como nunca o ouvira antes, prontamente o esqueceu.

— Assim como aconteceu com tudo o mais que estava em meu cérebro — acrescentou. — Mas me lembro de todas as histórias de assombração e de pessoas que já morreram, e são essas que aquele moço gosta de ouvir. Ele garante que minhas histórias valem peso de ouro, mas só me oferece cerveja. E para a senhorita, quanto valem as minhas histórias?

Esclareci que era apenas uma professora de escola, sem dinheiro para gastar.

— Então a sua beleza será a recompensa pelos meus relatos — disse ele. — Não abrirei mão do que é meu por direito até que meus olhos se cansem de você e de seus cabelos negros como o carvão.

Com o outro homem já bem longe de nós, o velho e eu recomeçamos nossa caminhada. Ele me mostrou o local de onde nadou até a praia após o naufrágio, e onde os corpos de seus colegas foram encontrados. Abstive-me de fazer qualquer comentário. Não queria ser tomada como alguém sem compaixão pelos mortos, mas também não desejava estender o assunto. O que antes me parecera uma simpática praia, agora sugeria um cemitério, e cada pedra ali, uma lápide.

Ele deu uma parada, arrebitou a ponta da orelha na direção das ondas e indagou:

— Você consegue ouvi-la?

Fiquei atenta, mas só escutei o som incessante das ondas batendo na areia.

— Ouvir quem? — perguntei.

— Mirabelle! Ela era uma boa moça, mas perdeu a cabeça por quem não prestava, como as mulheres não devem nunca fazer. Um diabo em forma de homem que, como tantos outros marinheiros, usou a pobre menina e depois avisou que estava indo embora, voltando para a verdadeira esposa e os sete filhos.

Eu estava prestes a lhe dizer que não queria ouvir duas histórias tristes numa mesma tarde, quando imaginei ter ouvido uma voz de mulher à beira do mar. Parei de súbito.

— Você a ouviu? — perguntou ele sem pestanejar.

— É... ouvi alguma coisa — falei. — Não estou certa do que foi.

— Minha senhora, foi Mirabelle. Escute o que tenho para lhe contar e, então, julgue por si própria. Desde o dia em que aquele marujo se foi, Mirabelle pôs-se a caminhar pela praia, saudosa, na esperança de ver o navio dele entrar novamente no porto. Ela sabia, lá em seu coração, que ele sentiria falta dela e que voltaria.

— E ele voltou? — perguntei, ansiosa para ouvir um final feliz.

— Claro que não. E a pobrezinha, clamando por ele, estava mexendo com o que não devia. Muitos marinheiros perderam suas vidas nessas águas ao longo de muitos anos e, por serem homens jovens e viris, não queriam morrer. Não queriam mesmo, minha senhorita, e então se revoltaram contra Deus por terem morrido. Seus espíritos assombravam essas praias, e eles se metiam em pactos com o diabo para que voltassem a viver.

"Os espíritos sabem que ao roubarem o sangue de uma jovem, conseguem voltar a viver! Essa é a pura verdade. E assim, o espírito de um belo rapaz veio até Mirabelle no crepúsculo e a manteve em sua companhia até o romper do dia. Ele fez amor com ela, aproveitando para lhe sugar o máximo de sangue que conseguiu, e com esse sangue ele ficou fortalecido. Ela não teve forças para resistir a ele, pois tal paixão transforma a mulher numa viciada. Ele exercia um estranho poder sobre ela, e os beijos dele, ao mesmo tempo em que a matavam, faziam-na extasiar-se de prazer!

"Os pais da moça cuidavam de uma estalagem e tudo que esperavam era que a filha os ajudasse trabalhando honestamente; mas não demorou muito, e a moça não tinha forças nem mesmo para segurar uma vassoura e caía no sono ao tentar cumprir suas tarefas. Os pais pensaram que a filha estivesse doente e chamaram o médico, mas ele não soube dizer o nome da doença que a estava consumindo. Todas as noites, a jovem escapulia da estalagem para se encontrar com o amante que, dia após dia, ficava mais forte; Mirabelle, contudo, antes de uma beleza como sua, foi empalidecendo e emagreceu tanto que estava quase invisível. Ela se recusava a comer e jamais dormia. Então, numa manhã, foi encontrada morta próxima à lareira e com uma vassoura nas mãos. As forças se esvaíram de seu pobre corpo. E no mesmo instante em que a mãe encontrava o corpo encarquilhado da filha, ouviu a voz forte e entusiasmada do pai dar as boas-vindas a um hóspede da estalagem. Ele era um jovem marujo que havia sido dado como afogado uns dez anos antes, e lá estava ele, com a aparência igual à que tinha quando desapareceu.

"Como pode ver, Srta. Mina, o ar está pesado com o espírito de jovens marinheiros e pescadores que perderam suas vidas para o mar. Eles ainda almejam o amor e o toque de belas mulheres, pois eram muito moços quando foram forçados a deixar seus corpos e os prazeres terrenos para trás. Estou lhe contando isso para que fique de sobreaviso. Bela como você é com esse cabelo preto-azeviche e essa encantadora tez mais pura e deliciosa do que um creme, e com esses olhos que das esmeraldas do sultão roubaram o tom de verde... Tome cuidado quando caminhar pela praia. Não dê atenção à tagarelice dos fantasmas. Na morte, eles adquirem uma eloquência capaz de seduzir uma donzela. Se os espíritos dos mortos clamarem por você, envolva-se o máximo que puder em seu xale, faça o sinal da cruz para proteção e vá embora."

Capítulo Quatro

Whitby, 14 de agosto de 1890

— *O* conde austríaco tem uma filha lindíssima com uma herança espetacular, de alto padrão social e de prestígio, e Jonathan se apaixonou perdidamente por ela. — Mirei o espelho e notei que um sulco profundo se instalara entre as sobrancelhas, bifurcando minha testa e me fazendo parecer mais velha.

— Que imaginação, Mina — disse Lucy. — Jonathan ama apenas você.

Eu não havia recebido nem uma palavra sequer do meu noivo em cinco semanas, desde que ele partira de Londres. No começo, temia por sua segurança; mas considerando que as más notícias correm mais ligeiras do que as boas, se alguma coisa de mal lhe tivesse acontecido, eu teria sabido. Agora, me preocupava que ele tivesse conhecido uma moça mais bem-dotada de atributos para ser sua esposa. O milagre do amor dele por mim sempre pareceu uma dádiva dos contos de fada, para mim, uma órfã, com nada além de uma pele boa e olhos bonitos que me servissem de carta de recomendação. Talvez ele fosse mais ambicioso do que eu o tivesse julgado, e agora tinha conhecido alguém cujo círculo social poderia ter atiçado suas ambições.

— É mais do que razoável amar alguém até que o verdadeiro amor apareça — insisti. — É quanto a isso que os romances nos previnem. É isso que a história vem confirmar. Guinevere amava Arthur até conhecer

Lancelot. Você não concorda que existe a possibilidade de amar alguém, mas encontrar outra pessoa cuja alma fala com você?

Lucy pegou uma ventarola de cima da penteadeira e agitou-a diante de seu rosto, embora não fizesse calor. Ela emagrecera ainda mais nas duas últimas semanas. Seu vestido de seda moiré cor de pêssego ameaçava escorrer-lhe pelos ombros, mas as maçãs do rosto conservavam uma coloração bonita, e ela estava sempre bem-disposta e alegre.

— Você não me responde porque sabe que estou certa. Realmente existe a possibilidade de Jonathan ter conhecido alguém que considere mais adequada para ser sua esposa, ou que tenha reconsiderado seus sentimentos em relação a mim.

— Não seja tola, Mina — rebateu ela fazendo pouco caso dos meus temores. — Agora, ponha aquele lindo sorriso nos lábios e ajude-me a receber o Sr. Holmwood e seus amigos.

Holmwood e seus amigos de Oxford — o mal-afamado Morris Quince e o Dr. John Seward — estavam esperando no salão de visitas quando Lucy e eu entramos, mas a Sra. Westenra arrastou a todos nós para a sala de jantar tão em seguida que mal tive tempo de pôr um rosto em cada nome. Quando nos sentamos, ela se desculpou *ad nauseam* pela absoluta pobreza da mesa e da comida, lamentando não ter trazido seu aparelho de jantar de porcelana de sua residência em Hampstead e por ter dado permissão à sua cozinheira para visitar a família, em vez de acompanhar as Westenra a Whitby.

— Mas culpem minha saúde. Não consigo me organizar como antes de ficar doente.

Ela dominou a conversa com esse tópico até a sopa ser servida, no instante em que Holmwood, que estava sentado ao lado dela, finalmente botou um ponto final no assunto.

— Vou mandar meu criado buscar tudo de sua despensa em Hampstead e sequestrar a cozinheira da casa da mãe, se isso contribuir para que se sinta mais à vontade, senhora.

Achei Holmwood charmoso por deferência. O nariz pontudo era do tamanho apropriado para o rosto longo e anguloso, e proporcionalmente perfeito para se acomodar sobre os lábios que não eram nem grossos, nem finos e reptilianos, o que era bastante comum, para a infelicidade dos homens. Tinha uma silhueta viril e longilínea, e era fácil imaginá-lo se dando bem nos esportes. De fato, ele era conhecido por ser um aficionado por equitação, cavalgada, caça e barcos a vela. Apesar de todas essas atividades, suas mãos eram finas e delicadas. Sua tez era tão clara quanto a de Lucy, mas os cabelos tendiam para um tom mais escuro do que os dela e também eram mais finos. Desconfiei de que os ralos tufos que pendiam do seu escalpo não demorariam muito para deserdá-lo.

Ele esbanjou atenção com a Sra. Westenra, cuja saúde mais uma vez melhorou sob seus olhares. Ela tentou ao máximo ignorar o tão comentado Morris Quince, que estava sentado ao meu lado; ao passo que eu me tornara o inexorável objeto dos olhos do Dr. John Seward, que se sentara à minha frente. Os três homens haviam planejado fazer um passeio de veleiro na manhã seguinte, até Scarborough, mas Quince chegara com o braço numa tipoia, devido a uma queda de seu cavalo quando ia a meio-galope ao longo da praia, bem cedo de manhã.

— O animal tropeçou numa pedra e fui ao chão — contou ele com uma pronúncia nova para mim. Não era o sotaque norte-americano uniforme a que estava habituada. Quando eu perguntei onde ele residia nos Estados Unidos, empavonou-se e respondeu: — Nova York. — Como se não houvesse nenhum outro provável lugar em seu país em que moraria. Ele pronunciava algumas palavras como se fosse um britânico, e me perguntei se havia adquirido aquele sotaque em Oxford, ou se seria a forma peculiar de falar dos endinheirados norte-americanos. Quince avisou que não iria se juntar aos amigos no passeio de barco porque seu braço faria dele um inútil: — Seria um fardo — afirmou. — Um peso morto.

Presumo que ele poderia ser qualificado de audacioso. Dava para visualizá-lo galopando ao longo da costa irregular de Yorkshire, pressionando seu corcel para as ondas que lambem a areia. O que não dava para imaginar era ele perdendo o controle do cavalo e levando um tombo. Era da mesma altura de Arthur, porém bem mais forte. Seu pescoço se recusava a ser cingido pelo colarinho. As mãos, largas com dedos elegantes, e as unhas, cortadas curtas e retas, me fascinaram. Embora elas fossem as mãos masculinas mais bem-servidas de manicure que eu jamais vira, transmitiam grande força. O cálice de vinho praticamente desaparecia em sua palma. Se os cabelos de Arthur lhe escorriam pelo rosto como franjas cacheadas de um xale, os de Quince eram uma massa compacta, um grande e belo derramamento de grossos fios cor de nogueira, que operavam como um organismo.

Os dentes cintilavam em seu sorriso descontraído, embora não fosse de sorrir o tempo todo. Com base na descrição reticente da Sra. Westenra, minha expectativa era de alguém totalmente diferente: um norte-americano canalha, cujo caráter seria fácil de perceber. Morris Quince não era esse homem. Com o olhar fixo peculiar dos pintores, ele mirava a tudo e a todos com olhos intensos, marrons, ingênuos. Não fazia a menor diferença se ele estivesse olhando para a fatia de rosbife do prato, ou para a tonalidade do vinho; ou para Lucy, cujo rosto ele perscrutou enquanto ela respondia a uma pergunta do Dr. Seward. O tempo todo, ele — Quince, quero dizer — e Arthur discutiam a velocidade dos ventos matutinos. A Sra. Westenra fingia escutar a conversa entre os dois, mas também estava fixada em Lucy e nos pratos de seus convidados, aferindo, assim desconfiei, se o consumo entusiasmado indicava que todos aprovavam a comida.

Dr. Seward, por outro lado, terminara o jantar e não tirava os olhos de mim. Ele havia tentado entabular conversa comigo várias vezes, mas eu não sabia o que lhe dizer. Quando fomos apresentados, ele segurara minha mão e me olhara com olhos famintos, como se eu fosse o jantar e ele, um esfomeado. Embora fosse o único dos três amigos que não era rico — praticava medicina num hospício privado —, possuía uma testa régia, como se o clichê "cabeça grande é sinal de inteligência" fosse verdadeiro.

Por um breve instante, as conversas cessaram, e quem preencheu o vazio foi a Sra. Westenra:

— Dr. Seward, gostaria de saber sua opinião sobre a angina.

Arthur voltou sua atenção para esse diálogo, deixando Morris Quince e Lucy sentados lado a lado, em desconfortável silêncio. Com o garfo, Lucy empurrava as ervilhas de um lado para o outro, como se observar o caminho delas pelo prato fosse absolutamente instigante; mas não as comia. Talvez ela não conseguisse pensar num assunto para conversar com Quince, mas em geral ficava à vontade em qualquer situação social, especialmente com os homens. Contudo, era como se ele não existisse para ela. Fui sacudida de meus devaneios pelo som da voz de Quince na minha direção:

— A Srta. Lucy nos diz que a senhorita está noiva, Srta. Mina, mas seu cavalheiro não está presente. Será que isso significa que nosso dedicado doutor tem alguma chance de angariar sua afeição?

— Sr. Quince! — A Sra. Westenra fez uma expressão de grande aflição, mas não tão genuína quanto a do Dr. Seward, que ficou roxo de vergonha.

— Sei que deveria pedir minhas desculpas, mas não estou arrependido — confessou Quince com um sorriso escancarado que exibia duas carreiras de dentes e lembrava uma meia-lua suspensa numa noite escura. — Sou um filho atrevido de um cidadão atrevido numa cidade atrevida. John é meu grande amigo, e só estava querendo saber se esse Sr. Harker lhe merece, Srta. Mina.

Arthur se levantou:

— Santo Deus! Será que você não aprendeu nada depois de ser privado da minha companhia? — E virando-se para mim: — Srta. Murray, ele é um norte-americano imbecil, insensível e mal-educado de quem me apiedei e me tornei amigo. Pode perdoá-lo?

Ninguém parecia estar se divertindo mais do que Lucy, que, enfim, mostrou algum sinal de vida:

— Mina não é tão delicadazinha quanto parece. Ela consegue controlar salas de aula repletas de meninas que são mais traquinas do que os homens.

Eu juntei toda a coragem que possuía e me virei para Quince:

— Devo lhe informar que o Sr. Harker ultrapassa todas as minhas expectativas. — E abaixei os olhos do jeito que a diretora havia me ensinado a fazer quando na presença de homens.

Não demorou muito, Arthur convocou os amigos para irem embora, considerando que haviam combinado velejar bem cedo na manhã seguinte.

— Tem certeza de que não vai mudar de ideia? — perguntou ele a Quince, que, em resposta, ergueu o braço machucado.

— Melhor me manter seco.

John Seward tocou meu cotovelo e me levou para um canto um pouco afastado dos outros. Mirou-me com lágrimas nos olhos que pareciam ter-se tornado mais escuros:

— Estou mortificado por ter sido a causa de seu constrangimento, Srta. Mina. O que posso fazer para remediar essa situação?

Ele era bonito de um modo bem peculiar. Sua voz revelava autoridade, mas também tranquilidade, o que, presumi, deixava seus pacientes à vontade. O registro baixo imprimia mais virilidade do que seu corpo sugeria. E seus olhos acinzentados espelhavam uma inteligência brilhante com que procurava me analisar ou, melhor dizendo, ler meus pensamentos. Ou, talvez, me diagnosticar.

— Não há nada do que se desculpar, Dr. Seward. Seu amigo é travesso. Tem seu charme — eu disse ao olhar para baixo, mais uma vez, na esperança de que a conversa terminasse ali.

— Devo me dar por satisfeito com esta resposta — afirmou ele soltando a minha mão, mas só depois de tê-la nas suas por mais tempo do que me era confortável.

E com isso, eles se puseram a sair, e pude observar que os acenos de adeus mais calorosos da noite foram entre Arthur e a Sra. Westenra.

Depois que todos haviam partido, a Sra. Westenra disse:

— Ora, ora, Mina, você parece ter encantado o nosso Dr. Seward. Ele era louco por Lucy, mas naturalmente não podia mesmo ter esperanças de conquistar uma jovem tão rica. Por outro lado, se você não fosse noiva do Sr. Harker, talvez ele desse um bom marido para você.

Não tomei aquelas palavras como insulto, porque representavam a verdade. Aliás, fui para a cama pensando na atenção que recebi do Dr. Seward. Se Jonathan me abandonasse, será que eu aprenderia a amar o doutor?

Depois de vestirmos as camisolas, nos deitamos. Tentei conversar com Lucy, mas ela alegou estar exausta e cerrou bem os olhos às minhas palavras. Desapontada, virei de lado e, não demorou muito, comecei a sonhar.

Eu estava deitada num divã em uma sala desconhecida. Morris Quince, Arthur Holmwood e a Sra. Westenra estavam de pé e observavam, de cima e com rostos sérios, as mãos do Dr. Seward, que apertavam com força o meu estômago. Ele cerrou os olhos, sentindo a depressão abaixo das minhas costelas. Eu estava sem o espartilho e usando um vestido de tecido leve. As pontas dos dedos dele desceram até meu osso pélvico, avivando todos os meus nervos. O sangue me subiu ao rosto, e fechei os olhos, afastando-me dos olhares dos demais. Seward e eu respirávamos em uníssono, nossas inalações pesadas eram os únicos sons daquele cômodo. Eu queria que ele continuasse a descer as mãos até onde meu corpo se agitava. Comecei a mover as ancas involuntariamente, ciente de que estava sendo observada, mas incapaz de controlar meus movimentos. Lutei contra meus próprios desejos, tentando segurar as coxas para que não se escancarassem, mas meu corpo não queria cooperar. Tomada de horror, comecei a transpirar e a me contorcer, conforme as mãos do doutor massageavam a parte macia da minha barriga, me excitando, só que agora não eram as mãos de Seward, mas as grandes, belas e vigorosas mãos de Morris Quince. Arqueei as costas, de modo que as palmas me pressionassem, e comecei a ofegar, agora sem me incomodar com o que os espectadores iriam pensar de mim, apenas desejando o toque do homem.

Gemi tão alto que acordei a mim mesma e descobri que estava sozinha na cama de Lucy. Os lençóis do lado dela estavam frios. Aparentemente fazia algum tempo que ela havia levantado, o que para mim foi um alívio, pois então não teria presenciado meus espasmos e gemidos durante o sono. Presumi que ela tivesse, mais uma vez, passado a noite no quarto da mãe. Pé ante pé, atravessei o quarto e saí rumo ao corredor para ver as horas no relógio: eram três e meia da madrugada. Ouvi a porta da frente ranger e logo fechar, e depois passos bem leves que pareciam vir na minha direção. Seria um intruso? Os turistas que visitavam a área eram avisados para trancar as portas, por causa de ladrões sempre prontos a tirar vantagem da despreocupação dos veranistas. Voltei em silêncio para o quarto, pronta para gritar alto o bastante para alertar nossos vizinhos. Prendi a respiração e espreitei o corredor.

O que veio na minha direção, numa das mãos os sapatos, na outra a saia arregaçada, foi Lucy. O cabelo sujo e desarrumado, desprovido dos grampos e enfeites, e encrespado por causa do ar úmido do mar. Deixei a porta entreaberta e pulei na cama, tentando fingir que estava dormindo, mas ela entrou no quarto antes que eu pudesse me acomodar. Ao perceber que eu estava acordada, seus olhos vasculharam o quarto, como se imaginasse que mais alguém poderia estar ali. Ela me encarou, parecendo uma Medusa de olhos selvagens.

— Por que você está me espionando? Foi a minha mãe quem a obrigou a isso?

— Acho que é você quem deve explicações, em vez de ficar fazendo perguntas. Tive um pesadelo e acordei ainda há pouco, e você não estava.

Lucy desmoronou na cama. Os ossos da clavícula se projetaram, realçando-lhe a magreza. Ela tinha uma aparência estranha e resoluta, mas, de alguma forma, luminosa.

— Você não desconfia de nada? Eu diria que está tão na cara quanto meu nariz. Ah... é tão difícil esconder quando se está amando... Mina, estou explodindo de paixão. Meu amor por ele escapa por cada poro da minha pele, louco para se deixar conhecer por todo mundo. Não posso mais escondê-lo da minha melhor amiga.

— Apaixonada? — Eu não havia notado nenhum indício de forte paixão durante o jantar. — Você estava com o Sr. Holmwood?

— Santo Deus, não, não com ele! Eu o abomino, mas como ele trouxe o verdadeiro amor para mim, então por isso eu o amo. Mas só por isso. Que bom que conseguimos enganar você! Deve significar que minha mãe e os outros também não desconfiam de nada.

— Ah, Lucy, não é possível. — Em minha mente pude ver aquelas mãos poderosas e soube que foram elas que removeram os grampos do cabelo de Lucy e desgrenharam sua vasta cabeleira loura.

— Mina, você sabe o que é amar? Como é que se sente aqui dentro? Você faz ideia do que é estar nos braços de um homem apaixonado? — Lucy se sentou e botou seu rosto desconfortavelmente perto do meu: — Fui ao estúdio dele. Ele vem pintando, em segredo, um retrato de mim, nua! Você consegue acreditar que eu concordei com isso? Esse é o tamanho do meu amor por ele. A ideia era que eu posasse sentada para ele hoje à noite, mas ele me despiu e me fez deitar numa mesa e fez cócegas em todas as polegadas de meu corpo com o pincel mais macio que ele possuía, até que eu implorei que parasse.

Imaginei que ela estivesse louca, dizendo essas coisas em estado de desvario. Lembrei-me, então, de que Lucy e Morris pareciam não ter nada para dizer um ao outro durante o jantar e agora me dei conta de que eles estavam representando uma cena de total indiferença para dissimular o segredo que escondiam.

— Como é que ele consegue pintar com o braço machucado? — indaguei.

— Ah, mas isso não passou de uma desculpa ardilosa para que Arthur fosse navegar sem ele!

— Lucy! — Sentia-me angustiada com a desfaçatez dos dois.

Lucy me segurou pelos ombros:

— Mina, se você não se sente dessa maneira estranha quando está com o Jonathan, então não deveria se casar com ele. Tudo o que nos ensinaram é mentira: isso de que o amor entre duas pessoas deve ser uma espécie de acordo cerimonioso civilizado, quando na verdade é... — Lucy fez uma pausa buscando as palavras corretas. — É uma ópera!

— No final das óperas, as mulheres sempre levam a pior — comentei com toda a tranquilidade.

— Eu devia saber que teria sido melhor não lhe falar nada. A sua voz é a da razão, enquanto eu falo do fundo do meu coração — disse ela com uma voz alta demais.

— Por favor, fale mais baixo. Vai acordar sua mãe.

— Não, não vou. Eu mesma preparei a poção de dormir para ela.

— Lucy! Você não é médica. Pode não fazer bem a ela!

Lucy se acomodou na cama.

— Eu a perdoo, Mina. Se alguém tentasse me explicar esses sentimentos antes que os tivesse experimentado, eu teria reagido da mesma forma. Mas você está noiva. Você nunca se sentiu excitada pela proximidade dele, pelo toque dele? Você é assim tão fria, Mina?

O rosto de Lucy se contorceu até virar uma carranca de reprovação:

— Talvez boas mulheres, como você, não experimentem esses sentimentos. Como é, Mina, nunca ter transgredido na vida?

— Tenho os meus pecados...

E foi assim que permiti que as palavras escorregassem de meus lábios para o mundo. Eu também havia abafado os meus segredos e ansiava por confessá-los. As feições de Lucy se avivaram. Ela se sentou ereta na cama.

— Eu tenho sonhos — foi como iniciei. — Sonhos em que aparecem homens estranhos. Mas as experiências são vívidas demais para existirem apenas em sonhos.

Contei para ela ter ouvido vozes enquanto dormia e de ter sido seduzida a sair de casa, e também sobre a noite em que acordei sendo atacada por um louco de olhos vermelhos e um odor medonho, e sobre o estranho bem-vestido que me salvou e que me deixou apavorada. Falei também sobre as fantasias que se seguiram, nos quais havia feito coisas terríveis... repulsivas, que mulheres não deveriam fazer. Não contei a ela sobre o sonho desta noite, em que o Dr. Seward me acariciava com as mãos de Morris Quince. Neste sonho, eu conseguia dar nome aos meus deliciosos algozes, o que me impossibilitava de revelá-lo.

— Sei que existem traços escuros e inexplicáveis da minha personalidade que estão provocando esses episódios, mas está acima das minhas forças pôr um fim a essa situação — confessei.

Lucy afagou minha mão como se eu fosse uma criancinha:

— Mina, você é do tipo que anda enquanto dorme. Meu pai sofria do mesmo mal. E você deve se cuidar, pois foi isso que acarretou a morte dele. Ele saiu a caminhar pela rua em pleno inverno e, numa noite especialmente úmida e fria, pegou pneumonia. Como você sabe, ele nunca se recuperou. — As palavras de Lucy foram ditas naquele tom carinhoso que ela sempre usava ao falar do pai.

Eu não conhecia as circunstâncias em que ele havia contraído a doença do pulmão que veio a matá-lo. Comecei a tremer.

— Mina, minha querida, você não é uma pecadora. Apenas teve a infelicidade de ser uma bela mulher caminhando sozinha pelas ruas de Londres. O homem que a atacou provavelmente pensou que você fosse uma das damas da noite. Você estava desprotegida. Quanto ao homem misterioso que pôs um fim naquele horror, era provavelmente alguém que passara a noite com amigos no clube e resolveu fazer uma boa ação.

Será que era assim tão simples? Eu ansiava por aceitar a explicação racional de Lucy. Embora se encontrasse sob os efeitos de uma arrebatada paixão, ela estava convicta de que o que estava acontecendo comigo não era nada de excepcional.

— Jonathan diz que, de acordo com os médicos da mente, os sonhos são reflexos dos medos. Ele acredita que minhas peripécias pelos submundos de Londres com Kate foram a razão desses pesadelos.

— Poderíamos perguntar ao Dr. Seward — sugeriu Lucy. — Tenho certeza de que ele terá o maior prazer em interpretar os seus sonhos. — Os olhos dela reluziram com a brincadeira de mau gosto.

— Não poderia falar sobre isso com ele. Não seria apropriado.

— Essa é a minha Mina! Sempre preocupada com as convenções sociais. O que você está pensando da sua Lucy agora?

— Preocupo-me com você. Como será que isso vai terminar, Lucy? Você está noiva de outro.

— Morris tem um plano. Ele diz que prefere acabar com a própria vida a permitir que eu me case com Arthur, ou com qualquer outro homem.

— E o que a impede de se casar com ele logo de uma vez? Não estamos mais no século XV, nem está em jogo a unificação do reino. Por que aceitou a proposta de Arthur, se ama outra pessoa?

— Eu me casaria com Morris Quince amanhã, se ele deixasse. O pai dele o deserdou depois que ele se recusou a trabalhar nos negócios da família, optando pela pintura. Minha mãe controla a minha fortuna, e ela detesta Morris, mas adora o Arthur. Eu já disse ao Morris que fugiria com ele, que não preciso de dinheiro se tiver o seu amor, mas ele não aceita e diz que eu mereço bem mais do que pobreza.

— Pelo menos ele não está errado quanto a isso! — comentei. — Você não está habituada ao batente. A mulher tem de ser esperta, Lucy. Não tem medo de que o Sr. Quince esteja apenas se divertindo com você?

Lucy reagiu na mesma hora:

— Não! Não, ele não está de brincadeira comigo. Eu gostaria que você entendesse. Agora estou arrependida de ter lhe contado. Você provavelmente vai correr para minha mãe e desfiar toda essa história. E sabe o que vai acontecer? Mais um daqueles ataques de angina.

Garanti à Lucy que o segredo dela estava bem-guardado comigo e pedi que ela me jurasse que o que eu lhe havia revelado permaneceria somente entre nós.

— É evidente que vou respeitar seu desejo — assegurei a ela —, mas custo a entender como alguns pesadelos podem se comparar com um caso de amor que está acontecendo na vida real.

Ajudei Lucy com as roupas e notei que, acima das marcas dos cadarços do espartilho, havia outras em suas costas e também no peito... vermelhas e azuis, como rosas esmagadas. Não fiz menção a elas. Desejamo-nos boa-noite com um beijo, tendo a sensação de que Lucy queria manter algum tipo de superioridade sobre mim; mas não uma superioridade moral, antes o oposto — a vilania da paixão que, para ela, transcendia todas as outras coisas boas que nos ensinaram a acreditar.

Embora a Abadia de Whitby ficasse a apenas alguns passos do cemitério que eu visitava todos os dias enquanto Lucy tirava uma soneca, eu evitava passar por ela. Sob um céu invariavelmente cinza e nebuloso, a estrutura agourenta me repelia. Se por um lado eu realmente apreciava passar o tempo à toa no cemitério, observando as antigas lápides e lendo as inscrições lamurientas, algo naquelas ruínas deprimia o meu espírito. Naqueles dias, sentindo-me abandonada por não ter recebido sequer uma palavra de Jonathan, a imponência decrépita da Abadia de Whitby e o cinturão de névoa e neblina que a circundava se erguiam como um monumento à minha solidão.

Hoje, porém, o sol brilhava com toda intensidade, transformando o que restou das paredes da abadia açoitadas pelo vento em um esqueleto branco e reluzente, dando margem para que alguém com imaginação fértil pudesse reconstruir mentalmente o edifício tal como era na época de sua máxima glória. Sentei-me no banco de sempre, numa das aleias do cemitério, e abri o pequeno diário com capa de couro. Havia começado a escrever algumas das histórias do além, narradas pelo velho pescador de baleias, com o propósito de que quando Jonathan retornasse, elas o divertissem. Estivera lendo sobre a história da abadia, de modo que comecei a rascunhar alguns dos fatos:

A Abadia de Whitby, uma imensa ruína sem teto que no passado abrigou prósperos monges beneditinos, foi abandonada quando Henrique VIII decidiu livrar a nação dos católicos e seus monastérios. Agora não é mais do que uma pilha de entulho e pedra, com apenas alguns de seus magníficos arcabouços ainda de pé, obstinadamente resistindo ao tempo e às intempéries. É o ponto de interesse central do promontório, e seu terreno deve ter sido bastante vasto há centenas de anos, quando o edifício foi construído, na época dos cavaleiros e dos cruzados. Dizem, porém, que anos de ataques do mar diminuíram consideravelmente o tamanho do promontório. Indago a mim mesma se, no futuro, o mar vai devorar a ruína, com suas paredes de fileiras de arcos góticos que vão se fechando conforme ascendem para o céu.

— Mas olha só, senhorita, se você não é uma mosquinha azul sempre atarefada.

Olhei para cima e vi meu amigo idoso sorrindo com olhos que, por vezes, eram a única porção de seu corpo que ainda parecia viver. As maçãs de seu rosto lembravam os grandes despenhadeiros sulcados pelas ondas, e seus braços, galhos repletos de nós e retorcidos; os olhos, porém, eram azuis da cor do mar e gotejantes. Talvez ele tivesse incorporado as características da topografia que observara durante toda a sua vida. Gabava-se de beirar os 90, embora o registro de seu nascimento tivesse sido consumido pelo fogo, e ninguém que pudesse servir de testemunha do tal incêndio ainda vivesse. Há muito tempo, ele esquecera a data de seu aniversário, e sua filha também, agora uma mulher de 70 anos.

— Cada um de nós tem metade das lembranças — ele me havia dito. — Só me lembro direito das histórias que contei e recontei.

Ainda assim, ele sobrevivia bem com suas pernas severamente arqueadas e dobradas, e me passava a impressão de estar mais vivo do que as duas mulheres sonolentas com as quais eu passava as férias de verão.

— Você nunca tira um cochilo durante o dia?

— Vou deixar para dormir quando morrer — respondeu ao se sentar. — Prefiro aproveitar enquanto posso a companhia de uma bela jovem cujas mãos são quentes e as bochechas, rosadas.

Comentei que estava escrevendo algumas particularidades da história de Whitby para meu noivo, que haveria de ficar impressionado, e também que pretendia anotar as histórias que ele vinha me contando.

— Você ouviu falar da lenda de santa Hilda? — perguntou ele.

Era impossível passar um tempo em Whitby sem ficar conhecendo a história de santa Hilda. Eu lhe disse o que sabia: que ela tinha sido a abadessa do monastério muito antigamente, quando Oswy de Northumbria era o rei, e que ela havia presidido sobre uma comunidade de homens e mulheres que dedicaram suas vidas a proclamar a glória de Deus e a meditar sobre a palavra divina. Ele sugeriu que caminhássemos pelo terreno da abadia, para que pudesse me contar mais sobre a história da santa:

— Mas não no passo apressado que você tomaria na companhia de alguém mais novo.

Vagueamos pelo campo, em que outros, aproveitando o céu azul e o calor — raridades por aqui —, haviam esticado toalhas coloridas e faziam piqueniques que incluíam frango fatiado, pão, frutas, queijos, tortas caseiras, garrafas de vinho e canecas de cerveja.

Ele reparou que eu olhava para a comida:

— Ouça, senhorita, como esta pode ser a última vez que lhe conto uma história, então será longa e verdadeira.

Ele respirou ruidosamente para juntar forças:

— Hilda pertencia à realeza. Uma princesa, e podia ter sido uma rainha, considerando sua beleza e a extensão de suas terras. Era aparentada do bom rei, que prometeu que se ele se saísse vitorioso derrotando os hereges, daria sua filha mais nova para a igreja. Nesse mesmo instante, Hilda testemunhava a maldade dos incrédulos que não se rendiam ao Único e Verdadeiro Deus, e fazia a promessa de devotar sua vida a mudar isso. Depois que o rei venceu a batalha, Hilda abriu mão das suas posses terrenas, assumiu a criação da filha ainda bebê do rei e fundou este monastério. Diziam que tanto homens quanto mulheres se curvavam à sabedoria e aos poderes dela. Os bispos da Inglaterra estavam tão maravilhados, que escolheram este lugar para ser o local de suas reuniões.

Seus olhos encheram-se de remela diante do sol. Ele mirava a fachada da abadia.

— Embora ela tenha morrido há centenas de anos, permanece neste lugar. — Com algum esforço, ele ergueu os braços bem alto para o ar, para demonstrar a onipotência dela. — Vejo o olhar de espanto em seu rosto — disse ele. — Você devia ter mais consideração e não duvidar das palavras de um velho que vai se encontrar com seu Mestre tão em breve, que faz dele um contador de verdades. Nesta mesma terra que pisamos, Lúcifer enviou uma praga de víboras, criaturas medonhas e peçonhentas para derrotar santa Hilda e destruir tudo de bom que ela construíra. O demônio não queria devolver a costa de Yorkshire para Deus — contou ele. — E considerando como é deslumbrante este lugar, não há como culpá-lo. Mas santa Hilda não se entregou ao diabo. Nada a assustava porque ela tinha o Senhor ao seu lado. Ela conduziu as serpentes para a beira do precipício, estalando um longo chicote para forçá-las despenhadeiro abaixo e daí para o mar. Mas algumas dessas criaturas de Satã se recusaram a saltar para a morte, e essas a santa matou, arrancando-lhes as cabeças com a chibata. Outras, ela transformou em pedra.

— É uma história impressionante — comentei educadamente.

— E verdadeira, minha jovem. Pare de me olhar desse jeito, com a expressão de descrença que os mais jovens comumente usam diante dos mais velhos. Eu descobri vestígios dessas víboras, sozinho, e não só eu: outras pessoas também. Algum dia, depois que eu me for, você estará caminhando por essas terras, ou na praia que fica lá embaixo, e vai tropeçar numa pedra com cara de víbora. Você vai ver aqueles olhos redondos como contas e aquela língua achatada contra os lábios, e vai se lembrar do seu velho amigo.

— Não precisarei de uma relíquia para me lembrar de você — respondi, para a alegria dele. Ele sorriu, e pude observar que apesar da falta de alguns dentes da frente, os de trás estavam firmes nas gengivas, uma raridade para alguém daquela idade.

— Se você voltar aqui numa noite de lua cheia e olhar através de uma das janelas da abadia, vai poder ver santa Hilda ocupada com seus afazeres. Ela ainda manda aqui e, Deus me ajude, essa é a verdade.

O sol foi ficando mais forte, e senti uma gota de suor deslizar na parte da frente do espartilho. Meu nonagenário companheiro parecia menos cansado do que eu. Por mais que me envergonhasse disso, eu não tinha uma sombrinha comigo e estava morrendo de calor. Pedi desculpas por estar indo embora.

— Mas ainda não acabei a história... — A voz dele virou um sussurro.

— Há um espírito maligno nestas terras, disputando a abadia com Hilda. Você quer ouvir sobre isso, não?

Apesar do desapontamento do idoso, desejei-lhe boa-tarde e retornei aos nossos aposentos, onde encontrei Lucy e a mãe ainda descansando. Examinei a cesta em que Hilda — uma das muitas moradoras da cidade que foram batizadas com o nome da santa — teria depositado a correspondência que chegara, mas não havia nenhuma carta de Jonathan. Decepcionada, afrouxei os cadarços do espartilho, enfiei-me na cama ao lado de Lucy, e caí num sono sem sonhos.

20 de agosto de 1890

O tempo piorou e ficou assim por alguns dias, com a chuva caindo sobre os telhados vermelhos repletos de chaminés de Whitby, e escorrendo para as ruelas estreitas e as inundando, e, pior, nos mantendo dentro de casa. O temporal que nascia no mar varria a costa com tamanha violência que a chuva descia de lado, como pequenas facas cortando o ar. Durante a noite, os trovões ribombavam mais alto do que o onipresente bramido das ondas do mar que não paravam de se atirar contra os rochedos íngremes. Eu não estava convencida de qual barulho era mais inquietante, embora houvesse uma excitação intensa nos estrondos no céu. Às vezes, eu me sentava ao lado de uma lamparina, tentando ler, mas acabava me perdendo em devaneios povoados de deuses e titãs que se engalfinhavam nos céus por causa de uma ou outra sereia mítica.

As condições dramáticas do tempo impediram Lucy de sair para se encontrar com o amante. Ele conseguiu enviar alguns bilhetes sob nomes fictícios, e a tez de minha amiga ganhava uma linda cor quando ela os lia. A tensão pela separação redundava em nervosismo e, sobretudo, numa magreza extrema. Durante as refeições, Lucy ficava tentando esconder um pedaço de comida sob o outro, e com isso amainar as preocupações da mãe com a evidente perda de peso da filha. Eu também implorei para que ela comesse. Nem que fosse uma fruta ou um sanduíche na hora do chá.

— É claro que você nunca esteve apaixonada! — Ela chamou minha atenção ao me ver comendo outra tartelete com cobertura de creme. — Você não recebeu nenhuma carta do Sr. Harker, e ainda assim se alimenta como uma glutona! É indecente, Mina. Eu é que devo criticá-la, não o contrário.

— Não vejo como morrer de fome vai trazer uma carta de Jonathan — respondi. — Seja como for, tenho certeza de que ele não recebeu a carta que mandei dando o endereço daqui. Quando eu voltar para Londres, haverá uma pilha de cartas da Áustria me esperando. — E com esses argumentos, consolava a mim mesma.

Após dias de chuva, no fim da tarde de sábado, dia 31 de agosto, o sol se anunciou justamente na hora em que deveria estar se pondo, o que fez elevar a temperatura e espalhar uma brisa amena sobre toda a cidade. Aquela brilhante bola dourada desceu suavemente no horizonte, iluminando o terreno montanhoso ao se pôr. Assistimos ao belo espetáculo do lusco-fusco do topo dos rochedos acima da cidade, felizes por vermos o sol, tal amigo que há muito não víamos e ao qual dávamos efusivas boas-vindas, muito embora sua visita fosse apenas breve. Ouvimos dizer que haveria uma festa no porto, naquela mesma noite, e ficamos com vontade de ir. A Sra. Westenra nos surpreendeu querendo nos acompanhar.

Dava a impressão de que toda a cidade saíra para ouvir a banda que tocava músicas populares. Quando passamos diante dela, o músico que se apresentava com um cornetim de latão e prata piscou para mim. Não consegui me conter e sorri para ele, antes de virar o rosto para outro lado. Nós três compramos sorvetes e sentamo-nos a uma pequena mesa de onde podíamos ouvir a música sem sermos esmagadas pelos citadinos que se encharcavam de cerveja e pelos casais que se punham a dançar.

Lucy estava tão distraída que se calara, porém corria os olhos para todos os lados, o que presumi ser uma tentativa de ver o seu amado; a Sra. Westenra parecia feliz, sentada e tranquilamente marcando com o pé o compasso da música. Eu me ocupava em observar os transeuntes. Todos embalados pela mágica combinação de uma temperatura agradável e um ritmo animado. Os homens caminhavam depressa de braços dados com suas mulheres, e os dois se balançavam para um lado e para o outro, ao ritmo da música. Alguns pais dançavam com suas filhas ainda pequenas, que se firmavam sobre os sapatos deles, e havia uma família — pai, mãe, filho e duas filhas — que de mãos dadas faziam uma coreografia de polca em grupo, a mãe comandando os movimentos. Ela pulava para um lado, depois para o outro, e os demais tentavam acompanhá-la, até que o menininho tropeçou na saia da mãe, caiu e começou a chorar. Alguns espectadores deram a ele uma salva de palmas, que ao mesmo tempo o deixou encabulado e orgulhoso, enquanto o pai o levava para a fila da limonada. Fiquei imaginando que, no futuro, Jonathan e eu seríamos uma família, dançando alegres nas férias, uma família de pais e filhos unidos pelo amor.

Foi então que deparei-me com o escritor de cabelos ruivos me fitando. Ele passeava ao lado de uma mulher que imaginei ser sua esposa: de cabelos negros e incrivelmente bonita, ela trajava um vestido de linho com detalhes em renda que as londrinas elegantes e modernas usavam nas estações de veraneio. Um menino com cabelos lisos e louros, metido num terninho de marinheiro engomadíssimo — o tipo de vestimenta temática que uma carinhosa avó compraria para um menino de férias numa cidade praiana —, caminhava entre os dois adultos. A mulher apontava um braço gracioso para o farol, dizendo alguma coisa sobre a construção para o menino — ou pelo menos era o que aparentava. Ela tinha uma postura magnífica, com o pescoço de cisne envolto numa rede branca e as costas eretas das rainhas. Lembro-me de ter desejado ensinar minhas alunas a ter pelo menos uma pequena porção da graciosidade daquela dama.

O ruivo, só então reparei, tinha um calombo bem volumoso na testa que lembrava um tumor e que o impedia de ser considerado um homem bonito. Usava uma barba bem-aparada, levemente mais clara que o cabelo repartido do lado, que, por estar rareando, mostrava um vale de couro cabeludo do lado esquerdo de sua larga fronte. Contudo, ele era — por ser corpulento, alto e dono de penetrantes olhos acinzentados que estavam fixos em mim — uma figura imponente. Presumo que Lucy e eu merecíamos os olhares masculinos, principalmente por sua beleza loura, muito bem-realçada pelo vestido de verão cor de pêssego, se comparada aos meus cabelos pretos contra a pele clara. Nesta noite eu usava meu vestido favorito de linho verde-claro que — todos diziam — complementava meus olhos, e um casaco estilo bolero de algodão, perfeito para as noites de verão. Agora que penso a respeito, vejo que ele talvez estivesse nos encarando apenas por sermos duas jovens bonitas, aproveitando um momento de distração em que a esposa foi atender o filho. As mais sinistras implicações de seu interesse vieram bem depois.

A banda começou a tocar uma canção francesa que falava das cigarras; e como eu conhecia a letra, comecei a cantarolar, só mesmo para ter alguma coisa para fazer enquanto o homem me inspecionava.

— *Les cigales, les cigalons, chantent mieux que les violons.*

— Que canção simpática — disse a Sra. Westenra. — O que quer dizer?

Cantei a animada letra em inglês, mas a última estrofe não era alegre quanto as anteriores.

— Agora, tudo está morto, não há outro som a não ser o delas, essas enlouquecidas, enchendo o espaço entre algum remoto Angelus.

— Que letra estranha — comentou ela.

— Mina é obrigada a cantar todo tipo de absurdo para suas alunas — disse Lucy, suas primeiras palavras em toda a noite.

Olhei para o ruivo para ver se ele ainda me encarava. Quando encontrou meu olhar, virou-se e se envolveu com alguma coisa que chamava a atenção da mulher e do filho para o mar.

De repente, senti a temperatura cair. O tempo deixou de estar ameno, como se quisesse nos pregar uma peça enquanto nos distraíamos com a música. Em questão de segundos, o vento se enfureceu, fazendo os pequenos toldos que protegiam as barracas de comida bateram descontroladamente. As embalagens dos alimentos voaram das mesas e sumiram. As senhoras botavam as mãos na cabeça para proteger os penteados.

— Que frio! — exclamou a Sra. Westenra. — Quando é que vou aprender a levar meu xale sempre que sair? Devíamos ter ido para Itália. É isso o que o Sr. Westenra teria querido fazer. Estou perdida sem ele, perdida!

— Ainda não está tão frio assim, mãe — disse Lucy. — Mina vai lhe emprestar o casaquinho.

Comecei a tirar o bolero, mas a Sra. Westenra me fez parar:

— Nunca vou caber dentro dessa coisa minúscula que vocês chamam de casaco. Está na hora de irmos para casa.

— Não, ainda não — recusou Lucy. — A banda ainda está tocando.

Trovões ribombaram, não uma, mas duas vezes, e a banda estancou no meio de uma canção. Os músicos sondaram o céu antes de confabularem entre si, decidindo se deviam ou não continuar. As pessoas sentadas ao nosso redor arrastaram suas cadeiras e se levantaram, e pais puxavam seus filhos à força para casa, tentando levar a melhor contra a tempestade que se aproximava.

— Não, papai, não! — insistia um garotinho, se contorcendo nos braços do pai.

Lucy se uniu ao coro das crianças queixosas:

— Acho que o céu vai limpar daqui a pouco. Já vai passar. — E como se para chamá-la de mentirosa, uma cerração espessa vinda do mar se instalou entre nós.

Olhei para trás, para onde o ruivo estava com a esposa e o filho, mas agora uma multidão os cercava, e não conseguia vê-lo. Todos fitavam o mar, e apontavam os braços para lá.

— Vou ver o que está acontecendo — falei.

— Mina, não vá. Vamos acabar mortas com um tempo desses — argumentou a Sra. Westenra, parecendo fora de si. Lucy também olhava de um lado para o outro.

— Deixe-a ir, mãe. Ela não vai demorar. Ficamos aqui esperando por ela.

— Não se preocupem comigo. Só vou ver do que se trata esse rebuliço e vejo vocês em casa logo em seguida, se resolverem ir embora.

— Não demore, Mina. É preciso levar a sério as tempestades — avisou a senhora.

Lucy começou uma segunda rodada de reclamações, e aproveitei para deixá-las à vontade para discutir. Corri para onde o pessoal se reunia, e fiquei nas pontas dos pés tentando enxergar alguma coisa. Homens da guarda costeira também se aproximaram, acotovelando quem estava no caminho até se postarem bem na frente da multidão, mais perto de onde grossas ondas de cristas espumantes batiam no cais. Segui os olhares deles. Para lá do porto, um imenso veleiro lutava contra as ondas. Forcei minha passagem até conseguir escutar o que os funcionários da guarda costeira diziam.

— O barco vai bater contra o rochedo — avisou um deles.

— Por que o capitão não se dirige para a embocadura do porto? — perguntou o ruivo com uma voz grave com sotaque levemente irlandês. Sabia disso porque ele soava como eu no passado, quando pouco me im-

95

portava com o jeito de falar. Agora, depois de anos morando em Londres, eu o havia perdido quase por completo.

— Ele está tendo problemas com o vento de costado. Veio não se sabe de onde — respondeu alguém.

— Veio das entranhas do inferno — disse outra voz. — Embora o capitão esteja navegando como um bêbado.

A esposa do ruivo segurava o filho pela mão e o puxava para longe dali, mas o pai continuava profundamente interessado no navio que pinoteava ao sabor das ondas tal qual um adereço num teatro de marionetes. Atrás de nós, na Escarpa do Leste, os guardas costeiros acenderam um holofote, enviando um facho luminoso e azulado para alto-mar.

— Isso vai guiar o navio com segurança até o porto — disse outro.

— Mas somente se evitar o despenhadeiro — retrucou outra voz.

A luz esquadrinhou os picos das ondas que se lançavam contra o céu. Vi de relance uma embarcação iluminada antes de um vagalhão passar por cima do quebra-mar, fazendo-nos tropeçar uns nos outros ao fugirmos dos borrifos. Perdi o equilíbrio e caí para trás nos braços de um estranho que me segurou com força.

— Srta. Mina!

Morris Quince me tinha em seus braços. Ele me ajudou a ficar de pé:

— Vamos fugir desta tempestade.

Não me surpreendi ao vê-lo; durante toda a noite, imaginei que ele fosse o objeto das expectativas dos olhos vigilantes de Lucy.

— Quero ver o que vai acontecer — falei.

Virei-me para o mar e para o drama que se desenrolava. Mais pessoas se aglomeravam no píer, apesar das ondas que batiam ameaçando nossa segurança. Não queria sair dali, embora sempre fosse a primeira a desviar os olhos da visão de um desastre. Sairia até do meu caminho para evitar olhar as consequências de uma carruagem virada ou uma colisão de carroças. Não tinha estômago para esse tipo de coisa; não obstante, queria permanecer e descobrir qual o desenlace para a tripulação e os passageiros do navio, mesmo que isso significasse ficar ensopada até os ossos no meu vestido favorito.

— Por favor, não seja teimosa, Srta. Mina, ou terei de carregá-la daqui nos meus ombros. Nós, os norte-americanos, não temos nenhum escrúpulo para essas coisas. Somos mesmo os selvagens que as pessoas dizem que somos.

Não tinha a menor dúvida de que esse homem destemido faria exatamente o que havia ameaçado, embora eu tivesse de rir da brincadeira. Contudo, sentia aversão a ele, devido ao que estava fazendo, pondo em risco o futuro de Lucy.

— Você viu Lucy e a Sra. Westenra? — perguntei.

— Dei dinheiro a um homem com um guarda-chuva para levá-las até a estalagem no topo no morro. Elas esperam por nós, num lugar agradável e seco.

Outra convulsão de ondas veio tombar no cais, mas conseguimos nos esquivar do pior. Morris achou graça, como se ele fosse um menino que acabara de conseguir marcar um ponto num jogo. O facho do holofote passou por cima de nossas cabeças e novamente iluminou o navio que agora estava mais próximo e tinha duas velas danificadas e rasgadas. A verga de um mastro estava dependurada na água, e uma outra vela, inchada e esticada, apressava a embarcação para o caminho da morte. O barco estava quase adernando ao sabor das ondas — imensas bestas de espuma que abriam caminho para a costa — e navegava para o que dava a impressão de ser um final potencialmente fatal para o barco e os tripulantes. O farol revelou seu nome: *Valkyrie*.

— É um barco fretado, de Roterdã, transporta mercadorias para quem pode pagar o preço. O capitão sabe o caminho do porto — explicou o guarda costeiro. — Por que ele está deixando que o mar empurre o navio para onde quer?

O holofote iluminou o caminho para a embocadura dos ancoradouros, mas o capitão o ignorou, deixando o barco adernar à própria sorte na direção do litoral. Parecia que o acidente catastrófico de setenta anos atrás, conforme descrito pelo velho pescador de baleias, seria revivido bem diante dos meus olhos.

Uma onda semelhante ao braço colossal de Poseidon se projetou das profundezas do mar e explodiu a estibordo.

— Parece que bateu no rochedo — gritou um dos guardas costeiros.

— Por todos os deuses! — exclamou Morris, agora totalmente envolvido com o desenrolar da catástrofe.

Sem descolar os olhos da água, Morris retirou a capa e com ela cobriu meus ombros. Eu poderia ter objetado, mas apreciei a proteção e o calor que deu à minha pele, agora molhada da água do mar e fria por causa do vento cortante. Centelhas de relâmpagos cruzaram o céu com tamanha ferocidade que me acovardei. Instintivamente, me aproximei um pouco mais de Morris, embora odiando a mim mesma por ser uma moça espantadiça que carecia da proteção de um homem, especialmente de alguém tão pusilânime como esse. Ainda assim, ninguém me arrastaria desse pavoroso, porém majestoso, espetáculo da natureza.

O vento mudou de direção sem aviso, realçando a selvageria absoluta e inesperada do mar. Com a mesma facilidade com que havia atirado o barco contra o rochedo, elevou-se em velocidade ainda maior e o libertou, para depois atirá-lo, sem dó nem piedade, contra o cais. Agora, o navio e nós — os espectadores — estávamos à mercê do mar. A água se lançava em curvas arrebatadoras, como os lábios furiosos de um monstro, rodeando o navio como uma prisão aquosa. Àquela altura, o mar moldava seu próprio rumo com uma cadeia circundante de águas turbulentas.

Com o que parecia uma mudança de humor e a concessão de uma moratória, as ondas projetaram o barco de novo para o alto e o arremessaram para a embocadura do porto. Alguns deixaram escapar um leve ofegar de alívio, que pouco durou, pois ficou evidente que a embarcação vinha na nossa direção e se chocaria nas fundações do cais.

Calculei que deveríamos nos afastar dali, mas havia muita gente atrás de nós, e muitos, por estarem estarrecidos com o espetáculo, não conseguiam se mover. Morris deve ter percebido o mesmo, pois me abraçou com mais força ainda, nos unindo para o que pudesse acontecer. No último instante, porém, como se fosse verdadeiramente governado pelo tempestuoso Netuno, o imprevisível mar mudou o itinerário de suas ondas, e o barco escorregou direto para uma depressão coberta de areia e cascalho que se projetava por baixo dos desfiladeiros.

Muitas pessoas que estavam no píer desceram correndo a escadaria que dava na praia para ajudar a socorrer os feridos ou talvez darem as boas-vindas aos heroicos sobreviventes ou, quem sabe, para apenas fitarem, embasbacadas, os mortos. O holofote iluminou o convés, enquanto um agrupamento de resgate, habituado com as consequências dos naufrágios, acorreu para acudir carregando tábuas de madeira que serviriam de passadiço para quem estivesse a bordo.

Eles aguardaram, mas nada parecia se mexer naquele navio. O holofote estancou de repente, lançando luz sobre um homem ao leme, provavelmente o capitão, cuja cabeça estava pendurada por cima do timão. A cena grotesca foi aos poucos ficando mais nítida, trazendo consigo um longo momento de silêncio lúgubre, no qual nem trovão, nem relâmpago, nem ventania perturbava a placidez da noite. Ninguém sobre o molhe, nem mesmo os guardas costeiros falavam. Era como se a luz tivesse interrompido a passagem do tempo, congelando — naquele momento — tanto homens quanto natureza.

Os homens que estavam na praia, prontos para correr para o navio, estancaram ao dar com a macabra cena diante deles. Um corpo curvava-se sobre a roda de leme, e suas mãos estavam amarradas às hastes do timão com nós em oito, mas distanciadas uma da outra o suficiente para permitir que ele o manipulasse. Um fio escuro de sangue lhe escorria do pescoço. Quase parecia ter sido crucificado.

— Que os santos nos protejam, o capitão está amarrado ao timão — gritou o ruivo para um dos guardas costeiros que, sem desviar os olhos do barco, confirmou o que ele disse com um aceno de cabeça:

— É como se o navio tivesse sido trazido por um maldito cadáver.

— O barco foi pilotado por um homem morto!

Conforme as pessoas assimilavam o ocorrido, cobriam as bocas com as mãos ou soltavam gritos de desespero, mal acreditando no que viam, ou elevavam as mãos aos céus, indagando a Deus como isso teria acontecido.

— Mas que diabos! — sussurrou Morris Quince baixinho.

O estampido de um trovão feroz quebrou o momentâneo silêncio de assombro. Como se despertados de um sonho, o pessoal do resgate começou a caminhar na direção do *Valkyrie*. De repente, os homens deram um salto para trás, pois um cachorro enorme, tal qual uma besta gigantesca, surgiu como uma faísca de prata sob a luz do holofote e pulou do navio para a praia. Embora todos se acovardassem, o animal os ignorou e tomou o caminho da Escarpa do Leste, mais diretamente para o cemitério, e com uma determinação que sugeria que ele sabia exatamente aonde ia e com que finalidade.

Capítulo Cinco

Mais tarde, naquela mesma noite

— *E*le não é o homem mais bonito e mais extraordinário que você já conheceu, Mina?

Lucy e eu estávamos nos trocando para dormir, ou, melhor dizendo, eu estava; Lucy apenas me observava. Ela não tinha o menor interesse em conversar sobre o naufrágio ou especular sobre o mistério do capitão morto; tudo o que queria era falar sobre a emoção de ter visto Morris. Enxaguei a boca bem devagar e fechei o pote de pasta de dente enquanto examinava meus dentes no espelho. Precisava de um minuto para decidir se devia ou não desafiar Lucy. Como amiga, sentia-me na obrigação de apontar os sérios desdobramentos de suas atitudes.

— Mas, Lucy, ele é amigo do Arthur. Esse seu caso tem tudo para dar errado.

— Ah, o Arthur não é um amigo sincero. Apenas acha que é desafiador ter um amigo oriundo de uma família norte-americana metida em escândalos. Ele inclusive fala mal de Morris, pelas costas.

— Talvez ele esteja falando o que é certo — opinei. — Talvez o melhor fosse dar ouvidos a ele.

— Considero você a minha melhor amiga, Mina; no entanto, nem mesmo tentou me compreender!

— Consigo apenas entender o que vejo. Olhe-se no espelho. — Puxei Lucy para fora da cama e empurrei-a até diante do espelho oval de chão com moldura de madeira. Ela cruzou os braços em protesto, mas não virou o rosto. — Você está definhando, está em pele e osso. Não se alimenta. Não dorme. E passa o dia inteiro sobressaltada, tal qual um gato de rua. A pessoa dócil que você era desapareceu, agora é só impaciência. Quando você fala sobre seu amor, fica parecida com Lizzie Cornwall, doente e atordoada pelo vício do ópio, mas ainda assim ansiando por mais droga.

— Sim, eu anseio pelo amor dele, que substituiu qualquer outro apetite. — Os olhos de Lucy dançaram nas cavidades, do mesmo jeito estranho que se mexiam quando ela pensava em Morris Quince. Ela retirou um bilhete do corpete. — Ele me entregou isso quando ninguém estava olhando. Vamos nos ver hoje!

— Lucy! Com esse tempo!

Ela foi até a janela e abriu as venezianas:

— Olhe! Já clareou. É o próprio Deus que está sorrindo para o meu amor.

A chuva por fim estiou, e a névoa se dissipou. Entrou uma brisa fresca. Olhei para fora da janela e segui o curso das sete estrelas brilhantes da Ursa Maior, tão nítidas que me imaginava esticando o braço e usando-as, como uma concha, para retirar água de um poço. A única boa lembrança que tinha sobre meu pai era de quando me segurou no colo numa noite e apontou para as estrelas do céu.

— Morris não me deixaria ir até ele debaixo de chuva, Mina — disse ela, enfiando o bilhete na minha mão.

Se o tempo melhorar, venha me ver depois da meia-noite. Se estiver chovendo, não se atreva a pôr em risco a saúde daquela que amo mais do que a mim mesmo. Sinto-me explodir de agonia por estar tão perto de você sem poder tocá-la.

Até breve, meu amor, até breve,
M.

— São apenas palavras, Lucy. Qualquer homem pode escrever palavras num pedaço de papel, se não lhe custar nada.

— Mas, aparentemente, não Jonathan Harker. Quanto tempo faz desde que você recebeu palavras dele num pedaço de papel?

— Lucy, que maldade! — Aquilo fez meus medos reacenderem. Jonathan não me amava. Ele havia encontrado uma moça mais aceitável para ser sua esposa; e eu estava fadada a ser uma professora solteirona pelo resto dos meus dias. Esses temores tinham me assaltado dias atrás, e eu escrevera para o Sr. Hawkins, querendo saber se ele recebera notícias de Jonathan, mas não houve resposta.

Lucy segurou minhas mãos nas suas, que estavam frias. A pele dela, antes tão invejável, tinha uma aparência tão fina quanto a de um papel de seda. Um entrelaçado de veias azuis urdia uma teia de aranha no seu ombro esquerdo. Os tendões na base de seu pescoço saltavam para fora como garras.

— Perdão, Mina. Vamos voltar a ser as boas amigas de sempre, como desde que éramos duas menininhas. Nós duas estamos apaixonadas. Um dia, você se casará com Jonathan, e vocês irão visitar Morris e eu nos Estados Unidos.

— Nos Estados Unidos?

— Ele disse que vai pedir perdão ao pai. Assim que estiver de volta ao berço da família, vamos nos casar e morar em Nova York.

— Você não se importa com os sentimentos de Arthur?

— Não, não me importo! Ele sabe que eu não o amo. Ele passou um ano convencendo minha mãe para que ela insistisse em nosso casamento. Ele sabe que ela controla o meu dinheiro e que sou obrigada a fazer o que ela mandar. E, convenhamos, essa é uma forma desleal de um cavalheiro agir.

Quis lembrá-la de que tentar seduzir a amiga da noiva, como Morris havia feito, era também um comportamento reprovável, mas tudo indicava que meus argumentos não exerciam a menor influência sobre os sentimentos dela.

Lucy aguardou até estar segura de que a mãe dormia. Então, fez com que me deitasse, ajeitou as cobertas como se eu fosse um bebê, obrigou-me a prometer discrição, apagou a luz e saiu do quarto em surdina para se encontrar com o amante; eu caí num sono entrecortado por imagens inquietantes sobre o erro que ela estava cometendo.

* * *

Sonhei que me encontrava em um lugar aquecido, seguro e aconchegante. Como um útero. Eu flutuava, sem saber ao certo se era um bebê prestes a nascer, quando todas as minhas sensações se desacorrentaram, transformando meu corpo num caos. Tudo acontecia ao mesmo tempo, e eu estava em toda parte e em parte nenhuma, como se tivesse explodido. Tive a impressão de que minha pele estava sendo arrancada, abrindo caminho para algo que rastejava sobre minha carne. Estiquei o pescoço ao máximo para a frente, e minhas pernas puxavam na direção oposta, como se estivesse me alongando. Impelida por uma sensação de formigamento segui aos tropeções, indo parar sobre a relva, e então caí no chão, de quatro. Agachada, senti estabilidade e um senso de força e poder. Olhei para as minhas mãos, que haviam se transformado em algum outro membro, cobertas de pelo claro, com cinco garras pretas e afiadas, todas apontadas para a frente e, entre elas, uma membrana preta. Estiquei-as, sabendo que poderia flexioná-las em torno de um objeto — a cabeça de um pequeno pássaro, a barriga macia de um rato — se quisesse. E era isso mesmo que me apetecia fazer. Estava esfomeada e pronta para atacar.

Naquele mesmo instante, todos os pensamentos se dissiparam de minha mente, e eu me encontrava desorientada em meio a uma avalanche de sensações que evisceravam coisas como palavras e ideias. De minha boca saíram sussurros e gritos, mas eu perdera toda a habilidade de formar palavras ou de saber o que elas significavam. Minha visão diminuíra e aumentara, ao mesmo tempo. Todas as cores se tornaram preto, marrom e cinza, porém as imagens ficaram mais nítidas, mais definidas. Eu conseguia enxergar no escuro, onde até as lâminas de grama e as folhas e flores ainda em botão tinham seus contornos delineados com precisão, embora fosse uma noite sem lua. Estava intensamente ciente de minhas orelhas: quentes, pulsantes, alertas. E então, as fragrâncias marcaram presença, e fiquei atônita com os cheiros da noite. Incapaz de resistir, rolei pela terra, aspirando o cheiro penetrante da relva molhada e o almíscar do barro sobre o qual ela brotava. Passei meu focinho através das lâminas da grama, sentindo cada bordo roçar minhas narinas. Ao levantar o nariz, capturei o delicado perfume das flores do campo e o adocicado dos trevos vermelhos. Os aromas traspassaram meu corpo, como se eu os pudesse cheirar com os olhos, os dedos, o rabo. Captei o cheiro de uma ave viva na plumagem de um pássaro morto, mas logo fui à loucura com o miasma do sangue quente de lebres e ratos selvagens que exalava de um pequeno buraco.

O ar transportava o cheiro de folhas molhadas depois de um temporal. Meus sentidos foram divididos em dois: um deles me chamando a atenção para o ar, e outro, ainda mais instigante, para a terra. A exalação pútrida da terra, de todas as criaturas de Deus, e o ar aromático da noite giravam dentro da minha cabeça e através do meu corpo, competindo com uma cacofonia de ruídos que iam num crescendo. O som abafado de minhas patas em contato com a terra ressoava em meus ouvidos. Senti no corpo a vibração de todos os animais — pequenos e grandes —, quando interagiam com o mesmo solo que eu pisava. O farfalhar das folhas nas árvores, o sibilar do vento soprando os cabelos em meu rosto, o bater das asas das abelhas, o arrulhar distante de uma coruja — eu distinguia com agudeza cada um desses sons. Meus sentidos controlavam meu corpo. Eu era uma máquina vivente que processava os sentidos da visão, do olfato e da audição.

Submeta-se.

A ordem veio de lugar algum e de coisa nenhuma, mas foi enfiada à força dentro da minha cabeça. Confusa, olhei ao redor, levantando o focinho. Algo se aproximou rastejando pelas minhas costas, e me atacou, atirando-me no chão. Não demorou, e essa criatura, que era maior do que o meu corpo, estava em cima de mim; não me machucava, mas esfregava seu pelo no meu, fazendo com que eu rolasse até estar deitada de costas. Ah, como eu reconhecia seu cheiro... o cheiro de ferro salgado de sangue, mais o odor dos sumos vitais da sua última presa e a fragrância pungente das raspas de madeira perduradas no pelo macio. Era-me tão familiar que meu medo se dissipou enquanto era empurrada para cima e para baixo. Uma língua enorme e macia lambia minha barriga, paralisando-me de prazer. Estiquei meu corpo e pude sentir cada centímetro da espinha dorsal contra a terra, que, se comparada com o calor da língua que ia subindo até o meu pescoço, estava fria. O grande nariz do animal esfregou e acariciou meu longo pescoço de loba, deixando sua marca em mim.

Sim. Estou voltando para você.

As palavras quebraram o encanto dos aromas da noite e dos sons e prazeres trazidos por este animal que me mantinha presa no chão.

Você se lembra de quem você é?

A voz masculina era familiar, mas a boca na minha frente não era humana. A criatura arreganhou os dentes. Quatro caninos pontiagudos, um par superior e outro inferior, projetavam-se sobre mim, ameaçando rasgar a carne macia de minha barriga, enquanto os pequenos nacos e pedaços de mim seriam retalhados aos bocados pelos pequenos dentes retos metidos entre os caninos. A longa língua vermelha que me dera prazer estava pendurada entre aqueles ferozes caninos, como se antevendo o sabor delicioso de meus músculos e ossos. Virei de lado tentando escapar, mas a besta rosnou para mim, intimidando-me mais uma vez com suas mandíbulas escancaradas.

Dei-me por vencida e sucumbi à mercê do meu destino. O mundo ao meu redor ficou escuro, enquanto imaginava a intensidade da dor daqueles dentes pontudos ferindo minha pele. Esperei por um tempo muito longo na escuridão, todo o som, toda a visão e todo o cheiro suprimidos pelo medo e pela ansiedade. Mas nada aconteceu. Era difícil saber o que era mais assustador: o pavor de ser eviscerada pelo imenso animal ou o absoluto terror de sua ausência.

Você se lembra, Mina? Você se lembra?

Acordei tomada pela surpresa de ainda ser Mina, e não uma cadela ou uma loba ou uma raposa ou qualquer outra forma que tivesse assumido durante meu sonho. Nada em meu corpo se transformara, embora minhas sensações continuassem intensas. Não tanto quanto durante o sonho, mas bem mais aguçadas do que antes de adormecer.

Não estava, porém, em minha cama. Encontrava-me sentada sobre a relva, à sombra das ruínas da Abadia de Whitby, sob o luar, e não estava sozinha. A princípio, imaginei ainda estar sonhando ao mirar em seus olhos azul-escuros como as noites de verão. Ele me fitava sem piscar, sem fazer nem um movimento na minha direção. Não parecia perigoso, mas como não seria, considerando seu tamanho e a sinistra juba em forma de V, que começava no focinho, subia até os olhos e ao redor das orelhas pontudas? Seu pelo era cinza prateado. As patas eram avantajadas, com cerca de uns 15 centímetros de largura. Tinha o porte maior do que o de um lobo, ou talvez fosse mesmo um lobo... não consegui identificar. Ele assustara a todos os que o viram saltar do navio; aqui, porém, parecia zelar pela minha segurança, inclusive consentindo que eu esmiuçasse seus mínimos detalhes.

Todavia, o mais irresistível na criatura era a inteligência de seu olhar. Há várias maneiras de um homem olhar uma mulher: com desejo, com apetite, com respeito, com desdém, com perplexidade. Esta criatura me contemplava como se me conhecesse. Ele tinha uma aparência aristocrática, nobre até, dando a impressão de que fora treinado para proteger um rei, ou de ser um rei. Verdade, dava para imaginá-lo dormindo ao pé de um trono, ou dando ordens em um. O luar fazia seu pelo cintilar como uma armadura sob a luz da lua. Agora, percebia por que ele se assemelhava a um raio de prata, quando saltou do navio. Não parecia um animal que sofrera as agruras do mar por muito tempo; muito pelo contrário, seu estado fazia jus a um prêmio, como se tivesse recebido um tratamento impecável de um dono condescendente ou fosse uma criatura de linhagem nobre, habituada a reinar sobre outros animais na floresta. Com seu pelo brilhante e a musculatura rija, parecia bem-alimentado, bem-treinado e bem-cuidado, talvez mais do que a maioria das crianças. Era possível que fosse o fiel companheiro do capitão que chegara inexplicavelmente atado ao leme. Quem quer que tenha feito uma coisa tão execrável com o homem claramente não atacou o animal.

Mas seria ele o animal que visitava meus sonhos? Será que, depois de presenciar seu desembarque dramático, eu havia sonhado que aquela criatura era eu, e que agora, por coincidência, vim a encontrá-lo? Será que em breve estaria diante de suas mandíbulas escancaradas, só que desta vez não na esfera dos sonhos, onde eu poderia simplesmente abrir os olhos e voltar à segurança?

Eu estava desnorteada, mas a profunda serenidade da besta olhando para mim sem malícia acalmou meus nervos. A lembrança do pelo macio roçando meu pescoço me fez querer afagar sua pelagem. Segura de que ele não me atacaria, e amparada pela ideia ensandecida de que ele me prometera isso com os olhos, sentei-me, sem me incomodar com as folhas e a grama grudadas em minhas mangas. Tive medo de me mexer, mas ele se aproximou, me inspecionando com olhos sagazes, e todos os meus medos e estranhamentos se dissiparam. Ele cheirou meu braço e, em seguida, acariciou meu peito com a cabeça. Deixei que esfregasse seu pelo quente em meu pescoço, e o tempo todo eu inalava seu cheiro familiar, o mesmo que bafejava em meu sonho. Estava me deliciando com essa troca, quando, sem aviso, o animal se virou e fugiu. Vi sua coxa grossa se dobrar, e seu corpo saltou da terra com uma leveza sobrenatural que eu jamais presenciara, fosse num homem, fosse num animal. Parecia que alguma força invisível o empurrava para cima, propiciando-lhe um impulso extra, e ele voou por cima de uma pilha de entulho e de pedras que tinham caído da torre central da abadia. Depois, atravessou uma das janelas inferiores e desapareceu atrás da fachada do templo.

Tentei me localizar. Sabia exatamente onde estava; afinal, a abadia é um ponto de referência. A questão sobre em quem — ou no que — eu me transformara era de difícil resposta. Senti um arrepio e me abracei bem apertado. O mesmo nevoeiro do início da madrugada tomou conta do promontório. Parecia mais escuro agora com a névoa espessa, e ouvi um gemido profundo varrendo o interior da abadia. É só o vento, disse a mim mesma. Precisava voltar para casa, mas sem ter o animal para cuidar de mim, tive medo.

Queria segui-lo pela abadia, mas mesmo durante o dia eu achava as ruínas muito agourentas. As janelas em arco lembravam bocas escuras e escancaradas, prontas para cuspir segredos, mistérios de um passado que seria melhor ser deixado imperturbável. Mas este havia sido um lugar sagrado, não uma câmara de tortura medieval onde perambulavam espíritos malignos em busca de vingança pelos atos medonhos praticados contra eles. Esta tinha sido a casa de santos e de beatos, daqueles eleitos por Deus. Não havia nada a temer. Apenas, tivera um sonho estranho. Saí caminhando enquanto dormia, e dei com o animal que chegara no navio naufragado. Uma história sem importância.

Olhando para a parede em ruínas, pus-me de pé. Iria dar uma rápida olhada lá para dentro e tentar ver, mesmo que de relance, o animal. Mas antes que pudesse dar um passo, uma sombra deslizou por uma das janelas — não uma sombra escura, mas algo branco, algo que não parecia completo —, e caí de joelhos. Quando a sombra passou, ouvi um som sibilante, como o da ventania invernosa que rugia apressada pelos corredores da escola da Srta. Hadley, nas noites mais gélidas. De algum lugar do interior da abadia, o lobo, ou talvez fosse um cão, uivou, jorrando longos e espiralados queixumes para a noite. Será que o animal também viu a aparição? Eu podia jurar que seu contorno era de um corpo de mulher, mas atribuí a imagem à história da abadessa falecida há séculos, narrada pelo velho pescador de baleias, e torci para que meus olhos não estivessem me pregando uma peça, como eles costumam fazer no escuro. A cerração, o luar e o meu sonambulismo conspiraram para que eu enxergasse bizarrias. O animal estava meramente replicando o ruído do vento. Contudo, a calma que sentira perto dele agora se fora, e passei a sentir todos os nervos de meu corpo.

A noite foi ficando mais fria e mais escura, conforme o luar se dissolvia em bruma. Eu sabia que tinha de sair dali, embora também me sentisse segura na inércia. Por fim, foi a umidade da terra penetrando através de minhas roupas que me fez levantar. Segui na direção do cemitério, mas congelei devido ao que vi diante dos meus olhos.

Tentei respirar, mas meus pulmões não funcionaram e meus joelhos foram enfraquecendo. Seria ele um homem ou um fantasma? Embora não estivesse vestido com trajes de noite, era o mesmo que havia me salvado no barranco do rio, também o mesmo que — sabe-se lá como — encontrou um jeito de sair ao meu lado na fotografia tirada pelos Gummler. Como foi que ele conseguiu me achar no meio da noite e, ainda por cima, no litoral de Yorkshire? Sua aparência era iluminada, tal qual a imagem de um vitral, e não por causa dos raios da lua, mas em razão da pele de marfim, imaculada, e que transmudava em auréola a névoa que o cingia. Dei um passo para atrás e tropecei numa pedra. Ele não se mexeu.

— Seja você quem for, por favor, vá embora — implorei.

Minha voz era carregada de medo, e não portava nada em si que o pudesse inspirar a me obedecer. Ele não era transparente, mas sólido, e vestia um colete longo de alfaiate, do tipo que os cavalheiros usariam para uma caminhada no campo.

— Por que está me seguindo? — perguntei numa voz vacilante.

Você sabe por quê.

Ele não falou, mas ouvi sua voz dentro de minha cabeça e a reconheci como aquela do meu sonho. O sotaque era indefinido em suas origens, mas aristocrático. As palavras foram pronunciadas com todo cuidado, letra por letra, sílaba por sílaba. O tom de voz era profundo, quase insondável, autoritário. Eu não sabia como responder, ou se deveria responder. Meu coração martelava dentro do peito. Desde que não me movesse, não seria atacada — ou essa era a lógica estropiada que me governava naquele momento. Cobri o rosto com as mãos para evitar o olhar dele.

— O que você quer comigo? Por que está fazendo isso?

Você sabe por quê.

— Eu não sei! Não sei de nada! — Comecei a chorar e não parei até que senti que minhas mãos estavam úmidas de lágrimas.

Não fazia ideia de quanto tempo ficara ali chorando, mas quando olhei para cima, ele não estava mais lá. Esperei, convencendo a mim mesma de que, afinal, ele não passava de uma assombração. Quando me senti novamente segura, virei os calcanhares para sair em disparada, mas lá estava ele de novo no meu caminho, imóvel como uma estátua.

— Quem é você? O que é você? — gritei.

Estava zangada por esse ser estar zombando de mim e me seguindo tão de perto que não havia descanso, não havia escapatória.

Seu servo e seu senhor.

— Por favor, deixe-me em paz. — O tom de contrariedade disfarçava o fato de que minhas palavras eram, na verdade, súplicas, cujo único objetivo era fazer com que ele se apiedasse de mim. Como ele já havia me livrado do perigo uma vez, talvez não me machucasse se eu implorasse por minha vida.

O poder é seu, Mina. Vim quando você me chamou, quando percebi a sua necessidade ou o seu desejo.

— Pare de me seguir! — Dei-lhe as costas e me afastei. Novamente, repeti o gesto: abracei a mim mesma, bem apertado, enquanto ia caminhando para o cemitério. Passados alguns instantes, por mera curiosidade, olhei para trás. Ele não estava mais lá. Desaparecera em meio à neblina, deixando-me sozinha e trêmula, minhas mãos ainda úmidas das lágrimas.

Não precisei usar os olhos para confirmar sua ausência, pois podia senti-la dentro de mim. Fiquei intensamente desapontada. Para onde será que ele foi? E então, para a minha surpresa, me dei conta de que queria procurar por ele, ir ao seu encalço, da mesma forma como ele me seguira. Queria uma explicação. Fiquei chocada comigo mesma, pela coragem de ter formulado esse pensamento, mas, ainda assim, alguma coisa me incitou a ir adiante. Estava cansada da pessoa frágil que eu era. Queria extirpar essa mulher de meu corpo e esmagá-la, transformando-me em forte e corajosa.

— Volte — ordenei, mas nada aconteceu.

As batidas de meu coração foram cedendo e finalmente consegui respirar. O vento se insinuava por minhas roupas molhadas, e a friagem congelava meus ossos. Estava com tanto frio, e tão cansada, que julguei que minha espinha fosse se despedaçar se eu não procurasse me abrigar num lugar aquecido.

De repente, algo emergiu do nevoeiro e me cobriu, igual ao casulo que antes me havia envolvido e me levara para a noite. Não era nada que eu pudesse ver ou sentir, mas uma energia, uma vibração, uma concha invisível que me aninhava.

Você está com frio. Venha para dentro.

A única estrutura que eu podia ver eram as paredes cavernosas da Abadia de Whitby.

Você vem comigo?

Não precisei dizer nada. Meu corpo optou por mim. Senti-me mover pelo espaço, sem saber para onde estava indo. Meus olhos estavam cerrados, ou tudo à minha volta era total escuridão. Sentia-me como um ser alado, planando sobre um território desconhecido, e sendo guiada por alguma coisa fora de mim, mas ciente de que não estava perdida. Luzes que se assemelhavam a estrelas se desviavam de mim vindas das sombras e, quando abri os olhos, me vi deitada numa cama coberta por acolhedoras tapeçarias e com uma pilha bem alta de travesseiros. O quarto era iluminado por velas espetadas em candelabros colossais de ferro batido, e suas línguas de fogo bruxuleavam nas paredes. A grande lareira flamejava. Reconheci o tríptico das esguias janelas em arco, embora as tivesse vendo pelo lado de dentro pela primeira vez. E seus vitrais já não estavam vazios, mas cobertos por vidros esbranquiçados, através dos quais eu podia ver as estrelas que pairavam no céu de Whitby numa noite clara.

Estávamos dentro da abadia, embora aparentemente numa outra dimensão do tempo. O cômodo estava aquecido, o teto, intacto, e ele, deitado ao meu lado.

Todos os momentos que existiram no tempo ainda estão aqui, Mina — e todos os pensamentos, e todas as lembranças, e todas as experiências.

Agora que o vi sob a resplandecência das velas, era mais bonito do que eu o havia imaginado. A pele de uma brancura de mármore, mais pálida do que a minha, porém luminosa; os cabelos como as ondas lustrosas do mar noturno. O rosto era longo e angular, e com sobrancelhas grossas, me trazendo à mente as interpretações que alguns artistas faziam dos cavaleiros do rei Arthur. E ele me devorava com seus olhos azuis-escuros lupinos.

— Quem é você? — perguntei com uma voz tímida e lânguida.

Você e eu já tivemos muitos nomes. Não importa como chamamos um ao outro. Basta que você se lembre. Você se recorda, Mina?

Os lábios dele não se mexiam, ainda assim eu escutava cada palavra. Queria fazer milhares de perguntas, mas ele estendeu um dedo longo e fino, e tocou meus lábios. Trocando olhares comigo, fez deslizar para baixo do ombro a alça da camisola. Ondas de choque reverberaram por meu corpo quando o dedo dele percorreu a curva sob meu pescoço, roçou meu queixo e, bem devagar, foi escorregando para a outra orelha. Na certa que um único dedo não poderia gerar todo esse alvoroço dentro de mim.

Ah..., então você se lembra.

Meu coração batia descontroladamente, mas eu não estava assustada. Havia nele um quê de familiaridade que me impedia de ter medo, embora eu soubesse o quão perigoso ele podia ser, depois de tê-lo assistido espancar meu agressor, às margens do Tâmisa.

— Sim, sim, eu me lembro — respondi.

Eu teria dito qualquer coisa para manter a mão dele sobre mim, para me envolver na energia selvagem que ele transmitia para o meu corpo e para fitar a vastidão azul-violeta de seus olhos. Embora eu não tivesse dito mais nada, todos os nervos de meu corpo imploravam a ele que não parasse de me acariciar.

Qual é o seu desejo?

Não tive a audácia de dizer em voz alta as palavras, mas este ser não só conhecia a mim, como também aos meus pensamentos. Nossos olhos estavam cravados um nos outros, e nossas mentes em total simbiose. Conectava-me a ele de uma forma absolutamente nova para mim. Nós não formávamos uma unidade, mas estávamos em harmonia, como partes da mesma sinfonia. Com uma aterradora vagareza, seu dedo desceu pelo meu pescoço até o osso esterno e atravessou meu peito indo parar no bico do meu seio. Então alguma coisa extraordinária aconteceu. Ele manteve o dedo no mamilo, quase não se mexendo, mas enviando uma sensação selvagem através do meu peito que repercutiu em cada curva, em cada canto de mim. Meu corpo era como um instrumento musical que só ele sabia como tocar. Tentei respirar enquanto ele ia numa cadência lenta e deliberada para o outro seio, o tempo todo mirando dentro de meus olhos. Eu estava eletrizada. Correntes ardentes dançavam pelas minhas veias. Ofeguei buscando respirar, o que só fez aumentar minha excitação. Eu não fazia ideia de quanto tempo havia ficado nesse estado de bem-aventurança. Podem ter sido minutos, ou horas, mas naveguei por suas ondas, deixando-me ser levada pelo excitamento.

Você é minha de novo, Mina. Esperei por você e cuidei de você desde que era uma garotinha. Você se lembra daquela época?

Ele parou de me tocar. Olhou bem dentro dos meus olhos, esperando minha resposta. Mas meus pensamentos tomaram outra direção. Diante dos meus olhos se apresentava o fantasma que me havia atraído para a noite desde que eu era criança. Seria ele o responsável pelo desdém de meu pai e pela rejeição da minha mãe? Aos poucos, a excitação transformou-se em raiva. Por mais que eu não quisesse abandonar o estado de profundo deleite, era mais forte do que eu, e ele leu meus pensamentos.

Eu vim até você para ajudá-la, Mina. Você corria perigo. E precisava de mim.

Comecei a gritar com ele:

— Lembro-me de tudo. Meu nome é Mina Murray, cujos pais a mandaram embora de casa porque ela era uma criança estranha e que metia medo. Consegui construir para mim uma vida decente, uma vida respeitável, e uma vida sobre a qual tenho controle. Sou professora numa escola para meninas, e estou noiva e vou me casar com um homem que me ama.

Tinha consciência de estar sabotando não apenas o meu próprio prazer, senão também muito mais, por me rebelar contra ele e quaisquer que fossem as lembranças que ele gostaria que eu tivesse. Sabia que estava lutando contra o êxtase que ele provocava em meu corpo. Mas assim como antes não havia conseguido resistir a me submeter a ele, também não conseguira resistir à hostilidade que agora sentia. Ele me pedia para que me lembrasse exatamente das mesmas coisas que eu havia passado a vida tentando esquecer.

Você quer que eu me vá, Mina?

— Sim, vá embora! — gritei. — Deixe-me em paz, antes que você destrua minha vida mais uma vez.

Encolhi-me como um feto e comecei a chorar. Logo depois, meu corpo foi fustigado pela dor e pelos soluços. Chorei por um longo tempo, até não haver mais nem uma lágrima em meus olhos. O frio voltou a traspassar minhas roupas. Estiquei-me e abri os olhos. O estranho misterioso tinha ido embora, e eu estava deitada sobre a relva do lado de dentro do que restava da antiga abadia, mirando as estrelas.

Passei pelo buraco de uma das antigas janelas da abadia e voltei na direção do cemitério, onde pequenas lamparinas tremeluziam nas lápides. Um cemitério à noite é de dar medo a qualquer um, mas depois do que me acontecera, o fato de estar familiarizada com o lugar me serviu de conforto. Parei diante do túmulo de uma criança e apoiei minha mão na asa de um anjo, de modo a limpar os grãos de pedra e areia que incomodavam as solas dos meus pés, e entrevi duas pessoas no banco em que o velho pescador e eu costumávamos nos sentar durante o dia para contemplar o mar. Uma inconfundível cabeleira ondulada e loura cascateava por trás do encosto do banco, e um vulto de homem a encobria parcialmente, com o rosto enterrado no pescoço da mulher.

Vim dar com essa cena sem querer e deveria ter-me afastado o mais ligeiro possível, mas fui capturada pela visão da boca do homem devorando o pescoço, o rosto, os ombros, depois deslizando voluptuosamente de volta para a orelha e se deixando ficar ali. Ele lhe desabotoou a blusa, expondo-lhe o peito, e suspendeu um seio para fora do espartilho. Depois a segurou no colo e a colocou sobre suas pernas, de modo que ela o cavalgava, e eu os via de perfil, quando ele tomou-lhe o seio na boca, lambendo e mordiscando-lhe o bico. Eu estava perto o bastante para acompanhar com os olhos a língua escorregadiça estendendo-se em círculos, e minha própria lascívia, recém-despertada, tornou a se reacender. A sensação era tão intensa que podia imaginar que não era a Lucy que se sentava ali, mas eu, com os lábios belamente delineados de Morris Quince no bico do meu seio e suas largas e vigorosas mãos acariciando todo o meu corpo. Fiquei paralisada, saboreando a luxúria, quando ele levantou os olhos e deu de cara comigo. Os ombros dele desabaram, e ele disse alguma coisa para Lucy, e ela se virou tomada de surpresa.

— Mina! — a voz era de reprovação. E num pulo, saltou das pernas de Morris, ficou de pé e veio em minha direção a passos largos. Seus punhos estavam cerrados, e os braços iam para a frente e para trás como os de um soldadinho de chumbo. — Por que você está me seguindo?

A blusa dela estava aberta, e fitei a brancura de seus seios, que tinham um volume considerável apesar de ela ter perdido muito peso. As marcas dos machucados que eu havia notado antes eram agora mais numerosas e mais escuras.

— Não estou seguindo você — gaguejei. A friagem da noite, os acontecimentos inesperados e agora o choque ao ver Lucy me deixaram sem reação. — Eu... eu não sei como vim parar aqui. Estava andando por aí... enquanto dormia. De novo.

— Mina? — Morris tirou o paletó de linho e colocou-o nos meus ombros. Tenho certeza de que estava constrangido de me ver de camisola transparente. — Você está ensopada... e sem sapatos! Precisamos levar você para casa.

Os nossos olhos se voltaram para meus pés, que estavam brancos como a neve. Os dedos contraídos pareciam querer me manter pregada à terra.

— Não posso admitir que uma dama vagueie por esses caminhos descalça — disse Morris girando os olhos ao redor como se um par de sapatos fosse miraculosamente rebentar como milho de pipoca de um dos túmulos. Ele fitou Lucy com expressão de impotência, aguardando uma sugestão. — Vou levá-la em meus braços — decidiu.

A expressão de impaciência de Lucy sinalizou que ela não concordava com a ideia.

— E o que vai acontecer se formos vistos, com você dando um espetáculo desses?

— Posso andar descalça. Fiz isso muitas vezes. — Eu queria desaparecer no ar assim como meu fantasma havia feito.

— Mas você parece doente, Srta. Mina. Seus dentes estão tiritando de frio. E está com a aparência de quem viu um fantasma. — As sobrancelhas de Morris, de tão apertadas, formaram um vinco que dividia sua testa em dois hemisférios.

— São meus pesadelos — expliquei, dividida entre aceitar o consolo das preocupações dele, e o aborrecimento de Lucy por eu ter interrompido o seu namoro. A bondade de Morris Quince era como uma corda de salvação que me haviam atirado e que não me deixaria afogar, mas a qual Lucy não me permitia agarrar.

— Melhor irmos embora — disse Lucy. E fazendo um gesto em direção ao paletó nos meus ombros: — Você não pode levar isso.

— Mas ela está quase nua e em estado de choque.

— Minha mãe vai ver o paletó — argumentou Lucy decidida, e retirando-o dos meus ombros devolveu-o a Morris. — Ela pode ficar com o meu xale. — Ela desamarrou o xale que havia enrolado na cintura e arranjou-o sobre meus ombros. — Precisamos tomar caminhos diferentes — disse ela para ele, deixando-o com um semblante desconsolado enquanto nos afastávamos.

Lucy ficou em silêncio por um tempo. Depois, passou o braço em volta de mim e me puxou para si.

— Mas você está muito fria, Mina.

Aconcheguei-me a ela e passei o braço por sua cintura. Pude sentir-lhe a ponta do osso do quadril através do tecido da saia. Mas apesar da finura, seu corpo borbulhava ondas de calor.

— Esse jogo que você está fazendo é muito perigoso, Lucy. Metade da cidade ainda deve estar acordada... por causa do naufrágio.

— Ele estava me acompanhando até em casa quando decidimos ir ao cemitério olhar a vista. Não tínhamos planejado nos deixar levar assim ao ar livre, Mina, mas estamos tão apaixonados...

O céu estava mosqueado de nuvens escuras apressadas que, por vezes, revelavam uma estrela luminosa. Caminhamos por alguns quarteirões e, ao virarmos uma esquina, Lucy congelou, e sua mão agarrou com força o meu ombro, me obrigando parar.

— Estou congelando... — eu disse, mas Lucy me interrompeu, apontando para os quartos no alto do morro. Luzes amareladas e reluzentes iluminavam a carreira de janelas que guarneciam as duas salas de visitas, como se a Sra. Westenra estivesse dando uma festa em plena madrugada.

— Ela descobriu! — Lucy cruzou os braços sobre o estômago como se suas entranhas estivessem prestes a saltar para fora. Inclinou o corpo para a frente em busca de ar. Pensei que fosse vomitar. — Não posso entrar lá.

— Vai ver as luzes significam que sua mãe piorou — sugeri. Esse havia sido o primeiro pensamento que me ocorreu. — Alguém pode ter ido chamar um médico. A Hilda, ou um vizinho.

— É... vai ver foi isso mesmo que aconteceu — concordou Lucy, penteando com os dedos os cabelos emaranhados. — Coitada, coitada da mamãe!

Mas então, seus olhos se arregalaram e suas feições tomaram uma expressão que me era bem familiar. Ela pegou minhas mãos:

— Oh, sou uma pessoa má. Estou mais aflita com a possibilidade de meu caso ser descoberto do que com a saúde de mamãe; mais preocupada comigo do que com o infortúnio de minha amiga acordar sozinha num lugar no meio do nada!

Os olhos de Lucy estavam esbugalhados e vítreos, boiando nas órbitas acima das descarnadas maçãs do rosto. Eu estava congelando e sabia que as luzes ardendo lá no alto eram indícios de que os dramas daquela noite estavam longe de chegar ao fim.

— É melhor irmos ver o que está acontecendo.

Lucy alisou as roupas e cuidou de conferir os botões da blusa. Com dedos ligeiros que lembravam penas, espanou a saia.

— Como estou? Decente?

— Mais do que eu. Afinal, você está vestida. Mas é melhor esconder essas marcas no pescoço e no peito. Obras do Sr. Quince, estou certa?

Lucy tirou o xale dos meus ombros e se enrolou nele.

— Não importa o que disserem, ou o que perguntarem, deixe tudo por minha conta — falou ela num tom de voz que em nada se comparava àquele da mulher entregue aos desejos carnais, de apenas alguns minutos atrás.

Não me restava escolha a não ser confiar nela. Na escola, se por um lado Kate gostava de pensar em si como rebelde, Lucy era aquela cuja presença de espírito e jeito despreocupado de fazer tudo o que queria a mantinham num patamar acima das regras. Kate era desafiadora, sempre fazendo um espetáculo de suas desobediências; Lucy, porém, se sentia no direito de fazer tudo que queria, sem sequer imaginar que alguém iria se interpor em seu caminho. Minha esperança era de que ela continuasse sendo a menininha capaz de esmolar para comprar balas e sair-se ilesa, ao insistir que o dinheiro se destinava aos cegos.

Subimos as escadas e abrimos a porta. A sala estava iluminada como se para receber visitas. Um serviço de chá completo descansava sobre uma mesa com pé central, mas as cadeiras que a ladeavam estavam desocupadas, assim como os dois divãs um em frente ao outro, intercalados por uma mesinha baixa. O aposento parecia um palco de teatro antes de os atores entrarem em cena e iniciarem o espetáculo. Adentramos um pouco mais e ouvimos vozes vindas do corredor. A Sra. Westenra apareceu; uma touca de dormir listrada de rosa e branco emoldurava-lhe o rosto. Atrás dela, um oficial de polícia uniformizado.

— Deus seja louvado! — exclamou. — Elas estão a salvo!

— Foi como eu lhe garanti, madame — disse o policial. — Durante o verão, as moças gostam de sair para dar uma volta à noite. Nada de mais aconteceu, não foi?

— Nada demais? Quase morri de tão apavorada que fiquei! Onde é que vocês duas estavam com a cabeça para desaparecerem no meio da noite? Lucy! Quer matar sua pobre mãe? E você, Mina?

O policial vinha atrás da senhora, os olhos desviados para outro lado. Presumi que ele estivesse evitando me olhar por eu estar de camisola.

A Sra. Westenra pegou a manta que estava no espaldar de uma cadeira e me enrolou com ela:

— O que significa isso de sair por aí em condições tão indecorosas?

Lucy não me deu tempo de responder, mas desferiu um ataque defensivo.

— Mãe, por favor, fique calma. Mina e eu também tivemos nossos pesadelos esta noite. Por que o policial está aqui?

— Por quê? — A senhora olhou para o oficial sem poder acreditar.

Ao observá-lo com mais atenção, reparei que ele era bem jovem. A casaca que vestia era curta na frente e arrematada atrás com longas abas, fechada com botões prateados brilhantes. Complementava a farda um cinto largo de couro e botas engraxadas no capricho, que lhe atribuíam uma autoridade que ele ainda não possuía. Senti pena por ele ter de lidar com uma mulher de meia-idade irascível e dada a dramatizar as situações.

— Por quê?! — continuou a Sra. Westenra. — Porque acordei no meio da noite passando mal. Entrei no seu quarto para lhe pedir ajuda, Lucy, e encontrei uma cama vazia! Às duas horas da madrugada! Fiquei sem ação. Hilda foi dormir em casa, e eu me vi sozinha, e o meu coração... Ai, meu pobre coração. Pensei que fosse morrer, meu coração martelava tão alto no meu peito... Fui até a janela e gritei por socorro. Gritei como uma louca. Um bondoso cavalheiro mandou uma mensagem ao chefe de polícia, que enviou um guarda, este jovem maravilhoso aqui, para consolar uma mulher assustada. Eu poderia ter sucumbido a um ataque de angina, se não fosse por ele. Ele mesmo dosou minha medicação. E fez tudo com perfeição, devo acrescentar. — Ela sorriu para ele.

— A senhora foi muito valente, madame — elogiou ele, ajustando a tira do capacete de policial sob o maxilar forte e quadrado.

Lucy transmitia confiança, e tinha o controle da situação:

— Não lhe posso agradecer o suficiente por cuidar de minha mãe. Sua saúde faz com que ela fique muito aflita.

A Sra. Westenra ia abrindo a boca para reclamar, quando Lucy a interrompeu:

— É muito fácil de explicar. Mina sofre do mesmo mal que papai. Sonambulismo. Ela teve alguns incidentes terríveis em Londres, sobre os quais me contou no dia em que chegou aqui. Não é isso mesmo, Mina?

Fiel ao meu prometido, assenti com a cabeça, sem dizer palavra, permitindo a Lucy continuar com sua maquinação.

— Acordei e vi que Mina não estava na cama. Devido ao que me relatou dos episódios anteriores, sabia que ela podia ir bem longe, então saí correndo. Eu devia ter-lhe deixado um bilhete, mãe. Perdoe-me, por favor. Mas eu estava desesperada para encontrar Mina antes que alguma coisa ruim pudesse lhe acontecer.

— E você está bem agora, senhorita? — o policial me perguntou. — Chegou a ir muito longe?

— Fui sim, até o cemitério da igreja — respondi. — Vou lá todos os dias por causa da belíssima vista. Então presumo que meu corpo simplesmente me levou até lá por uma questão de hábito.

— E o tempo todo estava dormindo? — Ele parecia desconfiar dessa possibilidade.

— Mas é claro — interrompeu a Sra. Westenra. — Meu finado marido sofria do mesmo transtorno. Costumávamos encontrá-lo nos lugares menos prováveis. Às vezes, porém, não voltava para casa e íamos dar com ele vagando pela charneca perto da nossa casa em Londres.

— Muito estranho, realmente, madame. Mas já ouvi a respeito desses fenômenos. Minha vovó garante que os espíritos clamam por nós enquanto dormimos. — Ele sorriu de mansinho, como se não soubesse se deveria ou não acreditar nas superstições da avó.

— Sua avó tem de vir tomar chá conosco no dia em que o nosso amigo Dr. Seward estiver presente. Ele vai explicar tudo a ela — afiançou a Sra. Westenra, assumindo um ar de sapiência que eu já havia visto antes, quando ela mencionara suas discussões sobre medicina com John Seward. — É a mente que imagina esse tipo de coisa, a mente inconsciente, que é um órgão bem diferente da mente consciente. Se tiver a oportunidade de ler sobre as recentes descobertas da medicina, vai comprovar que estou dizendo a verdade.

— É o que farei, madame — respondeu ele educadamente, mas lançando um sorrisinho de través para Lucy. Por causa de sua pouca idade, desconfiei de que preferisse conquistar as boas graças da filha, não da mãe.

— O que vocês acham de permitir que este bom homem siga seu caminho agora, de modo que todos possamos dormir? — Lucy permanecia firme em sua estratégia de se livrar de problemas. Havia mentido para a mãe e para o guarda, e estava se saindo muito bem. O policial já estava a caminho da porta.

— Lucy, querida, leve a lamparina até o topo da escadaria, para que nosso convidado consiga enxergar os degraus — disse-lhe a mãe.

— Não é necessário — retrucou o guarda. Mas Lucy já carregava a lâmpada. Quando ela se virou, o xale caiu dos seus ombros, e a luz iluminou a sequência de manchas arroxeadas e marcas de feridas desenhadas na pele cor de creme bem claro no pescoço e no peito dela. Sob a forte luz da lamparina, eram como rosas florescendo sob o sol. Anéis com sinais de dentes se assentavam na base de seu pescoço, lembrando olhos maquiados com lápis vermelhos que se viravam para o mundo.

O policial apertou os olhos na direção do pescoço de Lucy:

— A senhorita sofreu algum tipo de agressão?

Lucy apoiou o candeeiro sobre uma mesinha, mas a mãe o pegou e o ergueu até a altura do rosto da filha. As marcas eram ainda mais salientes sob a luz incidente.

Lucy pôs a mão sobre a garganta:

— O quê? Não, claro que não.

A Sra. Westenra não disse nada, mas fitou o pescoço da filha. Com um pouco de brutalidade, ela empurrou Lucy até um espelho pendurado na parede e fez com que a filha se voltasse para ele. Levou a lamparina tão perto do pescoço de Lucy que, instintivamente esta virou o rosto para o outro lado por causa do calor da chama. Lucy mirou seu próprio reflexo e depois recuou, assustada.

— Tudo leva a crer que você foi atacada — disse a Sra. Westenra.

— Senhorita, se alguém a machucou, proteger o agressor não trará nada de bom. — O oficial agora assumira a autoridade que anteriormente lhe faltara. — Este é um lugar tranquilo, e nós não somos condescendentes com o tipo de violência cometida em Londres. Se uma dama sofre uma afronta nesta nossa cidade, sempre descobrimos o culpado bem depressa. Não permitimos que ele assombre nossas ruas para cometer mais delitos. Disso a senhorita pode ter certeza.

— Lucy? — A Sra. Westenra parecia incitar a filha a responder. Fiquei aliviada por Lucy ter-me obrigado a ficar calada. Embora eu temesse por ela, estava curiosa para ver como ela iria se safar daquele apuro.

E ela não desapontou. Em vez de corar de vergonha, o que seria de se esperar, Lucy se manteve tão desafiadora quanto uma deusa da guerra, o pescoço ferido bem erguido. Ela pediu para que a mãe se sentasse:

— Queria poupá-la dos detalhes do horror a que fui vitimada — começou ela pousando uma das mãos no ombro da mãe. — Temia que o choque pudesse provocar um de seus ataques e, então, o que eu poderia fazer? Não queria ser responsável por lhe causar isso, mãe.

Procurei um ponto menos iluminado da sala para disfarçar minha expressão de espanto enquanto Lucy desfiava uma história inacreditável. Logo percebi que ela estava furtando a experiência que tive às margens do Tâmisa e colocando a si mesma no papel da vítima. Ela ilustrou o ocorrido com detalhes sobre o sujeito ensandecido que eu lhe havia descrito, usando as mesmas palavras e imagens.

— Olhos vermelhos como um monstro!

Explicou que estivera no cemitério procurando por mim, quando um homem surgiu não se sabe de onde — era um homem ou um demônio? — e caiu sobre ela, com mordidas e chupões no pescoço, garganta e seios, ao mesmo tempo em que lhe imobilizava as mãos e as pernas com seu corpanzil.

O guarda retirou um pequeno bloco de um dos bolsos e começou a anotar apressadamente o relato de Lucy, interrompendo-a, por vezes, para se certificar de um detalhe:

— E você disse que ele cheirava a bebida?

— Acho que sim, embora fosse um fedor tão ácido, tão pungente, que cheguei a pensar que fosse um defunto que houvesse escapado da sepultura! — Os olhos dela estavam agora descomunais e luzidios sob a chama do candeeiro.

O policial se sentara no divã ao lado da Sra. Westenra, de maneira a apoiar o bloco de anotações numa mesinha e escrever mais rápido. De onde eu estava, pude ver pequenos pelos claros espetados acima de seus lábios carmesim, mas não suficientemente grossos para crescerem como um verdadeiro bigode. Seus olhos castanhos iam de Lucy para suas anotações e de volta para Lucy, e a cabeça oscilava qual um pêndulo, tentando acompanhar o desenrolar da trama. Quanto mais intrincada ficava a história, mais convincente era Lucy, e a confiança e as inflexões dramáticas de sua voz cresciam paralelas ao interesse do policial.

Durante toda essa encenação, a Sra. Westenra permaneceu assustadoramente calma. Eu achava que qualquer mãe, sobretudo uma com problemas de nervos, haveria de demonstrar mais emoção ao saber dos detalhes de uma agressão à filha, mas a Sra. Westenra assimilou o relato com uma serenidade que não lhe era peculiar.

— E como você se livrou desse monstro, Lucy? — ela quis saber.

— Foi Mina quem me salvou — disse Lucy num gesto largo em minha direção, como se eu estivesse sendo apresentada num palco, como atriz.

Todos os olhos se voltaram para mim, arrimada na cornija da lareira, apertando a manta ao redor de meus ombros e agradecida por ter sido deixada de lado até este momento. Eu sabia que Lucy queria que eu fizesse a minha parte, mas, mesmo assim, gelei.

Lucy me livrou de inventar uma resposta:

— Antes que o desvairado pudesse me causar um dano... um dano irreparável, Mina passou pelo cemitério e nos viu. Os gritos dela o assustaram, e ele fugiu em disparada como um covarde!

O guarda noturno pressionou Lucy a dar mais detalhes, mas ela alegou que por estar em estado de choque, não conseguiu ver bem quem a havia atacado. Ele, por sua vez, explicou que talvez tivesse de voltar para fazer mais perguntas, caso o chefe de polícia não ficasse satisfeito com o relatório.

— Faremos tudo o que for possível para encontrar esse verme e fazer justiça — ele nos assegurou.

Quando ele saiu, a Sra. Westenra mandou que eu lavasse meu rosto e os pés e fosse para cama. Surpreendi-me com o tom de comando de sua voz.

— Lucy irá logo em seguida, Mina.

Fiz o que ela me ordenou. Fechei bem as cortinas para proteger o quarto dos primeiros raios de sol e subi na cama. Ia ajeitando os lençóis frios, desejosa de dormir, quando entreouvi a discussão entre Lucy e sua mãe.

— Eu lhe disse a verdade — insistiu Lucy, e pude escutar um profundo suspiro da Sra. Westenra.

— Eu fui casada! — disse ela. — Por que todas as gerações acreditam que foram elas a descobrir o prazer? Seu pai foi um amante espetacular. — Mesmo através da parede, eu podia perceber o triunfo em sua voz.

Da boca de Lucy veio um suspiro igual ao da mãe:

— Vou para cama — respondeu, como se fosse uma proclamação. Quando ouvi o ruído de passos se aproximando, virei as costas para a porta, de forma que ela julgasse que eu estivesse dormindo.

Capítulo Seis

25 e 26 de agosto de 1890

"Monstro, Assassino ou Louco em Whitby?"

Lucy sacudiu o *Whitby Gazette* na minha direção e depois voltou a ler:

— A Srta. Lucy Westenra, de Londres, foi vítima de um misterioso agressor tão horrível na aparência e no odor, que a jovem dama tomada de pavor o confundiu com um defunto que se levantara de seu túmulo no cemitério da Igreja de Santa Maria, cenário corriqueiro de muitas das abjetas histórias de fantasmas de Whitby. O monstro deixou hematomas no pescoço e nos ombros da jovem dama. Felizmente, o ataque brutal foi interrompido quando a Srta. Mina Murray, professora e também de Londres, passava pelo cemitério.

A reportagem seguia alertando as senhoras a evitar sair à rua desacompanhadas:

— Aqueles que, como nós, desejam manter a atmosfera de paz e segurança em nossa idílica comunidade se sentem na obrigação de lembrar aos nossos leitores que Jack, o estripador, também conhecido como o açougueiro de Whitechapel, aterrorizou a capital e nunca foi preso. Se ele tiver vindo para cá, certamente descobriu que as mulheres de má reputação, suas principais vítimas, são poucas em Whitby e, portanto, talvez esteja desviando sua maldade para damas da sociedade como a Srta. Westenra. Recomendamos com insistência uma atitude de vigilância e prudência aos moradores e visitantes.

— Quem passou essas informações para os jornalistas? — perguntou Lucy, me olhando como se eu fosse a culpada.

— Kate diz que os jornais obtêm a maioria de suas pistas com a polícia.

— Na certa isto vai trazer Arthur Holmwood de volta para cá! Não quero vê-lo! — disse Lucy quando a mãe não estava por perto.

Passamos o resto da segunda-feira sem mais incidentes, mas na terça de manhã, ouvimos umas pancadinhas rápidas na porta. Lucy deu um salto da cadeira.

Hilda foi atender, e entrou o Dr. John Seward com sua maleta de médico. Ele tocou a aba do chapéu na nossa direção, em cumprimento, antes de retirá-lo. A Sra. Westenra entrou apressada no salão.

— Vim o mais rápido que pude — informou ele dirigindo-se à Sra. Westenra, que o recebeu entusiasticamente. Não estava surpresa em vê-lo.

— Olhe a nossa menina, Dr. Seward — pediu ela, segurando Lucy pelo braço. — Pálida e magra como nunca antes! E observe esses machucados. É possível que tenham clareado desde o ataque, mas são feias lembranças da atribulação que sofreu.

Seward ergueu o queixo de Lucy, para que pudesse examinar-lhe o pescoço:

— Presumo que sua psique esteja mais ferida que seu corpo. É o que acontece em casos de estupro.

— Não fui estuprada! — reagiu Lucy.

— Quando uma dama é fisicamente forçada a ter relações sexuais, ela também se sente mentalmente estuprada. Sua sensação de segurança foi abalada. Mas não se preocupe; estou aqui para cuidar de você. Sua dedicada mãe enviou um telegrama para Arthur, em Scarborough, e ele insistiu para que viéssemos imediatamente. Ele está cuidando das nossas acomodações e logo estará aqui. — John Seward sorriu para ela e continuou: — Tudo vai ficar bem. Agora, se não se importa, por favor, deite-se, no divã ou na cama, para que eu possa examiná-la.

A expressão de Lucy era de irritação.

— Não estou doente. Sinto-me tão bem quanto estava antes. John Seward, você está perdendo seu tempo. Com certeza há alguns lunáticos em Londres que carecem de seus cuidados.

— Lucy! O doutor se deu ao incômodo de vir acudi-la! — A Sra. Westenra estava indignada. — Você não só está insultando o Dr. Seward como também o Arthur!

O médico fez um sinal com a mão para a senhora, uma forma educada de lhe pedir que se silenciasse, e dirigiu-se a Lucy com voz compreensiva:

— Querida Srta. Lucy, este tipo de histeria é uma reação comum ao que você sofreu. A primeira coisa que precisamos fazer é acalmar esses seus nervos.

Ele abriu a maleta, e lá de dentro escapou um cheiro amargo, um odor químico, que me obrigou a virar o rosto para o outro lado, enquanto ele selecionava alguns frascos de medicamento.

— Meus nervos estão calmos! — disse Lucy numa voz esganiçada que contradizia suas palavras. Seward a ignorou e pediu à Hilda que lhe trouxesse uma colher e um copo.

Ele colocou duas colheradas de um líquido de um dos frascos dentro do copo que Hilda deixara sobre a mesa e completou com água, resultando numa beberagem turva, que ofereceu a Lucy.

— Agora, seja uma boa menina e tome seu remédio. Então irei examiná-la de modo a poder avaliar seu estado de saúde.

Lucy se exasperou:

— Não estou nervosa. Não estou doente! Quero que me deixem em paz. Diga para eles que estou bem, Mina!

E então me veio à mente o que a Sra. Westenra dissera sobre o interesse de Seward por Lucy. Não me pareceu apropriado tê-lo como médico.

— Acho que Lucy está se restabelecendo — falei. — Ela estava bastante calma ontem e dormiu muito bem na noite passada.

— Mina, você foi treinada nas belas artes da medicina? — indagou a Sra. Westenra, esbravejando as palavras contra mim. Ela transmitia grande hostilidade. — Se você não é médica, então deixe essas decisões nas mãos do Dr. Seward. — E virando-se para ele: — Talvez você devesse examinar Mina também, John. Esses incidentes de sonambulismo podem ser bastante perigosos. Acredito que tenha sido um desses eventos que ocasionou a morte do meu adorado finado marido.

Congelei só de pensar em me submeter a um exame por John Seward, que me havia lançado olhares de desejo intenso na última vez em que nos vimos. Reparei que a rebeldia de Lucy não estava colaborando a seu favor, e decidi permanecer calma.

— Agradeço sua preocupação, Sra. Westenra, mas tive apenas dois episódios. Quando voltar a Londres, terei uma consulta com o Dr. Farmer, médico da Srta. Hadley, que vem cuidando de mim desde que eu era criança. — Não tinha certeza de que o Dr. Farmer ainda estivesse vivo, mas bastou a menção a outro médico para desviar a atenção de mim.

— Você e a Srta. Lucy têm a compleição de uma dama, Srta. Mina. Portanto, são mais suscetíveis a doenças dos nervos — elucidou o Dr. Seward. — Uma jovem robusta da classe trabalhadora tem condições de sobreviver ao tipo de ataque a que a Srta. Lucy foi sujeita, ou mesmo de perambular pelas ruas à noite dormindo e continuar incólume. Mas damas como vocês duas, com suscetibilidades à flor da pele, devem ser observadas com mais atenção.

— Lucinda, sou sua mãe e curadora, moral e legalmente responsável por você. Se você está tão bem quanto alega estar, sugiro que faça o que o doutor está mandando e deixe que ele dê seu diagnóstico — disse a Sra. Westenra.

— Faça por sua mãe, Srta. Lucy — insistiu Seward. — Você não vai querer que as preocupações dela com você lhe provoquem outro ataque de angina, não é mesmo?

— Bem... então vou cooperar, mas com o único objetivo de vocês descobrirem que estou em perfeita saúde! — assentiu. Ela pegou o copo contendo a poção que Seward havia preparado e a engoliu de forma teatral: curvou-se para trás, segurou o copo bem alto, esticando o pescoço e deixando suas madeixas lhe descerem pelas costas. Ela me fez lembrar de um cartaz de uma atriz que estava fazendo o papel de Lady Macbeth no teatro. Depois se voltou para mim e falou com uma voz absolutamente ponderada: — Mina, você poderia me ajudar a me despir e vestir meu penhoar?

Segui-a até o quarto. Depois de fechar a porta atrás de si, Lucy galgou a cama como uma pantera.

— Você precisa ir até Morris e explicar a ele o que está acontecendo — suplicou numa voz de urgência. — Diga a ele que irei encontrá-lo hoje à noite, no lugar em que ele combinar, e vamos desaparecer juntos, para onde ninguém jamais nos encontre.

— Lucy, seja racional. — Sentei-me na cama com ela e afaguei seu braço. — Você realmente deseja dar a Morris Quince o controle sobre sua vida? Você estará à mercê dos sentimentos dele, e você sabe que não se deve confiar nos sentimentos dos homens.

— Isso não é hora de ficar me lembrando da sua antiquada doutrina sobre o amor, Mina.

Antes que eu pudesse responder, ouvimos vozes masculinas vindas da rua. Lucy se levantou e olhou pela janela, e eu a segui, observando por cima de seu ombro. Em pé, no pavimento inferior, Seward conversava com o homem de cabelos ruivos que havíamos visto na noite do naufrágio. Ele tinha nas mãos um exemplar do *Whitby Gazette* e pedia para ter uma audiência com Lucy.

— É aquele gerente de teatro, de Londres — expliquei.

— Por que será que ele quer me ver?

Fiz sinal para que ela se calasse, de modo que pudéssemos escutar a conversa entre eles.

— Não, o senhor não pode vê-la. Sou médico, ela é minha paciente, e sofreu um trauma. Não está em condições de responder às suas perguntas. — Seward não estava sendo grosseiro, apenas incisivo.

Da vista privilegiada que tínhamos, o cabelo do homem parecia um emaranhado de penas avermelhadas de galinha. Ele falava calmamente e estava de costas para nós, por isso, não conseguíamos escutar nada que dizia, apenas o que Seward respondia:

— Sim, senhor, estou ciente da boa reputação de seu teatro, mas isso não altera a saúde de minha paciente. Ela se encontra sedada, e não vou permitir que receba visitas.

— Que audácia de John Seward decidir com quem posso ou não falar! — Lucy estava revoltada. — Vou dar a ele uma descompostura — disse, virando-se em direção à porta. Mas eu a agarrei pelo braço.

— Você está mesmo com vontade de contar tudo que aconteceu para um estranho, Lucy? O homem é um escritor, um dramaturgo à procura de histórias do além para montar no teatro. Ele pode usar tudo o que contar a ele.

O ruivo disse alguma coisa, mas suas palavras foram levadas embora pelo vento; já as de Seward ascenderam e penetraram pela janela em que nos recostávamos.

— A dama encontra-se em estado de histeria. O senhor realmente acredita que um cadáver se levantou do caixão para atacá-la? E posso acrescentar que não há motivo algum para se acreditar que o maldito que a atacou possa ser identificado como Jack, o estripador. Essas invencionices não passam de chamariz para se vender jornal. Tenho certeza de que o senhor está ciente disso.

O ruivo deu de ombros e disse alguma coisa. O Dr. Seward tirou um cartão do bolso:

— Tenho muito interesse em colaborar com suas pesquisas — disse ele ao estender o cartão, que foi tomado com firmeza. — Envie-me um recado avisando quando será nosso encontro, e eu o receberei no manicômio em Purfleet.

Desnorteada, Lucy se afastou da janela.

— Aquele homem ali... não confio nele. E se ele for um repórter? E se ele começar a investigar e descobrir que engendrei toda essa história?

Lucy se apoiou na cabeceira da cama; estava ofegante. Dava a impressão de que o medicamento começara a fazer efeito.

— Conheço alguém que tem relações com ele. Vou conseguir mais detalhes a seu respeito para que sua mente se tranquilize. Agora você deve descansar, Lucy. Vou ajudá-la com as roupas. Depois que John Seward examiná-la melhor, você poderá dormir.

— Por favor, Mina, vá falar com Morris. Diga a ele que temos de ir embora hoje à noite. Conte para ele o que as pessoas estão falando sobre mim. Não estou histérica! Estou apaixonada e não posso viver o amor, e é isso que faz com que eu me comporte dessa maneira.

Ajudei Lucy a vestir uma camisola de cetim rosa champanhe com uma ampla gola de renda branca arrematada por minúsculos botões de pérola. Ela a havia usado no ano anterior quando a visitara, e me recordei de como o rosado do cetim refletia a cor de suas faces e fazia com que sua pele, já radiante, fulgurasse matizes róseos. Agora, porém, o efeito era o oposto, e a mesma camisola parecia roubar qualquer vestígio de cor ainda presente em sua tez, evidenciando mais ainda as marcas no pescoço. Suas pálpebras estavam pesadas por causa do sedativo. Ela pôs uma das mãos sobre o peito como se quisesse se certificar de que seu coração continuava a bater. Não quis deixá-la nesse momento em que parecia tão desamparada, contudo ela ficaria sob os cuidados da mãe e do médico. Quem era eu para interferir?

— Descanse bem, minha querida Lucy. Tudo vai estar melhor quando você acordar.

Ele morava precisamente no tipo de habitação que seria de se esperar: uma casa simples de pedra carcomida pelo tempo, à beira-mar, construída para um pescador e reparada aos atropelos por suas mãos durante as muitas décadas em que ali viveu. A construção era protegida da inóspita praia pedregosa por um muro baixo subido da forma mais tosca possível, como se tivessem sido as próprias pedras que saltaram da praia e foram caindo umas em cima das outras. Bati à porta, mas não houve resposta; tentei a janela, enquanto observava alguns resquícios de tinta na madeira que fazia de parapeito, quase totalmente carcomida.

Uma velha veio atender à porta. Mais corcunda do que o pai, sua espinha fazia uma curva tão acentuada que lembrava a ponta de uma agulha de crochê. Ela enfiou a cabeça para fora e para cima tal qual uma tartaruga saindo da carapaça. Eu lhe disse que era conhecida de seu pai e que dera por falta dele naquele dia no cemitério.

— Mas ele está lá — disse ela. Pude perceber pelas raras casquilhas que saltavam de sua boca que ela conservara o mesmo número de dentes e no mesmo padrão de perda de seu pai. E não vai mais sair de lá. Ainda não foi levantada uma lápide, mas o enterramos ontem.

— Sinto muito — respondi, observando que ela me dava uma boa olhada dos pés à cabeça. — Como ele morreu?

— Está zombando de mim, senhorita? Como ele morreu? Já estava próximo da marca dos 100. O bom Deus se cansou de mandá-lo de volta. Ele nos deixou na noite do naufrágio, o que veio bem a calhar, por ele ter sido um velho homem do mar.

Ela fez sinal para que eu entrasse. Levou algum tempo para meus olhos se habituarem à penumbra do cômodo, especialmente por eu ter vindo da luz forte da tarde. Então, fez com que eu me sentasse numa cadeira instável que ela havia afastado de uma mesa sólida de pinho.

— Era a cadeira dele — contou, enquanto me servia uma xícara de chá morno e um pedaço de torrada fria lambuzada de mel. — Ele teria ficado encantado de vê-la sentada nela. Ele me falou de você, senhorita, de seus olhos verdes e dos cabelos pretos como o azeviche. Disse que se você o tivesse conhecido quando era jovem, teria se encantado por ele.

Achei graça da ideia.

— Mas vendo você agora, acho que estava errado. Você é uma dama da cidade, e ele, mesmo quando era jovem, carregava o fedor dos barcos de pesca. — Ela não se sentara, mas se apoiava na outra cadeira enquanto falava.

Vi o cachimbo dele sobre a cornija da lareira e meus olhos se encheram de lágrimas ao dar-me conta de que não mais iria vê-lo.

— Espero que ele não tenha sofrido...

— Naquele dia, ele voltou para a cama depois do café da manhã e se recusou a sair de lá, até mesmo para jantar; mas assim que a tempestade começou, escutei quando ele saiu. Fui dar com ele de frente para o mar, gritando para as ondas. Tentei persuadi-lo a voltar para casa, mas ele disse que os amigos que haviam morrido no mar tinham vindo para buscá-lo, e que estavam em pé na praia conversando com ele, e ele os chamava pelo nome.

— É... ele me contou que imaginava esse tipo de coisa — falei.

— Imaginava? Não se trata de imaginação, senhorita, quando vozes a chamam do mar. Se você as escutar apenas uma vez, saberá que são tão reais quanto esta mesa aqui. — E bateu com o punho no topo da mesa para ratificar suas palavras, o que fez chacoalhar minha xícara sobre o pires. — Você não sabe nada sobre esta cidade! Será que foi apenas imaginação minha quando, ainda menininha, papai e eu fomos caminhando até a abadia durante a noite, muito a contragosto de minha madrinha, que Deus proteja sua alma, e escutamos os lamentos de Constance?

— Constance? Ele só me contou sobre santa Hilda. — E me lembrei daquele dia de sol em que eu estava com tanto calor que fui embora antes de ele terminar seu relato.

A filha do pescador de baleias se sentou na cadeira à minha frente, envolvendo sua xícara com as mãos nodosas. Seus dedos eram curtos, com nós salientes, que lembravam garras de aves de rapina.

— Constance de Beverley foi uma freira má que renunciou a seus votos para se consorciar a um amante, um cavaleiro francês de péssima reputação. Como penitência, foi enterrada viva nas paredes do convento. Em algumas noites, ainda se podem ouvir seus gritos por socorro. Mas santa Hilda fez com que ela permanecesse onde está como um aviso para as mulheres que pensam em sucumbir à tentação.

Estremeci, recordando-me da experiência que tivera na Abadia de Whitby.

— Você não é a única londrina sofisticada que gostava dos contos de meu pai — informou a velha sem disfarçar a vaidade.

— É mesmo? — Kate sempre dizia que se você der chance para que o outro fale bastante, ele acaba por dizer tudo que você quer saber.

— Um senhor, uma pessoa muito importante do teatro. Ficou sentado aqui neste mesmo lugar para escutar as histórias de meu pai.

Aliviada por não ter sido eu a trazer à baila o assunto do ruivo, procurei usar um tom que disfarçasse meu interesse.

— Ah... agora me lembro... ele apontou para um sujeito na praia. Você sabe o nome dele?

— Eu sabia, mas como papai costumava dizer, esqueci assim que me lembrei — disse, rindo da própria esperteza com as palavras. — Mas ele sempre queria mais e mais das histórias do velho. Veja você, senhorita, que ele é um escritor que veio a Whitby em busca de inspiração. Pois temos aqui uma população muito interessante de espíritos, prontos para se exibir a quem quer que os procure. Esse senhor contou que Londres inteira ainda vivia sob a terrível ameaça do estripador, e que ele estava querendo criar um tipo de personagem similar, mas que fosse ainda mais atroz, uma criatura mais aterradora do que um ser humano, algo mais parecido com Jack, o saltador. Pois, como ele disse, quem conseguiria provar que aquelas mulheres de Whitechapel não foram assassinadas por alguma coisa mais fantástica do que humana?

Algumas vezes, peguei umas das minhas alunas lendo as fábulas bizarras do personagem Jack, o saltador, o monstro que vestia roupas de cavalheiro, mas tinha grandes asas parecidas com as de morcego, orelhas pontudas, olhos vermelhos e a capacidade de dar saltos altíssimos. Inevitavelmente, sempre tinha uma menina em cada turma que havia herdado um exemplar de um irmão mais velho e o usava para amedrontar as mais jovens.

— E um monstro como esse pode mesmo ter vindo para nos perseguir. Ora, como se precisássemos de mais criaturas sobrenaturais nas nossas praias!

Ela pegou um exemplar do *Whitby Gazette* e sacudiu-o na minha direção:

— Você viu isso?

— Vi sim — respondi, já me levantando. — Você tem certeza de que o homem de cabelos ruivos é mesmo alguém relacionado às artes, e não alguém dos jornais?

— O sujeito disse que estava aqui para coletar histórias para botar em livros e depois serem encenadas. Escreveu dois livros que não receberam muita atenção, o coitado, mas ele acredita que depois de todos os assassinatos cometidos pelo estripador de Londres, a cidade está pronta para o aparecimento de um novo monstro, e que Whitby era o lugar ideal para encontrar tal criatura, um dentre os muitos da nossa galeria de duendes e fantasmas.

Dei adeus à filha do pescador de baleias e fui embora sem saber o que pensar. Apesar de me sentir animada no meu papel de aprendiz de repórter que Kate teimava que eu devia assumir, não me encontrava nem um pouco entusiasmada com a missão a seguir. Embora estivesse consciente de que não cabia a mim decidir o futuro de Lucy, não queria ser aquela a entregá-la nas mãos de Morris Quince.

Localizei o prédio que abrigava o estúdio de pintura de Morris e toquei a sineta. Uma mulher mais velha, de cabelos brancos encaracolados que escapavam da touca abriu a porta.

— Estou procurando pelo Sr. Morris Quince, o pintor norte-americano — avisei educadamente. Ela me olhou desconfiada. Naturalmente havia visto Lucy entrar no estúdio e deve ter achado que eu era mais uma das conquistas de Morris.

— Bem... você chegou tarde demais — disse com uma expressão de maldade.

— Como assim, senhora? — continuei no mesmo tom educado.

— Ele partiu ontem. Empacotou tudo o que tinha e voltou para os Estados Unidos. Agora, estou com um apartamento vago, e já perdi a época de anunciá-lo para as férias.

Tenho para mim que o choque que levei ficou profundamente registrado em meu rosto.

— Então, ele lhe deu um susto, foi isso? Bem, você não é a única moça a andar por aqui. Mas é a mais bonita, se isso lhe serve de consolo. A última era frágil como um passarinho e um pouco ansiosa demais.

Imaginei que falava de Lucy:

— Ele deixou um endereço ou algum tipo de mensagem para a Srta. Westenra?

— Nada além de lençóis sujos, a lama das botas e algumas telas em branco — respondeu ela contrariada e bateu com a porta na minha cara.

Um leve chuvisco começou a cair, mas eu não tinha pressa alguma em transmitir as péssimas notícias a Lucy, que provavelmente ainda dormia sob efeito do sedativo. O céu escurecia bem mais depressa quanto mais se aproximava o fim do verão. O sol havia se escondido atrás de uma agourenta nuvem cinza chumbo que pairava sobre a cidade como um ferro de engomar. O ar não era mais o de ontem: fazia um frio cortante. Era o outono que estava a caminho.

Com o coração pesado, fui caminhando para o cemitério. Assentei o capuz de minha capa sobre a cabeça e abri o guarda-chuva, um presente da diretora da escola pelo meu aniversário de 21 anos, pois ela sabia que eu adorava as dedaleiras roxas que brotavam no parque. Quando aberto, o forro revelava, em cada painel, um ramo de talos pintados, carregados de dedais cor de lavanda.

— Pouco importa se o tempo está inclemente, você sempre poderá erguer os olhos e se alegrar — dissera ela, sabendo que minha índole mais quieta ocultava a melancolia dos órfãos.

Protegida da severidade do clima, caminhei pelo cemitério à procura da sepultura do velho pescador de baleias, mas desisti por causa da chuva, que havia engrossado. Lágrimas quentes rolaram pelo meu rosto.

Todas as coisas boas têm um fim. Lucy estivera em puro estado de êxtase quando em companhia de seu amado. Ela acreditara tanto no amor dele... tanto quanto eu acreditava nos sentimentos de Jonathan e nas intenções dele de se casar comigo. Caminhei até o banco em que o velho pescador me havia contado suas histórias, tentando impedir que o comportamento de Morris Quince gerasse em mim o medo de que Jonathan me abandonasse. Procurei desviar da mente a visão de retornar ao meu quarto na escola e ver a cestinha de correspondências vazia.

A chuva repenicava no meu guarda-chuva. Inclinei-o para trás para ter melhor visão de um abutre preto voando lá no céu, desafiando o mau tempo. A criatura tinha uma formidável envergadura e ia, aos círculos, planando acima de mim. Fiquei observando suas manobras, curiosa para saber se ele estaria à espreita de um pequeno animal naquelas vizinhanças — morto ou vivo — que lhe servisse de alimento. Afinal, ele voou para longe, desaparecendo entre as nuvens.

Olhei para o mar, onde o navio naufragado, o *Valkyrie*, com sua carga descarregada e as velas esfarrapadas já recolhidas, se assentava como chumbo na areia. Os jornais informaram que o mistério sobre as condições em que o capitão fora encontrado permanecia sem solução. O pessoal da guarda costeira, responsável por retirar o corpo do convés, declarara que alguém havia amarrado o capitão ao timão, descartando a hipótese de que ele mesmo tivesse se amarrado, para evitar que o vendaval e as ondas o jogassem no mar. Os marinheiros também ponderaram que seria impossível que alguém tivesse dado aqueles nós tão bem-elaborados, nós de profissionais, em si mesmo. O médico legista afirmara que o talho na garganta era recente, o que conduzia à teoria lógica, porém implausível, de que alguém havia atado o capitão ao timão, lhe cortado a garganta, e saltado do navio em meio a uma violenta tempestade. Os moradores do local — e tenho certeza de que o velho pescador teria liderado esse coro de vozes — garantiram que todas essas ações haviam sido protagonizadas pelos marinheiros que se afogaram nas águas revoltas do litoral de Whitby.

Gerou muita controvérsia a decisão sobre o que fazer com o navio: consertá-lo ou destruí-lo. De acordo com o publicado nos jornais, um anônimo fretara o navio em Roterdã. Dizia-se também que essa pessoa teria viajado como passageiro, mas ele não havia sido encontrado, nem vivo nem morto. A carga, um total de cinquenta grandes caixotes, era de propriedade desse mesmo indivíduo e seria despachada para o local combinado. O cão que fugiu estava sendo procurado pela Associação Real para a Prevenção de Crueldade contra os Animais.

A embarcação abandonada permanecia na praia como um condenado à espera da sentença. *Abandonada, abandonada.* Não conseguia tirar essa palavra da minha mente. Fiz a volta para descer as escadas que me levariam à amarga tarefa de contar à Lucy sobre a traição, quando tropecei, me desequilibrando. Abaixei-me para ver o que quase me causara um tombo e peguei uma pedra. As marcas sobre ela pareciam tranças de uma garotinha enroladas bem apertadas num coque, ou o rabo enrolado de um cavalo-marinho. Virei a pedra do outro lado e vi o rosto de uma serpente com a bocarra aberta, revelando dois pequenos caninos e uma língua longa e achatada. Ela cabia direitinho na palma da minha mão enluvada. Não havia dúvida de que era um corpo de cobra enrolado ou, no mínimo, um dia o fora.

Capítulo Sete

Naquela mesma tarde

A casa para a qual retornei parecia em paz. Lucy ainda dormia, os cabelos louros esparramados pelo travesseiro, a boca entreaberta, e minúsculos flocos secos da saliva escorrida nos cantos dos lábios. Ia fechando a porta do quarto bem devagar, quando ela começou a se mexer. Suas pálpebras vibraram quando sussurrou meu nome.

O quarto escurecia. Risquei um fósforo para acender o abajur ao lado da cama. Lucy piscou os olhos e os protegeu da luz com as mãos. Sentei-me na cama ao seu lado, bloqueando o facho de luz até que suas retinas se acomodassem à claridade.

— Ai... não consigo me mexer — disse ela fechando os olhos mais uma vez. Imaginei que voltaria a dormir e, assim, eu ganharia mais alguns minutos de trégua. Mas ela reabriu os olhos e, dessa vez, com ansiedade.

— Então? Falou com ele? — Apesar da letargia de seu corpo, seus olhos me perscrutavam como se ela fosse a predadora e eu a caça.

— Lucy, minha querida, não existe uma maneira gentil ou amena de falar o que preciso lhe dizer. — Pousei minha mão sobre a dela, mas ela a retirou.

Contei-lhe a verdade: fui até o ateliê, mas ele tinha ido embora para os Estados Unidos. Ela não reagiu como eu havia previsto, com lágrimas e se recriminando. Levantou-se da cama num salto, arrancou a camisola, enfiou pela cabeça o vestido pendurado sobre o espaldar de uma cadeira, dizendo:

— Não acredito em você.

— Aonde você vai? Você está fazendo muito barulho. Sua mãe está dormindo. Vai acordá-la!

— Vou ver com meus próprios olhos. Mina, você está de conchavo com minha mãe desde que chegou aqui. Jamais devia ter confiado em você.

Calçou os sapatos, sem atar os cadarços, e saiu em disparada para a porta da frente. Mas ao abri-la, levou um choque! John Seward e Arthur Holmwood estavam bem diante dela, a mão de Holmwood erguida na posição de bater à porta.

— Ah, olha ela aqui — disse Arthur, beijando a testa da noiva. Os dois entraram no salão, e Seward pôs a maleta preta sobre uma mesa:

— Srta. Lucy, você não deveria ter saído da cama, considerando tudo que lhe aconteceu.

Tendo escutado as vozes dos homens, a Sra. Westenra veio correndo.

— Ah, nossos cavaleiros chegaram!

Os dois adentraram o salão e retiraram seus respectivos chapéus. Estávamos todos de pé, sem saber bem o que fazer, até que a dona da casa pediu que Hilda preparasse o chá.

Jamais esquecerei a forma como Lucy, apesar do constrangimento da situação, se esmerou para obter as informações que desejava tão desesperadamente. Primeiro respirou fundo; depois abriu um sorriso. Percebi que era falso, mas não creio que os homens tivessem notado. Com toda a sua graciosidade, ela os convidou a se sentarem.

— Sr. Holmwood, espero que não tenha prejudicado suas férias em Scarborough por minha causa, pois como pode comprovar, estou muitíssimo bem.

— Está linda como sempre, Srta. Lucy — respondeu ele bastante formal. — Mas penso que devíamos deixar que o bom doutor aqui seja o juiz de sua saúde.

— Mas claro que sim — concordou Lucy, enquanto corria o aposento com os olhos à procura de alguma coisa. — Mas onde há dois, em geral há três. Onde está o Sr. Quince?

Fiquei pasma com o tom de inocência que ela usou. Sua mãe se empertigou.

— Não faço a menor ideia — respondeu Holmwood. — Ele ficou de ir por terra me encontrar em Scarborough, mas o patife não apareceu. — A inflexão de sua voz era carregada da afeição que os homens reservam para os amigos com gênio exaltado. Ele se virou para Seward: — John, você tem notícias do Quince?

O médico encolheu os ombros:

— Ele é nosso amigo, mas dou a ele o direito de ser socialmente não confiável, como acontece com a maioria dos norte-americanos.

Holmwood falou devagar, pesando cada uma de suas palavras:

— Um povo interessante. Mas os norte-americanos não têm o senso de honra dos cavalheiros ingleses, nem dão às próprias palavras o mesmo grau de respeitabilidade. Provavelmente está envolvido em alguma aventura. Ora com uma mulher, ora outra, nunca se sabe bem com quem — acrescentou, dando uma piscadela para Seward.

— Srta. Lucy, você me parece um pouco extenuada. Eu gostaria de checar seus sinais vitais — adiantou-se o médico.

Mas Lucy havia esgotado seu repertório de técnicas teatrais.

— Não estou doente. Estou bem! — Ela se levantou e ergueu as mãos para o alto como uma dançarina e depois desceu os dedos pelo seu corpo para enfatizar suas boas condições. — Estou *muitíssimo* bem! Agora, se me permitem... — Jogou a cabeça para trás e saiu para o quarto.

— Peço desculpas por minha filha — disse a Sra. Westenra. — Ela não é a mesma desde o incidente.

— É a reação típica de uma mulher que sofreu uma agressão, Arthur — explicou o Dr. Seward. — Não se pode culpar a paciente.

Tanto Seward quanto a Sra. Westenra avaliaram a expressão no rosto de Holmwood, à procura de sinais de seu humor.

— Então vou ver como Lucy está — falei. E já ia me virando para o quarto de Lucy quando Holmwood me fez parar. Ele ainda não fizera nenhum comentário sobre o acesso de fúria da noiva, mas suas feições se fechavam numa expressão séria.

— Srta. Mina, poderia, por favor, levar um bilhete para a Srta. Lucy?

A Sra. Westenra pôs a mão na manga do casaco de Holmwood.

— Arthur, por favor, não tome nenhuma medida drástica. Lucy teve um descontrole, mas logo vai passar, e ela será a mesma Lucy a quem você propôs casamento.

Holmwood pareceu chocado e aborrecido com o curto discurso da senhora.

— Madame, a senhora não me compreendeu. Eu nunca abandonaria Lucy num momento de necessidade. — Ele parecia verdadeiramente atingido em sua honra. — Por favor, diga a Srta. Lucy que por pior que seja o que tenha acontecido, nada vai fazer com que meu amor por ela diminua. Aliás, eu, eu... — ele gaguejou e lançou um olhar para Seward em busca de inspiração ou, talvez, permissão. — Aliás, diga a ela que desejo antecipar a data de nosso casamento. Diga a ela que tudo que quero é cuidar dela como um marido deve cuidar de sua esposa, e que vou marcar imediatamente a data do nosso casamento.

— Sr. Holmwood! Estou extasiada! — exclamou a Sra. Westenra, como se fosse ela a noiva.

— Isso fará milagres para acelerar a recuperação de Lucy — comentei com toda a consideração, embora soubesse que, na verdade, a reação seria a oposta. Pedi licença, e os três me seguiram com os olhos. Fui dar com Lucy no quarto, sentada no banquinho em frente à penteadeira, escovando maquinalmente os cabelos e estudando o próprio rosto no espelho.

— Mina, sei que você me acha uma tonta, mas meu coração me diz que Morris não teria me abandonado nas mãos de Arthur por vontade própria.

— Vamos deixar Morris Quince de lado por um momento, Lucy...

Ela fez com que eu me calasse ao colocar a escova de cabelo diante de si como um escudo contra as minhas palavras.

— Nunca vou deixar Morris Quince de lado. Se você soubesse ao menos um pouco sobre o amor, não me recomendaria que assim o fizesse.

Minha intenção era fazer um discurso desapaixonado sobre a sensatez de se casar com Arthur Holmwood e se tornar a proprietária da mansão Waverley, quando ouvimos os leves toques dos dedos de Hilda à porta.

— Srta. Murray?

Abri a porta, e Hilda me entregou uma carta.

— Acabou de chegar por um mensageiro.

— Obrigada, Hilda — respondi. O envelope de papel de ótima qualidade com uma aba terminando em gota e um lacre gravado com a figura de um dragão estava endereçado a Srta. Mina Murray. A caligrafia era extravagante, com letras grandes caprichosamente desenhadas. Abri o lacre e li o bilhete escrito pela mesma pena:

O Sr. Jonathan Harker se encontra num hospital administrado pelas Irmãs de Caridade de São Vicente de Paula, na cidade de Graz. Pode confiar que essa informação é verdadeira e que lhe foi encaminhada por alguém que se importa somente com você. Saiba que será protegida durante a viagem, caso se decida a ir vê-lo. Permaneço...

Seu servo e seu senhor

Enfiei o bilhete no bolso e procurei recobrar a compostura. Mesmo em seu estado de loucura, Lucy pôde notar que eu havia ficado abalada.

— O que aconteceu?

— Jonathan foi achado.

Não podia revelar como recebera a informação, mesmo porque eu não fazia a menor ideia de como essa criatura onisciente e onipresente, que se denominava meu servo e meu senhor, me descobrira em Whitby nem como ele sabia onde Jonathan estava.

Dois dias depois, em resposta a um telegrama que John Seward sugeriu que eu enviasse ao hospital, chegou uma carta informando que Jonathan fazia parte da lista de pacientes. Ele se recuperava de um caso de febre cerebral, e seria conveniente que um parente viesse acompanhá-lo. Seward traduziu a carta e me garantiu que Graz era um lugar conhecido por seus renomados hospitais, em razão de uma excelente escola de medicina na cidade.

— Ora, mas como é útil se ter um amigo da época da universidade que não perdeu seu tempo com bebidas e esportes — disse Arthur Holmwood. Os dois faziam vigílias diárias à rua Henrietta, perturbando Lucy por causa de seu estado de saúde. Por outro lado, minha amiga passava a maior parte do tempo na cama, simulando dores de cabeça justamente para evitá-los e acreditando, o tempo todo, que a qualquer momento receberia um bilhete de Morris.

Seward agradeceu o cumprimento com um sorriso, mas logo uma expressão de preocupação surgiu em seu rosto:

— Febre cerebral é um diagnóstico que abrange uma variedade de enfermidades, Srta. Mina — elucidou ele. — Quando vocês retornarem à Inglaterra, e se você concluir que ele não recobrou totalmente a saúde, hei de conseguir que seja examinado pelo Dr. Von Helsinger, que foi meu mestre na Alemanha, na universidade e, sinto-me feliz em dizer, que é agora meu colega no manicômio. As teorias dele sobre a interação do sangue, do cérebro, do corpo e do espírito são consideradas radicais; eu, porém, estou seguro de que ele é alguém séculos de distância à frente de seu tempo.

— Então estou certa de que o Sr. Harker gostaria de conhecê-lo, pois ele é também um pensador muito moderno — respondi. Meu interesse era deixar bem evidente para Seward que eu estava noiva de um homem da alta classe.

Enviei um telegrama para o Sr. Hawkins, tio de Jonathan, avisando que o sobrinho se encontrava hospitalizado em Graz, e que eu partiria imediatamente para lá. Ele respondeu pedindo desculpas por estar adoentado, o que lhe impedia de viajar no meu lugar, mas mandou uma farta quantia de dinheiro para mim em Whitby, por ordem bancária, para cobrir a viagem e quaisquer despesas médicas de Jonathan.

Eu nunca havia viajado para fora do país e muito menos desacompanhada, e foram longas as discussões sobre minha segurança e a melhor e mais rápida rota que eu deveria tomar. Permiti que esses assuntos fossem decididos por mim, pois não tinha informações suficientes para resolver sozinha. Enviei um bilhete à diretora explicando os motivos por não estar presente no início das aulas, e aceitei que John Seward, que sabia alemão e um pouco das línguas eslavas, treinasse comigo a pronúncia de algumas palavras-chave. Arthur Holmwood também ajudou, tendo usado os contatos de sua família para que meu passaporte ficasse pronto bem depressa.

Na estação de Whitby, Seward repassou comigo meu itinerário.

— Invejo a doença do Sr. Harker, quando significa que uma mulher tão linda esteja disposta a viajar tantas milhas para vê-lo. — Ele olhou de soslaio para Lucy, e eu tive a firme impressão de que além de estar me cortejando, tentava fazer ciúmes a ela.

Levei Lucy para um canto para nos despedirmos. Apertei suas mãos nas minhas e beijei cada lado de seu rosto.

— Eu suplico a você que seja esperta, Lucy. Seu futuro depende disso — sussurrei essas palavras em seu ouvido, mas quando me afastei e fitei seu rosto, reparei que ela não tinha a menor intenção de me obedecer.

Com uma sensação desconfortável no estômago, temendo pelo bem-estar de minha amiga, agradeci ao máximo a Arthur e John por tudo que haviam feito por mim e dirigi meus pensamentos para o futuro. Na mesma noite chegaria à cidade de Hull, de onde tomaria um barco para Roterdã, e de lá um trem até Viena, e depois Graz.

Parte Três

GRAZ, NO DUCADO DA ESTÍRIA

Capítulo Oito

5 *de setembro de 1890*

Cheguei a Graz debaixo de uma chuva ainda mais grossa que os aguaceiros londrinos, e que despencava de um soturno céu cinzento. Nuvens escuras enclausuravam a cidade, transformando a tarde em noite. As folhagens apenas começavam a mudar de cor, e era possível avistar manchas de dourado, castanho e laranja queimado aqui e acolá, em meio ao luxuriante verde da paisagem. Passara a última hora tentando encontrar o hospital. Meus nervos estavam à flor da pele por causa da longa viagem, e cada som desconhecido formava eco na minha cabeça. O idioma do local — áspero, gutural e incompreensível, para mim — adentrava meus ouvidos como agulhadas, igual aos pingos pesados que batiam em meu capuz. Não vi nada parecido com uma casa de chá inglesa, na qual, se estivesse em meu país, teria me abrigado, me aquecido e buscado informações que me seriam dadas na língua que eu falava. E essas palavras me teriam soado como canções de ninar, trazendo com elas proteção e conforto. É quando estamos fora de nosso ambiente que passamos a prezar certos valores que na nossa vida diária nem percebemos.

O nevoeiro que descia devagar das montanhas em grandes borbotões brancos deslizava sobre a cidade como sentinelas fantasmagóricas. Uma nesga de nuvem esguichou de uma fenda na rocha e veio na minha direção. Não consegui evitar as lembranças das imagens sinistras dos espíritos que povoavam as fotografias tiradas pelos Gummler. Tive a sensação desconcertante de que não estava sozinha, de que talvez o ser que me informara sobre o paradeiro de Jonathan não apenas me seguira até aqui, como tinha por hábito me acompanhar a todos os lugares.

Às vezes, leitor fiel, somos chamados a aceitar e a conviver com o mistério. Antes do bilhete que ele enviou, eu tinha sido capaz de convencer a mim mesma — embora meio a contragosto —, de que meu salvador não passava de fruto da minha imaginação. Mas a mensagem e as informações corretas me obrigaram a reavaliar essa presunção. Ele era real, lia meus pensamentos, e podia me encontrar aonde quer que eu fosse, e tudo levava a crer que tinha o dom da onisciência. Além disso, embora eu o temesse, ele me fazia vibrar e exercia um incrível fascínio sobre mim. E agora, depois de ter tido suas mãos de feiticeiro em meu corpo, me dando prazer, teria de enfrentar meu amado noivo, que estava acamado num leito de hospital em um país estrangeiro.

Caminhei apressadamente ao longo do cais do rio Mur, que cortava a cidade num curso sinuoso, com suas águas aceleradas de cristas espumosas. Bem no centro de Graz ficava o pico Schlossburg, encimado pelas ruínas de uma fortaleza erigida em tijolos vermelhos nos primórdios da era medieval, e uma adjacente torre de relógio. Embora não tivesse ideia de onde estava, eu tinha o rio, a fortaleza e as altas cúpulas, em formato de cebola espetadas sobre os campanários de muitas igrejas, me servindo de referência. Eu perguntava a todos que passavam onde ficava o hospital, cujo nome certamente eu pronunciava mal, apesar das esforçadas lições de Seward. Um homem apontou para uma direção que me levou a uma rua sem saída, onde uma mulher indicou com o dedo o lugar de onde eu acabara de sair. Isso se repetiu mais duas vezes, e minha frustração só fazia crescer, até que um educado cavalheiro me acompanhou até a entrada do hospital, que ficava escondido da rua por um jardim em estilo italiano (assim como muitas outras coisas em Graz, depois fiquei sabendo).

Uma freira enfermeira, usando o capelo branco de abas imensas característico de sua ordem e vestindo um avental engomado sobre o pesado hábito preto, veio me receber na portaria. Todas as palavras que Seward me havia ensinado bateram asas de minha cabeça diante de semblante tão severo. Gaguejando, retirei o telegrama do bolso e o entreguei a ela. Ela leu as palavras, movendo levemente os lábios. Então assentiu e me levou por um corredor em que outras imponentes freiras com os mesmos hábitos deslizavam como navios num mar de calmaria, as mãos escondidas nos bolsos sob os aventais. Chegamos a uma pequena enfermaria com camas separadas por pesadas cortinas de tecido não alvejado, de modo a manter a privacidade. Tentei perguntar-lhe sobre o estado de Jonathan, mas ela respondeu na sua língua, que eu não entendia.

Ela abriu uma cortina, revelando um homem magro com uma mecha branca como um relâmpago lhe correndo os cabelos castanhos e os olhos vidrados. Só quando a freira chamou por Jonathan, foi que reconheci meu noivo.

— Mina! Será possível? — Ele fez menção de se levantar, mas assim que me aproximei da cama, ele retrocedeu. — Ou é uma aparição que veio zombar de mim?

Tive receio de assustar essa pessoa amedrontada ao me aproximar demais e preferi sentar-me na cama, perto de seus pés, mas ele imediatamente os encolheu até a altura do peito. Depois, murmurou alguma coisa em alemão. Seus olhos, que antes teimavam em mudar de cor, eram agora quase pretos, como se as íris tivessem assumido o lugar das pupilas.

— Jonathan, querido, sou eu, sua Mina. Vim até aqui para vê-lo e levá-lo para casa.

A freira correu a cortina ao redor da cama e foi embora. Eu podia ouvir o toque-toque impaciente dos saltos duros no chão de madeira enquanto ela deixava a enfermaria. Tive medo de ficar sozinha com aquele estranho que habitava o corpo de Jonathan, este homem dominado pelo medo e que envelhecera pelo menos uns dez anos nas oito semanas em que estivera fora, e que, ainda por cima, me lançava olhares com desconfiança.

— É você mesmo, Mina? Chegue mais perto para que eu possa tocar sua mão e mirar em seus olhos. — A voz dele quase soava normal. Escorreguei para mais perto dele e gentilmente estiquei a mão, a palma para baixo, como se faz com um cão que não se conhece. Ele segurou minha mão na dele, que estava incrivelmente quente, e falou num tom de confidência. — Perdão, Mina, mas preciso tomar cuidado. Muito cuidado.

Expliquei-lhe que eu havia passado dias e dias viajando desde a costa de Yorkshire até Graz para encontrá-lo. Ele me olhava como se eu fosse uma charada que precisava decifrar. Fez sinal com o dedo indicador para que eu me aproximasse e sussurrou:

— As mulheres podem mudar. Elas nem sempre são o que parecem ser.

O que lhe teria provocado esse tipo de raciocínio?

— Não mudei nada, Jonathan. Estou do mesmo jeito de quando você partiu.

— Preciso ter certeza de que você não é uma delas. Elas sempre simulam inocência, como você está fazendo agora. — Ele voltou a deitar a cabeça no travesseiro, conjecturando.

— Quem finge inocência? Lembra-se de quando combinamos que não teríamos segredos um para o outro? Por favor, diga-me o que aconteceu.

— Fui iludido, mas não irei sucumbir de novo — disse ele. — Se você for mesmo a minha Mina, então vai me ajudar a ir embora para o mais longe possível deste lugar.

Quis continuar o assunto, mas Jonathan não tinha condições de falar racionalmente sobre o que lhe tinha ocorrido. Precisava conversar com o médico dele. Talvez a confusão mental e a paranoia fossem os sintomas da doença. Se ao menos eu tivesse indagado mais do Dr. Seward a respeito de febre cerebral... Mas senti tanta urgência de vir ao encontro de Jonathan. E agora eu me preocupava de ter chegado despreparada.

Beijei-lhe suavemente o rosto, o que ele permitiu, e disse-lhe que iria procurar o médico responsável e tomar as providências para levá-lo para casa. Mas não consegui encontrar um médico — nem ninguém — que falasse minha língua. Afinal, fui conduzida a uma freira miúda vinda da Alsácia, Irmã Marie Ancilla. Pedi-lhe para falar devagar porque eu não estava habituada a conversar com franceses, que em geral falavam muito rápido.

Com grande paciência, a freira me explicou que Jonathan fora encontrado perambulando pelos campos da Estíria. Algumas camponesas que colhiam sementes de abóbora para fazer óleo deram com ele numa manhã, quando ele saiu da mata e veio caminhando pelo roçado, chamando por nomes. Ele não parecia saber onde estava nem quem era, e tremia, ou por causa do ar frio da manhã ou por estar em estado de choque. Uma das mulheres lhe deu uma infusão de ervas para acalmá-lo e pediu a um fazendeiro a caminho do mercado para que o levasse em sua carroça até o hospital em Graz. Grogue da poção sedativa, ele caiu num sono profundo e ardeu em febre, delirando por vários dias. O médico da casa o examinou e deu o diagnóstico de febre cerebral. Finalmente, Jonathan acordou e passou a colaborar, ingerindo alimentos e líquidos e tomando os remédios prescritos. Mas ele levara uma semana para se lembrar do próprio nome.

— Ele chamou por Mina? — perguntei.

— Não — respondeu ela. — Esse nome não me soa familiar.

Ela explicou também que ninguém entendia o balbuciar de Jonathan. Logo no início, as freiras achavam que ele estivesse rezando, mas depois se convenceram de que estava delirando. Seu corpo mostrava sinais de perversidade, ela disse, o que levou as freiras a concluírem que suas alucinações fossem de natureza obscena. As freiras rezaram por ele, pois sabiam que o enfermo estava sob o poder do demônio. Nos últimos dias, porém, ele ficou mais calmo e sossegado.

Indaguei à irmã sobre o uso da palavra "obscène". Ela persignou-se e disse estar quase certa de ter usado a palavra adequada.

— O que exatamente quis dizer sobre o corpo dele ter sinais de perversidade? — Eu suspeitava que ela iria discorrer sobre algumas superstições irracionais, mas ela foi honesta e prática:

— Cresci numa fazenda. O paciente estava como um touro numa campina repleta de vacas no cio.

Claro que entendi o que ela quis dizer. Mas quem o teria colocado nesse estado de excitação? Todas as minhas inseguranças relacionadas à infidelidade de Jonathan voltaram a remoer dentro de mim:

— Se ele não estava chamando por mim, então por quem? — indaguei.

Ela deu de ombros, evitando ser mais específica, talvez em sinal de discrição.

— A imaginação dos homens pode ser terrível — disse. — E a febre confunde a mente, facilitando ao demônio plantar suas sementes.

Queria fazer-lhe mais perguntas, mas dava para se notar que estava constrangida demais para entrar em detalhes. Antes de se retirar, pedi-lhe que fosse até o médico e perguntasse se eu podia levar Jonathan para casa.

Voltei à enfermaria, agora repleta de visitas para os outros pacientes. Conversas em idiomas que eu desconhecia ressoavam de dentro dos cubículos acortinados. Parei do lado de fora do de Jonathan. Estava calmo ali dentro. Abri a cortina bem devagar, sem fazer barulho. Jonathan cochilava. Sua pele ardia de febre. A boca estava entreaberta, e se não fosse pela mecha branca que veio se instalar em seu cabelo, ele teria se parecido com meu Jonathan tirando um cochilo. Mas, de repente, ele franziu a testa, sua respiração se acelerou, e a cabeça girou de um lado para o outro tão rapidamente que imaginei que fosse machucar o pescoço. Pequenos gemidos escapavam de seus lábios como se alguém o estivesse ferindo. De repente, ele agarrou a grade protetora da cama, jogou os quadris para cima, sua virilidade criando uma espécie de tenda no meio da coberta.

Fiquei paralisada, sem saber o que fazer e constrangida demais para pedir ajuda. Mirei-o ao mesmo tempo fascinada e horrorizada enquanto ele lançava sua pélvis para o ar. A tagarelice e as risadas dos outros cubículos abafavam os sons guturais. Fechei a cortina atrás de mim, de modo que ninguém mais pudesse espreitar o que se passava ali dentro. Esperei e observei até que o frenesi de Jonathan chegasse ao fim com alguns arquejos mais fortes, fossem eles de agonia ou de prazer, eu não saberia dizer. Exausto, ele se acomodou de novo no leito.

Sentei-me ao pé da cama, pois não queria importuná-lo. Ao abrir os olhos, ele me viu e abraçou a si mesmo como proteção.

— Elas vieram aqui — disse. — Elas voltaram.

— Acho que essa febre está lhe provocando pesadelos — aventei, embora depois da conversa que tivera com a freira e do que acabara de presenciar, não tivesse mais certeza de nada.

Botei a mão na testa dele, do jeito que a diretora me havia ensinado para checar se as meninas estavam febris. A pele de Jonathan era fria ao toque.

— A febre cedeu. Logo, logo vou poder levá-lo para casa!

— Oh, Mina, achei que eu estivesse perdido para sempre. Graças a Deus você veio. — Ele abriu os braços para mim, e eu me aproximei e deixei que ele me abraçasse bem apertado.

Um médico nos interrompeu. Era jovem; talvez apenas um pouco mais velho do que o Dr. Seward, com os cabelos pretos alisados para trás com algum tipo de óleo. Seu bigode era grosso e penteado com todo esmero, e trajava um casaco e um colete justos, ambos na cor preta, e uma gravata fininha amarrada num laço entre as pontas do colarinho. Embora de maneiras formais, seu inglês era um pouco vacilante, mas de fácil compreensão. Ele me explicou que não poderia dar permissão para que alguém que não fosse um parente removesse um paciente que ainda não estava exatamente em condições de receber alta.

Jonathan discordou:

— Não, preciso ir para casa! Preciso me afastar daqui, Mina. Coisas ruins vão acontecer se não formos embora logo.

— Você está em segurança aqui, Sr. Harker — afirmou o médico. — As freiras não cuidaram bem de você? — E virando-se para mim, indagou: — Srta. Murray, a senhorita pode permanecer em Graz por mais algumas semanas enquanto tratamos do Sr. Harker?

Antes que eu pudesse responder, Jonathan interrompeu.

— Mina, se nós nos casarmos aqui em Graz, poderemos partir imediatamente. — O médico e eu olhamos para Jonathan e depois trocamos olhares de espanto. — Assim fica tudo acertado, não é *Herr Doctor?* No caso de Mina se tornar minha esposa, então que direito têm os senhores de me obrigar a permanecer hospitalizado? — Eu estava impressionada com a mudança. Se fechasse os olhos, podia imaginar que escutava um advogado defendendo uma causa num tribunal, quando há apenas alguns minutos ele estava tão confuso.

— Bem... presumo que se a Srta. Murray fosse sua esposa, e se ela quisesse levá-lo para casa, não teríamos autoridade para mantê-lo aqui. Mas eu gostaria que você desse atenção ao meu conselho e esperasse.

— Talvez fosse melhor escutar o médico, Jonathan — argumentei com toda a doçura. — Por que não esperamos até estarmos seguros de que você esteja recuperado?

Jonathan tinha os braços cruzados, mas esticou uma das mãos e tomou a minha.

— Por favor, Mina. Se você me ama e se veio aqui para me ajudar, case-se comigo o mais rápido possível. Se você não me afastar logo deste lugar, nunca ficarei bom.

Poucas horas mais tarde, saí do hospital em busca de um lugar onde pudesse fazer minha higiene e comer alguma coisa. Estava caminhando pelo jardim quando ouvi alguém chamando por mim:

— *Fräulein!*

Virei a cabeça e vi a freira que me havia recepcionado vindo apressada na minha direção. Ela tocou-me no braço:

— Vamos caminhar juntas — disse.

— Por que a senhora não disse que falava inglês? — perguntei. Sentia-me confusa e ofendida por ela ter-me deixado atrapalhada, gaguejando no meu paupérrimo alemão, quando ela bem podia ter-me ajudado.

— Não queria me envolver. Mas fui até a capela e rezei para que Deus me iluminasse, e decidi que preciso lhe falar. É meu dever perante Ele.

A freira se apresentou como Schwester Gertrude, e me contou que nascera na região rural da Estíria, ao sul de Graz. O pai era um vinicultor com muitas filhas.

— Quando fiz 10 anos, minhas seis irmãs mais velhas estavam casadas, e o dinheiro do dote matrimonial secara. Foi quando entrei para o convento. Conheço este país e seu povo. Conheço também os seus segredos, coisas sobre as quais as pessoas não gostam de falar.

Àquela altura já havíamos atravessado o jardim e caminhávamos por uma rua larga. O céu estava claro, e a cidade me pareceu cheia de vida, com as fachadas dos prédios ricamente decoradas com medalhões dourados. Brasões coloridos e estátuas femininas do período barroco, com a indumentária das deusas pagãs, decoravam as grandes estruturas arquitetônicas, e complexos arcos de ferro batido adornavam as portas de entrada. Passamos por uma viela bem estreita onde toda a luz parecia escoar da cidade, e, ao final, estávamos diante da grande catedral.

— Venha comigo para a casa do Senhor — convidou ela.

Eu estava curiosa demais para recusar. A entrada era colada a um mausoléu de algum santo imperador romano, em que anjos enormes carregando coroas de ramos de oliveira se posicionavam como sentinelas de Deus, guardando a porta do túmulo. Achei irônico que símbolos de vitória decorassem um mausoléu; ninguém, nem mesmo o imperador ali enterrado, havia vencido a morte.

A freira foi conduzindo-me por uma igreja escura e fria, iluminada apenas por duas lâmpadas mortiças que ladeavam o altar, e as chamas em um velório. Schwester Gertrude mergulhou a mão numa pia de água benta localizada logo na entrada, e persignou-se com gestos largos. Segui-a quando ela se ajoelhou com extrema devoção diante do altar, entrou numa das alas de bancos e se sentou.

— Agora me ouça com atenção. Estamos na presença de Deus. A imortalidade da minha alma depende da minha fidelidade à verdade. — Uma sensação de medo cresceu dentro de mim quando ela começou a falar com a voz agourenta. — Venho das montanhas em que encontraram *Herr* Harker. É uma terra habitada por seres; alguns humanos, outros não. *Herr* Harker carrega todos os sinais de ter sido tocado, então é preciso que você cuide da recuperação dele. E não estou me referindo apenas à saúde do corpo, mas também da alma, pois ela carece de atenção. Você deve rezar; rezar por ele e com ele.

— O que a senhora quer dizer com seres que não são humanos?

Ela continuou:

— Há criaturas nessas montanhas que estão em conluio com o diabo. Elas sabem de coisas sobre os homens, e é por isso que conseguem persuadir até mesmo o mais piedoso a pecar. Por fazerem pactos com o demônio, têm poder de curar as doenças dos humanos e de lhes proporcionar muitas riquezas. Ouça, criança, há mulheres naqueles morros que podem fazer com que flores brotem no mais frio dos invernos. Aos idosos prometem que voltarão a ser jovens e que serão ricos.

— E por que a senhora acha que Jonathan tem alguma coisa a ver com essas criaturas?

— Ele não seria o primeiro nem será o último. As camponesas que o encontraram disseram que ele gritava em grande desespero por sua amada. Vimos essas vítimas antes e ouvimos as narrativas das nossas mães e avós a respeito de rapazes que foram desencaminhados por essas bruxas. Os senhores da igreja vêm tentando há centenas de anos livrar o campo dessas almas penadas, mas elas ainda persistem. Satanás as ajuda a sobreviver inclusive ao fogo. Num momento, parecem ter virado cinzas, mas de alguma forma continuam a existir para assombrar as montanhas da Estíria.

— Não acredito que isso se aplique ao Sr. Harker — retruquei. Por que será que essas pessoas mais velhas têm essa mania de espalhar essas invencionices? — Meu noivo foi diagnosticado com febre cerebral por

153

um doutor em medicina. Gostaria muito que a senhora não ficasse tentando me assustar com essas crendices!

Levantei-me de supetão, decidida a ir embora, mas ela agarrou meu braço, forçando-me a me sentar.

— A explicação para o que aconteceu ao *Herr* Harker não está nos livros de medicina. Compreendo que não faça o menor sentido para uma dama instruída como a senhorita, mas há muitas coisas neste mundo que estão além do entendimento humano. O casamento, um sacramento santificado, com uma mulher decente, vai facilitar a cura de *Herr* Harker. Você deve confiar em Deus e ser paciente. Estou implorando a santa Gertrude pela alma dele e por você.

Ela se levantou, fez o sinal da cruz, dobrou de novo o joelho diante do altar e, sem sequer voltar o olhar para mim, saiu porta afora.

Fiquei ali sentada. Respirei fundo. Nunca havia entrado numa igreja católica em Londres. Na verdade, eu havia sido batizada no rito católico, mas, quando minha mãe me despachou sozinha para Londres, ela recomendou que eu adotasse a Igreja Anglicana como minha religião e jamais mencionasse minhas origens católicas.

— Seu sofrimento será menor se seguir esse conselho — aconselhara ela. Lembro-me de lhe ter perguntado o que teria de fazer para ser anglicana, e ela respondeu: — É tudo igual, Mina. Apenas algumas das palavras são diferentes. Mantenha a boca fechada sobre esses assuntos e finja ser piedosa.

Parecia mais fácil deixar meus olhos flanarem pela magnificência dos ornamentos da catedral do que assimilar o que a freira acabara de me dizer. Devo admitir que alguma coisa me comoveu ao admirar o brilho ofuscante do púlpito em talha dourada, os candelabros suntuosos, as estátuas em ouro de santos e querubins, e as esculturas em mármore em alto-relevo acima do altar coroado por uma delicada imagem de Maria. Senti uma emoção ou uma intimidação, quiçá os dois. Precisava urgentemente buscar aconchego em *alguma coisa*; olhei para o teto e divisei no afresco os anjos do Senhor tocando suas trombetas de ouro. Numa posição de destaque, a figura de um santo de barba longa, com ares de benevolência, erguia a mão sinalizando a paz. Mantive meus olhos no santo, ansiosa para receber o conforto moral que a imagem intencionava oferecer, mas logo percebi que ele não teria como dar respostas às muitas indagações que dardejavam em minha mente.

Do lado de fora da catedral, parei para observar um mural que retratava o período em que a cidade padecia um trio de pragas: a peste negra, a invasão turca e nuvens de gafanhotos que devastaram as plantações. Na parte inferior, os citadinos subjugados diante da multiplicidade de horrores, observando seus entes queridos serem levados em caixões pelas carroças. No topo, o papa em seu trono, o clérigo e os santos, presumivelmente todos aqueles que intercederiam por eles junto a Deus para que os salvassem.

Como seria bom se, como no teatro, um *deus ex machina* aparecesse inesperadamente e salvasse a todos nós do caos e do sofrimento. Eu estava desesperada para que algum ser onisciente pudesse explicar a bizarra sucessão de eventos que teve início neste verão e que não parece estar chegando ao fim. E, para piorar, Jonathan, que eu imaginava que seria a minha salvação, agora fazia parte do mistério.

Enquanto caminhava pelas ruas, passei por uma festa de casamento do lado de fora de um prédio da municipalidade, aos pés de uma escultura da deusa romana da Justiça. A noiva usava um vestido simples, mas seu rosto irradiava felicidade quando seu belo noivo a brindava com uma taça de vinho tinto com nuances de rosa. Apressei o passo. A cena serviu apenas para me trazer à mente Jonathan insistindo para que nos casássemos imediatamente, o que significava que um casamento em Exeter estava fora de cogitação. Sentindo uma pena enorme de mim mesma, decidi ir até o topo da montanha para ver as ruínas e encontrar paz para organizar meus pensamentos.

Subir os degraus de pedra que davam acesso ao que restou do castelo Schlossberg deve ter levado uns vinte, trinta minutos de muito fôlego. Minhas coxas ardiam devido ao tamanho esforço; a dor, porém, evitava que eu ficasse ruminando meus problemas. Ao chegar lá em cima, parei para observar a ampla paisagem da cidade, os telhados azulejados e as montanhas cujo contorno lembravam os corpos de criaturas gordas adormecidas. Um senhor idoso com um cachecol de lã carmesim e um gorro que lhe dava um ar de felicidade me cumprimentou ao passar por mim; lembrei-me do pescador de baleias, mas não retribuí o sorriso. Já escutara desvarios demais num só dia. Avistei um banco e fui me sentar, embora estivesse armando um temporal. Meu estômago começou a se contorcer como se eu fosse vomitar. Aquela sensação terrível resmungou em meu peito, em minha garganta, e finalmente tomou força no fundo dos meus olhos e jorrou numa torrente de lágrimas.

Que atitude eu deveria tomar com relação a todas essas coisas estranhas que estavam acontecendo? Sim, havia me encontrado com Jonathan, e, sim, ele ainda queria se casar comigo. Mas o modo como descobri onde ele estava era tão incompreensível e amedrontador quanto o estado de saúde de meu noivo. Levantei os olhos para o céu.

— Isso não é justo. Trabalhei com tanto empenho, *mas tanto*, para conseguir propiciar a mim mesma uma vida satisfatória... Por que você está fazendo isso comigo?

Não fazia ideia a quem eu estava acusando. Será que eu realmente acreditava ser uma vítima de Deus? Afinal, se damos graças a Deus por tudo de bom que acontece conosco, então por que não culpá-Lo quando nossas esperanças e nossos sonhos tão acalentados vão por água abaixo?

Apesar das nuvens negras, não caiu nem um pingo de chuva. Olhei para cima para ver um minúsculo raio de sol que furava o céu, como uma faca cortando a ameaçadora vastidão nevoenta. E então, como se o céu fosse a tela de um artista e os raios do sol suas mãos, as nuvens arroxeadas se dissiparam para retornar na forma de uma criatura com imensas asas e uma longa cauda. Em questão de instantes, parecia que um dragão pairava sobre mim e me protegia debaixo de sua imponente envergadura.

Uma sensação crescente de tranquilidade foi tomando conta de mim, como se o mundo estivesse em paz, como se nada de ruim pudesse me atingir, apesar dos eventos recentes. Minha mente se tranquilizou e comecei a pensar com mais clareza. Percebi que se eu desse um passo de cada vez — casar com Jonathan, voltar para casa, ajudá-lo a retomar seu trabalho —, teria condições de livrar nós dois dessas tribulações e de viver a vida que planejamos juntos.

Começaram a cair uns respingos suaves, aqui e acolá. Uma lufada agitou as árvores e soprou tufos de folhas para o ar. A pujante besta lá no céu foi perdendo seu desenho extravagante. As asas agora eram nimbos espessos que logo verteriam mais água sobre a cidade. Protegi a cabeça com o xale e iniciei a descida escarpada.

Capítulo Nove

11 de setembro de 1890

O prédio em estilo italiano que abrigava o hospital de Graz tinha sido um castelo construído para a família de um mercador de Veneza. Anexa ao prédio principal, havia uma capela que ainda guardava suas características originais e era frequentada pelas freiras nas suas orações diárias. E foram as próprias freiras que generosamente a ofereceram para a oficialização do nosso casamento. Usando nossos passaportes como identidade, conseguimos uma licença e, ao cabo de uma semana, me vi trocando meus sonhos de menina de ter um casamento com tudo a que se tem direito, por uma cerimônia em latim, num país estrangeiro, com uma mantilha de renda ordinária no lugar do véu e usando um vestido que havia mandado fazer três anos atrás. Em vez de Lucy num longo prateado, duas freiras de preto serviram como minhas testemunhas.

Jonathan teve alta do hospital, e passamos nossa noite de núpcias numa estalagem. Depois de um jantar singelo e tranquilo, fomos para o quarto. Não fazia ideia do que estaria me aguardando. Vesti a camisola e me deitei devagar ao lado dele na cama. Fiquei observando as sombras bamboleantes que as velas produziam na parede, esperando que ele me despisse, pois foi isso que me contaram que os homens faziam. Eu havia tentado obter informações sobre a ocasião. Queria agradar meu marido, e me empenharia para que nossa vida conjugal começasse como deve ser. Quando estávamos namorando, ansiava pelas carícias e pelo prazer que sentiríamos na intimidade. Embora ele tivesse ficado doente, mesmo assim eu esperava que ele fosse querer tudo que um homem quer de sua esposa na noite de núpcias. Julgando que a iluminação do quarto talvez o estivesse inibindo, ou ele estivesse nervoso, achando que eu pudesse estar envergonhada de mostrar meu corpo, ou por alguma outra coisa — perguntei-lhe se ele gostaria que eu soprasse a vela.

— Não. — Ele foi taxativo. — Não gosto do escuro.

Fiquei me perguntando se a febre cerebral teria acabado com a capacidade de ele se envolver no ato, e então me lembrei de tê-lo observado dormindo enquanto fazia amor com alguém em sonho. Mas também sabia que eu teria de ser paciente. Ele passara por um tipo de provação que eu não era capaz de compreender e contraíra uma doença da qual ainda não havia se curado.

— Querido, quero que você saiba que eu o amo, e que tenho certeza de que quando chegarmos em casa você vai ficar bom rapidamente, e seremos o casal mais feliz de toda a Inglaterra — disse, virando-me para ele e beijando um lado de seu rosto e acariciando o outro com as pontas dos meus dedos. Foi prazeroso tocar no corpo quente de Jonathan, e levei minha mão até seu peito e deixei-a repousar ali.

Ele se virou para mim, abraçou-me e pressionou-me com força contra seu corpo. Ergui um pouco o rosto, e ele me beijou. Primeiro com delicadeza, depois mais forte, até que abri meus lábios. Senti uma excitação quando sua língua atravessou meus lábios e entrou na minha boca pela primeira vez. Apertou-me ainda mais, e eu passei minha perna ao redor dos quadris dele como se fosse a coisa mais natural do mundo de se fazer. Sentindo-me confortável e aconchegada, comecei a relaxar, entregando-me ao prazer. Embora eu tivesse aberto mão dos sonhos da cerimônia de casamento, adorava a sensação de finalmente estar casada e nos braços de meu marido. Estava menos nervosa do que previra, e ávida para experimentar o que ainda viria. Ele passou a mão por debaixo da minha camisola e acariciou-me a coxa, e foi subindo para o quadril e para o seio. Um sussurro baixinho escapou dos meus lábios. Então, sem nenhum motivo, ele tirou as mãos de mim e deu-me as costas:

— Não adianta — disse.

— Jonathan? O que aconteceu?

— Esperei por este momento desde que a conheci. Sonho com ele todos os dias, anseio por ele, vivo por ele. Mas agora está terminado, e tudo por minha culpa, por culpa da minha fraqueza. Eu a desonrei, Mina. Preciso confessar meus pecados a você, ou elas irão me comer vivo e me levarão ao grau máximo de loucura! — desabafou ele sem me encarar, virado para a parede.

Desde aquelas longas semanas em Whitby, sem uma mensagem sequer de Jonathan, desconfiara de sua infidelidade. Sabia que, para ele, confessar-se seria um imensurável alívio; para mim, porém, uma profunda dor. Contudo, depois das palavras que ele me disse, ficava difícil deixar como estava. Tive vontade de lhe dizer para manter para si seus segredos, mas quando ele se virou e olhou nos meus olhos, compreendi que confessar sua culpa era imprescindível para ele sarar. Com toda a calma do mundo, disse:

— Sou sua esposa agora. Não devemos ter segredos entre nós.

Sua respiração era entrecortada, ele tentava conter as lágrimas. Começou a contar bem do início, com sua chegada ao castelo do conde nas montanhas Caríntia. Ele fora recebido com pompa, com um luxo a que não estava habituado.

— Fiquei deslumbrado com a opulência, Mina. Comidas e bebidas que jamais vira, de qualidade e em quantidades de deixar uma pessoa tonta. O conde importava vinhos e alimentos da Itália e da França, e especiarias do Extremo Oriente, e louças de jantar e cristais dos mais sofisticados fabricantes. E nesse fausto fui recepcionado e acolhido por ele e sua família.

Jonathan finalizou as transações com o conde em algumas semanas, e, logo em seguida, este viajou para cuidar de assuntos no exterior, deixando Jonathan no castelo.

— Ele me convidou para permanecer em sua residência, se eu quisesse. Todas as noites, as sobrinhas que viviam com ele me faziam companhia. Elas sabiam cantar, dançar, tocar instrumentos e recitar poemas. Devo admitir a você, e não sem alguma vergonha, que elas me fascinaram desde o primeiro dia, especialmente uma delas, que dedicou a mim toda a sua atenção. Fui encantado por essa sereia estrangeira, Mina. Minha intenção não era trair você. Mas após a partida do conde, durante uma noite em que comi e bebi como um rei, e assisti a essas mulheres representarem números exóticos de dança, sucumbi às suas mais desavergonhadas investidas. Não tenho orgulho de mim, mas me atrevo a dizer que qualquer homem teria perdido o controle, dadas as circunstâncias.

Percebi a estratégia de Jonathan, de simultaneamente pedir desculpas e se justificar. Tive de rir comigo mesma da historieta inventada por Schwester Gertude de que meu marido havia sido enfeitiçado por uma bruxa, quando, igual a qualquer outro homem, ele simplesmente estava tendo um caso às escondidas.

— Quantos teriam sido os maridos a usar a desculpa da feitiçaria para se escusar de seus deslizes? — perguntei. — Não é isso que todos os homens dizem? Que capitularam aos feitiços? — Empertiguei-me, espichando a coberta até o queixo. — E então você sucumbiu aos encantos dela. Mas por que foi embora? Cansou-se dela rápido assim?

Ele abaixou a cabeça e, balançando-a de leve, disse:

— Não sei o que aconteceu.

Tive de me segurar para não gritar.

— Mas você estava lá, Jonathan. Como é que você não sabe?

— O que quero dizer é que, num momento, estava no meio da sedução e do prazer; no seguinte, me vi perambulando pelas plantações. Só e sem saber onde estava, com apenas minhas roupas e uma pequena mochila. Elas me expulsaram, ou talvez eu tenha escapado, não saberia dizer. Na carteira havia dinheiro e os meus documentos de identidade, mas minha memória daqueles últimos dias havia se apagado. Fiquei caminhando sem saber para onde ir, não sei por quanto tempo. As lavouras das fazendas semeadas em fileiras pareciam um labirinto para minha mente aturdida. E a luz no vale era tão tênue, que dava a impressão de que alguém havia esticado um véu sobre ele. Como um lugar mágico. Lembro-me de ter mirado nas águas de um lago, sem, contudo, reconhecer meu próprio rosto. Eu não sabia onde estava e, pior, nem quem eu era. Caminhei e caminhei, e fui dar num roçado onde algumas mulheres catavam sementes de abóboras. Fiquei lá, parado, observando a rapidez com que enfiavam as mãos dentro da fruta e apanhavam as sementes. Mas alguma coisa na maneira como um líquido pegajoso escorria das mãos daquelas mulheres me deixou perturbado, e comecei a gritar. Não sei o que eu gritava. Então me deram uma mistura para tomar que fez com que eu desacordasse. Quando voltei a mim, acabara de acordar num hospital, e uma freira me fazia perguntas em alemão.

Ele se recostou no travesseiro como se essa confissão o tivesse exaurido. Seus lábios estavam secos e ele os lambia, e também mordia o lábio superior. Parecia perturbado.

— Jonathan, você começou a me falar sobre infidelidade, mas se referiu a mulheres, no plural. Você foi para cama com todas elas?

Ele cravou os olhos no vácuo a sua frente, recusando-se a me encarar.

— Tenho vergonha de admitir isso a você, Mina, mas elas dividiram a cama comigo.

Congelei. Ele me fitou com uma expressão séria:

— Você precisa entender, Mina. Elas não são pessoas normais. Nunca na minha vida conhecera mulheres desprovidas dos mínimos princípios de bondade. Sei que sou o mais canalha dos homens, mas, na hora, era como se eu não tivesse opção, como se toda a minha vontade tivesse sido suprimida. Eu era inocente até que elas me pegaram.

Ele cobriu o rosto com as mãos. E o que eu haveria de dizer? Esse era um relato que ia muito além do que eu jamais sonhara escutar. Meu Jonathan, a quem eu amava e em quem confiava, a pessoa em quem eu havia depositado todas as minhas esperanças, havia se entregado a orgias com mulheres que ele nem conhecia.

— Não sou digno de você, Mina — disse ele. — Nem posso fitar seus olhos.

Ele se virou de lado, pondo-se de costas. Fiquei lá, estática, os olhos postos nas sombras bruxuleantes projetadas na parede, até que o pavio apagou. Não demorou muito, escutei um ronronar suave de Jonathan, sinal de que ele havia expiado suas culpas o bastante para se entregar aos sonhos, provavelmente impelido pelo cloral que o médico lhe havia receitado para que dormisse. Eu, porém, sabia que a minha noite seria passada reavaliando o que ele acabara de me confessar. Levantei, abri a valise de Jonathan e tirei de lá a medicação. Misturei uma pequena quantidade do remédio com a água de um jarro sobre a mesinha de cabeceira e tomei o líquido amargo. Voltei para a cama e caí no sono ao som da respiração ritmada de Jonathan, tentando esquecer as muitas e doces fantasias que eu fizera de um casamento perfeito, de um desejo por um prazer avassalador que, eu previra, viria do homem que amava, e me perguntando se algum dia conseguiria ter tudo isso.

Eu estava deitada sobre um manto de folhas secas que farfalhavam ao menor movimento. Fazia frio, mas ele, deitado ao meu lado, me mantinha aquecida. Ele me era tão familiar quanto minha própria respiração, mas não podia deixar de notar que o seu toque não era humano. Sua presença, embora menos densa, era mais poderosa e mais capaz de me subjugar. Inspirei a delícia de sua essência quente — cheiros de madeira, couro e antigas especiarias — e terrena, o que contrastava com a sensação que ele transmitia. Abri os olhos e reparei que estávamos deitados num bosque e que as folhas das árvores eram douradas; acima de nós, estrelas para mim desconhecidas, mas que brilhavam num imenso céu de veludo. O vento agitou uma única folha reluzente, que subiu e depois caiu aos desejos do sopro. Fiquei observando enquanto ela dançava com a brisa e meu amante inundava meus sentidos. Em dado momento, a folhinha ondeou perto de nós e foi parar na terra.

— Onde estamos? — perguntei.

— Em lugar nenhum, Mina. Você se encontrou comigo no rio do tempo. Um rio que corre para trás e para a frente, e estamos à mercê das correntes. Podemos nos ver aqui a qualquer hora, se assim desejar.

— Esta é a minha noite de núpcias. Devo passá-la com meu marido.

— Há várias maneiras de se estar casado. Você e eu nos casamos uma centena de vezes.

— Mas agora estou casada com Jonathan.

— Não nesta esfera; somente no plano temporal. Aqui, você é minha. Eu a segui por décadas, séculos, tentando me livrar de seu cheiro e das suas lembranças, mas não consigo. Você não consegue olhar num espelho ou percorrer suas memórias e lembrar-se de quem você é? De quem somos nós, juntos?

Sua voz era imponente, repleta das promessas com as quais sonhei milhares de vezes. Embora ele mal me tocasse, bastava sua proximidade para eu ficar excitada. Era como se nossos espíritos estivessem entrelaçados, dançando juntos, embora nossos corpos não estivessem unidos.

— Mas quem sou eu?

— Você é a mulher de olhos viridianos, a cor de uma rara pedra verde usada pelos imortais. Eu não via esses olhos há cem anos. Você está pronta para mim, Mina? Esperei muito tempo para que você estivesse pronta. É mais do que apropriado que seu verdadeiro marido faça amor com você na sua noite de núpcias...

Ele me beijou com uma voluptuosidade torturante, e eu estremeci em expectativa do que ainda estava por vir.

— Sim... estou pronta — respondi, ansiosa pelos êxtases que ele me traria.

Entre um e outro beijo suculento, ele me segredou, suas palavras saltitando descontroladas para dentro da minha boca aberta:

Dentes famintos ávidos
Atacam em beijos que ganham vida,
Lábios entrelaçados, cálidos,
Mordidos ao sabor de sangue e saliva.

— O sangue é a verdadeira poção do amor. Está lembrada? — Ele enrolou meus longos cabelos pretos entre seus dedos, afastando-os da curva de meu pescoço, e ali mergulhou seu rosto. Seus lábios foram escorregando até a minha orelha. — Não há volta, Mina, não desta vez. Vim atendendo ao seu chamado. E você respondeu ao meu.

— Não... não há volta — respondi.

Eu sabia o que ele iria fazer porque aquela não seria a primeira vez. Meu corpo ainda guardava a sensação, e todos os meus nervos se puseram à espera. Eu sabia do perigo e do prazer, mas agora não havia volta.

— Que gosto terei? — indaguei.

Ele cheirou forte na altura da minha garganta:

— Doce e puro — ele respondeu —, igual ao dos lilases brancos.

Com a intensidade de um lobo no rasto de sua caça, ele se pôs a explorar meu corpo. Senti as descargas elétricas de sua boca em minha pele quando seus dentes perscrutavam os pontos em que iriam penetrar. Esperei, tensa, pelo momento que tanto temia quanto desejava.

— Tem certeza, Mina?

— Tenho. Por favor, por favor.

Ele aguardou mais um pouco até que eu pedisse de novo, e, mais uma vez, me provocando até que eu lhe implorasse. Enfim, e com sofreguidão, ele mordeu fundo o meu pescoço, furando a pele numa única trincada de maxilar e prendendo-se a mim. Gritei de dor, uma dor deliciosa. Eu era a hospedeira, alimentando-o com minha própria essência, com o vigor da minha vida. Deixara de ser um corpo, e me transmudara num festim do qual ele se servia para ficar forte e me fazer parte dele.

E esse foi só o começo. Ele puxou meu cabelo com força até que minha orelha estivesse dentro de sua boca.

— Onde quer que haja pulsação, Mina, é onde quero estar. Quero beber a vida de você. Quero sentir e conhecer as palpitações de seu corpo.

E soltou meu cabelo desenrolando-o de seus dedos, me liberando, mas tudo que eu queria era me manter cativa dele. E ele leu meus pensamentos e me respondeu mentalmente.

Ainda temos muito pela frente.

Levou meu braço até sua boca e mordiscou a parte interna do meu cotovelo e meu punho, e depois percorreu meu corpo. Sua bela e insidiosa boca mordeu de leve um lado da minha virilha e depois o outro, chupando de prazer, enchendo a boca de mim. A cada investida, meu interior se contraía até explodir de tanto êxtase. Ele me virou de bruços, meu rosto tocou a maciez das folhas, e enquanto eu respirava o aroma da terra, ele rompeu a pele na parte de trás dos meus joelhos. Gritei de dor, mas ele não ligou e foi descendo pelas minhas pernas, e mordeu meu tornozelo. Urrei, arqueando minhas costas num espasmo de arrebatamento tão luminoso e forte que me cegou.

— Os sons do seu pulsar são como uma música celestial, Mina. O corpo canta. Consegue escutá-lo?

Não ouvia nada, porque nada além dele ou fora dessa experiência existia para mim. Encontrava-me em comunhão com ele, oferecia-me inteira a ele, permitindo que minha essência escoasse para dentro dele, e pensei que nada de mim sobreviveria, salvo o que se transferiu para o corpo dele. Ajoelhado sobre mim, puxou de novo o meu cabelo, arqueou-se para a frente e precipitou-se com ímpeto ao outro lado do meu pescoço, e se saciou à vontade. Explodi dentro de mim, palpitando com a bem-aventurança da imolação.

— Estou morrendo. — As palavras escaparam vacilantes de meus lábios.

— Não, você está morrendo para dentro de mim. E se você morre em mim muitas vezes, prometo que viverá para sempre. Você quer viver para sempre?

— Quero, meu amor, muito. Quero ficar com você para todo o sempre.

— Não vai me rejeitar de novo? Não vai me condenar a padecer seus ciclos de nascimento e morte enquanto aguardo até que você se lembre de quem e do que você é?

— Não, meu amor. Sou sua.

— Somos marido e mulher, Mina. Todo o resto você deve esquecer.

Subitamente, senti como se estivesse sendo repartida em duas. Tudo ficou escuro. Por algum tempo, senti-me perdida e tive certeza de que havia cessado de existir. Então, num lampejo, eu flutuava sobre o meu corpo. E vi minha forma mortal sobre um amontoado de folhas douradas, pequeninos fios de sangue quebrando a monotonia do alvor da pele do meu corpo nu.

Na manhã seguinte, surpreendi-me ao acordar ao som de pombos arrulhando no telhado e o cheiro de lenha crepitando no salão da estalagem. A luz do amanhecer se derramava através das cortinas de renda, sarapintando as paredes. Tinha certeza de que, se me virasse, veria o amante que habitava meu sonho, em vez do meu marido. Mas era Jonathan quem estava ao meu lado. Seus enormes olhos castanhos como avelãs iguais aos dos cervos me olhavam tão espantados em me ver, quanto eu por encontrá-lo na cama.

Mal podíamos nos olhar enquanto nos vestíamos e, apressados, recolhíamos nossos pertences e caminhávamos para a estação de trem. Eu havia indagado de Jonathan se ele preferia que ficássemos na estalagem por alguns dias até estar mais bem-disposto, mas ele queria ir para casa. Seu humor melhorou conforme a manhã avançara. Sua tez foi adquirindo uma tonalidade saudável, e ele caminhava com vigor e confiança, carregando minha valise, abrindo portas para mim e me ajudando a subir no trem. Provavelmente, fazia essas pequenas mesuras para mostrar que pretendia compensar por sua infidelidade. Da minha parte, não conseguia tirar da cabeça o sonho extravagante da noite anterior. Por mais que tentasse não pensar nele, as deliciosas lembranças insistiam em povoar minha mente, excitando-me profundamente. Nesses instantes, sentia que enrubescia sem querer e precisava virar o rosto para outro lado para que meu marido não percebesse.

As ondulações das montanhas que atravessávamos eram cobertas por plantações de macieiras, pereiras, videiras e pés de milho cujas fileiras de lavoura se cruzavam criando geometrias inconcebíveis de tão perfeitas. Nas áreas de floresta, os galhos das árvores se curvavam melancólicos, como as mangas longas dos hábitos dos sacerdotes druidas.

Jonathan apontou para as estradas sinuosas que cortavam as montanhas e os vales.

— Feitas pelos romanos, Mina! Tantas civilizações vieram e se foram desta terra... os celtas, os romanos, os normandos, os mongóis, os franceses... sabe-se lá quais outra. — Ele sorriu para mim, mas eu virei o rosto, imaginando que talvez ele tivesse aprendido a história dessa região com as suas amantes estirianas.

Será que foi a sordidez da experiência de Jonathan que inspirou aquele meu sonho?

— Meu mundo ficaria infinitamente melhor se pudéssemos fitar um ao outro, olho no olho — disse ele. E tomando meu queixo em sua mão virou meu rosto e continuou: — Quero que saiba que amo você, e que meu amor está bem acima desses monstruosos e degradantes atos dos quais participei. Posso ser um marido bom e fiel, se você me der uma chance. Os homens podem cair em tentação, Mina... e é por isso que precisamos do amor de uma boa mulher. Se não, é muito fácil para nós tomarmos o caminho da perdição.

Tornei a virar o rosto e mirei a paisagem que se descortinava: carreiras e mais carreiras de plantações nas encostas, em linhas absolutamente retas. O homem recebeu o dom da bondade e da perfeição, mas nossos comportamentos raramente condiziam com essas qualidades. Seria o nosso destino trairmos uns aos outros? Pensei em Lucy e me perguntei se ela teria perdido o juízo e confessado seus pecados a Arthur. Lucy dera a impressão de estar possuída pelas mesmas paixões que consumiram Jonathan e o deixaram perdido e aos gritos pelos campos da Estíria. Como isso pode ser amor? E quanto a mim? Um homem fizera amor comigo em meus sonhos — um amor sinistro, desnatural, surpreendente — na minha noite de núpcias; e esse homem não era meu marido. Qual parte bizarra de minha psique continuava a convidar esses eventos?

O Sr. Darwin demonstrara que nós — homens e mulheres — descendíamos de animais selvagens. As mulheres, altamente consideradas pelos homens e a quem fora dada a tarefa de viver de acordo com os mais excelsos padrões, pareciam igualmente capazes de comportamentos bestiais. Jonathan afirmava que foram as mulheres que o seduziam. Fazia sentido, imagino eu. Não era como se os homens tivessem evoluído dos animais e as mulheres, dos anjos. Mas se as mulheres também dessem total liberdade aos seus desejos, como fiz em meus sonhos, o que aconteceria com a nossa sociedade? Não haveria mais ordem no mundo. E eu necessitava de ordem para viver. E era isso que o casamento, especialmente o nosso, deveria propiciar: uma ordem bem-aventurada, previsível, que se opusesse à natureza caótica e inopinada da vida humana.

— Você precisa me dar um tempo — falei. — Com o tempo, acredito que serei capaz de perdoá-lo. Afinal, você é meu marido.

Tempo. O que era o tempo? *Tempo é um rio que corre para trás e para a frente.* Como isso poderia ser verdade?

Jonathan tomou minha mão.

— Sua resposta é mais generosa do que mereço, Mina. Também preciso de tempo. Eu não sou digno de você. Preciso encontrar uma forma de me purificar.

Nós dois devemos nos purificar, era o que eu queria dizer. Mas não sei se teria condições de explicar.

Parte Quatro

EXETER E LONDRES

Capítulo Dez

Queridíssima Mina,

Como eu gostaria que estivesse aqui comigo, embora eu acredite que você se sentirá edificada em saber que, nas últimas semanas, a voz de seu bom senso tem ressoado nos meus ouvidos. Diferente de você, fui uma das piores alunas da Srta. Hadley. Não prestei atenção às sábias palavras dela — nem às suas — e agora me arrependo de ter sido tão boba, embora me pareça que daqui para a frente terei a oportunidade de remediar os erros cometidos.

Tenho sido uma criatura detestável para o Sr. Holmwood. O pai dele faleceu assim que você partiu de Whitby. Arthur voltou para casa para cuidar dos negócios, e quando nos reunimos em Londres no começo deste mês, ele havia recebido o título honorífico de lorde Godalming. Lorde Godalming! A pessoa a quem tratei tão mal, cujo afeto e carinho ignorei por causa de um arrebatamento despudorado de primitiva concupiscência. Ele chegou à nossa casa em Hampstead com um presente para minha mãe e um buquê de orquídeas para mim. Pediu para ficar sozinho comigo no jardim e me presenteou com o anel de brilhante da avó — que é de uma beleza absolutamente extasiante. De joelhos, me pediu para que fizesse dele o homem mais feliz de toda a Inglaterra, e me entregou uma delicada cartinha da mãe, em que ela manifestava suas esperanças de que marcaríamos imediatamente a data de nosso casamento: "Estou ansiosa para tê-la como filha e para inteirar-lhe das obrigações que acompanham o título de Lady Godalming e as muitas alegrias e responsabilidades da vida na mansão Waverley."

Qualquer mulher em sã consciência exultaria de felicidade; no entanto, fiz o contrário. Contei para ele que estava apaixonada por Morris Quince e que aguardava notícias dele. Arthur deu um sorriso triste e compreensivo, e na hora pensei que estivesse caçoando de mim. Mas ele segurou a minha mão e disse: "Srta. Lucy, você não é a primeira vítima de Quince. Ele já seduziu muitas moças belas e inocentes e, bem possivelmente para superar o complexo de inferioridade por ser norte-americano, ele sempre põe os olhos nas mulheres que eu mais admiro. Você não tem culpa de nada. Mas se estiver esperando por Morris Quince, vai ver seu cabelo embranquecer e sua vida passar ao largo, antes que ele a procure."

Mina, ele disse isso com uma ternura e uma condescendência que fizeram meu coração derreter. Você estava certa: Morris me fez de boba. Arthur me contou que ele foi procurá-lo antes de deixar a Inglaterra e o insultou revelando-lhe o nosso caso! Como pude ser tão cega? Você logo percebeu quem ele era; eu, porém, fui enredada em sua teia de mentiras. Teria apostado minha vida — e por pouco não o fiz — no amor que Morris Quince sentia por mim. Como o ser humano é idiota!

Sou uma mulher de muita sorte. Diferentemente do que aconteceu a Lizzie Cornwall, não serei abandonada à própria sorte nas ruas, mas me tornarei Lady Godalming. Vamos nos casar imediatamente. Como eu gostaria que você estivesse presente, do jeito que sonhamos, mas sei que está cuidando de Jonathan. Não amo Arthur, não ainda, mas minha mãe diz que todas as mulheres conseguem aprender a amar um homem que seja bom para ela, e isso meu noivo certamente é.

Obrigada pelas sábias palavras, Mina, e pela paciência que teve comigo. Seus bons conselhos me ajudaram a trilhar o caminho certo. O amor é uma coisa terrível, muito terrível. Ainda sonho com Morris e sinto saudades das carícias dele, mas tenho certeza de que, com a ajuda de Arthur, conseguirei superar esses sentimentos.

Sua amiga para sempre devota,
Lucy

P.S.: Fique tranquila, não vou exigir que se dirija a mim como Lady Godalming!

Exeter, 20 de setembro de 1890

Recebi a carta de Lucy em Exeter, para onde foi reendereçada pela diretora, em Londres. Jonathan e eu nos acomodamos na casa do Sr. Hawkins, e eu havia escrito à minha patroa explicando que não voltaria a trabalhar, e que Jonathan e eu nos casamos às pressas em Graz e que, por causa da doença, ele carecia de toda a minha atenção e cuidados. Pedi uma infinidade de desculpas, sabendo que minha ausência colocaria a diretora de volta às salas de aula, o que, com a idade dela, não seria um prazer. Mas eu não tinha alternativa.

Preocupara-me com Lucy nas semanas em que estive afastada e fiquei imensamente tranquilizada por saber da reviravolta no relacionamento com Arthur. Supus que eles tivessem se casado e, a essa altura, partido em lua de mel. Prometi a mim mesma enviar-lhe uma nota felicitando-a e também dando notícias do meu casamento, assim que tivesse tempo.

Naquele momento, encontrava-me ocupadíssima cuidando de Jonathan, que teve uma recaída quando soube que seu tio estava doente. Depois de anos de sofrimento com persistentes dores provocadas por úlceras graves, o idoso foi diagnosticado com catarro gástrico crônico. Ele se queixava de acidez na boca e no estômago, o que dificultava a alimentação. Também se recusava a comer e estava perdendo peso. O médico me avisara de que a doença em geral levava o paciente a um quadro de neurastenia, o que só fazia agravar o quadro clínico.

E foi assim que, de uma hora para outra, passei a cuidar dos dois, ajudada por Sadie, a antiga empregada do Sr. Hawkins, mas ela também estava envelhecendo e, portanto, contava com a minha estâmina. Sadie preparava as refeições principais, mas era eu quem ia ao mercado comprar suprimentos. Tanto Jonathan quanto o Sr. Hawkins me solicitavam o tempo todo, e eu corria de um quarto para outro com medicamentos, chás, elixires e compressas. O Sr. Hawkins precisava tomar de dez a 15 gotas de arsênico a cada duas horas, acompanhadas por uma conversa tranquilizadora e uma cataplasma especialmente preparada para ser aplicada sobre seu estômago. Jonathan estava sempre faminto e solicitando comida e, ao mesmo tempo, pedia desculpas por estar me dando tanto trabalho.

Eu estimulava meu marido e seu tio a tomarem a refeição do meio-dia na sala de jantar, visto que assim eu podia me sentar naquele cômodo tão agradável para comer, em vez de ficar empoleirada na mesa da cozinha com Sadie, engolindo apressadamente alguma comida nos intervalos dos meus afazeres. Também achava que os dois homens da casa podiam se fazer companhia e se divertirem um pouco. Mas o Sr. Hawkins havia indicado Jonathan para o serviço na Estíria com as melhores intenções de fazê-lo avançar na carreira e suplementar sua renda; ter a doença do sobrinho como consequência o deixava mais deprimido — física e moralmente — do que sua própria enfermidade. Por outro lado, Jonathan também estava acabrunhado com a doença do tio; assim, eu morava com duas pessoas melancólicas. Dormia sozinha numa pequena cama na biblioteca. Bem que havia tentado me deitar ao lado de meu marido, mas ele gritava a noite inteira, se remexia e se revirava como se estivesse sofrendo grandes suplícios.

Meus momentos de distração se resumiam nas idas diárias até o centro. Assim que fechava a porta atrás de mim, o ar revigorante do outono, tão fresco e limpo, varria meu rosto, levando embora o clima pesado da casa. Eu descia a rua descontraída, e aproveitava para observar as casas de tijolos vermelhos nos morros e os campos verdejantes que se espalhavam por todo lado. Gostava de passar pelo velho moinho e ouvir o grasnar das gaivotas que sobrevoavam o canal, e depois entrava na rua mais movimentada, onde ficava o escritório do Sr. Hawkins, além do de Londres. Entrava nos mercados e nas lojas para comprar tudo de que precisávamos, e depois tomava o mesmo caminho de volta, preocupada em chegar em casa antes que os doentes acordassem de seus cochilos, o que normalmente coincidia com o badalar do antigo sino da cidade que anunciava o toque de recolher às cinco horas da tarde.

Era uma diversão diária bem agradável, embora fosse difícil conter a tristeza quando passava diante da catedral na qual eu sonhara me casar, evocando sonhos frustrados e planos desfeitos. Com a chegada do outono, sentia falta da escola e das salas repletas de meninas alegres e de planejar e organizar as aulas. E logo eu, que tinha desejado me livrar da escola... Agora, me perguntava se errara ao não conseguir apreciar as pequenas e descomplicadas alegrias que aquela vida me proporcionara anos a fio.

Após semanas de dores cruciantes, o Sr. Hawkins faleceu na madrugada de uma segunda-feira. Embora gostasse muito dele, não lastimei por ver o fim de tanto sofrimento. Ele havia deixado a casa e os negócios de herança para Jonathan, e quanto ao dinheiro que possuía, foi dividido entre o sobrinho e uma tia, e isso significou que de repente nos encontrávamos numa posição economicamente muito confortável. No enterro, amigos e clientes do Sr. Hawkins nos prestaram condolências e garantiram a Jonathan que continuariam a ser representados pelo escritório em todos os assuntos jurídicos. Terminado o velório, quando estávamos tomando chá no jardim, Jonathan mirou o céu e confessou:

— Mina, nossas vidas deveriam estar começando; mas há momentos em que temo que a minha já se tenha terminado.

— Meu querido, temos um mundo à nossa frente — respondi. — Sua febre cedeu, e com os recursos que o seu tio nos deixou, poderemos concretizar todos os sonhos de que falamos no gabinete da Srta. Hadley.

— Vou tentar ser aquele homem para você, Mina. Devo-lhe isso. Você é um verdadeiro anjo de misericórdia e perdão. Mas às vezes receio que o homem que projetou aquela vida com você não está mais aqui. Algum monstro com o qual ainda não me acostumei, algum ser malévolo propenso a fazer o impensável assumiu o seu lugar. Amo você e quero lhe proporcionar tudo na vida, mas às vezes não sei quem sou. Você poderia ser paciente comigo? É bem mais do que mereço, mas mesmo assim imploro a você. E a previno de que compreenderia se sua resposta fosse não.

Prometi a Jonathan que estaria sempre ao seu lado. É bem verdade que ele me traiu, mas também sofreu muito por causa disso. Eu me perguntava se ele já não estaria doente e fora de si por causa da febre cerebral quando tomou parte naqueles atos, o que era tão fora de propósito para alguém com o caráter dele. Devia ter indagado o médico; mas estava tão envergonhada por causa da traição de meu noivo, que na hora nem me passou pela cabeça. Além do mais, eu o amava e conseguia entrever lampejos do incorruptível Jonathan do passado e, portanto, acreditava que com tempo e amor eu o teria de volta.

O tempo esfriou. Durante o dia, Jonathan ia para o escritório e cuidava de tudo; mas em casa, embora fosse carinhoso, diversas vezes fui dar com ele diante das chamas que bailavam na lareira, com a aparência desconsolada. Numa noite, cerca de uma semana depois de havermos enterrado o corpo do Sr. Hawkins, Jonathan misturou algumas gotas de sedativo numa dose de conhaque e foi para cama mais cedo. Fiquei olhando para aquele mesmo fogo, talvez na esperança de obter algumas respostas, até que as labaredas se transformaram em brasa. Acabei adormecendo no sofá da sala e acordei bem cedo debaixo de um cobertor que Sadie deve ter colocado sobre mim durante a noite. E então, naquela manhã, chegaram notícias por duas cartas escritas às pressas — uma de Kate Reed e a outra da diretora — que tirariam meu foco das angústias de Jonathan e mudariam para sempre o curso de nossas vidas.

Lucy não estava na mansão Waverley nem em lua de mel. Ela e a mãe haviam morrido.

Londres, 10 de outubro de 1890

Uma chuva fina caía de um céu fechado e perpetuamente soturno, do lado de fora do portão de entrada do Cemitério Highgate, e respingava dos guarda-chuvas pretos do cortejo que seguia o caixão. Havíamos descido de coches fúnebres alugados por Arthur Holmwood para seguir o carro funerário decorado com grinaldas e puxado por seis pôneis cor de ônix. Um baldaquino de penas de avestruz cobria o carro, decorado com brasões em ouro e bronze. Meninos de librés apajeavam o cocheiro. Através dos painéis de vidro eu podia ver o caixão de Lucy coberto por um rico tecido de veludo escuro. Os que estavam incumbidos de carregá-lo — John Seward e outros que eu não conhecia — puxaram o féretro da parte traseira do carro com mãos impecavelmente enluvadas de preto. Para mim não fazia o menor sentido que a minha amiga estivesse lá dentro.

— Parecem estar carregando uma princesa — disse uma senhora, passando a mão por baixo do véu para enxugar possíveis lágrimas com um lencinho.

— Madame, posso lhe garantir que é — respondeu Holmwood, enquanto tomava seu lugar à frente da procissão que iria com Lucy até a cripta.

Abri meu guarda-chuva, embora estivesse ciente de que os ramos de dedaleiras roxas do forro pudessem ser notados, interrompendo o onipresente preto, mas sabia que Lucy teria se encantado com a intromissão de cor. Tropecei na bainha do vestido, desconcertando a lúgubre coluna de pessoas que ia à minha frente. Meu vestido preto-carvão de seda pura enfeitado com crepe engomado foi tomado emprestado da irmã do Sr. Hawkins, de um guarda-roupas de luto que ela havia encomendado para nós. O vestido veio num tamanho grande, de modo que precisei reformá-lo; mas ainda assim continuava largo e longo demais para mim.

Fomos acompanhando o caixão de Lucy por um caminho frondoso até sua morada final. O resto do cortejo — o líder da procissão com seu bastão e ajudantes, os empregados domésticos de Lucy e as carpideiras profissionais e os figurantes com cara de enterro que se juntaram a nós na saída da igreja iam no final. Kate, de braços dados com Jacob, caminhava na minha frente, usando o intrincado vestido cor de ébano que havia comprado para a farsa no estúdio dos Gummler.

Como seria bom ter um homem ao meu lado hoje, quando me sentia fragilizada devido ao choque e à tristeza. Jonathan havia se oferecido para me acompanhar, mas ele estava ocupadíssimo com o trabalho negligenciado pelo Sr. Hawkins enquanto estivera adoentado, e, além do mais, eu temia que o expor à viagem e sobretudo à tragédia pudesse concorrer para uma recaída.

Eu viajara com o vestido de luto para Londres. Kate e Jacob esperavam por mim na estação, e de lá contratamos um carro de aluguel que nos levou à igreja onde os serviços fúnebres seriam realizados. No caminho, perguntei sobre as mortes de Lucy e sua mãe.

— A Sra. Westenra morreu do coração alguns dias depois do casamento de Lucy. A coitadinha mal teve a chance de comemorar as núpcias.

Fazia tempo que Kate não se encontrava com Lucy, mas essas informações haviam lhe sido passadas por pessoas com quem conversara durante o velório.

— Tentei contatar Lucy depois que vi o obituário da mãe dela nos jornais, mas ela não respondeu aos meus recados. O velório da Sra. Westenra foi privado. Cheguei a pensar que Lucy pudesse estar viajando em lua de mel.

— Não posso imaginar que Lucy esteja morta! Eu a vi umas seis semanas atrás.

— O marido dela disse que a causa da morte foi anemia aguda, resultado da recusa em comer, e também de tristeza. Ela morreu numa clínica particular, Mina. Aparentemente, sua doença estava num estágio tão avançado que ela já não cooperava para se curar.

— Mas ela me escreveu uma carta datada de um pouco mais de um mês atrás, dizendo que estava para se casar. Ela dava a impressão de estar tão feliz... O que será que aconteceu?

— Não sei. O jovem lorde Godalming está transtornado de pesar — respondeu Kate. A essa altura havíamos chegado à igreja e estávamos reunidos do lado de fora. — Você devia ter visto a casa de Westenra ontem à noite, Mina. Arthur acendeu centenas de velas pela mansão e pendurou guirlandas de rosas brancas e de gardênias em todas as portas. Não há outra palavra para descrevê-la do que transcendental. Lastimo que você não tenha visto nossa menina toda vestida de tule branco bordado com as mais delicadas pérolas. Nunca vi nada tão bonito, exceto... — Kate fez uma pausa, e depois disse entre soluços: — Exceto Lucy, quando ela sorria.

E ela se derramou em lágrimas, curvando-se de dor. Jacob tomou-a em seus braços e a embalou suavemente, sussurrando palavras em seu ouvido, as quais não conseguia eu escutar. Naquele momento, não tive dúvidas de que ela e Jacob eram amantes. Recordei-me de como me senti moralmente superior a ela, há alguns meses, mas agora eu a invejava por ter o amor de um homem forte que a abraçava e a confortava.

Arthur Holmwood, de braços dados com a mãe, escutara nossa conversa. Ele me levou para longe da aglomeração e, com olhos desvairados, me disse:

— Mina, você não faz ideia do que passamos! Lucy, minha pobre Lucy! Eu a devia ter enterrado de preto. Ela ainda estava de luto pela mãe, e eu, pelo meu pai. Mas eu não aguentaria ver um anjo subir aos céus de preto! — E virando-se para a mãe: — Fiz errado, mãe?

Não conseguia ver o rosto da senhora debaixo de um pesado véu. Lembrei-me de que seu marido havia morrido uns dois meses antes. Ela apertou o braço do filho e, com uma voz cansada, disse:

— Venha, Arthur, venha ajudar as pessoas a descerem das carruagens.

— Ela deveria estar no jazigo de nossa família — disse ele. — Fiz tudo errado!

— O lugar dela é ao lado dos pais — respondeu a mãe. — Ela foi deles por mais tempo do que nossa.

Passei toda a cerimônia sentada e entorpecida, os olhos pregados no ataúde de Lucy. Meus pensamentos foram para Jonathan, para Lucy, para mim mesma, e para todas as esperanças que sonhávamos concretizar. Como foi que a tessitura de nossas vidas pôde se desintegrar tão depressa? E, é claro, não pude evitar pensar em Morris Quince que, embora não estivesse presente, seguramente fora o responsável por esta morte. Se Lucy não o tivesse conhecido, teria se casado com Arthur sem grandes atropelos e aprendido a amá-lo, que era o que muitas mulheres haviam feito antes dela. Foi Quince quem a fez adoecer de amor. Foi Quince quem a matou. Meus punhos se fecharam de ódio. Queria que ele pagasse pelo que havia feito, mas ele tinha fugido para os Estados Unidos, ileso e provavelmente já possuía outra jovem inocente sob seu feitiço. Terminada a cerimônia, entrei numa das carruagens o mais rápido possível e permaneci em silêncio durante todo o percurso até o cemitério. Eu estava zangada demais para participar dos previsíveis prantos que se seguiriam ao enterro.

Agora, íamos pelo caminho arborizado ao som lamentoso de gaitas de fole e tambores que Arthur contratara, e passávamos por tumbas de mármore encimadas por delicados anjos, cruzes, e outras esculturas. Repleto de castanheiros e de carregadas árvores de boldo que cobriam o céu, o Highgate parecia mais um bosque do que um cemitério. A cripta da família Westenra ficava no Círculo do Líbano, um conjunto de jazigos sob um magnífico e centenário cedro do Líbano. Cruzamos a entrada em arco no estilo egípcio balizado por colunas que pareciam bem antigas, e dois pequenos obeliscos, de onde o caminho fazia um suave declive e se abria num semicírculo de tumbas cujos vãos de entrada eram em linhas romanas.

A procissão parou, e nos reunimos na entrada, onde os responsáveis por carregarem o caixão de Lucy estavam parados. Minhas mãos começaram a tremer. Procurei alguém que me ajudasse a conter meu nervosismo. Os olhos profundos de John Seward encontraram os meus. Não conseguiria explicar o olhar dele, talvez um misto de medo e tristeza. Ele parecia precisar mais de ser confortado do que eu. Kate me havia dito que Lucy morrera enquanto estava sob os cuidados dele e de seus colegas que heroicamente tentaram medidas desesperadas para salvá-la, e que ela achava que ele se sentia responsável pela morte de nossa amiga.

O ministro começou a recitar as preces e todos inclinaram a cabeça. Kate havia sugerido que eu lesse um poema de que Lucy gostava, do tempo em que nós três ficáramos encantadas pela poesia de Christina Rossetti. A diretora acreditava que esse tipo de literatura que induz o leitor a sentimentos de amor e tristeza corromperia a índole alegre natural da juventude e aplacaria o entusiasmo das moças para se empenhar na realização de seus objetivos. Como era previsível, Kate e Lucy fizeram tais poemas entrarem clandestinamente no dormitório, que eram lidos à luz do luar depois de todos estarem dormindo.

— Você não se lembra, Mina? Lucy disse que ela queria que o poema fosse lido à beira de seu túmulo — recordara Kate naquela manhã, ao colocar uma cópia do mesmo em minhas mãos.

— Ela tinha 15 anos na época, Kate. Tenho certeza de que mudou de opinião.

— Talvez ela tivesse tido a premonição de que morreria jovem — retorquiu Kate.

— Ou talvez você tenha gastado tempo demais investigando médiuns — respondi. — Depois, se está tão certa disso, cabe a você ler o poema.

— Mas não, você era a amiga mais íntima de Lucy e sua voz é mais melodiosa. E a professora de dicção é você. Minha voz, comparada à sua, é como um guinchar de bruxa.

Para ser sincera, isso era verdade. Minha voz era suave e harmoniosa.

Arthur Holmwood deu todo seu apoio à ideia:

— Se era isso que a minha amada teria desejado, então precisamos nos empenhar para que seja feito.

Então, ao cabo das preces do ministro, ouço a voz do viúvo.

— Srta. Mina Murray... perdão! Sra. Jonathan Harker, quero dizer, vai ler agora um poema que Lucy admirava quando estudava na Escola de Educação Feminina da Srta. Hadley.

Todos os olhares acompanharam o dele, que veio direto para mim. Senti o coração batendo forte no peito, e tentei esboçar um sorriso, mas não um grande sorriso, em virtude da ocasião tão solene. Tremendo, dei alguns passos em direção ao caixão. Foi complicado tirar o poema do bolso com a mão enluvada e trêmula. Arthur me lançou um sorriso encorajador, enquanto segurava meu guarda-chuva sobre minha cabeça.

Comecei devagar, pois não há nada menos eloquente do que se deixar levar pelo nervosismo e disparar nos pontos importantes.

— Quando éramos apenas umas meninas ainda na escola, Lucy nos disse que gostaria que este poema fosse lido em seu enterro. Sempre torci para que eu fosse uma idosa quando chegasse a hora de dizer essas palavras, pois o que mais desejava era ter a companhia de minha amiga por muitas décadas, e outras mais, e também que eu fosse embora antes dela. Isso é para Lucy:

Ó Terra, sobre seus olhos repouse pesadamente;
Fecha os doces olhos cansados de ver, ó Terra;
Deite bem junto a ela, a alegria que sua alma encerra
Com seus suspiros e áspero sorriso envolvente.
Ela não tem perguntas nem respostas, espírito indeciso
Silenciada e isolada por uma abençoada privação
De todas as coisas que a irritavam desde a concepção;
Com a tranquilidade que é quase o Paraíso.
Possuída pela escuridão mais clara que a luz,
Silêncio mais sonoro do que qualquer melodia;
Mesmo seu coração perdeu a sensibilidade:
Até o amanhecer da Eternidade
Seu repouso não terá fim, sua tormenta não se reduz;
E quando acordar não pensará nem por mais um dia.

Consegui chegar ao fim do poema e até sorri a certa altura, quando me lembrei de Lucy, seu rostinho de menina espantado com a revelação, e exclamando:

— Imagine, a morte é um lugar onde todas as preocupações desaparecem!

Nossos olhos acompanharam o esquife sendo colocado na câmara mortuária com os féretros de seus pais, que ocupavam a primeira e segunda prateleira. Quando o de Lucy foi empurrado para dentro da terceira, o caixão bateu na parede do fundo de uma forma tão definitiva que me fez estremecer.

John Seward saiu da cripta e veio até mim. Seus olhos questionadores, transparecendo tristeza e saudade, perscrutaram os meus. Parara de chover.

— Deixe que eu cuido disso — disse ele, sacudindo o meu guarda-chuva.

Um silêncio caiu entre nós mais uma vez. Queríamos conversar, mas não encontrávamos palavras. Estiquei-lhe minha mão enluvada, ele a tomou e a beijou. Depois a girou e aproveitou a oportunidade para dar-me o braço.

— Posso acompanhá-la até a carruagem? — perguntou.

Fomos caminhando juntos até a saída do cemitério.

— Não converso com você desde que foi viajar — disse Seward. — O Sr. Harker se recuperou da doença?

Buscava uma forma discreta de responder, quando de repente vi um homem ao lado de uma conhecida carruagem preta e luzidia, puxada por dois cavalos indóceis. Estava vestindo um belo terno de veludo pesado, colete verde-escuro e camisa preta. Ao redor do pescoço, uma gravata de seda presa por um alfinete encimado por um dragão de prata, cujos olhos, duas esmeraldas, pareciam me fitar tanto quanto o homem com a cabeça coberta por um chapéu de abas curtas. Ele segurava aberta a porta da carruagem.

Venha, Mina. Vamos embora.

O Dr. Seward não parecia ver o meu salvador ali parado, e menos ainda que segurava a porta para eu entrar. Seward continuava a falar enquanto passamos pela carruagem, e os olhos do meu salvador estavam fixos nos meus.

Não há nada para você aqui, Mina. Venha comigo.

Ninguém mais parecia tê-lo notado, o que era estranho, levando-se em consideração que sua imponente presença certamente chamaria a atenção geral. Estariam todos tão tristes, lamentando a morte de uma jovem, ou tudo não passava de alucinação da minha parte? Queria correr para os braços do desconhecido misterioso, só para ver se ele era real. Mas o Dr. Seward já estava me ajudando a entrar numa das carruagens do cortejo.

— Você parece muito nervosa — falou ele. — Precisa me contar o que está acontecendo.

Confusa, acomodei-me no assento da carruagem. Ele se acomodou a meu lado.

— O que houve? — Seus olhos cinzentos, umedecidos, denotavam preocupação. O coche começou a se movimentar, e eu olhei pela janela e vi o desconhecido misterioso em pé no mesmo lugar e com os olhos pregados em mim enquanto nos afastávamos.

Virei o rosto e dei direto com o olhar indagador do Dr. Seward.

— É um assunto muito complicado — comecei bem devagar.

— Sou médico. Pode confiar em mim.

— Obrigada pelo interesse no meu marido. Acredito que ele precise de ajuda — disse, embora bem no fundo de minha alma soubesse que a pessoa que precisava de ajuda era eu.

Desabafei com o Dr. Seward o tanto que minha coragem me permitia. Não falei nada sobre a infidelidade de Jonathan; apenas que ele havia sofrido um sério golpe antes de contrair a febre. O médico insistiu para que eu levasse meu marido o quanto antes à sua clínica, onde ele e seus colegas poderiam avaliá-lo e tratá-lo. Ele me garantiu que o Dr. Von Helsinger era pioneiro na análise das complexidades da mente, e que se existia alguém que pudesse tirar Jonathan desse estado de tristeza, esse seria seu colega. Eu não tinha certeza se Seward buscava uma desculpa para passar mais tempo ao meu lado ou se estava sinceramente interessado em ajudar Jonathan. Quanto a mim, sobrava-me a certeza de que eu precisava fazer alguma coisa. Se Jonathan recuperasse suas forças, poderia esquecer o que fez na Estíria e ser um marido para mim. E isso, caro leitor, era o que eu acreditava que iria colocar um ponto final nesses sonhos bizarros, nesses desejos, nessas visões. Por favor, não me julgue inocente; eu era apenas — como dizer? — desinformada. É fácil julgar os outros, mas naquele momento, eu acreditava por inteiro na minha singela lógica.

Passei a noite em meu antigo quarto na escola. A diretora me explicou que seria minha última oportunidade, pois havia encontrado uma substituta que chegaria dentro de dois dias.

— Naturalmente, ninguém jamais substituirá você, Wilhelmina. Mas estou velha demais para ensinar. Às meninas de hoje é permitido agirem igualzinho aos meninos quando estão em casa, e depois os pais as mandam para cá a fim de serem domadas. Tenho para mim que, se esses pais tolerantes e indulgentes não tomarem cuidado, as meninas serão umas mal-educadas e ninguém vai querer casar com elas.

A diretora já passara dos 60 anos. O cabelo era cinza prateado, repuxado para trás e preso num coque ao estilo francês que lhe dava uma aparência imponente. Enquanto muitas escolas privadas mantinham as alunas sob condições cruéis, recusando-lhes aquecimento e comida gostosa, a diretora cobrava um preço alto e avisava aos pais que, se eles faltassem ao pagamento, suas filhas seriam mandadas para casa no ato. Durante os longos anos em que passei na escola, ela me explicara que só lhe restavam duas opções: ou poderia ser severa com aquelas poucas meninas cujos pais tentavam se aproveitar dela; ou poderia tolerar a falta de pagamento, o que tornaria a vida de todas as meninas sob seus cuidados menos luxuosa.

Estávamos sentadas em seu gabinete, cada uma de nós com suas respectivas posturas e modos impecáveis. Eu havia passado grande parte da vida imitando esta mulher, cuja graciosa mão levantava uma xícara de chá e a levava até os lábios como se fosse um passo de balé.

— Diga-me, Wilhelmina, por que você e o Sr. Harker se casaram tão de repente? Eu achava que já se havia decidido por um casamento em Exeter.

Contei a ela o mesmo que havia dito aos demais: uma versão condensada e filtrada da verdade.

— Jonathan contraiu uma febre cerebral enquanto trabalhava na Estíria, e fui até lá para ajudar. Ele não achou que seria de bom tom que viajássemos juntos se não estivéssemos casados.

— Isso foi muito apropriado — disse ela, dando uns tapinhas no meu braço. Depois foi até a cômoda e trouxe dois envelopes endereçados a mim, na caligrafia de Lucy. — Essas chegaram quando eu estava procurando enlouquecidamente por uma professora para substituí-la. Vim dar com elas hoje cedo, sob uma pilha de papéis. Espero que o que esteja escrito possa lhe trazer consolo por tê-la perdido.

Apertei as cartas contra o peito. A diretora beijou minha testa e foi cuidar de seus afazeres; permaneci no gabinete. Algumas poucas brasas ardiam na lareira, mas o cômodo estava frio. Apanhei um xale que descansava nas costas da poltrona da diretora e me envolvi nele. Recendia a água de rosas que ela passava no pescoço após o banho. Respirei profundamente, lembrando-me das inúmeras vezes que essa essência me trouxera aconchego e força, rompendo a onipresente solidão que se punha de emboscada fora do perímetro de minha vida, e comecei a ler.

25 de setembro de 1890

Minha querida Mina,

Será que existe alguém com tanta má sorte quanto eu? Vou tentar explicar em detalhes enquanto houver tempo para escrever nessas páginas que minha dedicada Hilda — que mamãe e eu trouxemos conosco para Londres — prometeu levar às escondidas e postar nos correios. Uso o endereço da diretora, pois sei que ela não deixará de reenviá-la para onde você estiver. Sonhei que você e Jonathan estavam realizando o plano que tinham de alugar uma das casinhas em Pimlico, e que estavam morando numa delas, e que você viria me ver assim que recebesse esta missiva.

Mina, sou prisioneira na minha própria casa, e meu carcereiro é justamente quem deveria me proteger. Três dias depois de Arthur e eu nos casarmos na mansão Waverley, quando estávamos fazendo as malas para nossa viagem de lua de mel, fomos informados de que minha pobre mãe havia falecido. Após todos aqueles anos em que eu zombava dela pelas costas, descrente de que sua doença fosse verdadeira, ela teve um ataque de angina durante a noite e foi encontrada em sua cama, tentando alcançar a campainha dos empregados. A morte de um ente querido é sempre chocante, sobretudo para mim, filha única, sem mais nenhum parente vivo. Mas as notícias mais chocantes ainda estão por vir. Depois de enterrar minha mãe, Arthur e eu tivemos uma reunião com o advogado, que nos leu o testamento. Foi então que descobri que, antes de morrer, minha mãe o havia mudado.

A considerável fortuna deixada pelo meu pai fora passada direto para Arthur, e não para mim. As palavras textuais de minha mãe, constantes do documento, afirmavam que eu era uma jovem volúvel e de temperamento caprichoso, e que precisava da mente ajuizada de lorde Godalming para garantir a continuidade de tão grande soma de dinheiro. Ela também deixou escrito que suas condições de saúde sem dúvida a levariam à morte, mas que ela poderia ir para o túmulo em paz, sabendo que havia cumprido sua obrigação de mãe ao ver a filha casada com um homem de bem. Seu último pedido era que, se tivéssemos uma filha, a batizássemos com seu nome.

Agora, você pode até achar que isso não tem nada de tão terrível. Entretanto, no curto espaço de tempo que morei na mansão Waverley, fiquei sabendo de coisas bem intrigantes: Arthur herdou o título nobiliário e extensas terras, mas não dinheiro. Ele precisava da minha fortuna para nos manter no padrão a que estávamos acostumados e para reformar a mansão que, embora descomunal, havia um século não passava por reparos.

Assim que o advogado leu aquelas palavras, percebi o plano que sem dúvida foi tramado por Arthur e minha mãe. Revoltada, acusei meu marido de ter-se casado comigo por dinheiro:

"Foi por isso que você declarou seu amor mesmo depois de saber que meu coração pertencia a outro homem. O tempo todo, sua intenção era botar as mãos no meu dinheiro!"

"Não seja ridícula, Lucy", garantiu Arthur. Mas não fiquei satisfeita. Perguntei ao advogado, Sr. Lymon, quando foi que minha mãe havia feito essas alterações.

"Imediatamente após voltar de Whitby", respondeu ele.

"Você condicionou nosso casamento à alteração no testamento, não foi?", insisti com Arthur.

Ele não respondeu, mas passou os braços pelo meu ombro e explicou ao advogado que eu havia sofrido uma agressão em Whitby, e que isso, somado ao choque com a perda da mãe, tinham-me deixado fora de mim. Implorei ao Sr. Lymon, que havia sido amigo de meu pai, que me ajudasse:

"Meu pai não iria aprovar isso. Ele teria me protegido", disse essas palavras aos gritos, agarrada na escrivaninha do advogado, enquanto Arthur tentava me levar embora. Tenho certeza de que parecia uma louca, mas fiquei tão transtornada que não consegui me controlar.

"Por favor, deixe lorde Godalming cuidar de você", disse o Sr. Lymon, com muita pena de mim, como se eu fosse a doida que Arthur dizia que eu era. "Lorde Godalming sabe o que é melhor para você."

Pensei em Morris, em como era sentir o verdadeiro amor, e que nunca mais teria de volta aquele sentimento. Meu marido se casou por dinheiro, conseguiu ter o controle sobre minha fortuna, e agora poderia fazer comigo o que quisesse. Percebi as maneiras obsequiosas com as quais o Sr. Lymon tratou Arthur, e me dei conta de que aquelas cinco importantíssimas letras antes de seu nome, l-o-r-d-e, significavam que ninguém duvidaria das palavras dele se confrontadas com as minhas. Eu teria de descobrir uma tática diferente.

Deixei que Arthur me levasse de volta para a casa em Hampstead, que supostamente seria minha, mas que agora era dele. Implorei a ele que fizéssemos um acordo, de modo que eu pudesse viver sozinha e em paz na casa do meu pai. Disse também que ele poderia ficar com o dinheiro desde que me pagasse um ordenado com o qual eu pudesse viver.

"Imploro a você, como cavalheiro e nobre. Você sabe que não me ama e que nunca me amou. Eu ficarei satisfeita com uma pequena parte da minha herança. Jamais precisaríamos nos ver de novo. Só quero minha liberdade."

Ele se virou para mim com uma raiva que eu jamais vira.

"É verdade, eu posso fazer o que quiser. E o que quero é dizer que se você não começar a me obedecer como é obrigação de uma esposa, terei de recorrer a métodos não tão gentis."

Eu não fazia a menor ideia do que ele queria dizer com isso, mas tinha muito medo de perguntar. Sem que soubesse, imediatamente ele mandou chamar John Seward, que chegou com sua sinistra maleta preta. Ele preparou um sedativo, que de início recusei, pois estava zangada, confusa e em estado de choque. Em seguida, porém, desejosa de algo parecido com paz de espírito, engoli a mistura e adormeci.

Quando acordei, Seward ainda estava lá. Ele havia assumido total autoridade sobre mim, Mina! E o fez com uma espécie de autossatisfação que me deixou desconcertada. Atribuí isso ao fato de que uma vez ele havia confessado seus sentimentos por mim, e, quando contei isso para minha mãe, ela o insultou. Ela lhe perguntou como ele podia pensar que um homem sem dinheiro e posição poderia almejar uma moça como eu. Ele me contou depois:

"Não sou tão pobre e não ganho tão pouco assim como poderia imaginar sua mãe!"

Ela havia ferido o orgulho dele e, ao mesmo tempo, não queria me ver esposa de um homem cuja residência era um manicômio. Eu nunca teria sido tão desnaturada quanto ela ao recusar sua proposta, embora deva confessar que nunca senti nem um pingo sequer de afeição por ele.

Na manhã seguinte, meu ex-pretendente e atual médico me avisou que eu teria de tomar mais daquele líquido horroroso no café da manhã. E eles voltaram a me dar o medicamento ao longo do dia. Inventei uma maneira de fazer com que eles achassem que o engolia, mas assim que saía de perto deles, vomitava numa das jardineiras da janela. Mesmo assim, alguma parte entrava no meu corpo e eu me sentia delirar quase que o tempo todo. John Seward sentava-se ao lado da minha cama e, com a desculpa de ser médico, fazia as perguntas mais íntimas e inconvenientes, Mina, sobre minha menstruação! Quando contei a ele, ruborizada e desviando meu rosto, que minha menstruação não chegava no mesmo dia todos os meses e que muitas vezes nem vinha em determinado mês, ele se mostrou alarmado:

"Era o que eu temia, minha senhoria", dissera ele, na forma que passara a me chamar, com um tom de voz extremamente irônico.

Quisera poder descrevê-lo para você. A insinuação é de que, embora agora tenha um título de nobreza, o equilíbrio de forças entre nós havia mudado, e ele agora estava no controle. Ele convenceu Arthur a contratar uma enfermeira para cuidar de mim, e ela examina meu sangue menstrual e o informa sobre suas características e volume. Não sei o que isso tem a ver com a minha cura, mas quanto mais afirmo estar bem, mais me dizem que o fato de insistir que estou bem é um sintoma de histeria.

Seward propôs que eu fosse levada para o hospício Lindenwood, onde seria observada de perto e tratada por seu colega da Alemanha, um tal Dr. Von Helsinger. Deixei claro que não tinha a menor intenção de satisfazer os desejos dele, mas quanto mais eu insistia nos meus propósitos, mais ele e Arthur teimavam que eu sofria de algum tipo de histeria e que necessitava de tratamentos apenas disponíveis num sanatório. Fico me perguntando se não seria melhor concordar com o que eles querem, para provar que estou sã e, então, eles me deixam em paz.

Odeio ter de perturbá-la com meus problemas. Sem dúvida você está às voltas com as alegrias de seu recente casamento com Jonathan. Mas, Mina, estou desesperada. Talvez o Sr. Harker, por ser advogado, pudesse sugerir uma linha de ação que me livrasse da situação em que me encontro, e também do Arthur, sem me tornar uma indigente.

Aguardo sua resposta. Seja rápida, querida Mina!

Sua infeliz e desafortunada amiga,
Lucy

Uma tristeza imensa caiu sobre mim. Aqui estava Lucy, minha amiga mais querida, implorando minha ajuda, e eu enredada com os problemas de Jonathan, sem saber de suas desventuras. Agora, ela estava enterrada e era tarde demais. Com vagar, abri o segundo envelope, na esperança de que contivesse melhores notícias. Mas como?

4 de outubro de 1890

Querida Mina,

Escrevo de dentro do Lindenwood, o manicômio de John Seward às margens do rio Purfleet. Hilda furtou algumas folhas de papel e uma caneta do consultório de Seward. Nós, os pacientes, supostamente não podemos ter esses materiais em nosso poder, por receio de que possamos fazer algum mau uso deles. Confesso que se achasse que seria bem-sucedida, eu me furaria com essa caneta, dando cabo de minha vida.

Não poderei me alongar, pois se for pega escrevendo para você, meus "tratamentos" ficarão ainda mais atrozes, e eu serei aprisionada de novo. Sim, você leu corretamente. Sua Lucy, que você conhecia como tendo uma mente sã, tem agora seus punhos e tornozelos aguilhoados a uma cama por ser de "natureza rebelde". Mas não quero me aprofundar nesses detalhes despropositados, embora acredite que me traga algum consolo saber que alguém tem conhecimento do que fui submetida dentro destas paredes.

Fui examinada pelo Dr. Von Helsinger, que prescreveu uma série de tratamentos que, acredito, estejam me matando. Ele é um homem dos mais aterradores e esquisitos, embora John Seward o tenha num pedestal e acredite que seus métodos não ortodoxos carreguem em si não só as sementes de um gênio, como também as respostas para muitos problemas médicos sem solução. Arthur agora corrobora com essa admiração, de modo que não há ninguém que possa advogar por mim contra ele. Von Helsinger me explicou que tem realizado experimentos com mulheres, ao transferir-lhes sangue de homens — que ele acredita ser mais forte, mais edificante, mais racional. Mina, você devia ver os olhos desse homem quando ele fala sobre seu trabalho. Tem o olhar daqueles malucos que perambulam pelas ruas conversando com entidades invisíveis! John Seward e Arthur estavam ao lado dele, escutando suas sandices como se fosse a mais brilhante palestra apresentada por um professor da Universidade de Oxford. Nem prestavam atenção à minha expressão de incredulidade.

Agora, preciso lhe relatar os monstruosos detalhes do que estão fazendo comigo. Lembre-se, Mina, que isso foi após outros tratamentos que eu me julgava capaz de suportar: banhos com água congelante, alimentação forçada... tudo muito monstruoso, mas não devo me alongar sobre isso. Preciso chegar ao ponto, e minha mente vagueia sem rumo nesses dias, em consequência da sedação e dos novos tratamentos que me debilitaram e me fizeram adoecer, de modo que não sou mais a Lucy que você conheceu, mas uma sombra de mim mesma, que somente existe naqueles momentos em que faço aparecer, como num passe de mágica, um fio de esperança de que serei liberta deste lugar.

Sei que vai achar isso estranho, mas, pode acreditar, não estou tendo alucinações. Seward e Arthur se revezam transferindo sangue para mim. Eles me drogam antes, para que eu não reaja. Enquanto espera que o remédio faça efeito, Von Helsinger me pergunta se os dois não merecem um pouco de carinho pelos seus esforços. Fraca demais para resistir, não respondo. E aquele que está me dando o sangue — Arthur ou John Seward — é estimulado a acariciar meu corpo e a me beijar.

"E então, mocinha, não é disso que você gosta?", pergunta Von Helsinger.

"Ah, sim... é disso que ela gosta. Não é mesmo, Lucy? Você adorava quando Morris Quince acariciava seu corpo, não é?" Arthur escarnecia de mim por isso, Mina. Nunca lhe deveria ter confessado meu caso com Morris.

Von Helsinger assiste a tudo com grande fascinação, inclusive orientando os rapazes como devem me tocar, embora fique bem claro que tudo me é humilhante e repulsivo.

"Se ela ansiar por você, o corpo dela aceitará o sangue!", diz ele.

Mina, o brilho dos olhos dele enquanto ensina como os dois devem me seduzir é verdadeiramente aterrorizante. Arthur e John estão como que enfeitiçados por cada palavra de Von Helsinger. Quando Arthur não está me insultando, todos ficam em absoluto silêncio enquanto acariciam e beijam meu corpo inteiro. Posso escutar a respiração ofegante dos dois quebrando o silêncio aterrador. Não tenho palavras para exprimir a repugnância que sinto de mim mesma ao pensar nisso. Quando Von Helsinger sente que meu corpo está pronto, ele segura meu braço nu e faz um corte no qual introduz um tubo com uma válvula central de borracha para bombear. Depois, ele arregaça as mangas do doador, aperta uma corda ao redor do braço dele e o massageia pressionando os músculos à procura da veia correta. Depois de muito exame, e encontrando o alvo, ele faz outra incisão em que crava a outra extremidade do tubo.

Eles fizeram essa operação em duas ocasiões, e a cada vez senti-me mais fraca. Não consigo me alimentar, minha visão é turva e não tenho forças para quase nada. Aliás, preciso terminar logo esta carta, pois estou ficando exausta.

Estou presa aqui. Arthur é meu marido e, portanto, meu tutor, e se ele consegue convencer um médico a acreditar que estou louca, posso acabar ficando aqui pelo resto da vida. Os dois médicos são livres para me manter aqui como objeto de suas experiências de laboratório, uma prisioneira para colaborar com seus estapafúrdios estudos e inclusive para atender os desejos de Arthur de me ter fora de seu caminho para que ele possa fazer o que bem entender com a fortuna de meu pai. Minha fortuna.

Mina, o tempo urge. Como eu gostaria de mandar uma carta para Morris. Sei que você tem a pior opinião a respeito dele, mas também estou certa de ter havido algum sentimento dele por mim, apesar de me ter abandonado, e que ele viria me salvar se soubesse o quanto é desesperadora e séria a situação em que me encontro. Por favor, mostre minhas cartas para seu querido marido e implore a ele para pensar numa maneira de me livrar deste lugar. Que lugar horroroso! Sinto-o carregado com os espíritos daqueles que morreram aqui! Às vezes, tenho a impressão de ouvi-los gemer durante a noite. O tempo é crucial. Não vou durar muito mais se eles continuarem a me administrar esses tratamentos. Não consigo comer e estou tremendo de febre.

Sua amiga desesperada,

Lucy

* * *

Kate apertava com tanta força as cartas de Lucy que as unhas e os nós dos dedos, embora manchados de tinta, ficaram esbranquiçados. Ela havia tirado o vestido preto de velório e agora usava as costumeiras roupas largas de quando estava trabalhando. Seu peito subia e descia com a respiração curta e sonora.

Estávamos sentadas no Cheshire Cheese, perto da rua Fleet, onde uma roda de intelectuais e artistas boêmios disputavam a mesa em que o famoso Dr. Johnson se sentara e, com sua verve de intelectual, deleitara as pessoas com conversas interessantes e divertidas. Kate almoçava ali tão amiúde que, sem precisar pedir, o garçom colocara dois pratos de carne fumegante diante de nós. E do jeito que vieram da cozinha, assim ficaram sem serem tocados.

— O que você acha disso, Kate? Será que eles mataram Lucy? Deveríamos ir até a delegacia de polícia? — Eu não conseguira dormir depois de ler as cartas, e agora meus olhos estavam ardendo, minhas costas doíam e minha mente era um turbilhão de considerações que ficaram se debatendo contra as paredes do meu cérebro a noite inteira.

— E apresentar as cartas de uma "louca" contra a palavra do *lorde* Godalming? Não seria esperto, Mina. Você deve tentar pensar como um investigador criminal. Estas cartas não provam nada. Muitos médicos estão fazendo experiências de transfusão de sangue de um paciente para outro, às vezes com resultados positivos. Alguns usam sangue de carneiro e sustentam terem feito reviver por completo pacientes à beira da morte. Lucy tinha uma imaginação muito fértil. Você mesma me contou que ela jurava que o norte-americano estava apaixonado por ela.

— No que ela teve bastante ajuda daquele cavalheiro, que assim se declarou.

— Não obstante, ela tinha uma imaginação intensa e quase sempre lasciva. Ela achava que todos os meninos estavam apaixonados por ela.

— E eles estavam, se bem me recordo — contestei. Percebi um leve traço da antiga inveja que Kate tinha de Lucy, por esta ser mais bela e mais namoradeira. — Mas estas cartas, Kate. Não dá para simplesmente esquecer o assunto. Lucy morreu! Ela não tinha motivos para estar num hospício e não estava doente!

— Isso não é exatamente a verdade. — Ela pegou seus talheres e começou a cortar a carne. — Você disse que ela perdera peso, e que parecia fora de si por causa desse Morris Quince, e ficou ainda pior depois de ele a ter abandonado. Talvez ela estivesse totalmente maluca quando escreveu essas cartas. — Kate fez um volteio com o garfo. — Por outro lado, as loucas ficam sujeitas a coisas terríveis na intenção de serem curadas. Coitada da Lucy. Ela devia ter-se casado com o lorde e mantido o amante.

— Temo ter acabado de fazer um pacto com o diabo — confessei. — Combinei com John Seward de levar meu marido até o hospício.

Kate havia espetado um pedaço de carne no garfo, mas parou antes de enfiá-lo na boca.

— Você fez isso?

Expliquei à Kate que Jonathan não voltara a ter uma vida normal desde que tivera febre cerebral na Estíria, e que quando contei a Seward a situação, ele se ofereceu para examiná-lo e tratá-lo. Não mencionei nada sobre os estranhos detalhes da traição de Jonathan, nem revelei os incidentes que me levavam a acreditar que eu também necessitava de cuidados médicos.

— Claro que não quero que Jonathan sofra os mesmo tratamentos descritos por Lucy. No entanto, ele precisa de ajuda. E ajuda da medicina.

Kate mastigava e ponderava minhas palavras. Sacudiu o garfo no ar, como se fosse a varinha que eu usava na sala de aula.

— Mina, uma exposição dos tratamentos em alguns desses hospícios daria uma *reportagem jornalística* muito interessante. Pelo que se sabe, os médicos de malucos utilizam dos expedientes mais desumanos. Técnicas absurdas, perversas, tão pavorosas quanto as descritas por Lucy e até piores, tudo em nome da ciência e da medicina. Daria uma matéria repulsiva, mas o público leitor vai ficar interessadíssimo, posso lhe garantir.

— Kate Reed, você tem frequentado demais a rua Fleet! — Era difícil para mim acreditar no que estava ouvindo. Será que ela perdera o juízo, também? — Talvez você pudesse se oferecer como objeto de pesquisa — acrescentei. — Não será necessário muito empenho para convencer John Seward, ou qualquer outro, de que você está louca.

— Mina, não é da sua natureza ser sarcástica — disse ela. Achei que eu a tivesse magoado de verdade. — Sou jornalista. Tenho a obrigação de expor práticas que possam ser *prejudiciais*. E se são as mulheres em sua maioria que estão sendo maltratadas, como é inevitável, então, além de interessada, sinto-me obrigada.

— Peço desculpas se a insultei. Mas precisamos pensar em Lucy e em Jonathan, não em um artigo a ser escrito.

— Você não está acompanhando meu raciocínio, Mina. *Estamos* pensando neles. Os médicos de loucos nos hospícios particulares não são supervisionados por ninguém e estão livres para fazer o que quiserem. Evidentemente, alguns desses lugares são apenas refúgios dos ricos que precisam descansar depois de uma intensa temporada de compromissos sociais. O tipo de lugar a que a Sra. Westenra iria. Lembra-se daquela mulher ridícula? Sei que devia estar dizendo "que Deus a tenha", mas não sei ser hipócrita.

— Kate!

— Mina, você nunca se cansa de ser *boazinha*? Já ouvi dizer que esses hospícios mantêm seus pacientes internados para o resto da vida e que os tornam verdadeiros *escravos*! Estive pensando em escrever sobre isso, mas Jacob disse que, por séculos, a Igreja tentou impedir que médicos dissecassem corpos humanos, o que retardou as descobertas científicas. Ele acha que não deveríamos interferir com as experiências médicas, ainda que consideremos os métodos perversos.

— Não estou interessada em escrever um artigo, Kate. Meu único interesse é ajudar meu marido e esclarecer as circunstâncias da morte de Lucy.

À nossa volta, as pessoas enchiam seus garfos, mastigavam e engoliam a comida, enquanto riam e conversavam. Alguns até pegavam costeletas pelo osso e arrancavam a carne com os dentes. Por alguma razão, isso me lembrou do jeito de Lucy explicar como seu corpo era manuseado e abusado, e tive de virar o rosto.

— Por outro lado, se alguma coisa terrível tiver acontecido com Lucy dentro daquelas paredes, e você descobrir a respeito, sua reportagem seria uma grande homenagem à memória dela.

— Você não está supondo que eu iria sujeitar Jonathan a esses tratamentos imorais que Lucy descreveu, não é?

— Ah, eles não fariam aquelas coisas com um *homem*. Não sem a autorização *dele*. E você estará lá para supervisionar. — Kate sorriu, agora que a ideia estava tomando corpo. Quando terminamos de almoçar, ela continuava no assunto como se eu já tivesse concordado com o plano.

— Uma das maiores vantagens de ser jornalista e *mulher* é que ninguém acha que você tem cérebro. As pessoas vão lhe revelar as coisas mais incríveis. Não vai demorar muito até que o Dr. Seward lhe conte tudo sobre a morte de Lucy. Sobretudo a você, a bela Mina de olhos fascinantes e comportamento de uma *dama*. Mulheres da sociedade adoram se oferecer como voluntárias em hospícios. Você com certeza será capaz de convencer o Dr. Seward de que é mais uma dessas boazinhas.

Cada vez que Kate dava ênfase a uma palavra, ela se inclinava para a frente com lábios tal qual uma mulher que quisesse morder o véu que lhe cobria o rosto.

— Mina, você sabe que quer *fazer* isso. Só precisa *admitir* a verdade.

De fato, a parte de mim que sempre teve sua curiosidade despertada pelas atividades jornalísticas de Kate se sentia atraída pelo plano:

— Estou interessada em saber tudo sobre os últimos dias de vida de Lucy. Não posso prometer que vou coletar material suficiente para uma matéria de jornal — afirmei.

— Ah, mas você irá, Mina. Tenho certeza. Você sempre se fez de boa menina para mim, mas isso é só porque queria ser o meu espelho. — Ela limpou os lábios com um guardanapo. — Agora me ouça com atenção e rapidamente vou lhe ensinar a arte de obter informações. Você vai descobrir que o hábito *feminino* de interromper o silêncio trocando amenidades não vai lhe ser de nenhuma ajuda. Descobri que, se me sentar em silêncio, meu interlocutor vai desandar a contar coisas que ele teria deixado de fora se eu tivesse começado a tagarelar.

— Nunca vi você de boca fechada, Kate. Você é uma entrevistadora muito agressiva.

Ela ponderou sobre isso:

— Normalmente, interrogo com vigor. O que não é de seu temperamento. Então, você precisa usar outra tática. Posso lhe garantir que trará bons resultados. Finja inocência e ignorância. Sorria docemente, que é o que você faz sempre, e deixe o outro falar. Se o outro se calar, continue quieta. Por causa do *desconforto* do silêncio, as *informações* mais interessantes lhe serão reveladas.

Parte Cinco

HOSPÍCIO LINDENWOOD, PURFLEET

Capítulo Onze

16 de outubro de 1890

Partimos de Londres para Lindenwood ao pôr do sol. A paisagem de desolação ao longo do Tâmisa, na altura de Purfleet, era interrompida por construções industriais — engenhos para moagem de ossos e de trigo, fábricas de sabão, curtumes — cujas chaminés cuspiam pesados rolos de fumaça no ar. Os raios do sol poente se infiltravam pela atmosfera enegrecida, conferindo um brilho ao céu. Conforme íamos pela estrada que margeava o rio, avistei montes de espuma e de entulho boiando. A água, de um marrom acinzentado repugnante, passava em disparada, certamente ansiosa para transpor uma paisagem tão deprimente.

Lindenwood estava protegido dessa visão. O terreno era isolado por grossos muros de pedra cobertos por uma pátina escura devido à fuligem e à ação do tempo — e também por árvores centenárias que cresciam emaranhadas umas nas outras, deixando do lado de fora a modernidade de um mundo de fábricas e máquinas que despontavam ao longo do rio. A antiga mansão, com uma comprida fachada de tijolos de pedra calcária, janelas altas e estreitas, e quatro colossais torres nos cantos, ficava no fim de um longo caminho. Dr. Seward me havia dito que o aristocrata excêntrico que a mandara construir na segunda metade do século passado foi quem decidiu que a casa — a ser doada após sua morte — deveria servir de hospício. Tinha mais aparência de castelo do que de mansão, por causa de sua arquitetura feudal. Acima do tropel da carruagem, pude ouvir o ranger dos altos portões de ferro batido se fechando e, ao me virar, vi quando dois homens os trancaram com pesadas correntes. Não gostei nada de ser trancafiada, mas procurei me acalmar com o pensamento de que seria dentro desse lugar apartado do exterior que iria encontrar a ajuda para meu marido; a verdade sobre o que aconteceu à minha melhor amiga; e, se tivesse sorte, alívio para as coisas estranhas que aconteciam comigo. Nem de longe suspeitei que estaria prestes a descobrir muito, muito mais.

Jonathan tinha sido mais do que acessível à visita ao manicômio, até mesmo animado com a perspectiva.

— Você merece um marido forte — disse ele. — E estou decidido a ser esse homem para você. Além do mais, sou fascinado pelas novas teorias sobre a complexidade do inconsciente. Agradeço a oportunidade de aprender com especialistas dispostos a discutirem o assunto comigo.

Uma simpática senhora num avental e touca azul-claros nos recebeu à pesada e soturna porta principal de Lindenwood, e se apresentou como a Sra. Snead. Ela devia ter uns 40 anos. Tinha um sorriso enviesado e um jeito estranho de olhar, fitando a lateral de seu interlocutor. As paredes da recepção eram forradas por painéis de madeira grossa tingida de cor escura, nos quais estavam pendurados retratos de vetustos cavalheiros que pareciam nos acompanhar com seus olhares atentos e circunspectos. Embora elegante, o ambiente tinha uma atmosfera carregada... com o quê, eu não saberia discernir.

— O jantar será servido às sete — informou-nos a Sra. Snead. — Preferem tomar seu chá no salão, ou querem que eu sirva em seus cômodos?

Optamos pelo chá no salão e fomos acomodados em cadeiras com pernas em espiral e espaldares altos que se afunilavam em ângulos agudos, acompanhando o formato das janelas em arco pontiagudo. Uma jovem usando o mesmo uniforme azul empurrou o carrinho até onde estávamos e nos serviu um chá fumegante com creme de leite fresco e fatias de bolo de gengibre. Enquanto isso, outro empregado empilhava toras de madeira na grande lareira de pedras e acendia as lamparinas, iluminando o suntuoso ambiente.

Mas conforme a luz se infiltrava na sala, pude perceber que as tapeçarias estavam puídas, e que o estofamento do divã na nossa frente, de tão usado, descia quase até o chão.

— Não era isso que eu esperava — disse Jonathan, recostando-se na cadeira. — Estou me sentido mais como um convidado do que um paciente.

— Concordo com você — respondi. Mas para mim, a discrepância da situação era inquietante.

O quarto não era menos decorado do que o salão. Monges medievais encapuzados esculpidos em madeira sustentavam o pesado teto, também de madeira, o que novamente me dava a sensação de estar sendo observada. O dossel da cama, em pronunciadas espirais, por pouco não batia no teto. Panôs de brocado vermelho-sangue entremeado de fios dourados faziam de cortinado para o colchão coberto de veludo pesado. Sentei-me para testar se era confortável, imaginando a possibilidade de Jonathan, afinal, consumar nosso casamento sobre essa superfície macia e convidativa. Ele, porém, não revelava nenhum indício de que sua mente girava em torno desses assuntos. Muito pelo contrário, tratou de ir tirando o paletó, jogou água no rosto e se deixou cair numa cadeira de braços, logo se ocupando com um livro que estava sobre a mesinha lateral.

Às seis e quarenta e cinco, a Sra. Snead veio nos chamar e nos acompanhou até a sala de jantar iluminada por velas, onde nos sentamos à mesa, parecendo crianças, de tão alto era o pé-direito. John Seward chegou logo em seguida acompanhado de um senhor robusto, cuja barba grisalha e indômita praticamente alcançava a altura do peito. Sobrancelhas eriçadas tal qual tapetes de fios de lã torcidos salientavam olhos bem escuros. Ele vestia um terno amarrotado que deve ter custado muito caro há algumas décadas. Cumprimentou-me com uma mesura antiquada e beijou minha mão. Em seguida, segurou a mão de Jonathan e não a soltou enquanto dizia seu nome.

— *Herr* Harker. Então, *Herr* Harker. Isso mesmo. Isso mesmo. — Ele analisou Jonathan como se este fosse um espécime raro sob um microscópio, até que Seward o interrompeu:

— Dr. Von Helsinger, já foi apresentado aos nossos outros convidados?

Então esse era o famoso médico. E eu havia julgado estar diante de um paciente, por causa das roupas desgrenhadas e dos olhos de falcão. Ele usava um monóculo na ponta de uma corrente de prata com elos em forma de losangos e que fazia uma volta ao redor de seu pescoço. Os olhos eram tão esbugalhados que davam a impressão de que a qualquer momento iriam pular fora de suas cavidades.

A mesa estava posta para 15 pessoas, dentre as quais alguns moradores da vizinhança de Essex.

— Uma instituição como esta deve manter boas relações com seus vizinhos — sussurrou Seward ao pé do meu ouvido depois de todos estarem sentados.

Duas ajudantes serviram o vinho enquanto o médico conversava educadamente sobre a política local com os convidados mais próximos. Jonathan tomou um golinho do vinho e proclamou ser o melhor clarete que já havia provado. Quando a entrada foi servida — sopa de tartaruga —, notei que Von Helsinger examinou-a com seu monóculo antes de experimentá-la; para mim, estava sublime. E comentei exatamente isso com o Dr. Seward.

— Quem nos deu a receita foi uma ex-paciente, amiga do prefeito. Uma iguaria que veio direto da cozinha dela. Leva dois dias para ficar pronta e, posso garantir, é feita mesmo de carne de tartaruga.

Seward, longe da sombra mais ilustre de Arthur Holmwood, era outra pessoa. As pálpebras que lhe cobriam os olhos não pareciam tão pesadas, e aquele ar de preocupação se desanuviara. Sem dúvidas, aqui era o seu reino. E tudo levava a crer que ele o governava bem.

— É comum que um paciente traga receitas de sua própria casa, Dr. Seward? — perguntei.

— Esse foi um caso muito especial, Sra. Harker — respondeu ele, dirigindo-se a mim, pela primeira vez, por meu nome de casada. — A paciente em questão veio até nós depois de ter negligenciado todas as tarefas domésticas por meses. Ela tinha empregados na cozinha, mas se recusava a planejar os menus ou cuidar de qualquer assunto do lar. As crianças ficavam sob responsabilidade de uma governanta, enquanto ela se trancava em seu estúdio e lia livros ou escrevia para políticos do Partido Liberal pelos quais estava obcecada.

O Dr. Von Helsinger pegou sua tigela e, levando-a aos lábios, sorveu o resto da sopa. Depois, emitiu um som alto de satisfação:

— É razoável se pensar que nesses dias em que as mulheres se infiltram nos domínios masculinos de pensamento e de questionamento intelectual, elas se transformaram em vítimas de estresse cerebral. Se ficá rem sem tratamento, a consequência é a tristeza ou, em casos mais sérios, a histeria. Essa senhora teve sorte. Ela nos procurou a tempo para que pudéssemos ajudá-la.

— A minha presunção foi de que se ela fosse obrigada a executar trabalhos domésticos como forma de tratamento, então recobraria as propensões naturais para essas atividades — complementou Seward. — Por isso, ela foi colocada para trabalhar na cozinha, preparando e servindo a comida. No começo, se rebelou, mas gradualmente passou a gostar do que fazia, chegando mesmo a incorporar suas receitas favoritas em nossa humilde cozinha.

Dr. Seward tocou um sinete, e as copeiras trouxeram travessas com pedaços de carne bovina e legumes, as quais passavam de convidado a convidado, para que delas se servissem. Jonathan cumprimentou Seward pelas boas maneiras e eficiência de seu pessoal. As belas feições de meu marido, suavizadas pelas chamas das velas, estavam de volta ao seu rosto, e ele lembrava o homem afável com quem eu quis me casar. Estava tão mudado que me preocupei com o que os médicos diriam sobre os motivos de eu o haver trazido para se tratar num hospício.

Uma das convidadas presentes concordara com a avaliação de Jonathan:

— Daqui para a frente, Dr. Seward, vou deixar que você selecione os meus serviçais.

— O gosto de minha esposa para empregados tende para os preguiçosos e desonestos — disse o marido, e todos acharam graça.

— Obrigado pelos cumprimentos — agradeceu Dr. Seward. — A maioria dos que fazem os trabalhos domésticos aqui é, ou foi, paciente.

Isso me impressionou. Tive ganas de virar a cabeça e espreitar as moças que haviam servido a comida para ver se conseguia detectar algum sinal de doença mental em seus rostos.

— O trabalho tem significado a cura para muitos dos nossos pacientes... — explicou Seward. — E é bem econômico, também. Nós fornecemos ainda os tratamentos mais modernos, mas esses são mais demorados e de custo bem alto, sobretudo no que se refere à mão de obra.

Vi aí uma deixa que servia a meus propósitos e resolvi entrar na conversa:

— Dr. Seward, antes de nos casarmos, meu marido e eu concordamos que eu dedicaria boa parte do meu tempo a obras de caridade. Enquanto Jonathan e eu estamos aqui, gostaria muito de trabalhar como voluntária, para ajudá-los da melhor forma possível.

O médico não pareceu receptivo à minha ideia:

— É um desejo bastante nobre, Sra. Harker. As damas, em geral, têm as melhores das intenções, mas os pacientes não se incomodam muito com seus refinamentos sociais. Não gostaria que você sofresse nenhum tipo de insulto por parte deles.

Suspeitei que ele tivesse algo a esconder e resolvi insistir:

— Duvido que seus pacientes possam ter um comportamento pior do que o de algumas meninas que foram minhas alunas. — Uma tirada que fez todos acharem graça. — O que o senhor acha, Dr. Von Helsinger? — perguntei.

O cavalheiro desviou seus olhos arregalados de inseto para mim. Seus lábios esboçavam um sorriso, mas a expressão de seu rosto continuava sóbria.

— Se *Herr* Harker pudesse adiar nosso compromisso de amanhã, eu ficaria mais do que feliz em passar o dia acompanhando a bela senhora numa visita pelo hospício. Seria um prazer bem maior do que eu poderia esperar na minha idade.

Alguma coisa naquele olhar me deu arrepios, mas tentei manter o sorriso. Jonathan também deve ter notado.

— Não posso remarcar nossa reunião, senhor. Tenho assuntos importantes tanto em Londres como em Exeter para cuidar — disse com uma firmeza que chegou a me emocionar. Não o via no papel de protetor desde antes de sua partida para a Estíria.

— Então, cabe a mim satisfazer seu desejo, Sra. Harker — concordou o Dr. Seward.

Sonhei a noite toda que ouvia gemidos. Meu sono foi entrecortado. Acordei inúmeras vezes, sentando-me na cama. Mas, logo em seguida, eles cessavam. Deviam ter sido pesadelos, mas nada de que me lembrasse. Acordei com a cabeça doendo.

Era bem cedo quando uma atendente entregou a bandeja de café da manhã no nosso quarto, e depois, às oito horas, como ninguém tinha autorização para perambular pelo hospício sem um acompanhante, um homem veio buscar Jonathan para sua reunião com o Dr. Von Helsinger. Quinze minutos depois, a Sra. Snead veio ao meu encontro. Fiquei refletindo se também teria sido uma paciente. Ela pronunciava bem as palavras, ainda que os músculos do rosto se contraíssem num espasmo leve, quase imperceptível. Era como se ela quisesse piscar o olho, mas não conseguisse completar o movimento. Descemos a larga escadaria e, quando chegamos ao lance de degraus mais próximos do térreo, escutei as mesmas vozes que ouvira durante a noite. Parei para prestar atenção. A impressão que tive foi de que eram as próprias paredes que gemiam.

Os sons foram aumentando enquanto atravessamos o saguão da recepção. A Sra. Snead pegou uma argola de chaves do bolso do avental e abriu um par de portas duplas bem altas. Os lamentos assaltaram meus ouvidos — grunhidos, lamúrias, gritos, gemidos —, todos ao mesmo tempo, numa melodia cacofônica de desgraça coletiva. Uns eram roucos e graves; outros, muito agudos. Todos femininos, e perguntei o porquê daquilo.

— Este é o pavilhão das mulheres — explicou a Sra. Snead. — O dos homens é separado.

A Sra. Snead parecia não se importar com a penumbra e caminhava à minha frente por um corredor com muitas portas, algumas com vigias e outras com grades. Enquanto o setor privado da mansão onde estávamos acomodados exalava um suave perfume de madeira seca e poeira, comum às casas antigas, esta ala cheirava a ferro e ferrugem, e o próprio ar era úmido. Subimos outra escada, mais estreita e mais escura do que a que servia à casa principal, e chegamos à porta do consultório do Dr. Seward, localizado na mansarda.

Ele estava sentado à escrivaninha num cômodo com teto inclinado e janelas mirradas, falando a um fonógrafo dentro de uma caixa de carvalho sobre um pedestal de ferro batido. Ele nos ouviu entrar e se virou.

— Bom dia, Sra. Harker — cumprimentou. — Estava gravando as anotações do clínico no fonógrafo. Um aparelho bem útil. Você o conhece?

— Não — respondi. Lembrei-me do conselho de Kate de se fingir de ignorante. — Você grava tudo que acontece aqui no hospício?

— Tudo que é importante — respondeu. — É um excelente equipamento para gravação. — Ele tentou fazer com que eu tomasse uma xícara de chá, mas assegurei-lhe de que estava ansiosa para começar a visita.

— Então está bem — concordou, pegando uma pilha de prontuários. Descemos pela mesma escada e chegamos ao saguão, onde passamos por duas mulheres de avental azul que nos cumprimentaram com respeito. — Com licença — ele as chamou. — Esta é a Sra. Harker, que nos está visitando e se ofereceu para nos prestar serviços voluntários — explicou, apresentando-me às duas mulheres sisudas, Sra. Kranz e Sra. Vogt, supervisoras do saguão. — A maioria de nossas pacientes é bem pacata, mas essas senhoras ficam de prontidão para o caso de algum incidente — explicou, antes de liberá-las.

— Gostaria que você pudesse abrir mão dessas formalidades — pedi com um sorriso. — Ficaria feliz se você me chamasse apenas de Mina.

— Então você tem de me chamar por John. Mas não podemos deixar que os pacientes e os outros saibam dessa nossa pequena intimidade.

— Certamente, *Doutor* Seward. — Eu sabia que era errado flertar com ele, mas percebi um desejo de sua parte, e não pude me furtar a explorar isso para conseguir informações.

Ele abriu as portas duplas que davam para uma pequena biblioteca com o teto alto decorado por painéis de madeira e uma brasa preguiçosa queimando na lareira. Duas idosas jogando cartas ocupavam a mesa de jogos; uma jovem estava estirada num divã. Ela falava consigo mesma e esfregava os seios. As duas mais velhas estavam alheias ao que se passava com a outra, ocupadas em atirar cartas sobre a mesa, em absoluto silêncio.

O médico e eu ficamos parados no vão das portas. Nenhuma delas olhou para nós.

— Aquela é Mary — disse, indicando a moça. — Eu a internei aqui há três meses. Ela tem 15 anos. Os pais dela a trouxeram para cá quando o começo da puberdade desencadeou uma doença mental. Gostaria de ver o prontuário dela? — perguntou ele, passando-me a ficha.

Escrito em tinta grossa azul e numa caligrafia tosca, tive alguma dificuldade para ler:

Fatos indicativos de insanidade: riso sem motivo, alternado com um silêncio obstinado. Torna-se obscena e fica excitada na presença de homens. Os pais foram alertados do problema quando ela deu cambalhotas no jardim de casa, diante de visitas de ambos os sexos. O médico da família foi chamado, mas ela se recusou a colaborar e não botou a língua para fora para ser examinada.

Passei os olhos no restante da página, lendo o que Seward teria anotado em sua consulta com ela alguns dias antes:

Come pouco e permanece sentada por longas horas com os olhos cerrados e esfregando os seios. Tratamento com água, isolamento, etc.: totalmente ineficazes. Lavagem vaginal com brometo de potássio para acalmar os tecidos excitados: alívio apenas temporário. Torna-se mais excitada no período menstrual, mas fora desse tende a ficar dócil com o uso de medicações.

— Não vou perturbá-la — avisou ele ao tirar o prontuário da minha mão para fazer uma anotação. — Ela parece estar calma o bastante.

Uma das senhoras mais velhas bateu com a última carta que tinha na mão sobre a mesa. Seus cabelos longos pareciam uma placa de mármore, dura e branca com mechas castanhas. Ela podia ter 60 ou 80 anos. Não saberia dizer. Ela me encarou enquanto eu a observava, e fiquei impressionada com a cor e a vivacidade dos olhos verde-claros, tão brilhantes quanto os de um bebê. Era um olhar que dava a impressão de pertencer a outro rosto, um com muitos anos ainda para viver. Seu corpo, porém, carecia de viço.

— Aquela senhora está me encarando — sussurrei.

— Vivienne está conosco há muitos anos. Mas não posso apresentá-la a você na frente de sua companheira de cartas, Lady Grayson, que acredita que Vivienne é a rainha, e fica terrivelmente perturbada quando ouve alguém chamá-la de outra coisa a não ser rainha.

Cruzamos o saguão. Ele num passo apressado, e eu tentando acompanhá-lo, até chegarmos a uma porta com uma pequena abertura dividida por duas barras de ferro. Eu não podia ver o que havia dentro porque o médico tapava minha visão. Os gemidos que permeavam o hospício se concentravam no saguão, mas de dentro deste quarto não saía ruído algum. Seward enfiou uma chave enorme na fechadura e a deixou naquela posição enquanto dizia:

— Jemima, a pessoa que você está prestes a conhecer, sofre de insanidade emocional. — Ele abriu a ficha de Jemima e leu: — "Ela é jovial, alegre e adora conversar; mas às vezes perde o juízo e não aceita nenhum alimento. Nessas ocasiões, o recomendável é a alimentação forçada."

— Alimentação forçada? — Lucy havia escrito ter sido forçada a comer.

— É, um tubo é enfiado pela garganta, e uma mistura saudável de leite, ovos e óleo de fígado de bacalhau é colocada para alimentar o paciente.

— Entendi. — Fiquei imaginando um tubo sendo empurrado pela minha goela abaixo.

— Sei o que você está pensando, Mina, mas quando uma paciente tenta se autodestruir, recusando alimentos, o que mais podemos fazer para salvá-la? E é tão comum acontecer isso com as mulheres jovens... — Ele continuou a ler a ficha: — "Ela tem períodos de menstruação irregulares e um sistema nervoso curioso, mas seu fluxo de instintos animais é abundante. Se o ciclo menstrual pudesse ser regulado, ela poderia ser mandada para casa." Peço desculpas pela indelicadeza dos detalhes.

Uma desculpa perfunctória, se é que algum dia ouvi algo parecido. Tive o pressentimento de que ele estava se divertindo ao me expor a tópicos que, em situações sociais, seriam absolutamente vetados.

— Por favor, John, não se desculpe — respondi. — Eu me ofereci para trabalhar com você e quero uma descrição completa das pacientes. Isso vai me ajudar a interagir com elas.

— Jemima chegou aqui com as mãos tremendo, muito nervosa, o que agravava ainda mais a confusão mental. Primeiramente, cuidamos do tremor das mãos — continuou ele, virando a chave e abrindo a porta, então entramos num quarto longo, no qual umas 12 mulheres de diferentes idades estavam sentadas a mesas fazendo bordados, tapeçaria, tricô e costurando em máquinas. Todas as mãos estavam ocupadas fazendo xales, ornatos de pano, fronhas, guardanapos, gorros e luvas. As cores dos tecidos e das lãs eram um amontoado brilhante contra as paredes totalmente brancas e os uniformes cinzentos das pacientes.

Uma mulher de avental azul, o que indicava que era funcionária, estava sentada num canto. Seward a cumprimentou. Ninguém mais levantou os olhos.

— As pacientes chegam aqui desatentas, com as mentes confusas com todo tipo de preocupação, fobias e inquietações, e nós as acalmamos fazendo com que trabalhem com as mãos — disse Seward. — Em troca, vendemos os produtos feitos por elas para custear a internação. Inclusive pegamos encomendas dos nossos vizinhos. E os uniformes do pessoal da casa e dos pacientes são todos feitos nesta sala com tecido doado.

— Impressionante — respondi. — Muito eficiente.

— Jemima?

Uma jovem de cabelos pretos levantou o olhar e, ao ver Seward, mais do que depressa deixou o bastidor sobre a mesa e correu para ele. A pele cor de creme e os olhos inteligentes destoavam da desenxabida bata cinzenta que lhe cobria o corpo e o fato de que suas unhas eram roídas até o sabugo, e as cutículas e a pele ao redor eram vermelhas de tão feridas. Ela tentou abraçá-lo, mas ele esticou o braço, mantendo-a à distância.

— Agora chega, já está bom — disse ele, encabulado, segurando-a pelo punho e forçando para que seu braço ficasse ao longo do corpo. — Então, Jemima, como está se sentindo hoje? Até onde posso ver, parece estar bem.

— Isso mesmo, doutor, estou bem. Muito, muito bem.

— Sua ficha diz que tem se alimentado. Esta é a Sra. Harker — apresentou-me ele. — Pode ser que seja ela a trazer seu almoço amanhã.

A moça fez uma pequena mesura, embora só fosse alguns anos mais nova do que eu.

— Se continuar a se alimentar e a trabalhar direito, logo poderá ir para casa — disse ele.

A moça deu dois passos para trás, e bateu o pé em sinal de protesto.

— Não! Eu não quero ir para casa — gritou. — Não estou nada bem. Nada bem, estou lhe dizendo!

A reação foi tão repentina que dei alguns passos para trás, caso ela tentasse nos atacar. A atendente se levantou da cadeira, mas o médico fez sinal para que ela voltasse a se sentar.

— Calma, calma, Jemima. Não quis perturbá-la. É claro que você só será mandada para casa quando estiver pronta.

Isso pareceu tranquilizá-la.

— Seja boazinha e volte para a sua costura.

Ela curvou os ombros para a frente e girou a cabeça numa espécie de dança de salão comum entre as moças, e Seward e eu saímos da sala.

— Reparou como elas são instáveis, Mina? — Seus olhos pareciam tristes.

Tive o pressentimento de que ele queria que eu sentisse pena dele, mas na hora me ocorreu a ideia de que essa Jemima estava provavelmente apaixonada por ele. E que seria essa a razão para não querer ir embora para casa. Inclusive, chegou a me passar pela cabeça que talvez houvesse alguma coisa acontecendo mesmo entre eles.

— Está conosco há seis meses. — Ele remexeu nos prontuários e separou o dela. Os outros ele colocou na minha mão enquanto lia o de Jemima.

Fatos indicativos de insanidade: a paciente desapareceu da casa de seus pais por três dias e três noites. Ela diz que durante esse tempo se casou com um vigilante da estrada de ferro, embora não consiga dizer nem onde foi realizada a cerimônia nem o nome do noivo. Posteriormente, fugiu outras vezes para ir atrás do suposto marido, mas a família garante que não existe ninguém. Em casa, ela apareceu na janela só de camisola sem demonstrar nenhum pudor.

O médico da família que cuidava dela escreveu: "Ela perdeu totalmente o controle mental em consequência de desejos sexuais mórbidos. Tentou escapar de Lindenwood quebrando vidraças e, por isso, foi contida."

— Contida? — perguntei com um sorriso simpático, lembrando-me da carta de Lucy e das instruções de Kate.

— Da maneira mais humana possível, posso lhe afirmar — assegurou Seward. — Você gostaria de ver os instrumentos de contenção?

— Quero sim! — respondi com o entusiasmo de uma criancinha a quem foi oferecido um doce.

Seward foi caminhando pelo saguão até uma área de mezanino onde fez uma curva. Com uma chave, abriu uma porta, e entramos num cômodo. A luz jorrava de uma única janela estreita que terminava em arco. Exalava produtos químicos. Ele deve ter escutado um pequeno espirro que dei.

— É a amônia, usada para limpar os couros. São esterilizados após cada uso. Somos bem modernos aqui.

Feixes de punhos e tiras em couro dos mais diversos tamanhos estavam dependurados nos ganchos da parede. Ele abriu um armário e tirou de lá uma roupa pesada de linho com mangas longas sem abertura para as mãos e um complexo sistema de fitas em grande desordem.

— Qual a finalidade disso? — perguntei.

— Usamos essas camisas nos casos mais difíceis, para evitar que os pacientes machuquem a si e aos outros. E também em situações não tão complicadas, para pacificá-los.

Inclinei a cabeça:

— Pacificá-los?

— Com os pacientes masculinos, as usamos para controlar atitudes violentas. Mas com as mulheres, descobrimos que a contenção dos braços e das mãos acalma os nervos. São tantas as coisas que excitam as mulheres. Vocês são criaturas altamente sensíveis. Veja, por exemplo, o que acontece com as preces: às consciências masculinas trazem paz e lhes tranquiliza a alma; mas, às mulheres, produzem o efeito oposto. E não sabemos a razão disso. Ler romances também suscita resultados semelhantes. Chamamos essas camisas de camisolas porque elas acalmam os nervos das damas, comparável a sensação de vestir uma roupa de dormir confortável.

— E como é que consegue isso? — indaguei, assumindo uma expressão inocente. Ah... como eu gostaria que Kate pudesse me ver agora.

— Vou lhe mostrar. — Ele passou por trás de mim, abriu os braços e segurou a camisa na minha frente. Eu podia sentir-lhe o corpo, ou algum tipo de energia cinética vinda dele, embora muitos centímetros nos separassem. — Estique os braços.

Obedeci, e ele enfiou as mangas pelos meus braços.

— É um pouco grande para você — comentou. E foi subindo as mangas ao longo dos meus braços, ao mesmo tempo em que me pressionava para trás, até que acabei com as costas em seu peito. Seward respirou fundo, e senti seu corpo se expandindo contra meus ombros. Ele continuou puxando as mangas, primeiro uma, depois a outra, até que meus dedos tocassem a costura. — Pronto! — disse. — Bem apertado. — E cruzou meus braços sobre o peito. Senti-me como uma múmia e, por um instante, e só por um mero instante, ele parou e me apertou num abraço. Estremeci. Se o propósito dessa roupa era acalmar os nervos, em mim estava provocando o efeito contrário. Senti uma pressão nos ombros e nos braços quando ele apertou as fitas presas às pontas das mangas nas minhas costas, imobilizando minhas mãos e meus braços. Achei que iria entrar em pânico, mas me contive. Ele esfregou as mãos nos meus braços e perguntou: — Então, como está se sentindo?

Embora tivesse vergonha de confessar para mim mesma esse desejo, não queria que ele parasse de me tocar por cima do linho grosseiro. Mesmo amedrontada, não desejava que esse momento se dissipasse. Queria apenas sentir a presença dele, sem, contudo, vê-lo.

— Mina — ele disse meu nome com carinho, e a palavra flutuou, passando pelo meu ouvido e inundando o cômodo escuro e úmido. Diante de mim, a parede de instrumentos de tortura, uma desordem de fivelas e tiras.

— Sinto-me impotente. E quanto mais me dou conta de que não posso me mexer, mais me dá vontade. É um pouco amedrontador.

— Não há nada a temer — sussurrou ele ao meu ouvido. — E você acha que eu deixaria que alguma coisa de mal acontecesse a você?

Ele me levou até uma cadeira de espaldar reto e fez com que me sentasse; em seguida, ajoelhou-se diante de mim.

— Isso não faz com que sinta uma paz? — perguntou, seus olhos acinzentados encarando os meus, demandando uma resposta.

Dizer não o teria deixado perturbado.

— O objetivo é fazer com que a paciente se sinta segura — explicou. Ele deu a volta e puxou alguma coisa da parte de trás da camisa. — Sente essas argolas?

O queixo dele estava tão perto do meu. Havia alguns instantes em que eu não conseguia respirar. Minha garganta e meus pulmões pareciam fechados. Incapaz de emitir qualquer som, assenti. Ele se levantou, foi até a parede e voltou com uma longa tira de couro.

— Se a paciente continua a se debater, tentando se desvencilhar, nós prendemos essa tira à camisa e a fixamos na parede. Dessa maneira conseguimos acalmar a paciente sem confiná-la à cama. Quero que você veja quão humanos são nossos tratamentos. Ninguém acaba ferido estando sob nossos cuidados.

Ele apanhou outra tira de couro e caminhou até ficar atrás de mim, e senti dois leves puxões nos meus ombros quando ele atou as tiras à roupa. Uma dormência começava a subir pelos meus braços presos pela camisa, mas os batimentos acelerados do meu coração superaram a câimbra. Ele apertou ainda mais as tiras, comprimindo minhas costas contra o espaldar da cadeira, corrigindo ainda mais a minha já impecável postura. Visualizei mentalmente a utilização desse método nas minhas alunas; elas nunca mais iriam reclamar dos bastões. Ele prendeu as tiras nos ganchos da parede e postou-se à minha frente para admirar o próprio trabalho. Eu estava rígida e completamente aprisionada.

— E você pode observar que não dói nada, não é? — perguntou com uma voz tão macia quanto manteiga derretida. — Não pode ser pior do que um espartilho. Aliás, minha teoria é de que as mulheres estão tão habituadas ao aperto dos espartilhos que já estão preparadas para a camisa de força.

Ainda me debatendo para respirar um pouco mais profundamente, me sentia incapaz de falar. Nada estava me sufocando, nem fisicamente me impedindo de respirar, mas a sensação de impotência tomou conta de mim. Afinal, ele podia fazer o que quisesse comigo, e eu não teria como impedi-lo.

Seward ajoelhou-se de novo diante de mim.

— Você está reagindo, Mina, mas, na realidade, você está tão enfaixada quanto um bebê na segurança do berço. Debater-se faz exacerbar a mesma histeria que estamos tentando curar. Não lute, Mina. Submeta-se.

Submeta-se. Onde foi que ouvi essa ordem antes?

— Eu... eu quero me submeter, John, mas meu corpo se recusa.

— Não é o corpo que está reagindo, mas a mente. — Ele botou a ponta do dedo no meu queixo. — Calma, Mina. Relaxe. Permita que o som da minha voz faça com que você se acalme.

Ele foi de novo até a parede e voltou com duas algemas de couro pretas.

— Quando a camisa não é suficiente, o que é bem raro, nós imobilizamos os pés. E, como você poderá comprovar, funciona mesmo. — Ele se ajoelhou, atou uma algema em cada um dos meus tornozelos e as uniu. Em seguida, apanhou uma corrente que estava debaixo da cadeira e a prendeu à fivela que ligava uma algema à outra. Eu mal conseguia mexer os pés.

Seward agora estava ajoelhado, os olhos fixos em mim como se estivesse rezando. Ele me olhava com um ar de veneração e incitamento que ele acredita que o ato de rezar provocava nas mulheres. Eu estava amedrontada, desesperada por estar tolhida de usar as mãos, os braços, os pés, as pernas... mas, ao mesmo tempo, senti uma infusão de força, como se pudesse pedir o que quisesse e tudo me seria concedido.

— Como você é linda, Mina — elogiou ele, enquanto seus olhos sorviam cada centímetro do meu rosto. — Como sua pele brilha. E seus olhos, bem, eles são soberbos. — Ele arfou com um ruído e se aproximou mais um pouco de mim.

Os olhos dele estavam concentrados nos meus lábios, e tive a certeza de que iria me beijar. Fiquei preocupada com a reação dele, caso eu tentasse fazer com que parasse, mas sabia que era preciso.

— Lucy foi contida dessa maneira? — deixei escapar num borbotão, e ele deu um salto para trás como se tivesse levado um chute no estômago, curvando-se tanto para a frente que lhe pude ver o cocuruto da cabeça e perceber a forma curiosa de como seu cabelo era repartido numa diagonal, tal qual uma incisão lhe percorrendo o escalpo.

— Lucy... — Ele disse o nome dela, me olhando sem nem uma expressão que eu pudesse captar: orgulho? perda? humilhação? aborrecimento? raiva? — Não, assim não.

Sem nem mesmo me olhar nos olhos, ele começou a soltar as fivelas e a desatar os nós que me prendiam. Assim que fiquei livre, retirei a camisa e a entreguei a ele.

— Esfregue os braços para fazer voltar a circulação.

Fiz o que ele recomendou, e o sangue voltou a fluir.

— Não acho que seja sensato falar sobre assuntos que sem dúvida causarão tristeza — continuou.

Não entendi se ele estava se referindo a mim ou a ele.

— Ela era minha melhor amiga. Imaginei que saber como foram os últimos dias dela ajudaria a aplacar minha tristeza. Preciso de uma explicação, John, ou a minha dor jamais irá embora. — Meus olhos se encheram de lágrimas.

Ele me entregou um lenço com monograma, ainda sem me fitar.

— Preciso terminar minhas visitas matutinas aos pacientes. Acho que seria melhor se você descansasse até o almoço.

Fungando, segui-o para o corredor, onde ele me entregou aos cuidados da supervisora do saguão, que me acompanhou até o meu quarto, onde Jonathan estava muito bem-disposto após a primeira consulta com o Dr. Von Helsinger.

— Acho que ele pode me ajudar, Mina. Creio que poderá chegar ao que de fato aconteceu comigo e descobrir por que essa experiência me deixou tão enfraquecido e deprimido. Ele usa um método chamado hipnose para levar o paciente a um estado de relaxamento em que as memórias são reavivadas e facilmente relatadas.

— Ele lhe deu alguma medicação? Ou fez algum tratamento?

— Nem um nem outro. Conversamos, foi só. Desabafar com ele me fez sentir mais animado e esperançoso, embora quando a seção acabou, pouco me recordava do que havia dito.

Fiquei satisfeita com essa crença na esperança de dias melhores e continuei confiante de que havia feito o que era certo ao trazê-lo para se cuidar neste hospício. Pelo menos Von Helsinger não o parecia estar torturando.

Mandei um bilhete para Seward pedindo para me deixar fazer algum serviço voluntário e recebi uma resposta dizendo que eu poderia ler para pacientes mais lúcidas e mais calmas. Fiquei feliz com a sugestão; imaginei que se conseguisse ficar sozinha com algumas delas, poderia lhes indagar a respeito de Lucy.

* * *

Na manhã seguinte, a Sra. Snead veio me buscar, e fui com ela entregar as bandejas de café da manhã às pacientes. As mais ricas ficavam em quartos particulares, e as outras, em enfermarias, onde "se engalfinham como animais, madame, às vezes arrancam os cabelos umas das outras. Mas os remédios as sedam, por isso a maioria dorme como bebês".

Tentei ignorar os gemidos, gritos e grunhidos que permeavam o ambiente, mas cada novo som agudo repetia a explosão de dor e ódio no ar, aturdindo meus nervos.

— Por que elas gritam? — perguntei.

Ela me olhou como se eu fosse a louca.

— Porque estão fora de si, madame. As em piores condições são algemadas à cama e se rebelam.

Recordei-me de que Seward havia afirmado que conseguia acalmar as pacientes sem prendê-las à cama. Sobre o que mais ele estaria mentindo?

— Você se lembra da paciente Lucy Westenra? — perguntei.

— Lembro sim. A coitadinha estava tão magra quanto um varapau e se recusava a comer. Eles fizeram de tudo por ela, madame. Estavam junto a ela dia e noite. E eram os próprios médicos que cuidavam dela. Nenhuma de nós era boa o bastante para tocar na Srta. Lucy. O doutor ficou arrasado quando ela morreu. E o Dr. Von Helsinger também. Sem contar com o cavalheiro que era o marido. Todos ficaram com ela durante muito tempo. Não queriam se afastar de seu corpo. Estavam todos muito tristes.

Quis lhe fazer mais perguntas, mas ela se ocupara da pesada argola de chaves. Achou a correta e abriu uma porta, sinalizando com um gesto para que eu entrasse no quarto onde havia uma única mulher, sentada, o rosto voltado para o teto e os lábios se movendo como se conversasse com o ar. Eu havia visto esta senhora, Vivienne, jogando cartas no dia anterior, e algo na forma como ela me encarara com seus olhos verdes havia me deixado intrigada.

— A Sra. Harker veio lhe fazer uma visita e ler para você, Vivienne — disse a Sra. Snead. — Comporte-se, ouviu?

— Você já terminou o mingau — falei, mirando a tigela vazia na bandeja que a Sra. Snead pegou para levar consigo.

Ela fechou a porta, trancando-a por fora. As aberturas entre as barras de ferro garantiriam que eu seria ouvida se precisasse chamar por socorro. Ainda assim, detestei ouvir o ruído da chave virando na fechadura. Contudo, ao observar aquela idosa envolta num antigo xale esburacado por traças, não antevi motivo para temer.

Foi quando já não se podia mais ouvir os passos da Sra. Snead pelo corredor que Vivienne respondeu:

— Como tudo que me servem. Preciso ficar forte para quando ele vier. Ele vai me levar embora. — Ela sorriu como uma garotinha que guardava um segredo.

Seward havia mencionado que Vivienne estava hospitalizada fazia muitos anos. Seria verdade que estava para ter alta?

— Quem virá buscá-la?

Ela fez sinal para que me aproximasse e sussurrou:

— Sou a Vivienne.

— É, eu sei. Vivienne é um belo nome — comentei. Algo em sua voz me pareceu familiar. — Você é irlandesa! Eu também, mas há muito tempo que moro na Inglaterra.

— Irlandesa, é? Bem, minha conterrânea, você conhece os modos deles. — Ela se recostou me avaliando, incomunicável.

— Dos "modos" de quem você está falando?

Ela encolheu o corpo ainda mais.

— Não, não me venha com isso. Conheço os seus truques. Eles a enviaram para que você o afaste daqui quando ele chegar.

— Ninguém me enviou aqui, Vivienne. Eu vim para ajudar as pacientes. Tive uma amiga que esteve aqui por um tempinho. O nome dela era Lucy. Ela era muito bonita, com um cabelo louro bem comprido. Você a conheceu?

Ela se ajeitou na poltrona.

— Talvez — respondeu.

Era como se ela estivesse buscando em suas lembranças. Meu coração bateu acelerado com a esperança de haver outra testemunha dos últimos dias de Lucy. Pacientemente, contei à Vivienne um pouco sobre Lucy.

— Ela era uma *deles*?

— Quem são *eles*? — perguntei baixinho, me esforçando para demonstrar grande curiosidade. Imaginei que se eu imitasse seu tom de voz reticente, ela me aceitaria mais facilmente.

— Quem são eles? Eles estão nos ouvindo agora, então é melhor sermos cuidadosas sobre o que falamos e não os insultar. Eles são os Sídhes. — Ela pronunciou como *chi*. — Também são chamados de Nobres. Eles têm muitos nomes diferentes quando estão entre nós.

— Já ouvi falar deles — afirmei. Devia estar latente em algum lugar da minha memória, pois soava mesmo familiar. — São fadas, não são?

Ela me olhou com desdém.

— É, fadas, mas não esses espíritos pequenininhos e as sílfides que moram nas florestas. Os Sídhes são a realeza, os espíritos nascidos do ar e com poderes para fazer com que seus corpos fiquem tão sólidos quanto o seu ou o meu, quando querem se comunicar conosco. Já estive entre eles. Vi, inclusive, a *rainha* deles — contou, a voz e o corpo vitalizados com uma nova energia. — Ela fica sentada num trono, rodeada por um círculo de fogo com luzes fulgurantes, das quais todos eles emergem e para os quais retornam para rejuvenescerem!

Afundei na poltrona, desanimada. Não seria dessa paciente que conseguiria alguma informação sobre Lucy; e mais uma vez seria prisioneira das histórias fantásticas de uma pessoa mais velha.

— Acho que já ouvi essas lendas quando era criança.

— Não são lendas, não. Eles pertencem à mais antiga linhagem, minha filha, são os ancestrais, os visionários que idealizaram o mundo. Eles deram forma a si mesmos através de um redemoinho de vida que emana de todas as coisas.

Com olhos impressionantes que capturavam os meus enquanto falava, mãos longas e ainda belas que gesticulavam em harmonia com as palavras e o melódico sotaque celta, Vivienne estava conseguindo me cativar. Talvez fosse minha sina fazer companhia a idosos meio malucos.

— Como você sabe dessas coisas? — indaguei.

— Tudo teve início na noite da véspera do solstício de verão, quando eu tinha 17 anos. Eu havia me associado ao grupo das seguidoras de Áine, a deusa das fadas que ainda vive entre nós, embora disfarçada.

Eu sabia que as irlandesas supersticiosas ainda evocavam as antigas deusas.

— Eu havia ouvido histórias sobre os poderes e as mágicas da deusa. Áine pode tomar a forma que quiser: égua, cadela, loba ou pássaro. Tem também poderes para ajudar uma mulher a engravidar ou para melhorar uma safra. Ela é irresistível aos homens e consegue o que quer de reis e também de deuses. Se desejar um homem, ela se transforma num animal de caça a fim de que ele a persiga e, não demora muito, o caçador vai parar no esconderijo dela. Ela acasala e dá à luz filhos, mas depois se cansa dos homens e os abandona. Houve uma vez em que ela arrancou a dentada a orelha de um rei e o deixou caído sobre a poça do próprio sangue, por ele tentar medir forças com ela. Qualquer um pode escutar os suspiros langorosos dos amantes abandonados que vagam pelas florestas depois de ela desaparecer.

Neste ponto, Vivienne deu uma risadinha sarcástica, e eu pensei em Jonathan, perambulando pelos campos da Estíria depois de seu romance. Presumi que essas lendas antigas não passassem de metáforas para o que acontecia quando os homens se entregavam à luxúria.

— As seguidoras de Áine a imitavam, e corria o boato de que ela havia dotado algumas delas com seus poderes. Foi por isso que resolvi me unir ao grupo. A véspera do solstício de verão é o momento mais sagrado para Áine, quando o véu que separa os dois mundos é mais tênue. Fugi de casa pulando a janela do meu quarto na décima primeira hora e fui ao encontro das minhas irmãs na floresta. Elas já haviam acendido uma fogueira. Enfeitamos nossos cabelos com rosas e começamos a entoar seu nome: Áine, Áine, Áine. A lua estava mais grávida do que nunca, e o luar iluminava nossos rostos de menina. Nossa pele brilhava como se fôssemos criaturas do céu ao dançarmos ao redor da fogueira, e nossas vozes se assemelhavam a um coro de anjos. Não é de admirar, então, termos conseguido atrair todos eles.

Os olhos de Vivienne irradiavam um brilho singular enquanto ela falava. Preferi não interromper esse devaneio, o qual, assim como acontecia com o velho pescador, também dava à idosa um imenso prazer em narrar.

— Agora, não se esqueça, os Sídhes podem tomar a forma que desejar, e caso se interessem por você, vão se transformar naquilo que lhe irá seduzir. Naquela noite, vieram na forma de homens. Foi uma ocasião das mais impressionantes. Ouvimos rajadas e mais rajadas de vento atravessando o véu. Com um estrépito a atmosfera se fendeu, deixando entrar fachos de luz mais fortes do que os do sol. Depois, o alarido sucumbiu, e ouvimos a música deles: o dobrar de sinos de prata e o dedilhar de harpas celestiais. Em seguida, vimos quando saíram da luz, a pele luzindo com as chamas elétricas do Grande Cosmos. Então, eles estavam lá, um pequeno exército deles, alguns marchando, outros a cavalo, vindos direto dos céus: altos, majestosos, criaturas mágicas com reluzentes cabelos de ouro. Tinham as características dos mortais, só que eram bem mais bonitos e mais radiantes. Algumas das irmãs desmaiaram, outras gritaram quando os cavaleiros passavam por elas num galope desenfreado e, de um só golpe, as levavam embora nas garupas de seus cavalos. Apesar de todo o caos ao redor, nossos olhares se encontraram enquanto ele cavalgava em seu corcel na minha direção, com os cabelos soltos ao vento, a capa vermelha e seu imenso cão, maior do que um lobo, ao seu lado.

— E qual era a cor do cão? — perguntei, cada vez mais envolvida na narrativa.

— Prateado! E feroz!

Fiquei imaginando se teria sido uma criatura dessas que encontrei na Abadia de Whitby.

— Em seguida, ele me puxou para cima de seu cavalo e me levou para seu reino. E foi só um salto para o outro lado do véu, minha filha. Isso mesmo, o cavalo mal tinha saltado a cerca, e já nos encontrávamos num lugar que não era deste mundo.

— Você estava no mundo das fadas? — indaguei. — Mas onde ficava?

— Aqui mesmo — respondeu Vivienne abrindo os braços num largo gesto para englobar o espaço ao nosso redor. — Um mundo que existe paralelo ao nosso, embora não o possamos ver. Se algum dia estiver acordada na cama, bem tarde da noite, quando todas as luzes estiverem apagadas, tateie no escuro, e uma criatura do outro lado do véu vai segurar sua mão. Os Sídhes podem romper o véu onde quer que desejem. Para os mortais, há pontos de acesso por todos os lados. Já os vi escondidos no fundo de lagos, onde tantos se afogaram tentado encontrá-los, ou enterrados bem dentro de cavernas nas montanhas.

— Fale-me daquele que a capturou, Vivienne — pedi.

Enquanto ela me narrava o acontecido, sua história tomava vida em minha mente como se eu mesma a tivesse vivenciado.

— Ó... ele era alto e majestoso, um membro da antiga aristocracia militar. A mãe dele tinha sido uma fada que se acasalou com um guerreiro humano séculos atrás. Eu o amava e queria ficar com ele para sempre.

— Mesmo depois de ele a ter raptado e a levado embora?

— Eu o havia chamado no dia do ritual. Fui com ele por vontade própria, e mesmo se não fosse o caso, seria impossível resistir aos seus encantos. Ainda que me tivesse custado a própria vida, eu a teria sacrificado com imenso prazer.

Ponderei comigo mesma o que teria afinal custado a Vivienne sua sanidade. Teria ficado maluca e, então, começado a fantasiar que um príncipe encantado a tivesse raptado? Ou teria inventado a história e, por passar a acreditar nela, perdera o juízo?

— E o que a fez ficar tão envolvida? — perguntei.

— Eles levam os mortais à loucura de tanto prazer, de tanto êxtase — respondeu ela com um silvo de víbora. — Às vezes, eles nos matam! Não de propósito, mas porque seus corpos são fogo e eletricidade, e os mortais não aguentam e sucumbem! Os Sídhes adoram tudo de que gostamos: festas, lutas, guerras, fazer amor, música, e se deliciam em nos seduzir para que os acompanhemos. Os humanos interagem com eles e retornam com os pés machucados depois de tanta dança, o sangue de seus corpos drenados, as mentes esvaziadas. As criaturas encantadas nos amam, mas muitas vezes acontece de não sobrevivermos à intensidade delas. Quando morremos, elas enviam as fadas do mau agouro para prantear à nossa passagem. Seus lamentos preenchem a abóbada celeste e sacodem a terra!

— Mas você sobreviveu.

Aproximando-se ainda mais de mim e mirando ao redor da sala, Vivienne sussurrou:

— Tive uma criança com ele, uma menina, acho, mas não sei o que aconteceu com ela.

Esperei que ela desenvolvesse mais o assunto, me perguntando se o método de Kate de deixar a informação fluir devido ao desconforto do silêncio funcionaria com os loucos. Vivienne se calou, como se alguma coisa tivesse bloqueado sua mente. Suas íris rolaram para os cantos dos olhos tal qual duas contas de mármore verde.

— Vivienne! — O som da minha voz a deixou em estado de alerta. — Por favor, termine sua história. Por que eles lhe tiraram o bebê?

Ela começou a afagar o longo cabelo, repuxou-o para o lado e o enrolou numa espiral branca que lhe caía sobre um dos ombros. Lembrava uma sereia idosa, se é que tal criatura existe.

— Foi porque ofendi a deusa. Eu era linda, e ela ficou com ciúme. Ela mandou meu amante me abandonar e levou minha filhinha embora com ela!

Vivienne se calou por um instante, mas percebi que alguma coisa começava a entrar em ebulição dentro dela. Ela ergueu os braços e se pôs a arranhar o ar à sua frente.

— Ele está bem aqui, bem aqui comigo, mas não vai aparecer para mim. O mundo dele está ao nosso redor, é o que lhe digo. É invisível aos nossos olhos e silencioso aos nossos ouvidos, mas está bem aqui!

Ela olhou para mim em grande desespero e agarrou meus braços:

— Você pode trazê-lo para mim! Você tem de chamar por ele e lhe dizer que estou aqui! — Ela me soltou e começou a socar o ar, com mais força a cada investida. Levantei-me e me afastei. Não achava que ela pudesse me agredir, mas a visão dela me dava tanta pena... — Sei que você está aqui! — gritou bem alto, socando o ar com as mãos.

Passos apressados vieram em nossa direção. Duas supervisoras entraram depressa e cada uma delas segurou um braço de Vivienne. Ela reagiu, tentando escapar:

— Quero minha filha! — gritou. — O que eles fizeram com a minha filhinha?

— É melhor a senhora sair agora — disse para mim a Sra. Kranz com voz firme. — Feche a porta ao sair e aguarde do lado de fora.

O xale de Vivienne havia caído, e pude ver a pele enrugada e manchada de seus braços pendendo flácida dos ossos. Ela jogou a cabeça para trás e mirou o teto, o resto do corpo entregue em rendição às duas mulheres, fios de lágrimas correndo dos cantos dos olhos.

— Adeus, Vivienne — despedi-me baixinho.

Num repente, ela voltou o rosto para a frente e me fitou com seus olhos verdes e assustadores:

— Eles vão vir atrás de você e vão reconhecê-la por causa dos seus olhos.

Capítulo Doze

19 de outubro de 1890

No dia seguinte, receoso de que o encontro com Vivienne tivesse me deixado nervosa, John Seward me chamou ao seu consultório. Embora não tivesse a menor vontade de vê-lo, não sabia como lhe negar o pedido.

Ao entrar no consultório, seus olhos percorreram meu corpo de pronto, demorando-se em cada pequeno detalhe, antes de finalmente encontrarem os meus, com sua corriqueira expressão de preocupação. Contei-lhe tudo que se passou na minha conversa com Vivienne, e ele ouviu com atenção e paciência.

— O que não posso entender, Mina, é por que a experiência a deixou nervosa.

Eu não lhe havia dito nada sobre ter ficado nervosa, mas aparentemente ficou óbvio por causa da minha atitude e do tom da minha voz.

— Sou médico, Mina, médico e amigo. É claro que você sabe que pode se abrir comigo.

Seduzida pela preocupação em sua voz, passei a lhe narrar partes da minha vida: que quando eu era criança conversava com seres invisíveis, com animais, e que às vezes ouvia vozes, e que meu comportamento havia aborrecido meus pais.

— Ainda tenho sonhos estranhos, John, nos quais me transformo em um animal, e acabo por sair da cama e caminhar dormindo. Depois desses episódios, por vezes fico imaginando coisas, com ideia fixa nas imagens dos meus sonhos. Há momentos em que tenho a impressão de estar sendo seguida. Então fico preocupada. Depois da crise de Vivienne, fiquei pensando que talvez estivesse antevendo a mim mesma na idade dela.

Seward ouviu com atenção tudo que eu tinha para dizer. Depois sorriu para mim como se eu fosse sua filhinha confessando um pecadilho cujo pai achava encantador.

— Querida e impressionável Mina, bem que lhe avisei que conversar com as pacientes poderia ser perturbador...

— Só queria ajudar — menti. Não poderia lhe confessar que minha real intenção era descobrir as circunstâncias da morte de Lucy.

— Imagine você ter alguma coisa em comum com Vivienne! Vou tranquilizar sua mente: Vivienne é um caso típico de erotopatia, uma mulher com uma anomalia ligada ao impulso sexual e que passa a ter obsessão por um determinado homem; no caso dela, o amante gerado por sua imaginação e transformado no príncipe encantado. — Ele abriu um sorriso malicioso, esperando que eu lhe sorrisse de volta. — Em geral, a doente se transforma numa ameaça irritante para o homem, que passa a rejeitá-la. E essa rejeição leva a mulher à ninfomania, uma desordem feminina relacionada a desejos sexuais anormais. É um tipo sério de histeria uterina. Você percebe como isso é totalmente diferente das suas inocentes fantasias infantis e dos seus sonhos?

Assenti, incapaz de admitir que alguns dos meus sonhos não eram assim tão inocentes.

— A família de Vivienne a internou porque ela seduzia todos os homens que apareciam na sua frente, o que os deixava muito constrangidos. A certa altura, ela teve um bebê fora dos laços do casamento. Então, para se desculpar, insiste em dizer que o pai é um ser sobrenatural.

— E vamos admitir, John, que ela conta uma história e tanto...

— A pessoa desequilibrada inventa histórias românticas repletas de detalhes elaborados sobre si mesma. Vivienne não é nem mesmo seu nome verdadeiro. Ela se chama Winifred — disse ele, enquanto abria um armário e tirava de uma das prateleiras uma pasta de arquivo da qual começou a ler: — "Winifred Collins. Nascida em 1818." — Ele me mostrou o nome e a data antes de colocar a pasta de volta no armário. — Ela se apresenta como Vivienne, a feiticeira mítica que encantou o mago

Merlin. — Seward deu um sorriso triste. — Uma história capaz de interessar um garoto seduzido pela lenda do rei Arthur, mas irrelevante para um médico da cabeça.

— Coitadinha...

— Vivienne teve sorte. A família lhe instituiu um fundo financeiro. Muitas moças como ela são expulsas de casa com seus bebês e sobrevivem das esmolas que lhes dão nas ruas.

— Lastimo muito ter perturbado uma paciente — afirmei. — Não era essa a minha intenção.

— Não foi culpa sua. As ninfomaníacas se comprazem em dar vazão à raiva. Certa vez, vi uma garota deixar que os ratos lhe roessem os dedos, na suposição de que era seu amante lhe cobrindo de beijos. Outras ferem a si mesmas, lacerando o próprio corpo e garantindo que não sentem dor. É uma espécie de penitência para expiar os próprios erros.

— Penitência?

— Isso mesmo! Elas se sentem tremendamente culpadas em razão da promiscuidade em suas vidas. Nem todas as mulheres são tão magnânimas e bondosas quanto você, Mina.

Um rubor subiu-lhe no rosto. Seu olhar se suavizou e o profissionalismo vivaz desapareceu, levado por algum sentimento, alguma meiguice. Percebi, então, que naquele momento de vulnerabilidade, eu seria capaz de conseguir as informações que pretendia.

— John — chamei seu nome bem suavemente e num tom que sugeria o de uma pergunta que carecia de resposta. — Precisamos conversar sobre Lucy.

Pelo que me pareceu um tempo interminável, Seward se manteve em silêncio, estudando meu rosto. Embora tivesse bem vivo na memória o conselho de Kate, ainda assim me senti compelida a dar uma explicação.

— Recebi uma carta dela, escrita depois de ela ter saído de Whitby. Ela estava toda feliz com o noivado. Menos de seis semanas depois, estava morta.

Ainda sentado, John levou as mãos à testa e balançou a cabeça para a frente e para trás, como se as lembranças lhe trouxessem grande sofrimento. Desta vez, deixei reinar o silêncio. Enfim, ele falou:

— Não há uma maneira amena de dizer isso. Lucy sofria de erotopatia, evidenciada naquela sua obsessão por Morris Quince. A rejeição de Quince desencadeou nela a histeria e, daí em diante, não mais se convencera do amor que Arthur sentia por ela. Quando enfiou na cabeça que ele se casara por dinheiro, teve um ataque de nervos. No final, ela não era muito diferente da coitadinha Vivienne.

— É muito difícil acreditar nisso partindo de Lucy — afirmei.

Ainda assim, eu havia notado nela essas tendências quando estive em Whitby. O amor por Morris Quince fez com que parecesse louca e que agisse como uma; eu mesma lhe havia dito isso.

— Lucy tinha todas as características que tornam as mulheres predispostas à histeria: preocupação romântica, entusiasmo, menstruação irregular, mãe com saúde debilitada. Ela era também volúvel e tinha desejos sexuais fortes e anormais. — Neste ponto, ele gesticulou na direção da estante de livros: — Os sintomas estão fartamente documentados.

— Mas com certeza a histeria não leva ao óbito... Vivienne deve ter mais de 70.

— Lucy morreu por se recusar a comer — explicou ele. — Acredite em mim, lançamos mão de todos os tratamentos. Tentamos alimentá-la por meio de tubos, mas ela regurgitava. Tentamos a terapia da água, que tem poder para acalmar a mais extrema histeria, mas que só fez com que piorasse. Quando ela estava à beira da morte, o Dr. Von Helsinger chegou mesmo a experimentar transfusão de sangue para fortalecê-la.

— Devo reconhecer que ao confrontar sua explicação para a doença com algumas das atitudes de Lucy, ela se encaixava no padrão. — Eu estava procurando organizar as ideias e queria que ele continuasse a falar.

— Mina, acredito que você tenha a mente de um médico — disse ele com um sorriso condescendente, e eu me odiei por sempre acabar fazendo o papel da professora queridinha. Estimulado pela minha assimilação do assunto, ele continuou: — Observe como Lucy se encaixa bem nos parâmetros da histeria. Sabe quais são os sintomas mais evidentes? Estão entre as pessoas mais astutas e os melhores mentirosos de que se tem notícia. Lucy manteve o caso com Morris mentindo profusamente para todos, até para você, sua melhor amiga.

— É verdade... — concordei. Será que ela sempre havia sido assim? A garotinha que conseguia se safar de todos os problemas?

— Imaginei que as transfusões regulariam o ciclo menstrual, o que talvez a curasse. Lastimo muito que não tenha conseguido salvá-la. — Nesse momento, os olhos de Seward se encheram d'água. Seu rosto ficou vermelho e ele piscou deixando rolar uma lágrima imensa: — Isso não é nada profissional, Mina. Peço que me desculpe.

— Besteira, John. Todos nós a amávamos.

Ficamos ali sentados por um longo período. Em obediência às instruções de Kate, mantive a boca fechada, embora a indescritível expressão de pesar no rosto de John me desconcertasse.

— Eu achava que estava apaixonado por Lucy — confessou ele num impulso. Depois deu a volta em sua escrivaninha, puxou uma cadeira para perto de mim e agarrou minha mão: — Confundi a fugaz atração que tive por Lucy com amor, até que encontrei uma mulher com tamanha agudeza de espírito e beleza pela qual me sinto totalmente dominado, mente e sentidos.

Fiquei na espera, torcendo muito para que ele revelasse o nome de alguém que eu não conhecesse.

— Você não escuta as ensurdecedoras batidas do meu coração quando está perto de mim? Por favor, fique comigo, Mina, fique comigo. Seu marido é um adúltero. O casamento ainda não se consumou e, portanto, ainda não é um casamento legítimo — argumentou ele devagar, mas com firmeza, num forte contraste com o ardor de poucos minutos atrás. — E além do mais, você se casou com ele sob coação.

— Foi Jonathan quem lhe contou isso?

— Não, o Dr. Von Helsinger e eu conversamos a respeito dos pacientes.

Um rubor de humilhação subiu pelo meu pescoço e tomou conta do meu rosto. Queria contradizê-lo, provar que ele estava equivocado, produzir alguma evidência do amor de Jonathan por mim.

— Meu marido tem estado doente desde que nos casamos. Eu o trouxe até aqui para que você o ajudasse. Você esqueceu sua missão, doutor?

— Sim! — admitiu ele jogando as mãos para o alto. Depois afastou sua cadeira e caiu de joelhos, agarrando um pedaço do tecido da minha saia. — Sim, esqueci. Meu amor por você apagou tudo da minha mente. — E ele apoiou a cabeça na minha perna, seu queixo quente pressionando minha coxa através do tecido da saia. — A única coisa que quero é ficar assim para sempre.

— Bem, você não deve. Por favor, controle-se!

Com um suspiro, ele se pôs de pé e se sentou na beirada da mesa, de modo a me olhar de cima. Recompôs a camisa.

— Sei que o que estou fazendo é ultrajante, mas não vou pedir desculpas. Jonathan nunca será o tipo de marido que você merece.

— Foi essa a conclusão a que você e o Dr. Von Helsinger chegaram?

— Não, mas discutimos o assunto. Von Helsinger quer que eu ouça as anotações dele sobre o caso, mas ainda não tive a oportunidade... — Ele gesticulou na direção de cilindros arrumados em linha e etiquetados sobre uma prateleira ao lado do fonógrafo.

— Não há homem perfeito. Estou tentando perdoá-lo. Jonathan não estava em seu juízo perfeito quando foi seduzido na Estíria.

— Não seja inocente. Os homens sempre gostam de imaginar que ficam sem ação quando estão sob a influência de uma bela amante.

Abaixei a cabeça.

— Fiz você ficar triste, quando tudo que quero é a sua felicidade — afirmou. — Ninguém irá culpá-la por abandonar um homem que já a abandonou. Eu, por outro lado, vou valorizar você até os nossos últimos suspiros no leito de morte.

Eu estava tão chocada que achei melhor ficar em silêncio.

— Você não está correndo de mim, apavorada, o que considero um sinal de esperança — constatou ele, pegando de novo na minha mão. — Venha me ver a qualquer hora do dia ou da noite. Vou avisar aos empregados que estamos trabalhando juntos, e que você tem acesso irrestrito a mim. Trabalho até tarde da noite todos os dias. Poderemos abrir nossas mentes um para o outro, e logo vou convencê-la de que devemos ficar juntos.

Eu sabia que deveria castigá-lo por insultar uma mulher casada, mas precisava levar em conta a recuperação de Jonathan. E também havia muitas perguntas a serem respondidas, e eu acreditava que essas respostas poderiam ser encontradas dentro do consultório de Seward.

— Você me deixou pasma, John — confessei. — Preciso pensar um pouco. — E fui embora.

Naquela noite, tive um sonho medonho. Como de costume, no começo era maravilhoso. Eu rolava na grama molhada sentindo as folhas me pinicarem as pernas e os braços esticados em êxtase, depois penetrei no ar leve e fresco da noite, que percorreu meu corpo como se fossem as pontas macias de dedos. De repente, fui atirada para cima e aprisionada em braços estranhos, perversos. Braços raivosos. Os doces aromas com que me deliciava se perderam, e fui jogada contra alguma coisa dura, um piso, talvez. O medo era tanto que mantive os olhos fechados. Senti uma chicotada nas costas e gritei. Em seguida mais uma, e me enrosquei como uma lesma para me proteger. Uma voz berrou para mim: *Peste do diabo, menina de Satã. Diga a verdade! Quem é você e o que fez com a minha filha?* Comecei a me sentir sufocada, ofegava por ar e ansiava por ajuda.

A próxima coisa de que me lembro é que estava sentada na cama, trêmula e arquejante. A princípio, não sabia onde me encontrava, mas depois meus olhos foram se ajustando e me dei conta de que era no quarto do hospício, ao reconhecer o baldaquino e os escuros painéis drapejados que contornavam a cama. Finalmente consegui respirar e soltei um longo suspiro. Jonathan estava deitado ao meu lado, segurando um travesseiro contra o próprio corpo como se fosse um escudo de proteção.

— Você gritou enquanto sonhava — disse ele.

— E o que eu disse?

Ele se afastou ainda mais e apertou o travesseiro.

— Você estava dizendo que não era filha do demônio.

— Você parece estar com medo de mim, Jonathan! Eu é que tive um pesadelo e preciso de consolo.

Ele atirou fora o travesseiro e me abraçou.

— Coitadinha da Mina. Não tenho medo de *você*, mas tenho vivido aterrorizado. Vi coisas e fiz coisas que precisam ser expurgadas da minha psique. É isso que o médico afirma. Só então minha alma estará limpa.

No dia seguinte, Jonathan me avisou que o Dr. Von Helsinger achava melhor que dormíssemos em quartos separados.

— Só por uns dias, Mina — garantiu ele. — Logo estarei melhor.

Fiquei me perguntando se isso não faria parte de um esquema entre Seward e Von Helsinger para me separar do meu marido. Será que Seward havia confessado sua paixão para o colega? Resolvi que chegara a hora de conversar com ele. Enviei-lhe um bilhete, mas não recebi resposta. Sentia uma sensação desconfortável no estômago e não consegui nem mesmo olhar para o café da manhã. Conforme as horas iam passando, fui ficando mais e mais agitada.

Como Seward havia informado a seus funcionários que eu tinha livre acesso a todo o hospício, não precisaria de permissão para transitar pelas alas. E assim segui na direção do gabinete de Von Helsinger, que zumbia com sons graves de vozes masculinas. Presumi que uma daquelas seria de meu marido e bati de leve na porta antes de abri-la.

Para minha grande surpresa, Arthur Holmwood — lorde Godalming — andava de um lado para o outro, enquanto Seward, Von Helsinger e Jonathan estavam sentados em poltronas de couro. O cachimbo de Von Helsinger se instalara entre seus dentes amarelados, sobrecarregando o ar com os aromas picantes de noz-moscada e canela. O sobretudo de Arthur jazia amontoado no chão, no local onde ele provavelmente o jogara. Sobre ele, um chapéu meio de quina, deixando à mostra a etiqueta de um caro chapeleiro londrino. Estava tão pálido quanto areia, e seu cabelo louro, pegajoso de tão sujo. Os homens ficaram espantados de me ver e, num salto, se puseram de pé.

— Lorde Godalming — falei —, que surpresa. O que o traz aqui?

Ninguém abriu a boca, e fiquei imaginando que talvez a minha pergunta tivesse sido grosseira. Afinal, Godalming era o melhor amigo de Seward. Arthur ia começando a falar, quando John lhe olhou com censura. Mas Arthur não estava em condições de se conter.

— É a Lucy — respondeu ele com olhos desvairados. — Ela não está morta.

— Ora, Arthur — interrompeu Seward —, você não vai querer deixar a Sra. Harker nervosa. — E virando-se para mim, disse: — Deixe que nós cuidamos disso.

Minha intenção não era de ir embora; muito pelo contrário, entrei ainda mais na sala e me sentei.

— O que você quer dizer com Lucy não está morta? — perguntei.

— Ela não está morta — insistiu ele. — Eu a vi com meus próprios olhos!

Olhos que naquele momento estavam injetados. Aliás, sua aparência era de alguém que não dormia nem trocava de roupa há dias. Ainda bem que a fumaça do cachimbo de Von Helsinger nos protegia do odor que exalava da camisa de Arthur.

— No começo, ela só aparecia em sonho — disse ele, dirigindo-se a mim. Os outros estavam calados. — Ela tinha sangue pelo corpo e estava horrível, em algum estado que não era normal, entre a vida e a morte. Ela não dizia nada; só me olhava com ódio, o que chegou realmente a acontecer algumas vezes em seus últimos dias de vida, quando ela estava muito doente. E então fiquei aterrorizado, com medo de dormir à noite, mas consegui consolar a mim mesmo dizendo que eram apenas sonhos: "Holmwood, ouça o que você está fazendo", dizia para mim mesmo. Afinal, pude aceitar a realidade, e por uma noite não a vi em sonhos e dormi bem. Mas nas últimas três noites, ela apareceu de novo me fitando com raiva enquanto o sangue jorrava de seus olhos e de sua boca, e lhe escorria pelos braços.

E Arthur prosseguiu:

— Então, nesta manhã, acordei na minha cama. Esfreguei os olhos, me sentindo aliviado por ter sido um sonho. Respirei fundo e suspirei, mas quando abri os olhos, lá estava ela ao pé da cama, ensanguentada, exatamente como no meu sonho. Os braços esticados na minha direção enquanto dizia: "Quero seu sangue, Arthur", silvando como a mais peçonhenta das víboras, sua língua longa e pavorosa. Ela disse: "Você não ama sua Lucy? Não quer me dar mais de seu sangue?"

Ele virou o rosto e mirou o fogo que ardia na lareira.

— E então, o que aconteceu? — Eu estava totalmente envolvida na história.

Sem levantar o olhar, ele respondeu baixinho:

— Fechei os olhos e gritei, depois, ao abri-los, ela já tinha ido embora.

Seward estava me encarando com tanta intensidade que cheguei a pensar que talvez meu marido tivesse notado. Mas Jonathan agarrava-se aos braços da cadeira, o rosto mais branco do que o de Arthur, a testa tão enrugada que suas sobrancelhas quase se juntavam no sulco central.

— Será mesmo necessário submeter a Sra. Harker a isso, Arthur? — censurou Seward.

Lorde Godalming ignorou o amigo e, pegando um jornal, sacudiu-o diante de mim.

— Lucy está viva, ouça o que digo. Eu a vi, e outros também.

Passei os olhos em dois artigos do jornal que descreviam uma "Dama dos Ardis" que atraía as criancinhas de Hampstead para longe dos lugares onde brincavam e as trazia de volta horas mais tarde, ou no dia seguinte, com feridas no pescoço e na garganta.

— Os jornais publicam histórias de terror como essa todos os anos, quando está chegando o Dia das Bruxas, com o mero intuito de vender mais — afirmei. — Isso é uma falta de consideração com a pobre Lucy.

Lorde Godalming virou-se para Von Helsinger como se fosse saltar em cima dele.

— Você estava falando, antes de Mina entrar aqui, que existem mulheres que exercem poderes sobrenaturais sobre os homens e que elas se renovam ao beber sangue! Tenho para mim que você transformou Lucy em uma dessas criaturas com seus tratamentos bizarros!

Von Helsinger não demonstrou nenhuma reação. Seward se ergueu e passou o braço pelos ombros do amigo.

— Arthur, você precisa se acalmar. Com todo respeito pelo meu colega, acredito que esteja tendo pesadelos, o que seria uma reação bastante natural à morte de sua esposa. Tenho condições de analisar esses sonhos e tranquilizar sua mente, mas antes você tem de se acalmar.

Então, meu marido o interrompeu:

— Acho que devemos dar licença à minha esposa...

— Foi como eu sugeri — disse Seward em tom doutoral e ofereceu-me sua mão para me ajudar a levantar da cadeira. — Por favor, toque o sinete — pediu ao colega.

Não aceitei sua mão e me mantive sentada.

— Não aceito ser excluída dessa conversa. Lucy era minha melhor amiga.

— É exatamente por isso que precisa sair, Sra. Harker — insistiu Seward. — Toda essa conversa sobre Lucy, sobre sangue e mortos-vivos é muito aflitiva.

— Não estou aflita — contestei.

— Mina, deixe que os homens cuidem desse assunto. — Jonathan parecia animado agora, os olhos brilhando, e as rugas de preocupação desfeitas.

Von Helsinger esticou a perna por baixo de sua escrivaninha e bateu em alguma coisa com o pé, produzindo o som alto de uma campainha. Alguns segundos mais tarde, a Sra. Snead chegou.

— Acompanhe a Sra. Harker para onde ela queira ir — ordenou Seward.

Novamente, ele me ofereceu a mão, e dessa vez aceitei. Enquanto saía com a Sra. Snead, ele sussurrou as palavras *Venha para mim*.

Na noite de 22 de outubro de 1890

Na hora do jantar, a Sra. Snead me trouxe uma bandeja com comida e um bilhete de Jonathan avisando que eu devia comer sozinha no quarto. Mais tarde, ele veio se trocar e saiu com roupas mais pesadas.

— Aonde você vai?

— Direi quando voltar.

Perguntei-lhe sobre o que haviam conversado depois que eu deixei o gabinete de Von Helsinger, mas ele só adiantou que iria sair com os outros homens.

Eu não fazia a menor ideia de quanto tempo ficariam fora, mas não perdi a oportunidade e fui logo pedindo à Sra. Snead que me levasse ao consultório de Seward.

— Quero usar a biblioteca médica enquanto ele estiver fora. Dessa forma poderei ler aqueles livros sem perturbá-lo.

Ela me deixou entrar e acendeu as lamparinas para mim; depois se foi, fechando a porta atrás de si. Receosa de que ela pudesse entrar de novo na sala, peguei um grosso volume da estante e o abri sobre a mesa diante de mim, de modo a fingir que estava lendo.

Por sorte, eu havia convencido a diretora a comprar um fonógrafo para ser utilizado nas aulas de dicção, com a justificativa de que não haveria jeito melhor de livrar uma menina de sua pronúncia interiorana do que permitindo que ela ouvisse como soava para os outros. Examinei os cilindros sobre a prateleira até encontrar dois etiquetados com o nome do meu marido. Peguei o primeiro e retirei o invólucro de papelão, temerosa do que me poderia vir a ser revelado.

O cilindro era novo, com sua superfície encerada ainda áspera, ao passo que os da escola eram usados e reusados, por razões econômicas, até que ficassem lisos. Instalei-o na máquina e liguei o som, rezando para que não chamasse a atenção de ninguém. Imaginava que sempre poderia explicar à Sra. Snead que eu tinha permissão para ouvir as gravações do médico e assumir as consequências desse meu ato caso ela me denunciasse a Seward.

Sentei-me à escrivaninha, abri meu diário para fazer anotações. Pigarreando para limpar a garganta, Von Helsinger começou a falar: "Jonathan Harker, 28 anos. O paciente sofreu um caso grave de febre cerebral, durante a qual teve alucinações eróticas e perda de memória. Ele foi hospitalizado e tratado, e ficou um período se recuperando na cidade de Exeter. Sintomas persistentes de neurastenia, melancolia, desatenção e indiferença. Em algumas ocasiões apresentou paranoia, acreditando que mulheres, em especial sua esposa, estão pactuadas com o demônio. Razões para essa suposição serão esclarecidas."

A caneta me caiu da mão, borrando algumas palavras que já havia escrito. A voz de Von Helsinger continuou: "Harker afirma que enquanto estava na Estíria, foi seduzido pela sobrinha do conde austríaco para o qual estava cuidando de assuntos relacionados a uma transação imobiliária. Ele descreve a moça como mais bonita do que as pinturas de Rossetti, com esvoaçantes cabelos dourados e lábios sensuais naturalmente rubros. Harker manteve relações sexuais com ela e, em seguida, com ela e duas outras mulheres, descritas como beldades de cabelos pretos, olhos que exerciam uma inexplicável atração, lábios vermelhos e pele de reluzente brancura. As três mulheres eram irresistíveis e exóticas e, nas palavras dele 'não tão puras quanto as nossas belas inglesas'. As mulheres fizeram o que ele chamou de 'atos indescritíveis e pecaminosos', incitando seus 'instintos e desejos mais primitivos'. Ele foi incapaz de resistir a elas, e inclusive saía à procura delas pelo castelo do conde toda vez que o deixavam sozinho. Depois de duas semanas, ele perdera a noção do tempo. As três eram peritas na arte do coito e da felação, o que o paciente nunca havia experimentado. Por conta disso, creditou a essas três fêmeas poderes mágicos. Mesmo hipnotizado, ele apresentou dificuldades em falar sobre alguns detalhes da experiência; por isso, pedi que ele as passasse para o papel. Eis um trecho escrito por ele:

> Ursulina me convidou para cavalgar com ela numa manhã. Jamais havia visto alguém — homem ou mulher — galopar por terreno barrancoso com tanto desembaraço. Com sua deslumbrante cabeleira loura dançando no mesmo ritmo da longa cauda branca do corcel enquanto ela galopava pelo vale na minha dianteira, parecia-se com a deusa da alvorada cavalgando Pégaso. Após me exaurir no passeio, ela me encantou no castelo ao instigar os meus sentidos com iguarias e música, e me aquietando com vinho, enquanto ia aos poucos retirando as suas — e as minhas — roupas, uma torturante peça por vez. Depois, me ensinou o sentido exato do prazer com as mãos, os lábios, a boca e até os dentes. E quando ela me tinha sob seus encantos, e eu estava mais vulnerável, ela convidou as suas duas demoníacas irmãs para se juntarem a nós. Aquelas criaturas liquidam com a já tênue disposição dos homens de lutar contra a tentação, os levando ao êxtase máximo. Ah... elas têm segredos, senhor, segredos inimagináveis para levar um homem a um estado de prazer absoluto.

"Harker continua a ter sonhos bem reais com essas mulheres, especialmente a de nome Ursulina. Não consegue tirá-la da cabeça, chegando a imaginar que a moça lhe aparece em sonhos e faz amor com ele como se fosse mesmo de carne e osso. Expliquei que a ejaculação noturna é uma experiência comum nos homens, mas ele insistiu que o que acontecia com ele era diferente: 'Não é um sonho comum, doutor. É como se ela me possuísse.' Ele acredita que teve uma atitude imoral ao sucumbir a essas mulheres; porém, em contrapartida, reconhece que por vezes tem de se controlar para não voltar à Estíria para ir ao encalço delas. E por isso sente uma culpa descomunal."

Von Helsinger fez uma pausa e respirou com dificuldade. Ouvi na gravação um remexer em papéis e um riscar de fósforo, provavelmente para reacender o cachimbo. Minha mente era um turbilhão. Como poderia eu competir com essas sedutoras mulheres de beleza extraterrena e sexualmente experientes? Eu, que me mantive pura de modo que pudesse me casar com um homem respeitável e, então, ser respeitada por ele? Ah, grande ironia! Ter perdido meu homem para mulheres degeneradas.

Após alguns breves ruídos de tragadas e um forte sopro, o médico continuou: "Originalmente, havia acreditado que a inexperiência sexual de Harker seria a razão de ele atribuir elementos sobrenaturais a seus encontros orgásticos. Entretanto, o que ele veio a revelar posteriormente me levou a admitir conclusões diferentes e mais dramáticas. Ele afirma que no estado máximo de prazer — o qual ele descreve como um local escuro em que não se distingue prazer e dor —, as mulheres se alternavam em lanhar sua pele com as unhas e dentes para sugar seu sangue.

"E eu fico me perguntando se é possível que o jovem Harker tenha sido seduzido por diabas. Se não fosse pela circunstância de sugar o sangue, a presunção seria de que essas mulheres eram meras prostitutas, igualmente capazes de esgotar as forças vitais de um homem e deixá-lo no estado mental de confusão e febre descrito por Harker. Mas se o ato de sugar sangue for interpretado literalmente, e não como uma alucinação, é possível que essas mulheres sejam mesmo vampiras, criaturas do mundo das fábulas que conseguem ampliar a vida, ou eternizá-la, bebendo o sangue dos humanos.

"Há tempos que ouço histórias de criaturas femininas que chupam sangue e dos íncubos que lhes dão guarida que, no presente caso, seria o conde austríaco. Um dos sintomas de ter sido mordido por elas é o aparecimento de um desejo imperioso de repetir o ato, conforme descrito por Harker. As mentes mais brilhantes do mundo da antiguidade escreveram sobre esses bebedores de sangue, na tentativa de lhes compreender os poderes. Pensadores como Aristóteles e Apuleio, e os historiadores Diodoro Sículo e Pausânias escreveram a respeito da magia, do mistério e do horror que essas criaturas impingem à humanidade por meio da sedução dos inocentes. Elas são conhecidas por diversos nomes: lâmia, bruxo ou bruxa, demônio, súcubo ou íncubo, feiticeiro ou feiticeira. Lilith, a primeira mulher de Adão, era uma dessas malfazejas. Alguns acreditavam que essas criaturas descendiam daqueles que copularam com deuses e titãs, dando origem a terríveis seres híbridos que não são nem humanos nem divinos. Outros são de opinião que existem os que nascem mortais e se transformam em imortais ao retirarem o sangue e a vitalidade de outros humanos: os chamados mortos-vivos.

"O escritor que esteve de visita a John Seward veio com muitas dessas narrativas das regiões mais recônditas da Moldávia, da Valáquia e do Reino da Hungria, lugares onde eu nunca estive. Ele apresenta um bom conjunto de razões para a existência desses seres, e defende sua tese com uma questão: 'Não haveria tanta fumaça se não houvesse fogo, não é mesmo, Dr. Von Helsinger?' Ele se mostrou interessado em meus experimentos com sangue e seus misteriosos poderes, como pesquisa para algumas obras de ficção que tem em mente. Eu o apresentei ao poema *A noiva de Corinto*, de Goethe, que discorre sobre uma vampira, e à obra *Vampirismo*, de Hoffmann, pelos quais ficou muitíssimo grato. Ele também coletou informações sobre vampiros de um compêndio de fontes medievais e outro de contos folclóricos, tais quais: os vampiros vivem do sangue dos outros; atacam à noite; dormem em caixões cheios de terra retirada do solo da região em que vivem; entram em atividade desde o pôr do sol até um pouco antes da aurora, e dormem durante as horas de luz; são repelidos por alho e símbolos cristãos como a hóstia, a água benta e a cruz; somente são mortos por uma bala de prata ou por uma estaca cravada no coração, e também por decapitação; e são capazes de assumir a forma de alguns animais com os quais suas espécies se identificam, tais como lobos e morcegos. Coisas extravagantes e horrendas, a maioria das quais eu conhecia das tradições populares. Mas descobri que, ao se pesquisar o metafísico, é importante reavivar aquela parte da imaginação cerebral que as pessoas deixam para trás ainda no berço.

"É possível que esses espíritos malignos ou seus híbridos, que fascinaram e ocuparam mentes mais bem-preparadas do que a minha, sempre tenham existido. Seriam eles frutos de um desequilíbrio da natureza, sem quaisquer vínculos com a cadeia evolucionária do Sr. Darwin? A ser verdade, estou curioso para ver se os machos e as fêmeas compartilham os traços engendrados em suas contrapartes humanas. Se Harker não estava tendo uma alucinação e foi realmente seduzido por mulheres sobrenaturais cujo comportamento espelha aquele das mulheres humanas lascivas, a hipótese acima mencionada está correta.

"Concluindo, assim que comecei com Harker, eu nem sonhava que sua enfermidade revelaria a troca de sangue como a possível causa. Que sorte! Assim, a dedicação da minha vida inteira para delinear os elementos essenciais e os mistérios do sangue é mais uma vez validada. De uma coisa tenho certeza: sangue é vida. Suas qualidades contêm os segredos da vida e da morte, da mortalidade e da imortalidade. Os antigos não ofereciam sangue humano para os deuses? Será que eles tinham conhecimento de que o sangue humano de alguma forma intensificava os poderes divinos? Parece uma contradição, sim. Mas a ciência está repleta de paradoxos.

"Quanto a Harker, ele é homem e forte, e a perda de sangue parece ter sido mínima. Desnecessário receber uma transfusão. Com o tempo, ficará totalmente recuperado. Entretanto, ele é impotente em se tratando da esposa. Prescrevi uma série de visitas a um bordel. Como cliente, terá de pagar pelos serviços das prostitutas e, assim, será recolocado na sua posição natural de poder sobre a fêmea e terá sua potência reconquistada."

O fonógrafo parou de tocar, e a voz rouca de Von Helsinger cedeu lugar aos gemidos fantasmagóricos do hospício. Coloquei a pena sobre a mesa, permitindo que o sangue voltasse a correr na minha mão depois de ter tomado notas enlouquecidamente; mas as palavras de Von Helsinger me atingiram tanto quanto se eu tivesse levado um soco no estômago. Por fim, respirei fundo, na esperança de clarear a mente. O que esse homem estava planejando ao aconselhar um paciente que já cometera adultério a ir se curar nos braços de prostitutas? Não conseguia me decidir pelo que seria mais estranho: esse remédio para seus males, ou a suposição de que ele teria sido atacado por criaturas do outro mundo, uma ideia estimulada por aquele sujeito ruivo ameaçador que entrou sem querer na minha vida em Whitby. E o mais desconcertante, Jonathan parece estar vivendo a mesma experiência erótica e de sugar sangue com a qual eu sonhara. Por que nós dois estávamos sendo perseguidos?

Inclinei-me para a frente e descansei a testa nos joelhos, torcendo para não desmaiar. De repente, ouvi a porta se abrir, e entrou um ar frio que me deixou arrepiada. Levantei a cabeça e vi a Sra. Snead me olhando desconfiada. Empertiguei-me na cadeira, e o sangue correu para a minha cabeça. Levei um segundo para falar:

— Ora! Devo ter cochilado.

O olhar estranho, de esguelha, não tinha expressão alguma. Ela lançou os olhos nas notas do meu diário.

— Já terminou por aqui, madame? — perguntou. — Só posso dar por findas as minhas tarefas quando trancar a porta assim que sair.

O segundo cilindro permanecia intocável sobre a prateleira.

— Seria muito ruim para você se eu ficasse aqui mais uns trinta minutos?

Ela concordou em voltar mais tarde e foi-se de mau humor, fechando a porta atrás de si. Esperei alguns indetermináveis minutos até reunir coragem para pegar o novo cilindro. Com todo cuidado, troquei-o pelo primeiro, temerosa de fazer algum ruído que pudesse me incriminar. Liguei o aparelho e peguei minha pena. Von Helsinger pigarreou para limpar a garganta e começou a gravar.

"Precisamos nos manter céticos a respeito das palavras de Harker, sem, contudo, deixarmos de reconhecer a possibilidade de que sejam verdadeiras, no mínimo até certo ponto. O fato de que ele esteve realmente com vampiras é remoto, mas pode ser que tenha ido parar num covil de mulheres que se autodenominam bruxas e que roubam o sangue dos homens para usar em suas poções mágicas. Caberia a mim, como metafísico e um homem da ciência, viajar para a Estíria e investigar o assunto. Talvez eu venha a fazer isso durante a primavera. Seria interessante ver como as harpias, sejam elas mortais ou não, reagiriam a uma transfusão de sangue masculino, se eu conseguisse uma forma de fazer esse tipo de coisa. Talvez o jovem Harker possa me ajudar nisso. No mínimo, gostaria de obter amostras do sangue delas para estudo.

"Enquanto isso, estarei comprometido em continuar sendo um soldado de Deus numa cruzada para obliterar o mal que recaiu sobre as mulheres por causa do pecado de Eva. Deus criou a mulher para ser pura e ingênua, mas tanto Lilith como Eva desobedeceram à vontade do Senhor e macularam o seu sexo. Se Deus quisesse que as mulheres adquirissem conhecimentos, teria Ele as proibido de comer o fruto da árvore proibida? No entanto, as mulheres de hoje transformariam a Europa numa nova Gomorra com suas prementes necessidades de virar a natureza de cabeça para baixo.

"Admiro a obra de Sir Francis Galton, mas não acredito que sua teoria sobre eugenia terá qualquer impacto. Jamais seremos capazes de impedir que as classes inferiores procriem. Mais realista é criar uma mulher que seja uma máquina aprimorada de procriação, capaz de produzir uma prole superior. Assim que as transfusões forem aperfeiçoadas, a mulher recebedora irá geneticamente assimilar os elevados traços do homem — força, coragem, retidão moral, pensamento racional e, inclusive, maior vigor físico e melhor saúde — e, portanto, trazer um perfil biológico mais saudável para o processo de acasalamento. Acredito que, no futuro, não só iremos aprimorar a qualidade da mulher por meio da transferência para ela do sangue superior dos homens, mas também criar um ser superior ou até um ser imortal; não os espíritos malignos descritos por Harker, mas uma criatura nobre à imagem e semelhança de Deus.

"As transfusões precisam ser aperfeiçoadas! Por que algumas pacientes reagem ao sangue transfundido com febre alta e colapso, eu não sei. A jovem esposa de lorde Godalming, uma mulher ainda mais indecente do que a maioria, talvez tenha possuído sangue extraordinariamente feminino que reagiu mal com seu oposto, o sangue de homens fortes e viris. Nos próximos dias, observaremos os efeitos do sangue transfundido em outras internas. Minha previsão é de que estaremos diante de miraculosas melhoras em algumas das mais histéricas.

"Defendo minha teoria de que a transferência de sangue é a chave para acelerar a evolução humana. As mulheres fortalecidas pelo sangue masculino ficarão livres de suas fraquezas biológicas e morais; e da união de dois seres superiores surgirá uma raça de super-homens com as mais elevadas e puras qualidades humanas e as mais desejáveis características genéticas."

Capítulo Treze

Com as mãos trêmulas, coloquei o cilindro de volta na prateleira. Alguns meses atrás, eu teria displicentemente desdenhado Von Helsinger por ser um excêntrico, um cientista louco de um conto de terror, um Frankenstein que queria competir com Deus como criador. Mas foram tantas as estranhezas nos últimos tempos, que quaisquer padrões pelos quais eu costumava julgar alguém desequilibrado ou são não mais se aplicavam.

A experiência que Jonathan teve com as mulheres na Estíria me fez lembrar as cenas descritas por Vivienne. No entanto, Von Helsinger não se precipitou em concluir que Jonathan estivesse louco. Subitamente, me veio o forte desejo de rever essa paciente e de checar se seus relatos continham outras informações relacionadas a esses mistérios. Mas, francamente, não fazia a menor ideia de como conseguiria convencer a Sra. Snead a me facilitar o acesso a uma paciente nessa hora tão tardia.

Fechei com cuidado o livro que havia aberto e ia recolocá-lo na prateleira quando, vindo não sei de onde, um trovão explodiu no céu. Foi tamanho o susto, que deixei o livro cair no piso de madeira, o que fez ecoar um som grave. Dobrei-me para apanhá-lo, mas o relógio repicou na meia hora. O ruído me assustou, e lá se foi o livro ao chão mais uma vez. Frustrada, sentei-me no assoalho e apertei o volume de capa de couro contra o peito, e foi nessa posição que a Sra. Snead me encontrou.

— Madame?! — Ela veio na minha direção e se inclinou sobre mim, preocupada. — A senhora está bem?

— Deixei cair um livro, só isso. Sra. Snead, eu gostaria de ver a paciente Vivienne, a senhora idosa de longos cabelos brancos.

A Sra. Snead deu um passo para trás, sobressaltada.

— Compreendo que é tarde, mas o Dr. Seward não lhe informou que eu poderia ter acesso ao...

— Madame, receio que não tenha entendido. Sempre será tarde demais para conversar com aquela pobre alma. Vivienne está morta. Morreu hoje cedo.

— Mas não é possível! — Sabia que, por causa dessa minha reação, podia passar a impressão de ser doida, mas a notícia me deixou atônita. Mal acabara de estar com Vivienne, e embora ela fosse demente, não estava fisicamente doente.

A Sra. Snead fitava o lado esquerdo do meu queixo, como se estivesse se dirigindo a um ser invisível aboletado no meu ombro.

— Ela está morta, morta mesmo, a coitadinha. Ela teve umas convulsões nesta tarde, tremia de febre e tinha arrepios de frio e tudo o mais. Fui chamar o doutor, que estava em reunião com o médico mais velho, lorde Godalming e o Sr. Harker. Foi depois que a senhora saiu da sala, madame. Mas quando o Dr. Seward chegou, ela já havia ido. Acho que ele disse ter sido um derrame cerebral. "Mas agora ela está livre de seus tormentos, não é Sra. Snead?", foi o comentário dele. E estava muito triste.

Esse inesperado desfecho dos surpreendentes eventos do dia acabou por deixar os meus já abalados nervos em frangalhos, e desatei num choro convulsivo.

— Por favor, Sra. Snead, diga-me que está mentindo.

— Madame, não estou mentindo. Pode ver o corpo, se quiser. — Ela ofereceu com a tranquilidade de quem convida para um chá. — Só será levado embora amanhã pela manhã. Aqui nós usamos o porão como necrotério.

Segui a Sra. Snead escada abaixo, e depois caminhamos pelo lado de fora do prédio até a parte dos fundos. Uma chuva enviesada nos pegou enquanto a funcionária desemaranhava a chave do porão da pesada argola. Ela abriu a porta, e entramos num cômodo com paredes de tijolos e pé-direito baixo, e cujo ar era úmido e deletério. Uma única tocha iluminava um catre coberto por um lençol puído e amarelado. O longo cabelo branco de Vivienne pendia pela lateral do catre e quase tocava o chão, tal qual um amontoado de poeira que se enovelara ao longo dos anos.

Caminhávamos bem juntas uma da outra. Notei que o porão era usado como adega, pois as paredes eram cobertas por pequenos escaninhos de madeira no formato de losangos, muitos deles ocupados por garrafas, um tremendo contraste diante do corpo sem vida que ali jazia. A Sra. Snead aproximou-se do corpo, e eu a segui, embora já não tão segura dos motivos que me guiaram até ali. Sem mais delongas, ela puxou o lençol, revelando o rosto e o peito de Vivienne. A morta parecia dormir. Os olhos estavam cerrados e, por causa da luz alaranjada da tocha, seu rosto não estava pálido e sem brilho — como o dos mortos —, mas refletia nuanças levemente coradas. Vestia uma camisola larga, desabotoada, e observei uma pequena gota de sangue maculando o tecido da manga. Não quis pedir permissão a Sra. Snead para arregaçar a manga da camisola, nem achei apropriado despir a morta; contudo, enchi-me de coragem e peguei a mão fria e hirta de Vivienne. Fechei os olhos e comecei a orar:

— Pai Nosso, que estais no céu, santificado seja o Vosso nome... — entreabri ligeiramente os olhos. As mãos da Sra. Snead estavam postas em oração sobre o peito, e seus olhos bem cerrados. — ... Venha a nós o Vosso reino, seja feita Vossa vontade... — continuei a rezar de olhos abertos, enquanto subia com cuidado a manga da camisola de Vivienne, até confirmar minhas suspeitas: uma ferida recente na parte interna do cotovelo, coberta por um pedaço de gaze encharcado de sangue.

Jonathan voltou para o nosso quarto à meia-noite, as roupas e o cabelo encharcados, e exalando um indescritível odor, misto de sujeira, de podridão, e de outros cheiros que não consegui identificar. Ele tirou o casaco e as botas. Pegou uma toalha e secou o cabelo com tanta fúria que parecia querer arrancar o escalpo. Passados alguns instantes, largou a toalha, caiu de joelhos e começou a socar o chão.

— Está errado, está tudo errado! — gritou. Quando ergueu o rosto molhado de lágrimas, pude ver que seus olhos tinham uma aparência selvagem. Depois, começou a arrancar as roupas: — Tenho de me livrar dessas coisas — queixou-se. — Elas carregam o cheiro da morte, Mina. Eu a vi e pude sentir seu fedor.

Ele arrancou a camisa, arrebentando alguns botões que alçaram voo antes de caírem tilintando no chão. Depois, fez deslizar as alças do suspensório pelos ombros largos e tenteou em desespero os botões da braguilha das calças que, bamboleando, foram parar a seus pés, e acabou por livrar-se delas aos chutes. Em seguida, começou a tirar as roupas de baixo; foi então que me dei conta de que nunca antes havia visto meu marido nu.

Fui até o guarda-roupa e, abrindo as portas, perguntei:

— Você quer a camisa de dormir ou o pijama? — Quando estava doente, ele preferia um pijama de lã que havia sido recomendado pelos médicos.

— A camisa de dormir — respondeu, ficando mais calmo.

Ouvi quando ele tirou as ceroulas, enquanto eu pegava a camisa na gaveta. Quando me virei, ele estava só de meias e ligas, e pude ver pela primeira vez seu corpo esguio, o triângulo de fios castanhos que lhe cobriam o peito, a pelve delgada e o pênis que se projetava de um tufo de pelos pubianos escuros. Uma onda inesperada de desejo atingiu todo o meu corpo. Constrangida, baixei os olhos que, no entanto, foram dar com suas longas coxas, e novamente um afluxo de excitação tomou conta de mim. Eu andava tentando ignorar o quanto ansiava para que ele me tocasse, mas minha reação ao lhe ver o corpo nu me impediu de negar a volúpia. Rapidamente e evitando-lhe o olhar, caminhei com as mãos por dentro da camisa aberta no pescoço, pronta para enfiá-la pela cabeça. Ele se inclinou para a frente, meteu a cabeça pela abertura da gola e, em seguida, passou os braços pelas mangas.

— Vou colocar essas roupas no corredor para que a lavadeira as recolha de madrugada — falei, enquanto fazia uma trouxa prendendo a respiração por causa do mau cheiro.

Saí ao corredor e voltei fechando a porta atrás de mim. Quando me virei, Jonathan me abraçou, dizendo:

— Amo você, Mina.

Antes que eu pudesse responder, seus lábios pressionavam os meus, e sua língua adentrava-me a boca, queimando-a com seu calor, esquadrinhando-a em busca de alguma coisa, talvez por alguma resposta que eu não estava tão certa de que lhe pudesse dar. Ele afastou a cabeça um pouquinho, sem, contudo, deixar de me manter colada nele.

— Como é doce o seu gosto, e como você é pura... — Ele me segurou em seus braços e me levou para a cama, e acabei deitada sobre o edredom de veludo. Num movimento, juntou meus cabelos em sua mão. — A primeira vez em que a vi, tive certeza de que se algum dia eu conseguisse segurar seus cabelos, perderia o controle.

Suas palavras me arrepiaram, embora eu não soubesse o que significava a perda de controle num homem. O estranho que fazia amor comigo nos meus sonhos estava sempre no controle.

— Você não faz ideia do quanto anseio por fazer amor com você, Mina. Você quer que eu faça amor com você?

— Quero, Jonathan, há muito que espero por isso.

— Deixe-me vê-la. Deixe-me ver como você é.

Suspendi bem devagar a bainha da camisola, revelando minhas pernas.

— Não pare — pediu ele.

Seu rosto não mostrava nenhuma expressão. Contorci-me um pouco de modo a poder subir ainda mais a camisola, passando-a pelo pescoço e revelando tudo. Pela expressão de seu rosto, não pude avaliar se estava ou não satisfeito com o que via. Seus olhos perscrutaram meu corpo como se estivessem inventariando uma mercadoria.

— Linda — exclamou. — Eu sabia que sua pele haveria de ser mais fina do que a seda... — Ele viu o coração com a chavinha pendurados no colar que me havia presenteado antes de ir para a Estíria e tocou-os de leve com as pontas dos dedos. — Ainda o está usando? Mesmo depois do que eu fiz?

— Nunca o tirei do pescoço.

Os dedos dele serpentearam meu corpo, indo dar com a marca de nascença cor de vinho na minha coxa.

— Mas o que temos aqui?

— Isso sempre esteve aí.

— Tem asas, como uma borboleta — disse ele ao contorná-la. Seu dedo trêmulo cobriu a marca e correu pela minha coxa. Depois cobriu meu sexo com a mão, acariciando-o devagar, o que me fez ficar excitada. Ele fechou os olhos e deslizou o dedo para dentro de mim. Senti-o tremer. — Quente, tão quente — disse ele. — Carne viva.

Ele abriu os olhos e me encarou.

— Você não faz a menor ideia do que fazer, não é mesmo?

— O que você quer dizer? — perguntei.

A minha presunção era de que meu marido deveria me beijar e me tocar. Que seus lábios percorreriam meu pescoço e outros lugares, carinhosamente, e que ele colocaria seu órgão ereto dentro de mim. Também esperava que doesse. Será que a expectativa era de que eu devesse saber mais do que isso?

— Nada, minha querida Mina. Você é inocente. Ainda bem que é inocente.

Ele me deu um sorrisinho esquisito e se deitou sobre mim. Depois suspendeu sua camisa para que nossas peles se tocassem, e beijamo-nos, devagar e mais profundamente, e sem pressa. Senti-me derreter aos anseios de sua língua, pressionando meu corpo contra o dele e afastando as pernas. Ele segurou o pênis duro e esfregou na minha abertura algumas vezes até que o enfiou. Diferentemente de seu dedo, o pênis parecia arrebentar minha carne. Gritei, mas ele não parou.

— Está doendo, Mina? — perguntou. — Diga a verdade.

— Está, está doendo.

— Se você for do tipo correto de mulher, deve doer sim — disse ele. — Desculpe. Detesto ter de machucá-la, mas isso faz com que a ame mais ainda.

Não dói quando estou sonhando... pensei em dizer; mas agora era real, e eu tinha ouvido falar que da primeira vez machucava mesmo.

— Vou continuar agora, Mina — sussurrou ele no meu ouvido. — Procure relaxar.

E penetrou um pouco mais dentro de mim, provocando uma dor ainda maior, uma dor tão intensa, que pensei que estivéssemos fazendo alguma coisa errada. Fiquei apavorada de ter de suportar tamanha dor e empurrei-o.

— Não me afaste de você. Prove que você me ama. Não quero machucá-la, mas é preciso, ao menos da primeira vez. — Ele parecia mais desesperado do que excitado, a aflição por me causar dor obliterando toda a excitação de seu rosto. — O sofrimento é uma bênção, você vai ver. Você tem de vencer a dor para que tenhamos nossos filhos. E precisamos tê-los. Temos de gerar vida para combater todas as mortes que nos rodeiam.

Quis indagar-lhe o que estava pretendendo dizer, mas no desespero em que ele se encontrava, não achei que fosse receber uma resposta que fizesse alguma lógica. Respirei fundo e procurei relaxar.

— Muito bom, Mina. Não reaja contra mim. — E com essas palavras voltou a se movimentar, e pude senti-lo mais longo e mais rijo dentro de mim.

Ele se ergueu um pouco para um lado e olhou para baixo, de modo a ver e guiar o próprio pênis. Desacelerou por alguns misericordiosos instantes, entrando e saindo com grande cuidado e deslumbramento.

De repente, a sensação foi diferente, melhor, menos dolorosa, quase como prazer. Parei de arquejar e relaxei as pernas, permitindo a ele um acesso mais profundo dentro de mim. Reconheci o mesmo prazer que havia experimentado em sonhos, e fiz uma ideia do que fazer amor significaria para nós quando eu me habituasse a tê-lo dentro de mim. Mas, logo em seguida, ele começou a se mover muito rápido, e a dor voltou. Então, ele gritou com uma força que parecia indicar que a dor que sentia era mais pungente do que a minha. Com um movimento mais forte, ele terminou, e me dei conta de que havia chegado ao fim, arfando profundamente e enfiando a cabeça no meu cabelo que se espalhava pelo travesseiro.

Rolou de cima de mim e deitou-se de costas. Não me fitava. Encarava o baldaquino. Eu podia ver seu rosto, pois as luzes do quarto permaneciam acesas. Puxei a camisola para baixo, cobrindo meu corpo.

— Sou tão ruim assim, comparando com as experiências que você teve? — Eu estava zangada e me sentia humilhada, ainda assim, estava com medo de ter manifestado uma verdade que ele poderia vir a confirmar.

— Deus do céu, nem um pouco! Você acha que é nisso que estou pensando? Não, Mina, mas em algo muito mais funesto. — Suas sobrancelhas se contraíram e então se juntaram numa expressão de angústia: — Fomos até a cripta de Lucy. — Ele fechou os olhos. — Godalming não conseguia acreditar que Lucy estivesse morta.

Meu estômago se revirou, e achei que fosse vomitar. Sentei-me e apertei os joelhos contra o peito, cobrindo-me com o edredom de veludo.

Jonathan me olhou em desespero.

— Quem teve a ideia foi Von Helsinger. E ele tem grande poder de persuasão. É mesmo um seguidor de Mesmer. E isso é ele quem diz. É capaz de hipnotizar uma pessoa e torná-la sua vassala!

— O que foi que ele disse a você e aos outros para convencê-los a perpetrar esse desatino?

— Depois que você saiu da sala, Von Helsinger levantou a hipótese de que talvez a energia de todo o sangue que Lucy recebeu em transfusões a estivesse trazendo de volta à vida.

Recordei-me daquele terrível momento em que os homens me excluíram de sua aliança maléfica.

— Por que você exigiu que eu saísse da sala? Vocês já estavam planejando essa ação sinistra antes de eu chegar?

— Não. Mas quando ouvi Godalming descrever a presença de Lucy ao pé da cama o observando de perto, eu... — Ele fez uma pausa para reorganizar os pensamentos e, em seguida, falou pausadamente, proferindo meticulosamente as palavras. — Mina, por muitas semanas, senti-me perseguido pelas mulheres que eu... encontrei na Estíria. Eu não queria falar sobre isso na sua frente. Às vezes, cheguei a suspeitar de que você fosse uma delas. Von Helsinger chama isso de paranoia. Perdoe-me. Agora que somos verdadeiramente marido e mulher, e depois de ter constatado sua pureza, dei-me conta de que venho sofrendo um acesso de loucura.

Ele deixou pender a cabeça, e pude ver que a mecha branca em seu cabelo se havia alargado.

— Von Helsinger disse que a visita ao túmulo talvez me livrasse dessas fantasias, caso fossem mesmo fantasias. "Quem poderia saber ao certo, Harker?", ele me estimulou. "Talvez, um mundo inteiro que antes desdenhávamos, por julgá-lo um devaneio, esteja se revelando para nós. Precisamos investigar. Quem sabe você não é um Perseu da modernidade prestes a encontrar e capturar a Medusa!" Ele estava errado. Não sou nenhum herói; apenas um prisioneiro de novos medos.

Fiquei furiosa ao saber que Von Helsinger recrutara meu marido, um homem com a saúde e a sanidade alquebradas, para uma experiência tão repugnante, cujo único intuito era o de saciar seus próprios interesses e sua atração pelo bizarro.

— Conte-me o que aconteceu.

— Não posso — reagiu ele. — Você é boa demais.

— Desabafe, Jonathan. Fale. E juntos, dia após dia, nós vamos aprender a esquecer tudo isso.

Encorajado pelas minhas palavras, ele começou a golfar os monstruosos detalhes daquela noite. O cocheiro de Godalming os levara até uma rua perto do Cemitério Highgate, conhecida por abrigar casas de péssima reputação. Eles deram a entender que passariam a noite numa delas e acertaram para que o cocheiro os viesse buscar à meia-noite. Sob a luz do luar, entraram no cemitério e foram direto para o Círculo do Líbano.

— Enquanto íamos pelo caminho até os jazigos, ouvi pássaros que esganiçavam naquela impressionante árvore que cobre o círculo dos túmulos. Percebi que era um mau presságio, que iríamos violar terreno sagrado. Pedi a eles que pensassem melhor, que reconsiderassem. Seward teria voltado comigo, mas os outros estavam convictos. E também acho que quis provar a mim mesmo que Lucy estava morta, e que Godalming sofria alucinações. Imaginei que se um homem como ele permitia que a loucura se instalasse em sua cabeça, então não seria tão vergonhoso para mim ter sucumbido a ela também.

Com um martelo e um formão que apanharam no barracão de ferramentas de Lindenwood, abriram a porta de mármore da cripta.

— Godalming avisou que ele mesmo se encarregaria de descerrar o caixão. Von Helsinger se posicionou atrás dele, encorajando-o com sofreguidão. Remover os parafusos levou um tempo enorme. Fazia frio e ainda assim eu transpirava, o que me fez recordar a sensação da febre cerebral e receei que fosse desmaiar. Finalmente, Godalming retirou o último dos parafusos e suspendeu a tampa.

Ele fez uma pausa, e eu aguardei que continuasse.

— Descrever o que vi é muito pesaroso, mas é uma condição a que todos estaremos sujeitos depois de sermos trancados em nossos caixões. A natureza é cruel. — Os olhos de Jonathan brilhavam num misto de espanto e repugnância. — A pele dela estava branca, igual à cor do gelo que de tão gelado adquire um matiz azulado. Os lábios estranhamente vermelhos, obra do embalsamador. Algumas porções de pele estavam abertas, como se o corpo tentasse se virar do avesso.

Jonathan interrompeu o que ia dizer, parecendo puxar pela memória.

— Eu poderia jurar que Von Helsinger ficou desapontado ao ver Lucy no caixão. Acho que ele realmente acreditava, ou queria acreditar, que o sangue a havia trazido de volta. Chegou a um ponto que não pude mais me conter e perguntei a Godalming: "Então, está satisfeito?"

Jonathan fez mais uma pausa, como que relembrando aquele momento, e seu rosto ficou rubro de raiva.

— Godalming olhou duro dentro dos meus olhos e disse: "Não, Harker, não estou satisfeito não." E retirou um estojo de couro de dentro de sua mala. De lá sacou uma faca com uma lâmina de mais de uns vinte centímetros, afiada o bastante para matar um animal de grande porte. Instintivamente, botei as mãos ao alto. Pensei que ele fosse me esfaquear. Mas Seward se interpôs entre nós e disse naquela voz calma e desapaixonada: "Arthur, já vi você usar essa faca para tirar um peixe da linha. O que pretende fazer com ela agora?" Godalming riu na minha cara e disse: "Qual é o problema, John? Não é isso que você quer? Se livrar do Harker? Não é ele o único obstáculo que o impede de alcançar seu maior desejo?"

Jonathan ficou esperando que eu respondesse.

— Jonathan, estou ciente de que o Dr. Seward se sente atraído por mim; mas posso lhe garantir que esse sentimento não é nem bem-vindo nem correspondido.

— E ele se declarou a você?

— Não, nada disso — menti. — Quando nos conhecemos em Whitby, ele precisava de alguém a quem transferir sua paixão frustrada por Lucy. Arthur fez uma brincadeira com ele sobre isso durante um jantar.

— Não havia clima para brincadeiras no jazigo. Godalming ignorou Seward e voltou-se para o caixão. Ergueu a faca bem alto, acima de sua cabeça e, com um grito de guerra, enfiou a lâmina no peito do cadáver de Lucy, dizendo: "Agora desafio você a pedir seu dinheiro de volta, sua vadia!" Foram essas as palavras que ele usou, Mina.

A vida nos oferece momentos de profunda lucidez. Normalmente eles só se dão a conhecer tardiamente e quase sempre na hora errada. Naquele instante, soube do fundo do coração que Arthur havia se casado com Lucy por dinheiro e conseguido interná-la, e talvez até a tivesse matado, de modo a ter para si toda a fortuna dela. Deslumbrada pelo título de nobreza e pelo charme de Arthur, a Sra. Westenra caiu direitinho nas armadilhas dele.

— Vamos fazer as malas e **sair** deste lugar quando amanhecer — decidiu Jonathan. — Lastimo o que sucedeu a Lucy; contudo, não há nada mais que possamos fazer. É entregar nas mãos de Deus e só Dele.

Naquele instante, botei de lado os meus propósitos de vingar Lucy, de agradar Kate com minhas descobertas, de salvar outras mulheres como Vivienne dos tratamentos propostos por Von Helsinger, e de tudo o mais, e me concentrei em salvar a Jonathan e a mim. Atiramos nossos pertences numa valise, deixando para trás as roupas fedorentas que ele havia usado naquela noite. Planejamos informar que estávamos de partida e concordamos em não aceitar nenhum argumento para que continuássemos ali. Jonathan e eu dormimos abraçados naquela noite. Enfim, éramos uma família.

23 de outubro de 1890

Quando acordei na manhã seguinte, Jonathan não estava no quarto. Imaginei que ele tivesse ido avisar Von Helsinger sobre nossa partida iminente. Vesti-me com a roupa que havia separado na noite anterior. Às oito horas, a Sra. Snead bateu à porta e me informou que meu marido gostaria que eu fosse vê-lo no gabinete do Dr. Von Helsinger. Pedi a ela que mandasse alguém pegar nossas malas.

— Ninguém me disse nada sobre a partida de vocês, madame.

Asseverei a ela que partiríamos imediatamente.

Quando entrei no gabinete de Von Helsinger, Jonathan e os dois médicos estavam de pé ao redor de uma mesa, os olhos cravados numa folha de jornal. Jonathan me lançou um olhar hostil e disse:

— Você quase me enganou.

Seward botou a mão no braço de Jonathan.

— Pode deixar que eu cuido disso. — E virando-se para mim: — Sra. Harker, está planejando mesmo deixar este hospício nesta manhã? — Seus olhos completando o pensamento: *Então você não me ama mesmo.*

251

— Meu marido chegou à conclusão de que era hora de irmos para casa — respondi, transferindo a responsabilidade para Jonathan.

Ele pegou o jornal e me entregou. Ali, na primeira página, havia um retrato meu me encarando. A fotografia de Kate, com o vestido de luto e segurando no colo um bebê fantasma, estava ao lado da minha, em que aquele misterioso personagem aparecia flutuando ao meu lado. A manchete anunciava: CLARIVIDENTES DESMASCARADOS, por Jacob Henry e Kate Reed.

— Agora negue que você não seja um deles! — vociferou Jonathan fervendo de raiva.

Pus de lado o jornal com desdém.

— Os senhores não leram o artigo? Acompanhei meus amigos na missão de expor essas fraudes. Isso não passa de um truque fotográfico, Jonathan. Não entendo por que se aborrecer com isso. — Além de tenso, o ambiente estava umbroso devido à fumaça que saía do cachimbo de Von Helsinger, e que fazia azedar meu estômago vazio. Esperei que alguém quebrasse o pesado silêncio e desse uma explicação para aqueles olhares de desconfiança que recaíam sobre mim.

— Você vai negar que conhece este homem aqui? — gritou Jonathan comigo, e me acovardei ante a ferocidade de sua voz. Eu não sabia o que dizer, pois a verdade seria difícil não só de explicar como de compreender. Eu não conhecia o homem da fotografia; contudo, ele não me era de todo estranho.

— Sra. Harker, penso ser de seu interesse dizer-nos a verdade — ponderou Seward. — A senhora teve relações furtivas com o conde? A senhora tem alguma história secreta com ele que tenha ocultado de seu marido?

— Com o conde? — perguntei. — Quem é o conde?

Jonathan jogou as mãos para cima em sinal de frustração e depois esticou os braços na minha direção, as mãos formando um quase círculo, como se o desejo dele fosse mesmo o de me esganar.

— Pare de fingir que é inocente! Que grande atriz você é, Mina! Que papel de virgem pura você fez ontem à noite! Quando na verdade você não passa de uma das demônias dele, sem dúvida com experiência nos atos mais sórdidos.

Meu rosto queimava por ter sido tão ofendida. Meu sangue corria quente como uma horda militar avançando sobre um território em vias de ser conquistado. Levei as mãos ainda frias ao rosto, cobrindo-o, procurando compreender o que ele acabara de dizer.

— Sra. Harker, a senhora nega que conheça o conde da Estíria? — A voz de Seward era fria e firme.

Jonathan pegou o jornal e apontou para a figura fantasmagórica ao meu lado.

— Você andava de maquinação com ele esse tempo todo! Foi assim que me encontrou. Você acabou comigo! Por que, Mina? Com os diabos, Mina, do que se trata tudo isso?

— O homem na fotografia é o conde austríaco? — Senti como se alguém tivesse acabado de desmanchar o quebra-cabeça que eu vinha montando há muito tempo, espalhando as peças por todo lado.

— Basta de fingimento! — Uma veia púrpura, saltada, atravessava a testa de Jonathan. Os músculos retesados nas laterais de seu pescoço pareciam duas colunas. Ele deu um soco tão forte na mesa, que cheguei a dar um salto para trás. Acho que se os dois médicos não estivessem na sala, ele teria me agredido e matado. — Confesse o que você fez, Mina. Confesse de uma vez por todas quem, ou o que, você é de verdade.

Von Helsinger abriu a boca pela primeira vez:

— Sra. Harker, você nega ter visto este homem antes?

O que eu podia responder?

— Eu o vi, mas não o conheço. — Eu estava perplexa demais e temerosa demais para tentar dar uma de esperta. Como é possível que essa seja a pessoa com quem Jonathan foi-se encontrar na Estíria? — Não faço a menor ideia de como ele foi parar na fotografia. Ele não estava no estúdio. Pode perguntar à Kate Reed!

— Quem é essa Kate Reed? — Von Helsinger quis saber.

Jonathan se adiantou:

— Kate Reed é uma desavergonhada que há anos vem tentando levar Mina para o mau caminho.

Não mais consegui conter as lágrimas. Caí num choro convulsivo e, durante alguns momentos, eles ficaram silenciosos. Mas o clima de tensão era palpável. Tomei uma decisão. Imaginei que se confessasse tudo que estivera tentando esconder — os mistérios inexplicáveis que buscava resolver sozinha —, alguém me ajudaria a decifrá-los.

— Eu não conheço o homem da foto, mas ele está sempre me perseguindo.

— Assim é melhor, Sra. Harker. Está entre amigos aqui. Conte-nos tudo — insistiu Seward com uma voz de veludo que acariciou meus nervos. — Somos médicos. Podemos ajudá-la. — Depois, se dirigindo a Jonathan: — Você está disposto a ouvir a história que a sua esposa tem para contar?

Jonathan assentiu. Os três se sentaram, e eu pedi uma xícara de chá de um bule que estava num carrinho ao lado do aquecedor. Sem entrar nos detalhes mais realistas ou sexuais, contei-lhes sobre a noite em que acordei depois de um acesso de sonambulismo, sendo atacada por um sujeito grosseiro no barranco do rio. E narrei a agressão e a forma como o cavalheiro misterioso me salvou daquela situação.

— Esta é a primeira vez que ouço você falar disso — reclamou Jonathan. — Por que não me contou isso antes?

— Temia deixá-lo nervoso. Pensei que eu talvez tivesse feito alguma coisa errada, mas não tive o menor controle sobre o que aconteceu. Receei que você não acreditasse em mim.

Ele permaneceu calado. Então fui em frente e relatei minhas experiências em Whitby, a tempestade, o naufrágio, ou como vi o conde, ou achava que o tivesse visto, na abadia. Até admiti ter recebido um bilhete daquela mesma pessoa, me indicando onde Jonathan estava.

— Se você é uma vítima dele, eu também sou — disse, dirigindo-me a Jonathan. — Nunca quis nada disso.

Von Helsinger apoiou o cachimbo sobre a mesinha.

— Sra. Harker, as mulheres sempre se fingem de inocentes quando seduzem um homem. Seria melhor que admitisse sua fraqueza por esse homem. Então talvez sejamos capazes de ajudá-la.

Já ia começar a reclamar, mas Jonathan me cortou.

— Você me havia dito que descobrira que eu estava hospitalizado pelo meu tio.

— Eu não sabia como lhe dar outra explicação. Sinto muito. Você não estava em condições de escutar outra história fantástica — comecei a chorar, e Seward me ofereceu um lenço. — Eu não tinha uma explicação racional para o fato de ele saber onde você estava, mas se ele é realmente o conde, então ele sabia do seu paradeiro. Mas como ficou sabendo do meu, não faço a menor ideia.

Seward esteve tomando anotações do que eu relatava, e continuava a escrever, enquanto os outros dois me encaravam com ares de desconfiança. Finalmente, Seward interrompeu o silêncio.

— Sra. Harker, prestei bastante atenção à sua história. Devo dizer que me parece que você está obcecada por esse homem, ou pela *ideia* desse homem que, como você mesma disse, a segue por todo lado, ora livrando-a do perigo ora lhe passando informações, adentrando seus sonhos e aparecendo de forma misteriosa em Whitby para seduzi-la. Você vem dando a esse fantasma fruto da sua imaginação extraordinários poderes.

— Eu não o criei! — afiancei. — Ele está ali... na foto!

Seward ergueu a mão impedindo que eu continuasse.

— Mas há alguns instantes você afirmou que tudo não passava de um truque fotográfico. Decida-se! — E virando-se para o meu marido: — Sr. Harker... Jon... precisamos ser sensatos. É muito fácil confundir uma pessoa com outra pela imagem num retrato. Será que o cavalheiro da foto apenas se parece com o conde? Poderia ao menos cogitar nessa possibilidade?

Jonathan assentiu bem lentamente, demonstrando dúvida.

— É, é possível, embora a semelhança seja impressionante.

— Permita-me aventar a hipótese de que por ter ficado tão nervoso ao ver a fotografia de sua mulher no jornal com outro homem, e considerando que você associe todas as suas más experiências ao conde austríaco, talvez esteja imaginando que a imagem seja a dele? Para mim, esse homem se parece com muitos outros. A imagem está muito borrada, não é mesmo?

— É uma possibilidade — disse Jonathan ainda relutante, ponderando os fatos. Examinou o retrato mais uma vez. — É... é uma imagem sem nitidez, especialmente o rosto. — Percebi que Jonathan seria capaz de aceitar uma explicação que sugeria que eu fosse insana.

— Agora, vocês, por favor, tentem acompanhar meu raciocínio, sobretudo você, Jon. Já vi centenas de mulheres sofrendo das mais variadas formas de histeria sexual, e conheço muitíssimo bem os sintomas e os padrões de comportamento. Será que quando a Sra. Harker viu a imagem do belo cavalheiro na fotografia, a qual a reportagem afirma ter sido obtida por meio de um truque fotográfico, não se apaixonou? Ela já tinha predisposição para o sonambulismo e sonhos alucinatórios; você estava viajando a trabalho; e então ela começou a transferir os sentimentos que nutria por você para esse fantasma, o qual ela associava com o cavalheiro que a livrou das investidas no barranco do rio. Quando em Whitby, envolvida na obsessão de Lucy por Morris Quince, ela se sentiu despojada de romance e então passou a enriquecer suas fantasias com esse homem. Ela começou a ter sonhos com ele, sonhos de natureza erótica e fantasmagórica.

Seward me fitou com olhos acusadores, mas eu me encontrava paralisada pelo rumo que sua análise havia tomado.

— Conforme o nível obsessivo tomava corpo, a Sra. Harker passou a imaginar que o homem a seguia, apaixonado e se materializando na hora e no lugar em que ela o requisitava para tomar parte em sua fantasia. Chegou mesmo a inventar que ele lhe havia enviado uma carta apontando onde você estava na Áustria. E agora, o Sr. Hawkins, o verdadeiro remetente daquele bilhete, está, infelizmente, morto, de modo que não lhe podemos pedir para que esclareça o assunto. — Seward balançou a cabeça com pesar.

Quis argumentar com ele que o conde estava mesmo fazendo as coisas que eu dizia, mas como podia ter certeza? Quanto mais eu insistisse, mais daria demonstrações de insanidade, ou pelo menos foi o que calculei naquele momento.

— Sra. Harker, você sabe o que estou prestes a declarar, não é?

Fiz que não.

— O seu caso é típico de erotomania. — Seward virou-se para Jonathan. — Se não for tratada, a paciente pode desenvolver comportamento ninfomaníaco. A Sra. Harker sabe que o que estou falando é verdade, porque tomou conhecimento de alguns casos dessa mesma natureza aqui em nossa instituição.

— E o que é um comportamento ninfomaníaco? — perguntou Jonathan.

— Seduzir homens indiscriminadamente, o que redundaria numa humilhação para vocês dois. Por sorte, existe tratamento.

Meu sangue congelou.

— Não, não preciso de tratamento. Não estou doente! Não sou a paciente aqui! — Lembrei-me de como a reação emocional de Lucy à sugestão de tratamento em Whitby deu a Seward a confirmação de sua suspeita de histeria, então tentei me acalmar: — Será que não podemos conversar sobre isso racionalmente? Gozo de perfeita saúde. Tenho tido pesadelos, é só. Dr. Seward, você, você mesmo confirmou isso há alguns dias. Por que crê agora que eu esteja doente?

— Eu desconhecia a extensão de seus problemas, Sra. Harker. E você não foi sincera comigo — replicou ele e depois acrescentou: — Não foi sincera a respeito de muitas coisas. — E cruzou os braços num gesto de recriminação. — Você se recorda de que eu lhe disse que mentir e usar de esperteza são sintomas de histeria sexual? Eu a considerei acima dessas hipóteses, mas agora posso ver que estava errado. Você veio até mim querendo ajuda. Você me explicou sobre essas suas fantasias, mas como não me contou toda a verdade, meu diagnóstico foi equivocado. Sou o médico e deveria ter sido capaz de perceber a verdadeira situação, por conta de sua cuidadosa distorção da realidade, mas você precisa permitir que eu me redima desse meu erro ao cuidar de seu tratamento.

Ele se virou para Jonathan.

— Veja você, de todos os animais, a mulher é a que tem as capacidades mais aguçadas, que são intensificadas pela influência de seus órgãos reprodutivos. São os seres mais sensíveis, facilmente suscetíveis à histeria. O corpo da mulher atua em harmonia com a mente feminina. Precisamos ser solidários com elas, procurando ajudá-las, ou as narrativas fantásticas e as alucinações escapariam ao controle.

— Mina, você precisa se submeter ao tratamento — afirmou Jonathan. — Você me pediu que viesse aqui para ser avaliada, e fiz o que me pediu. Agora é sua vez de concordar com o meu pedido.

— Você quer que esse amante fantasma, fruto de sua imaginação a persiga pelo resto de seus dias, Sra. Harker? — perguntou Seward.

Minha única esperança era meu marido.

— Jonathan, por favor, não permita que eles me maltratem. Foi o tratamento deles que matou Lucy. Eles forçaram comida dentro dela e deram a ela uma transfusão de sangue que veio a matá-la! — Tentei disfarçar o desespero em minha voz. Minha mente disparou em busca de algo para dizer que me tirasse dessa situação, que me livrasse de cair na armadilha desse lugar, mas eu estava apavorada demais para raciocinar. Eu era, realmente, a antítese da mentirosa espertalhona descrita por Seward. Havia perdido as esperanças de influenciar minha situação. Até Lucy, a grande mentirosa que vinha manipulando as pessoas desde a infância, não tinha conseguido escapar do diagnóstico e do tratamento proposto por Seward. Que esperanças eu poderia ter?

Seward me repreendeu:

— Lady Godalming se recusou a comer, ficou fraca e contraiu uma febre. Você sabe de tudo isso, ou melhor dizendo, sua mente racional sabe disso, mas sua desordem está fazendo com que sua mente distorça os fatos. — E virando-se para Von Helsinger: — Não estou certo?

Von Helsinger elevou a palma da mão e deu de ombros como se dissesse "é claro".

— As manifestações da doença de Lady Godalming eram as mesmas da Sra. Harker. Obsessão, achar que o objeto de seu desejo está apaixonado por ela, insistir que é vítima do amor e por aí vai... É um distúrbio muito comum entre as mulheres, nascido da fragilidade da mente feminina que, acredito eu, tem um forte componente genético. Dediquei toda a minha vida a encontrar a solução para esse problema.

— Jon, temos a sua permissão para cuidar da Sra. Harker? — Seward mantinha uma calma traiçoeira.

Jonathan pegou o jornal mais uma vez e mirou a fotografia.

— Agora, ao reexaminá-la, vejo que poderia ser uma imagem fantasmagórica que se parece com o conde. Lastimo ter causado tanta confusão nesta manhã, mas fiquei tão apavorado ao ver o conde, ou o que pensei ser ele, com a minha mulher... Mas tudo serviu a um bom propósito. A mão de Deus funcionou aqui, usando essas circunstâncias para expor o problema de Mina.

— Bem-colocado, senhor. — Seward abriu sua maleta preta e extraiu de lá um conjunto hipodérmico, parecido com o que o médico do Sr. Hawkins havia usado.

— Não! — reagi. — Não preciso de remédios! — E quanto mais reclamava, mais parecida com Lucy eu ia ficando. Forcei-me a ficar quieta, mas quando vi Seward vindo na minha direção com uma agulha, comecei a gritar.

Dr. Von Helsinger tocou a campainha, enquanto Jonathan aproximou-se de mim e me abraçou.

— Deixe que eles a ajudem, Mina. Logo tudo vai melhorar — disse ele.

Seward estava diante de mim, segurando uma seringa longa e cheia de líquido, a ponta da agulha voltada para cima. A Sra. Kranz e a Sra. Vogt cruzaram a porta.

— Estamos internando a Sra. Harker agora como paciente — explicou Seward. — Preparem tudo para começar o tratamento com água imediatamente.

— O que é um tratamento com água? — Meu coração batia descontroladamente quando Jonathan me entregou às duas mulheres, cada uma delas me agarrando por um braço. Surpreendi-me ao ver como elas eram fortes, como elas conseguiram conter meus esforços de resistência.

— Isso vai-lhe fazer relaxar. Vai livrar você de todo gênio ruim que corrói seu sangue, que é justamente o que causa a fraqueza dos nervos, e vai-lhe trazer paz — disse Seward enquanto eu esperneava sendo carregada pelas duas mulheres. — Sra. Harker, por favor, não ofereça resistência. Não queremos machucá-la.

Não fosse pelas tragadas de Von Helsinger e pelo farfalhar da seda da minha manga ao ser arregaçada, reinaria um profundo silêncio naquele recinto.

A substância penetrou nas minhas veias, carregando em sua composição algum tipo de agente entorpecente que fez desaparecer a força dos meus músculos, e rapidamente perdi o interesse em me rebelar. Meus argumentos e a lógica que sustentavam meu instinto de preservação se dissiparam como fumaça, desintegrando-se no ar como os fumos emanados do cachimbo de Von Helsinger. Ondas de apatia voltearam pelo meu tronco, membros e órgãos, e tive a vaga impressão de estar sendo carregada, despida, de deitar-me sozinha numa cama macia, de receber carinhos, e de ouvir sussurros reconfortantes soprados em meu ouvido, e então, veio a sensação do nada, o absoluto desafogo da não existência.

Em seguida, senti um frio intenso, como se tivesse sido envolvida por temperaturas boreais e enterrada num túmulo de gelo. A princípio, achei que voltara a ser criança. Lembrei-me de estar doente, com arrepios, sentindo-me à beira da morte. Pensamentos e imagens horríveis do meu batismo me assolaram. Submergir. Afogar. Mãos que me prendiam sob a água gélida enquanto eu lutava para me erguer. Mas quando abri os olhos, vi duas mulheres desconhecidas. Meus braços haviam sido imobilizados junto ao corpo que, por sua vez, estava enfaixado bem apertado com um lençol congelado.

— Onde estou? — perguntei batendo o queixo. Pensei que havia morrido e ido... para onde? Para a antítese do inferno?

— Você está na sala de tratamento com água, querida — explicou uma das mulheres.

Eu conseguia inspirar apenas um minúsculo volume de um desagradável ar frio e úmido cada vez que respirava, mas era o bastante para que reconhecesse o odor pungente de compostos químicos. Impossibilitada de mexer a cabeça, não podia ver o que estavam fazendo ao meu corpo, mas sentia o arranhar de tecido grosso e gelado contra a pele.

— Ajude-me — consegui dizer. — Sinto tanto frio...

— Estamos ajudando, querida. Você está fazendo o tratamento com água. Vai ficar boa. — A mulher não me fitava, mas eu podia ver as pregas na região anterior do pescoço sacudirem enquanto ela falava com uma voz cantada que não era nem natural nem amistosa. — Agora, seja uma boa menina. Você não precisa fazer nada; basta ficar quieta. A trabalheira fica conosco.

Não podia acreditar que elas me deixariam ali congelando até a morte, mas as duas se afastaram. Ouvi quando seus traseiros descansaram pesadamente nos assentos das cadeiras, e também os suspiros de alívio de cada uma delas, como se tivessem ficado exaustas por tomar conta de mim. Eu arquejava sem parar e também gemia e gritava por socorro entre dentes tiritantes de frio. Cheguei a morder a língua, o que me fez chorar de dor. Uma lágrima quente desceu pelo meu rosto, uma única gota de líquido aquecido naquele mar glacial. Mas pouco importava os sons que eu fazia ou a veemência de minhas súplicas, elas simplesmente me ignoravam, embora por uma ou duas vezes, tivessem me pedido para calar a boca.

Ouvi uma das mulheres se levantar e sair do quarto e, não demorou muito, escutei o que desconfiei que fosse o choque de agulhas de tricô. Eu continuava deitada tremendo de frio e tentando aquecer meus lábios com a língua, a qual também ficara gelada. Estava deitada sobre uma espécie de placa de metal duro. O quarto tinha o teto baixo forrado de ladrilhos brancos rejuntados em preto. Não sei quanto tempo se passou; talvez uma hora, quiçá mais, quando a temperatura natural do meu corpo começou a subir o suficiente para diminuir um pouquinho o frio do tecido que me envolvia. Imaginei que isso fosse o sinal do término do tratamento. Ouvi as mulheres se levantarem e caminharem não na minha direção — para me soltar, era a minha esperança —, mas para o outro canto do quarto, de onde ouvi a manivela de uma bomba e água correndo de uma torneira.

E então, uma delas estava ao meu lado derramando gelado líquido sobre meu corpo. Eu não podia mexer nem um dedo, mas instintivamente meu corpo tentou escapar, saltando e se remexendo dentro dos lençóis. Dessa vez gritei, e gritei de novo, o som dos meus gritos ecoando pelo quarto. Achei que o barulho pudesse trazer alguém em meu socorro, mas meus gritos de agonia se perdiam entre os gemidos que se difundiam pelas paredes do hospício. Minha voz nada tinha de especial; eram apenas mais gritos anônimos de dor.

Passou-se uma hora, ou talvez mais, e tudo permanecia igual. A mulher que cuidava de mim tinha o dom especial de perceber o momento exato em que eu começava a me aquecer e, então, corria a despejar mais água gelada sobre o meu corpo frio. Eu tremia tão forte que às vezes perdia a consciência, mas não por um período longo o suficiente no qual pudesse escapar da minha desgraça. Finalmente, ouvi a outra mulher voltar para o quarto, e as duas começaram a me livrar daquele pano horrível que embrulhava meu corpo. Se tivesse forças, eu as teria agradecido. Mas meu corpo estava rígido e aleijado, e previ que seria vestida num roupão para me agasalhar e que alguém me informaria que o tratamento chegara ao fim. Em vez disso, as mulheres me ergueram, uma delas me segurou pelos ombros, a outra, pelos quadris, e sem nenhum aviso me enfiaram numa banheira de água gelada, mais fria do que os lençóis em que fora envolvida Com o choque, parei de respirar. Tudo ficou preto diante dos meus olhos, mas não desmaiei. Toda a potência do frio engolfou por inteiro cada parte do meu corpo. Tentei, em vão, livrar-me das mãos que me prendiam.

— Ó querida, por que está agindo assim? — indagou uma delas, enquanto mergulhava minha cabeça dentro d'água. Minha boca e meu nariz se encheram de água. Senti que estava sufocando e me afogando cada vez que engolia, e as pesadas mãos no meu pescoço que me mantinham com a cabeça mergulhada certamente seriam minha sepultura. Já fiz isso antes, pensei. Conhecia muito bem a sensação da pérfida água me invadindo.

Elas me puxaram para fora d'água. Cada centímetro do meu corpo se arrepiou, e eu tremia tanto que não me aguentava em pé. Uma delas me segurou enquanto a outra me enrolava num cobertor. Juntas, me suspenderam pelas axilas até uma cadeira, enquanto meus pés dormentes se arrastavam pelos ladrilhos molhados do chão. Colocaram-me sentada, e eu tombei para um lado. Uma das mulheres me agarrou antes que eu caísse, enquanto a outra apareceu carregando uma bandeja com um jarro alto de água e um copo.

— Água por dentro é tão importante quanto por fora — avisou ela, enchendo o copo de água e tentando fazer com que eu o segurasse; mas não consegui levantar o braço. Ela o aproximou dos meus lábios e despejou o líquido não desejado e também gelado na minha boca. Tentei engolir, mas não tive forças, e a água escorregou dos cantos da boca e desceu pelo pescoço. — Vamos lá, você precisa beber o jarro todo — disse ela.

Eu ainda tremia devido ao banho gelado e não via como poderia engolir toda aquela água. As poucas gotas que corriam para o estômago me enjoaram. Desde muito cedo na noite anterior que eu não comia nada, mas minhas entranhas vazias se reviravam. Fiz que não com a cabeça: não conseguiria beber mais nada. A mulher com o copo na mão soltou um suspiro, irritada:

— Não adianta nada desobedecer, mocinha. Não podemos deixar que saia deste quarto antes de tomar toda essa água.

— Se beber, posso ir embora? — consegui tossir as palavras. Congelada até a medula, eu teria concordado com qualquer coisa que me propiciasse sair dali.

— Isso mesmo, por isso seja boazinha.

O copo cheio até a borda veio na minha direção e, juntas, ela e eu, o levamos aos meus lábios enquanto eu bebia todo o líquido. Não estou bem certa de como consegui sorver os seis copos seguintes, mas com certeza foi preciso controlar o vômito e me lembrar a cada gole de que me aproximava do momento de escapar daquele quarto. Devo ter levado boa parte de uma hora inteira para engolir tudo, mas foi o que fiz e, ao terminar, aguardei ser libertada. Elas me ergueram da cadeira e retiraram o cobertor, me deixando nua e com frio. Em vez de me levarem para a porta, me dirigiram para o fundo do cômodo, onde abriram uma porta de metal e me empurraram para dentro. Escutei um som de motor sendo acionado e, em seguida, de água correndo dentro dos canos. De repente, senti um esguicho de água gelada batendo na minha cabeça e descendo por todo o corpo. Fiquei tão assustada, que me atirei contra a lateral do boxe. Mas não havia como escapar.

Uma das mulheres berrou:

— Seja boazinha, são só dez minutos.

Gritei e soquei as paredes do boxe por todo o tempo que durou a seção de chuveiro. Não podia acreditar que alguém tivesse sobrevivido a um procedimento desses. Ao sentir-me prestes a sucumbir, resolvi contar em voz alta: 60, 59, 58, numa contagem regressiva; mas nada parecia fazer com que o tempo avançasse mais rápido. Havia ultrapassado meu ponto de resistência; contudo, prosseguia existindo. Afinal, caí no chão frio e recebi um jato de água gelada por todo corpo.

Depois que me tiraram do chuveiro, elas não me levaram para um cômodo aquecido, mas me obrigaram a sentar e me forçaram outro jarro d'água goela abaixo. Não faço a menor ideia de quanto tempo permaneci ali. Eu delirava e estava convencida de que nunca mais ficaria seca, de que nunca mais sairia daquela câmara de tortura, de que nunca mais vestiria um agasalho e me sentaria diante de uma lareira tomando uma xícara de chá. Ao beber o último copo, me vieram à lembrança pessoas que eu conhecia e que, por não estarem dentro do hospício, poderiam vir em meu socorro: Kate, Jacob, a diretora e até o sujeito misterioso... Ou será que toda a cena de ele me livrando do homem que me atacava no barranco perto do rio não passava mesmo de uma alucinação? Mesmo assim, senti um fiapo de esperança ao me lembrar daquela noite.

Na esteira desse instante fugaz de esperança, arrancaram de mim o cobertor, e descobri que o finale ainda estava por vir. As duas mulheres ergueram meu corpo flácido e nu, e o mergulharam numa banheira de água gelada.

Quando recobrei a consciência, estava deitada numa cama. Inebriada pelo pequeno e efêmero prazer de estar aquecida, meu primeiro pensamento foi o de que estava viva. O calor da cama me acalmou. Meu corpo estava fraco, como se a substância que fazia os músculos se mexerem tivesse sido drenada. Assim que me lembrei de onde estava e do que haviam feito comigo, meus pensamentos se voltaram para os meios de escape. Abri os olhos. Já sabia que a única janela do aposento era guardada por duas pesadas barras de ferro; que os corredores eram observados permanentemente; e que havia carcereiros cuidando dos portões. E percebi que o derradeiro e intransponível obstáculo era que não me restavam forças para sequer me mexer.

Dormitei por um tempo e acordei ao som da voz sussurrante de Seward.

— Viu? Ela está tão em paz como um cordeiro, como um anjo adormecido. — As palavras dele entraram em mim com vagar, como uma calda espessa correndo em fio do gargalo de uma garrafa.

— O método de tratamento pela água purifica o sangue, retirando dele os elementos indesejáveis — repicaram as notas guturais da voz de Von Helsinger. — É o procedimento perfeito como preparativo para a transfusão; sem ele, o sangue vivo tem muitos elementos contra os quais lutar.

Torcendo para que meu rosto não demonstrasse nenhuma reação, controlei a ânsia irrefreável de abrir os olhos. Queria escutar o que eles ainda tinham a revelar.

— É preciso que se diga que a cura pela água traz mais paz e tranquilidade para a mulher do que qualquer narcótico que eu tenha usado — afirmou Seward.

Os homens conversavam em voz baixa para não me acordar.

— Ela está muito imóvel... — sussurrou Jonathan. — Não suporto vê-la assim tão pálida.

— Harker, quero que vá para o seu quarto e descanse. Vamos precisar de seu sangue para a segunda transfusão — recomendou Von Helsinger.

Como um camundongo assustadiço, saí em disparada pelos túneis da minha mente atrás de algo que eu pudesse dizer, de um argumento que os convencesse a me deixar sair incólume e por meus próprios pés daquele quarto e daquela instituição. Tentei espiar através das minúsculas aberturas de minhas pálpebras sem dar na vista que estava acordada. O que entrevi foi Von Helsinger sinalizando positivamente para Seward, que segurava uma seringa. Fechei bem os olhos. Ouvi seus passos se aproximando da cama. Ele segurou meu braço e virou a palma da minha mão para cima. Meus olhos se abriram de estalo.

— Não! — Eu estava tão fraca, que a palavra soou como uma lamúria. Tentei mais uma vez, mas era como se estivesse num daqueles sonhos em que tentamos correr, sem, porém, sair do lugar.

— Não a machuque! — implorou Jonathan, puxando o braço de Seward. O rosto dele, como tudo o mais naquele cômodo, estava enevoado, mas eu podia afirmar que ele estava preocupado e talvez fosse impedi-los de prosseguir com a maldita transfusão.

— Não se preocupe, jovem Harker — disse Von Helsinger. — Vamos bombear para dentro dela o sangue de homens corajosos. É o que há de melhor, quando uma mulher está com problemas. Sua mulher ficará curada, e com sangue de qualidade superior dará à luz crianças mais fortes. É isso que você quer, não é mesmo?

— Até o mais benigno dos procedimentos médicos pode ser perturbador para o leigo — explicou Seward. — Chamaremos por você assim que estivermos prontos.

Jonathan veio até a cama e beijou minha testa.

— Você vai melhorar, Mina. Os médicos vão fazer com que fique boa.

Ergui a mão com uma força que não sabia ainda possuir e agarrei a camisa dele; porém, não tive vigor suficiente e minha mão caiu sem vida.

— Não os deixe fazer isso — sussurrei. Minhas palavras saíram inarticuladas.

Os olhos castanhos de Jonathan, suavizados pela preocupação, buscaram os meus:

— O que foi que você disse?

— Lucy — sussurrei com grande esforço. As sílabas brotando devagar dos meus lábios dormentes.

— Acho que ela está chamando pela Lucy — disse Jonathan para Seward, que tentou afastar meu marido para o lado.

— Ela está tendo alucinações. É aconselhável deixá-la dormir — sentenciou.

Jonathan agarrou o braço do médico:

— Lucy morreu aqui. Você tem de me prometer que não vai deixar que isso aconteça a Mina. Preciso que você me garanta.

Ó pertinaz leitor, quantas vezes não revisitamos o passado e desejamos ter feito escolhas diferentes? Mesmo estando eu — para todos os efeitos — inconsciente, arrependi-me da decisão que tomara de ter poupado Jonathan dos detalhes mais cruéis a que os médicos haviam sujeitado Lucy, pois receei que de tão terríveis poderiam comprometer seu restabelecimento. Por que não lhe entreguei as cartas de Lucy para que ele mesmo as lesse? Acreditava que, ao protegê-lo, agia para o bem dele; nem desconfiava, porém, que estava possivelmente selando minha própria sentença de morte.

— Lady Godalming recebeu o sangue como último recurso para salvá-la de uma anemia profunda. Já a sua mulher é fisicamente saudável. Com o sangue, ela vai ganhar também força mental — explicou Von Helsinger. — É preciso, porém, que o doador do sangue esteja em estado de relaxamento para que o resultado seja positivo. Talvez o sangue de lorde Godalming tenha falhado ao tentar salvar a esposa porque ele estava muito agitado naquela ocasião.

— Não é de se admirar que ele tenha pesadelos — ponderou Jonathan. — Ele acredita ter fraquejado frente à mulher. Mas isso não vai acontecer aqui, senhores.

— Tomaremos todos os cuidados — garantiu Seward. — Pode confiar em mim.

— Confio em você — disse Jonathan. E não era para menos! Afinal, quem interveio em seu favor, quando Godalming brandiu a faca na intenção de arremetê-la contra Jonathan, à beira da cripta de Lucy? Era evidente que Jonathan confiaria em Seward.

Jonathan se inclinou sobre mim e pegou minha mão inerte.

— Adeus, Mina querida — disse com uma leve comoção. Beijou minha mão e apertou-a com força antes de se virar.

Tentei lhe dizer alguma coisa, mas ele já havia saído. Fiquei ouvindo seus passos morrerem enquanto se afastava.

Von Helsinger fechou a porta atrás de Jonathan e veio até a cama.

— Agora seja boazinha — disse ele.

Seward segurou meu braço, enquanto Von Helsinger o massageava para cima e para baixo. Depois, colocou o monóculo e me examinou.

— Que pele deliciosa... como a de um bebê — elogiou, correndo os olhos por todo meu corpo, afastando o decote da minha camisola para o lado e enfiando a mão por dentro e pousando-a em meu peito. Em seguida, com a mão em concha, cobriu meu seio esquerdo. — Mas, no final das contas, ela não é nenhum bebezinho. — Ele permaneceu por mais um pouco com meu seio em sua mão, olhando para o teto. Enfim, retirou-a. — A frequência cardíaca está boa — disse. — Pode dar a injeção agora.

Seward segurou meu braço. Tentei puxá-lo, mas ele foi taxativo:

— Ninguém vai machucar você se não resistir.

Com dedos vigorosos, Von Helsinger conteve meu braço numa determinada posição, enquanto Seward seguia meticulosamente, com as pontas dos dedos, o caminho das minhas veias, primeiro do ombro até o punho e, depois, no sentido inverso.

— Que bela e delicada rede — enalteceu ele, enquanto seu dedo investigava a parte interna do meu braço, o que fez com que eu me contorcesse. — É como se um talentoso pintor tivesse passado por aqui com seus pincéis... — disse, acariciando a pele sensível perto da minha axila. — Acho que você está gostando... — falou com um sorriso.

— Isso é bom! — disse Von Helsinger entusiasmado. — Ela está ficando mais receptiva ao sangue.

Seward refez a trajetória das minhas veias, parando na parte interna do meu cotovelo e delicadamente coçando a dobra.

— Aqui, eu acho — disse ele, e levou a agulha até aquele ponto, enfiando-a na minha veia.

Senti o picar da injeção e a queimação do medicamento se alastrando pelo meu braço. Ele esfregou o lugar em que a agulha fora introduzida e depois levou a mão até meu rosto e o acariciou.

— Doce Mina — disse com um risinho pervertido.

Von Helsinger falou alguma coisa a Seward em alemão, e o jovem médico caiu na gargalhada e respondeu no mesmo idioma.

O quarto a minha volta se desvaneceu; eu estava rapidamente perdendo a consciência. Queria fazê-los parar, mas encontrava-me absolutamente incapacitada e a droga abria as portas ao destino que me estava reservado. Flutuando na escuridão, ia aos poucos me desligando da intenção de escapar dali. Pensei que talvez devesse rezar, mas não consegui reunir força mental para tanto. Curiosamente, a lírica de um canto litúrgico da última cerimônia religiosa de que participara em Exeter me veio à cabeça. Recordei-me do som vibrante que saía dos tubos do harmônio e se propagava por todos os recônditos da catedral.

Ó, Cristo, Rei de toda glória
Ó, Filho eterno do Pai celestial
Ao dar Vosso corpo para nos salvar
Humildemente escolheu o útero da Virgem.
Vós vencestes o tormento da morte
E abristes o reino dos céus para os crédulos
Estais sentado à direita do Pai na glória...

As imagens que o cântico trazia à minha mente não eram nem de Cristo nem do céu, mas do meu salvador no barranco do rio, com os braços estendidos, me convidando para ir com ele. Que tola eu fui. Como gostaria de ter sabido que o perigo que me espreitava não proveria de seus braços, mas por eu ter teimosamente me agarrado à vida em segurança que queria ter com Jonathan. Que presentes maravilhosos o amante dos meus sonhos teria me oferecido, os quais agora eu jamais conheceria?

Visualizei o rosto dele em minha mente, e me imaginei fitando seus selvagens olhos azuis, escuros como o crepúsculo. Quis mergulhar naqueles olhos, deixar-me fundir na libertação que eles prometiam. Minha mente agora era um palco em que meus sonhos com o homem misterioso eram representados de novo: a voz, o toque, os beijos e a mordida que me sugava o sangue. Encontrava-me num estado de sonolência, no qual a linha que separava a realidade da alucinação era tênue. Minha mente alternava entre as maravilhosas sensações da minha imaginação e os indistintos sons do quarto: o tilintar de vidro e metal enquanto Seward e Von Helsinger se preparavam para dar sequência à transfusão; as palavras que eles trocavam pronunciadas em alemão; e os queixumes dos pacientes que permeavam todo o hospício.

De repente, senti que alguma coisa acontecera, como se alguém tivesse entrado no quarto causando grande rebuliço; mas através de olhos enevoados, percebi que a porta não se abrira. A voz alarmada de Von Helsinger vociferou palavras em alemão num tom exclamativo, a que Seward respondeu com um grito incomum. Quis voltar a sonhar, mas ouvi o som de algo se espedaçando no chão. Será que um dos médicos deixara cair um objeto de vidro? Abri os olhos mais uma vez, e ainda meio sonhando achei que tivesse visto uma bruma espessa atravessar a janela fechada. Em estado de plena confusão e sem saber se o que acabara de ver pertencia a um sonho, pisquei e mirei mais uma vez. Os olhos dos dois médicos estavam esbugalhados de espanto, e, imóveis, eles observavam o vapor girar em torvelinho diante de si, e a cada volta crescer em luminescência e em intensidade. E bem diante dos nossos olhos as centelhas começaram a esculpir uma forma, e julguei que talvez um anjo tivesse vindo em meu socorro.

Devagar, a forma foi ficando mais densa. Não era um anjo, mas um manto de pelo prateado brilhoso que aos poucos foi formando grandes e musculosas ancas, cujas extremidades cresceram engendrando um rabo bestial e uma cabeça. Meu mundo de sonhos colidiu com o real, quando o mesmo lobo que eu havia visto em Whitby rosnou para Von Helsinger, imprensou-o contra a parede e arreganhou os dentes para o incrédulo médico. Acuado, Von Helsinger gritou alguma coisa em alemão, e a besta investiu para cima dele, prensando-o contra a parede com suas possantes patas. Os caninos ameaçadores estavam a dois dedos do rosto de Von Helsinger. Seward tentou chegar até a porta, mas o lobo virou-se a uma velocidade sobrenatural e saltou em cima dele, cravando seus dentes nas costas do médico. Seward gritou de dor ao soltar-se da mordida, largando pedaços de sua carne na boca do animal. Von Helsinger empurrou Seward porta afora, mas antes que ele mesmo pudesse escapar, o animal, num golpe violento e certeiro, fincou as garras afiadas no rosto e pescoço do velho doutor, deixando sua marca. Com um gemido de agonia, o médico levou as mãos ao rosto e correu atrás de Seward, batendo a porta atrás de si.

Eu continuava deitada e paralisada. O lobo pulou na cama e montou sobre mim, me fitando com seus fulgurantes olhos azuis-escuros. A última coisa que me lembro de ter visto naquele quarto foram os poderosos caninos se aproximando do meu rosto, vermelhos do sangue de Seward.

Parte Seis

LONDRES E EM ALTO-MAR

Capítulo Quatorze

Londres, 25 de outubro de 1890

*A*cordei debaixo de pesadas cobertas de veludo numa cama enorme. Para ser sincera, a sensação era de flutuar num mar de plumas. Não fazia a menor ideia de onde estava. Lembrava-me de estar viajando, de meu corpo sacolejar, deitado, sobre algo com a textura semelhante à do couro. Em estado de profundo estupor, fiquei pensando se havia morrido, e se todo o chacoalhar vinha do carro fúnebre que me levava para ser enterrada. Se eu estivesse morta, ponderei, então por que meus pensamentos continuavam a brotar na minha mente? Em seguida, flutuei num repouso longo e sem sonhos.

Abri os olhos. Estava escuro, muito embora a declinante luz outonal que penetrava no ambiente através de janelas ogivais que subiam quase até o teto iluminasse o belo brocado púrpura que cobria as paredes, espargindo uma nuance violáceo ondulante no ar, reluzindo os imensos losangos de cristal que pendiam em muitas camadas de dois majestosos candelabros de prata. Nunca havia visto candelabros tão grandes; haveriam de pertencer a um palácio ou ao mundo dos contos de fada. Um imponente guarda-roupa de madeira maciça, ricamente entalhada e que parecia ter estado no mesmíssimo lugar desde a virada do século XV, mirava a cama. Em uma lateral do armário, pendurado na parede, um grande escudo de bronze com uma cruz de ferro francesa no centro, encimada por uma flor-de-lis dourada, ornada com uma resplandecente pedra preciosa na base da pétala. Colossais retratos de mulheres nuas, odaliscas que lembravam as pinturas de um mestre italiano — Ticiano, talvez? —, embelezavam a parede adjacente. Um pesado vaso de cristal repleto de rosas brancas nas pontas e de hastes compridas enfeitava a mesa de cabeceira; as pétalas ainda em botão exalavam um perfume doce que impregnava o ar e se mesclava ao aroma de pão fresquinho.

Corri as mãos pelo corpo. A camisola não era a de sempre, mas uma em verde bem claro, de seda adamascada da melhor qualidade, com decote triangular e mangas fartas e longas que se fechavam nos punhos, de onde saía um acabamento de renda branca franzida que me cobria inclusive os dedos. Jamais havia visto uma roupa tão suntuosa. Imaginei que fosse um traje que a filha de uma rainha usaria.

Ouvi uma porta se abrir, e me assustei. Puxei as cobertas até o pescoço.

— Ah... ela acordou.

Era a voz. Passos apressados se aproximando, e logo ele estava ao meu lado. Desta vez, sua presença era diferente: mais sólida e real, mais de homem, de humano, do que das outras vezes. Ele parecia firme dentro de um corpo, o que me deu certeza de não estar nem sonhando nem tendo alucinações. Pelo menos não era assim que eu me sentia. Contudo, sua pele era ligeiramente mais luminosa do que a de uma pessoa comum, e ponderei comigo mesma se seria perceptível o bastante para chamar a atenção dos que com ele cruzassem na rua. Ele se sentou ao meu lado e esticou a mão. Pousei a minha sobre a dele. Seu corpo não parecia ter temperatura. Sei que é difícil de entender, mas, embora a mão dele fosse a de um homem adulto, não era nem quente nem fria, mas alguma coisa além desses estados. Era concreta e possuía uma leve e peculiar qualidade vibratória, tal qual o tremor de uma corda de violino.

Ele pressionou os dedos no meu pulso; depois se aproximou e inspirou o olor de meu pescoço. Tênues arrepios correram dentro de mim, trazendo à lembrança o sonho em que ele me mordeu e experimentou meu sabor. Mas, em seguida, ele se afastou.

— A medicação ainda corre em seu sangue, mas está se recuperando bem. Você é muito forte, Mina. Muito forte. — Seus lábios grossos e carmesins esboçaram um suave sorriso. — Você gosta da cama? Há dois dias que está dormindo.

— Gosto sim — respondi, a voz trêmula pelas primeiras palavras do dia. — É a cama mais luxuosa em que já dormi.

— Pertenceu ao papa Inocêncio, embora de inocente ele não tivesse nada. Que ironia do destino que agora seja você a dormir nela...

— Você não me considera inocente? — Não posso dizer que não sentia medo dele; contudo, havia algo entre nós que dava a impressão de que simplesmente estávamos retomando a conversa do ponto em que havíamos parado.

— Não. Você é inocente, já o papa... Embora ele soubesse que sua vida estava no fim, mesmo assim tentou salvá-la, mediante a transfusão de sangue de rapazes saudáveis para seu corpo doente. Os jovens morreram, naturalmente, e ele também. Se o médico lhe tivesse dado o próprio sangue, você teria falecido.

— E foi por isso que você apareceu? Para me salvar mais uma vez?

— Fui porque você me chamou.

Estava prestes a discordar, mas recordei-me de que, quando estava perdendo a consciência, era ele quem aparecia com mais intensidade em minha mente.

— Como você sabe que eu teria morrido?

— Porque posso sentir o cheiro de seu sangue e do sangue dos outros, inclusive de seu marido, e consigo dizer, pelo odor, quais combinações não dão uma boa mistura. Sei que é incompreensível para você, mas caso aceite o Dom, você entenderá.

— Que Dom?

— O Dom que você vem rejeitando por boa parte do último milênio. Mas esse assunto fica para outro dia. Você está faminta. Seu estômago está muito vazio.

Ele apareceu com uma farta bandeja de prata com alças ornadas, apinhada de fatias de pão, uvas, damascos, laranjas, maçãs, queijos, um cálice de vinho tinto. Colocou-a sobre a cama.

— Vinho? — indaguei. O que eu queria mesmo era uma xícara de chá.

— É do que o sangue precisa. Beba ao menos um pouco — sugeriu ele, sentando-se ao meu lado na cama. — Você deve comer agora. Precisa recuperar suas forças.

Naquele instante, o aroma pungente dos queijos, o perfume cítrico dos gomos das laranjas e a fragrância do trigo no pão superaram temores e a curiosidade. A vontade que eu tinha era de mergulhar de cabeça na comida tal qual um estivador faminto. Contudo, com a maior disciplina, peguei uma faca de prata e passei manteiga já amaciada numa fatia de pão quente e, depois, com curtos movimentos, cortei um pedaço de queijo cheddar. A comida tinha um paladar requintado, e eu me forcei a mastigar devagar, enquanto ele observava todos os meus movimentos. Ficamos em silêncio até eu terminar. O vinho cumpriu sua parte e me deixou mais relaxada.

— Onde estou? — perguntei afinal.

— Você está na mansão que comprei para nós em Londres, aquela que seu noivo achou e me ajudou a comprar — disse ele com um tênue toque de sorriso. — Não se vive 700 anos sem desenvolver um raro talento para a ironia...

Fiquei pensando no choque que Jonathan deve ter sentido ao ver no jornal uma fotografia minha ao lado de um homem que o havia largado para ser desonrado pelas sobrinhas. Por pouco não o perdoei por sua violenta reação.

— Estou muito confusa. Não entendo... nada disso... nem mesmo sei de onde você me conhece.

— Sua memória é muito teimosa nesta sua trajetória de vida específica. Às vezes é difícil ser paciente com você. — Os olhos dele tomaram um tom azul gélido, e ele se levantou da cama e me deu as costas. — Mas também sempre foi assim — completou, resignado. — É por isso que vou levá-la para a Irlanda. Voltaremos ao local de nosso primeiro encontro, e aí você se lembrará.

O conde abriu as duas portas do guarda-roupa da era medieval, revelando vestidos de diversas cores e tecidos.

— Escolhi roupas para todas as ocasiões, mas sugiro que se vista de maneira simples. A Irlanda é um país pobre e hostil, e você não vai querer se apresentar em público como uma inglesa arrogante ostentando sua fortuna.

— Não tenho fortuna — reclamei. — E não vou para a Irlanda!

— Você está duplamente equivocada: primeiro ficará sabendo que realmente é dona de uma fortuna e, segundo, vamos sim para a Irlanda. Separe o que vai querer levar em nossa viagem — disse ele. — Vou providenciar para que tudo seja arrumado em malas. Por deferência a você, mandei vir meus empregados de Paris para cuidar desta casa. Sei que você fala francês. Partiremos esta noite para Southampton e amanhã bem cedo tomamos o navio. Comprei um pequeno e luxuoso vapor para a viagem. Você pode se arrumar em uma hora?

Vejo que você não está acostumado a receber um não, pensei, mas não falei. Alguma coisa dentro de mim tencionava desafiar essa criatura régia, porém selvagem.

Ele leu meus pensamentos com tanta clareza quanto se eu os tivesse expressado verbalmente.

— Não estou acostumado a aceitar um não? Você me disse não centenas de vezes. — Os olhos dele se encheram de brilho e de raiva. Percebi que seria fácil para ele me machucar, me matar, se assim o quisesse. Mas se essa fosse a sua intenção, melhor seria acabar comigo aqui e agora, do que num barco no meio do Mar da Irlanda.

— O que aconteceria se eu não quisesse ir? — indaguei para avaliar qual a importância que eu tinha para ele. Uma vez ele me havia dito que era meu servo e meu senhor; porém, da porção servo, eu não conhecia nada.

Ele deu dois passos para trás, e pude perceber nele uma raiva súbita, antes de recuar com indiferença:

— A escolha é sua. As portas desta mansão estão abertas. Pode sair na hora que quiser.

A profunda mudança de tom me desarmou. Nada me veio à cabeça para dizer que não me faria parecer uma garotinha em idade escolar, ainda atrapalhada com as palavras.

— Adoraria ficar e vê-la se arrumando, mas teremos muito tempo pela frente para isso. Sinto que deseja privacidade. — Ele fez uma ligeira mesura, por mera obrigação. — Em uma hora. Por favor, esteja pronta — pediu, e me deixou sozinha.

Em alto-mar, no dia seguinte

O navio que ele havia comprado comportava cinquenta camarotes de primeira classe e fora projetado para transportar cem pessoas e uma carga considerável; todavia, sem contar a tripulação, nós dois éramos os únicos passageiros. Foram-me designadas acomodações exclusivas, não muito espaçosas, porém de alto luxo. Abri o guarda-roupa, que cheirava a sachê com fragrância adocicada. Tudo que fora colocado na minha mala de viagem — de roupa de baixo a camisolas, vestidos e joias — havia sido retirado e estava pendurado nos cabides ou dobrado com suprema precisão e cuidado. Sabonetes franceses, perfumes e pós espalhavam-se pelo toucador, sobre o qual fora colocado também um pequeno vaso com flores. Sentei-me na cama estreita, olhando o mar através da escotilha, maravilhando-me com o fato de que há apenas três dias eu estava num hospício sendo torturada com um tratamento com água. Mas será que esta viagem era menos perigosa? Devo ter cochilado, acalentada pelo vaivém do mar, pois despertei com o som de uma pancadinha na porta. Uma camareira me entregou um bilhete que dizia que o jantar seria servido às oito.

Eu havia lido uma reportagem na revista *O mundo feminino* sobre a etiqueta a ser seguida nos novos transatlânticos de carreira, recomendando que as mulheres se vestissem com roupas de gala e joias, e os homens de fraque; contudo, não fazia a menor ideia de qual seria o protocolo a seguir a bordo deste misterioso navio. Escolhi um vestido simples, mas gracioso, de organza verde-sálvia com forro da mesma cor, e uma gargantilha com pérolas minúsculas — torcendo para ter acertado na escolha —, e prendi meu cabelo com longos grampos também enfeitados com pérolas, que encontrei numa caixinha de marfim sobre a penteadeira. Dei uma última olhada no espelho e abri a porta; um ajudante me esperava no corredor para me acompanhar até a sala de refeições.

No centro do salão, o ponto de atração: uma estufa de vidro jateado, arrematada por uma delicada sanca de gesso ornada de cachos de uva em alto-relevo. Algumas colunas em estilo clássico serviam de suporte às porções mais baixas do teto forrado de painéis. Ali poderiam se sentar uns cem convivas nas majestosas mesas de mogno, mas nós estávamos a sós. Tigelas de frutas e vasos altos de hortênsias azuis-violeta possivelmente crescidas na estufa cobriam os aparadores espalhados pelo salão. Num dos cantos, um pianista dedilhava num piano de cauda.

— Você gosta de música ou prefere jantar em silêncio? — perguntou o conde, levantando-se para me receber quando entrei na sala. Ele se sentou à cabeceira, vestindo um traje formal, bem parecido com aquele da primeira vez em que o vi às margens do rio.

Um mordomo apressou-se para puxar para mim a cadeira junto à do conde. Ele trocou algumas palavras com o patrão numa língua que eu desconhecia; depois, fez uma reverência e saiu.

— A música está maravilhosa — comentei.

— Chopin. Um grande talento. Pena ter falecido tão cedo.

Para minha tristeza, eu não conhecia nada sobre música séria, um aspecto da minha educação que a diretora havia negligenciado.

— Como ele morreu? — perguntei.

— Os médicos diagnosticaram deficiência pulmonar, a qual foi exacerbada por sua preferência, vamos dizer, pelos tipos errados de mulheres. — Ele sorriu. — Ou, melhor dizendo, pelo gosto delas por ele.

Eu havia chegado ao salão de jantar com uma ladainha de perguntas, mas o brilho suave emitido por seu rosto luminoso e seus preciosos olhos que, por sinal, me devoravam, foram o bastante para apagá-la da minha mente. Rememorei o conselho de Kate de permanecer calada para dar espaço às palavras dos outros, e procurei relaxar, mas me sentia inquieta por estar sob seu olhar.

— Sabia que o vestido combinaria com seus olhos, ou que seus olhos mudariam de cor para combinar com o vestido — elogiou ele. — E não se preocupe. Todas as suas dúvidas serão esclarecidas no devido tempo. É por isso que estamos fazendo esta viagem.

Apareceram garçons com terrinas de sopa, travessas de peixe e de carne e tigelas com vegetais. Em seguida, veio um com uma enorme colher de ouro pendurada num cordão que lhe passava por trás do pescoço, trazendo uma garrafa de vinho que mostrou ao conde, para sua aprovação. Depois de aberta, ele cheirou a rolha e então assentiu que me servisse um cálice. Mandou que os garçons colocassem toda a comida sobre a mesa e então se recolhessem ao fundo do salão.

— Eu irei servi-la — disse. — Diga-me o que deseja, Mina.

Ia abrindo a boca para falar, mas ele tocou meus lábios:

— Não dessa forma. Fale comigo com seus pensamentos.

Sem olhar para a comida, fixei minha atenção na terrina com sopa de tartaruga, cujo aroma reconheci do primeiro jantar no hospício.

279

— Isso, muito bom — animou-se o conde, enquanto pegava a concha e me servia. — O que mais?

Deliciei-me com o perfume do peixe de carne branca cozido ao vinho e das alcaparras; do carneiro ao molho de hortelã; e das cenouras; mas rejeitei os nabos, que de tanto comê-los na escola da Srta. Hadley, passei a detestar. Ele achou graça da minha repulsa e fez sinal para que um garçom levasse embora a tigela de nabos. Serviu-me e sentou-se diante de um prato vazio.

— *Bon appétit* — desejou.

— Você não vai comer?

— Quando estou vivendo inteiramente num corpo, como agora, eu o alimento; mas não hoje. — Vendo minha perplexidade, acrescentou: — Com o tempo, vou-lhe explicar tudo, Mina; mas conheço todos os seus apetites tão bem quanto os meus, e sei que você está morrendo de vontade de comer, mas se perguntando como se alimentar com polidez, quando sua companhia não come nada. Basta esquecer tudo que lhe foi ensinado por uns instantes e aproveitar a refeição.

Ao contrário das outras vezes, quando eu parecia deixá-lo frustrado, agora ele se divertia. Obedeci-o, levando a primeira garfada à boca, deliciando-me, e continuei comendo sob seu escrutínio.

Tomei o último gole do vinho e me senti mais à vontade, até alegre, um pouco.

— A impressão que dá é que você me conhece muitíssimo bem, conde, enquanto da minha parte mal sei quem você é ou, então, não me recordo, embora você insista que sim. Permita-me indagar quem ou o que exatamente você é.

— Exatamente? Neste instante no tempo, sou o conde Vladimir Drakulya. Há uns vinte anos, recuperei a posse de terras e o título nobiliário de Carinthia, na Estíria, que eram meus por direito de herança. Um de meus antepassados os havia recebido há centenas de anos do rei da Hungria, que também o nomeou membro da célebre Ordem Sagrada do Dragão, por ele ter assassinado um determinado sultão turco. Claro que esse ancestral sou eu mesmo, e você é a única pessoa viva que sabe disso.

Por mais estapafúrdia que fosse a explicação, a segurança com que expunha me levou a acreditar em sua história.

— Tenho a sensação de que acabei de entrar numa espécie de reino mágico — confessei. — Perdoe-me por não saber o que dizer.

— Fique à vontade, Mina. Devo confessar que muito me surpreendi pela forma como você permitiu que as boas maneiras e a formalidade abafassem sua natureza superior. Mas isso vai mudar — afirmou ele. — Você entrou *mesmo* num reino mágico, no qual já viveu, num reino que é seu.

— Você está falando das alucinações que eu tinha quando era criança? — perguntei. — Lembro-me de que, a certa altura, você apareceu para mim.

— Verdade... e não apenas uma vez, embora você só se recorde de uma ocasião. Eu me dei conta da sua existência no instante em que você reentrou no plano terrestre. Levei um bom tempo para encontrá-la. Você voltou ao local em que nos vimos pela primeira vez, a tormentosa costa oeste da Irlanda, o que entendi como um indício positivo de que você seria não só receptiva a mim como a tudo que eu lhe vinha oferecendo. Ao encontrá-la, percebi que havia reencarnado na posse de extraordinários dons; contudo, esses mesmos dons provocavam medo não só a si mesma, como também em quem estivesse ao seu lado. E foi então que resolvi cuidar de você, protegê-la. Não quis esperar mais uma vida para enfim você voltar para mim. Resolvi que esperaria até que ficasse adulta. Embora de forma alguma você fosse uma criatura indefesa, era nisso que acreditava. O que, afinal, dá no mesmo.

— Mas como você me encontrou? Como soube que era mesmo a mim que procurava? Eu devia ser apenas um bebê... — Parte de mim sabia que ele dizia a verdade, mas nada disso fazia sentido.

— Nós estamos física e psiquicamente sintonizados. Você e eu. Tudo que existe neste mundo material também existe do outro lado do véu. No plano etéreo, você e eu estamos eternamente unidos. Você já leu as obras do filósofo Platão?

— Não. Não conheço nada de filosofia.

— Pois deveria. O que ele afirmou sobre almas gêmeas não está longe da verdade. Nós somos almas gêmeas, por assim dizer. Você sabe disso, mas o medo bloqueia sua consciência.

Ele me serviu de mais um cálice de vinho.

— Beba.

Eu não estava habituada a tomar mais do que uma pequena quantidade, mas gostava de como o vinho me deixava despreocupada, livre. Enchi bem a boca e engoli. Ele se aproximou de mim e pousou os dedos sob meu queixo. Roçou meus lábios com o nariz, depois com os próprios lábios; primeiro bem de leve, em seguida sugando-os para dentro de sua boca, mordiscando-os. Envolveu meu pescoço com sua poderosa mão, cobrindo-me a garganta e deixando-me aterrorizada ao perceber o poder que ele teria de pressionar os dedos e me sufocar, e ao mesmo tempo excitada por saber que não faria isso. Eram muitas as coisas que ele queria de mim, mas eu ainda não sabia exatamente quais. Ele me beijou com a boca aberta, meus lábios cingidos aos dele. Sua língua encontrou a minha, e ele a chupou.

Assim que sentiu meu frenesi erótico, afastou-se para que eu pudesse fitar dentro de seus olhos, e naquele instante entendi por que ele se dizia meu senhor. Eram olhos intensos e impenetráveis, uma eternidade azul, tal qual o mar ao crepúsculo, e que me deixavam totalmente entregue, sem vontade própria.

— Quero que você chupe a minha língua — disse ele. — Quero que sinta o meu gosto.

E ele a espichou para dentro da minha boca, e eu obedeci, agarrando-a. Incrível como isso me excitou, e por uns bons momentos suguei-lhe a língua como se acreditasse que fosse me alimentar. Seus lábios e sua língua, e todo o seu ser rumorejavam uma tênue, porém indelével, corrente. Senti que poderia ficar assim pelo resto da vida, me alimentando de sua língua, mas ele quebrou o momento se afastando, mas mantendo a mão na minha garganta.

— Você se lembra? — indagou ele.

— Não, nunca senti nada parecido antes — respondi, desapontada por ele ter parado e ansiando por mais.

Embora ainda estivesse tomando fôlego, queria-o de volta dentro da minha boca, onde poderia lhe sentir o gosto mais uma vez. Qual era mesmo o seu gosto? Sal, ferro, temperos... como a própria natureza. Mas seu humor mudara, e pude ver que ele não iria me convidar para nos beijarmos de novo, pelo menos por enquanto. Eu não tinha ideia de que fazer para diminuir tanta lascívia, mas ele sim:

— Chá vai ajudar — disse ele, e no mesmo instante apareceram garçons empurrando um carrinho de chá.

— Não ouvi nem vi você pedir chá.

— Meus empregados estão comigo há muito tempo. E são treinados com rigor.

Queria que ele me beijasse e me tocasse, mas também gostaria de lhe fazer mais perguntas, e foi então que me dei conta de que não sabia por qual nome chamá-lo.

— Você pode me chamar do que quiser — respondeu ele às minhas não pronunciadas palavras. — Com o tempo, espero que você me chame da maneira carinhosa de sempre.

— E qual é?

— Ela já foi dita em muitos idiomas, mas é sempre a mesma. — Ele segurou minha cabeça por trás, trazendo meu ouvido até seus lábios: — Meu amor — sussurrou.

— Você é humano? — perguntei. Estávamos na pequena biblioteca do navio, para onde nos dirigimos após o jantar. Ele fez sinal para que eu me sentasse numa poltrona fartamente acolchoada e coberta por um tapete turco.

Ele deu de ombros e se virou de costas. Acendeu um maço de ervas, cuja fumaça espalhou no ar um inebriante aroma de flores, especiarias e baunilha.

— Sei como seus sentidos são apurados, Mina. Por isso precisamos estimulá-los com uma variedade de delícias — disse ele. Depois verteu um pouco de conhaque da cor do topázio num pesado copo de cristal e o entregou a mim, indo se sentar num divã bem na minha frente.

— Por que você não quer que eu me sente ao seu lado? — Achei que estava começando a ter o pressentimento do que se passava na mente dele, da mesma forma que ele conseguia ler meus pensamentos, e soube que havia um propósito por ter me relegado à poltrona.

— Preciso lhe falar a meu respeito; porém, se me sentar ao seu lado, serei dominado pelo seu perfume, e então vou subjugá-la, e você continuará sem saber quem eu sou e receosa de mim. — Ele arfou pesado e esticou as pernas na minha direção. — Comecei a vida como humano, mas transcendi à condição humana e sou imortal. Pelo menos é nisso que acredito, pois não envelheço, e ninguém até hoje foi capaz de me destruir. Mas quem ou o que é verdadeiramente imortal? Disso não tenho certeza.

— Quero saber tudo sobre você, e sobre nós — insisti. — Nós sempre estivemos juntos?

— Não, nem sempre. Você quer saber da minha vida antes de conhecê-la?

— Da sua vida antes de você aparecer para mim quando eu era criança? Ou de antes de você ter-me levado embora do hospício?

— Da minha vida antes de nos conhecermos setecentos anos atrás. — Ele se levantou e se serviu de conhaque. Enfiou o nariz bem fundo no copo, mas não bebeu. Voltou a se sentar. — Nasci nos Pirineus, no sudoeste da França, na época do rei chamado de Coração de Leão, e pertenço a um ramo distante de sua família. Era a época das Cruzadas para a Terra Santa. Desde jovem, fui treinado para ser soldado, e quando cheguei na idade, fui trabalhar para um nobre francês, o visconde de Poitou, um parente, que estava organizando um exército para ajudar o rei Ricardo a retomar a cidade de Jerusalém, depois de ela ter sido conquistada pelo sultão sarraceno Saladino. O visconde de Poitou era conhecido pela coragem nas lutas, e os jovens e ansiosos cavaleiros e vassalos aderiram à sua causa quando ele foi nos recrutar. Enquanto o rei Ricardo partia para a Terra Santa através da Sicília, o visconde de Poitou atravessava a França e tomava o rumo leste cortando a Renânia, o reino da Hungria, os países eslavos e também a Grécia, formando um exército fabuloso antes de cruzar o Helesponto e entrar em Bizâncio.

"Nas noites ao redor das fogueiras, ocasiões em que os homens se distraem contando casos de suas conquistas, nosso líder nos deixava enfeitiçados com a história de como ele cortejou e capturou uma fada rainha e fez dela sua amante e esposa. De início, alguns de nós caçoamos dele. Afinal, muitos conhecíamos histórias parecidas narradas por velhas amas e parteiras, com o propósito de nos distrair e também nos meter medo. Contudo, ele nos havia convencido da veracidade de seu caso. 'Eu estava caçando numa floresta', ele nos disse, 'e soltei uma flecha na direção de algo que se movia às pressas. Havia atirado meio a esmo, pois a corsa surgira de repente. Atirei às cegas, e a flecha foi bater numa árvore. Ao recolhê-la, dei com o animal ali bem ao lado da flecha, me fitando com olhos insolentes. Não podia acreditar na audácia da criatura, que parecia estar me provocando.'

"O visconde de Poitou sentiu-se açulado como qualquer outro homem ao ser desafiado, e encaixou a flecha no arco e mirou direto na corsa. Assustado, o animal desapareceu com grande alvoroço para dentro do matagal."

O conde sorriu com as lembranças.

— Histórias de caçadas atiçavam nossa jovem imaginação. Ainda consigo ver os rostos absortos ao redor da fogueira. E me recordo das palavras que ele usou, pois essa história foi contada mais de uma vez, e sempre do mesmo jeito: "O pequeno animal fugiu para uma parte da floresta onde ninguém havia pisado, mas, mesmo assim, fui atrás dele, tendo de ultrapassar moitas cerradas e me desvencilhar de galhos partidos que rasgaram minha capa e me deixaram com muita raiva, pois sempre tive orgulho da elegância das minhas vestes. Não demorou muito e cheguei a uma clareira cuja atmosfera era misteriosa e fria, como se a floresta que a rodeasse a tivesse, até aquele momento, protegido tanto da luz do sol quanto da presença de humanos. Soube, naquele mesmo instante, que havia entrado num lugar encantado. No meio da clareira havia uma enorme árvore com um tronco maciço que se curvara ao próprio peso ou por causa dos ventos que sopravam naquela região do país, e que serpenteava pelo terreno como um dragão de focinho alongado. Era desfolhada, a casca grossa e retorcida como as escamas dos répteis. Embora perplexo, pude ouvir algum movimento; então aprontei meu arco e mirei na direção em que algumas folhas farfalhavam. De repente, do meio do mato trançado veio, não a corsa, mas uma linda mulher, nua e com os cabelos dourados tão longos que chegavam a cobrir suas partes íntimas. Os olhos dela não se pareciam com nada que eu houvesse visto: escuros, selvagens, e verdes, como se eles também fossem um produto da floresta mágica."

O conde fez uma pausa.

— Você pode imaginar como ele tinha a nós, jovens, envolvidos no enredo de sua história...

— Uma velha no hospício me contou a história de mulheres encantadas que enfeitiçavam os homens — recordei-me. — Na hora, achei que

285

ela fosse louca. Mas depois de tê-lo visto como lobo e homem, então devo acreditar em você, tanto quanto você acreditou no nobre francês.

Ele sorriu.

— Posso continuar?

— Gostaria muito.

— O visconde nos contou com preciosos detalhes como ele e a mulher misteriosa acasalaram, de início sobre a terra da floresta e depois em cada curva daquela sinuosa árvore, deixando-o tão fatigado e exaurido que ele acabou pegando num sono profundo. Ao acordar, estava no reino de sua amada, e foi lá que ele ouviu a história da tribo em que ela vivia.

O conde fez uma pausa:

— Está cansada, Mina? Prefere ir dormir?

— Não, de jeito nenhum — respondi. O cômodo havia esfriado, mas nem me importei; estava tão ansiosa quanto uma criança para ouvir o final da história.

— Não estou pretendendo abusar de sua credulidade — disse ele.

Achei que estivesse gracejando comigo, mas não tinha certeza. Ele abriu um armário, apanhou uma coberta grossa de lã e ajeitou-a sobre meus ombros. Depois se sentou e continuou.

— O visconde ficou sabendo que sua amada e a tribo dela eram descendentes dos anjos que saíram do paraíso, mas não por terem sido expulsos por Deus. Isso, ele disse, era uma mentira dita pelos padres. Esses anjos eram criaturas poderosas por seus próprios méritos e deslumbradas com o gênero humano. Após terem observado os humanos por milênios, eles desejaram tudo que a vida física oferecia: o toque, os sons, os perfumes, o calor e o desejo que provém do fluxo de sangue correndo nas veias, e o sabor da comida e do vinho. A sensualidade é uma qualidade abstrata no reino espiritual, de modo que eles resolveram vir à Terra para experimentar todos os sentidos. Os anjos achavam que os humanos eram criaturas magníficas, e ansiavam pela companhia e pela estima deles. Com o poder que tinham para mudar suas formas, os seres angelicais se transformaram em seres físicos e escolheram humanos que mais provavelmente lhes dariam filhos. Munidos de inteligência superior e de dons sobrenaturais, eram irresistíveis aos mortais.

"Agora, isso tudo aconteceu centenas de anos antes de o homem começar a tomar registro de sua história. A fada rainha que seduziu o visconde era uma descendente dessas primeiras cópulas entre anjos e humanos. Ela sustentava que parte da prole dos anjos seria mortal e, a outra, imortal. Assim como acontece com duas criaturas que têm relações sexuais, o fruto não é garantido, pouco importando se o parceiro tenha sido escolhido com o maior cuidado. Mas a esposa do visconde era uma imortal, e da união entre os dois nasceram três filhas, lindas criaturas mágicas, que foram morar com a tribo da mãe na Irlanda.

"Finda a narrativa do visconde, todos os jovens guerreiros queriam ir atrás de suas amadas imortais, mas o nobre nos explicou que mesmo se as achássemos, alguns de nós ficariam loucos e outros morreriam: 'O corpo delas emite uma força estranha', ele avisou. 'Ninguém pode prever o seu efeito num mortal.'

"Naturalmente, cada um quis provar ser tão forte e viril quanto o visconde de Poitou. Estávamos tão cheios de bazófia que, quanto mais ele tentava nos alertar para os perigos de uma viagem a essas terras místicas, mais desejamos ir e por à prova nossa virilidade."

— E você partiu à procura das criaturas encantadas? — Fiquei ansiosa para ouvir mais a respeito e, desta vez, não pela boca de uma ensandecida.

— Por mais curiosos que estivéssemos, nossa honradez jamais permitiria a deserção. As criaturas encantadas seriam a recompensa pelos nossos serviços.

"O visconde nos afiançou que, durante a guerra, teríamos a proteção tanto da Igreja quanto da fada rainha; e então, quando enfrentamos o inimigo, lutamos bravamente... ferozmente, para dizer a verdade. Éramos tão unidos quanto os mais unidos dos irmãos, e ficávamos mortificados quando um de nós era ceifado em combate ou por causa das epidemias que assolavam nossos acampamentos. Angustiados com essa situação, começamos a inquirir a respeito de ervas especiais e tônicos e feitiços de que tínhamos notícia, e que nos fariam invencíveis; e, por causa dessas buscas por informação, acabamos por atrair a simpatia de uma seita de monges guerreiros que, aos poucos, nos revelaram seus segredos.

"Esses religiosos acreditavam que, mediante a transubstanciação diária da hóstia e do vinho no corpo e sangue de Cristo, poderes mágicos eram conferidos a eles, poderes esses que podiam ser usados contra os nossos inimigos, que eram instrumentos de Satã. 'Usamos esse mesmo poder de Satã para derrotar os seus discípulos', era o que os monges afirmavam. E eles nos convidaram a tomar parte numa cerimônia proibida, a Missa de Réquiem, rezada não na intenção dos mortos, mas de nossos inimigos ainda vivos. Reuníamo-nos às ocultas à meia-noite da véspera de cada batalha e rezávamos com grande fervor pelas almas dos nossos inimigos, os quais já visualizávamos subjugados e mortos. No início, foi aterrador imaginar mortos aqueles que estavam vivos e, sobretudo, rogar a Deus para que levasse suas almas. Mas ao término dessa cerimônia, sentíamo-nos tomados de júbilo e, no dia seguinte, lutávamos com uma crueldade incomum, assassinando de forma violenta um número maior de inimigos do que julgávamos possível. Fossem, ou não, as Missas Negras a razão das nossas vitórias, o certo é que elas nos transmitiram a fé para entrarmos nas batalhas com a certeza de que sairíamos vitoriosos. E foi o que aconteceu. Nós nos tornamos uma força armada de renome, e a lealdade que grassava entre nós crescia mais a cada vitória.

"E conforme íamos acumulando triunfos, avolumavam-se nossas ambições. Os monges acreditavam ter achado o que nós procurávamos: não apenas a invencibilidade, mas também a imortalidade. Eles atestaram que o próprio Cristo nos dera a explicação quando Ele disse: 'Quem não comer da minha carne e beber do meu sangue não terá vida em si.' Essas palavras, como você deve saber, estão no evangelho de são João, e esses religiosos acreditavam na interpretação literal, qual seja: o segredo para a vida eterna era beber sangue.

"Muitos dos rapazes se sentiam intimidados com a ideia, mas, àquela época, os monges eram os guardiões de todo o conhecimento do mundo e sabiam de coisas desconhecidas para os demais. Eles nos explicaram que, em tempos idos, sabia-se que o sangue abrigava a alma. Os seguidores de guerreiros e heróis como Teseu e Aquiles derramavam sangue na terra das sepulturas de seus ídolos para que ficassem fortes e pudessem ressurgir da morte para lutar ao lado deles nas batalhas. Os monges também nos contaram outras histórias que sustentavam essas ideias: a deusa Atenas deu a Esculápio o poder da cura ao lhe entregar o sangue da Górgona. Os gladiadores romanos bebiam o sangue de suas vítimas, fossem animais ou humanos, a fim de absorver as forças dos inimigos. Os bárbaros guerreiros nórdicos de Odin, que dilaceravam seus oponentes ao lhes arrancar as jugulares com os dentes e os eviscerar sem ajuda de nenhuma arma, adquiriam suas forças ao beber o sangue de animais. As Ménades, as primeiras seguidoras de Dionísio, bebiam vinho e sangue em seus rituais, sacrificando animais e, às vezes, humanos, quando entravam em transe. Os monges asseguraram que a ingestão da seiva humana e o sacrifício de seres de sangue quente eram tão antigos quanto o tempo, e foi por isso que Jesus se entregou para ser sacrificado e para que bebêssemos de Seu sangue. Eles também nos avisaram que beber o sangue de outra pessoa pode trazer doenças e matar, pois o líquido carrega em si elementos bons e ruins. Mas nós éramos homens que enfrentávamos a morte todos os dias. Para nós, beber sangue representaria apenas mais uma forma de testar nossa força.

"Nós, jovens combatentes, estávamos desesperados para entrar para a galeria dos heróis eternos. Instituímos uma fraternidade secreta e juramos que não iríamos sossegar enquanto não descobríssemos a chave da imortalidade. Apesar dos riscos, passamos a beber sangue como parte de nosso ritual de preparação para a luta: sangue de animais, sangue de inimigos e até compartilhamos o sangue uns dos outros."

Ele fez uma pausa.

— Você precisa dormir. Seu corpo ainda está se recuperando daquele tratamento no hospício, e alguma medicação ainda corre em suas veias. — Ele esticou a mão para mim. — Por favor, venha se sentar ao meu lado.

Obedeci. Ele pegou minha mão e pressionou o dedo sobre o meu pulso.

— Como eu pensei. Sua pulsação não está como devia. Seus centros de energia ficaram debilitados pelo que fizeram a você.

— Como você sabe disso? — perguntei, lembrando-me do que ele havia feito aos pontos do meu pulso no sonho, e fiquei ruborizada.

— Não fui um guerreiro o tempo todo. Também fui médico — explicou colocando minha mão de volta em meu colo. — E... aliás, Mina, não foi um sonho.

Fiquei impressionada com sua capacidade de ler meus pensamentos tão depressa. Sentia-me ao mesmo tempo excitada e aterrorizada por estar tão vulnerável a outra pessoa. Não havia onde me esconder. Era como estar perpetuamente nua.

— Tem de ter sido um sonho. Aconteceu enquanto eu dormia — retruquei.

— Aconteceu num outro plano, o mesmo no qual a visitei inúmeras vezes. E não se preocupe. Quando ficar mais fortalecida, será capaz de esconder seus pensamentos de mim. Claro que não anseio por esse dia, mas ele virá. Agora, para a cama.

— Não quero dormir. Quero ouvir o resto da história.

— Vai levar muito, muito tempo. Prefiro que você descanse. Precisará de suas forças quando aportarmos na Irlanda. O clima nesta época do ano não é nem um pouco agradável.

Eu estivera ouvindo a chuva bater enquanto navegávamos. Meu desejo era que ele se deitasse ao meu lado, para que eu pudesse dormir com segurança.

— Você também vai dormir?

— Nesta noite não — respondeu ele. — Às vezes, durmo por longos períodos, anos de uma só vez; outras, não durmo nada. Se estiver entediado, se não me interessar pelas práticas e costumes de uma era, se meu corpo físico estiver ferido ou fatigado, entro em sono profundo, num estado alterado, durante o qual o corpo é preservado. Você poderia chamar isso de hibernação ou um longo estado de transe. Já entrei num deles antes, quando você me deixou com o espírito alquebrado com sua rejeição. Quando reentrei no mundo, ele inevitavelmente havia mudado.

— Não acho que eu vá conseguir dormir. Ficarei deitada, mas acordada, pensando em você e em tudo que me contou. — Não havia razão para mentir para ele.

— Então eu mesmo vou botá-la para dormir.

Antes que eu pudesse discordar, ele me tomou nos braços e saiu da biblioteca, descendo as escadas até meu camarote, o tempo todo beijando delicadamente meu rosto e meus lábios. Passei os braços ao redor de seu pescoço, desejando que a viagem não terminasse nunca, deleitando-me com o toque estranho e elétrico de seus lábios, e me admirando como eles tinham o poder de acender até as mais minúsculas células do meu corpo.

Ele abriu a porta do meu camarote. Os tripulantes que misteriosamente haviam arrumado meus pertences estiveram por ali acendendo luzes meio opacas e esticando sobre a cama uma camisola de cetim. Ele me colocou no chão diante de um espelho e se postou atrás de mim. Enquanto eu contemplava nossos reflexos, ele desabotoou a frente do meu vestido e o puxou ombros abaixo. Correu os lábios por um dos lados do meu pescoço.

— Seu cheiro me é tão familiar quanto o meu.

Estremeci, e ele percebeu. Depois mordicou minha orelha e bem devagar foi retirando do meu cabelo os grampos enfeitados de pérolas, até que o coque se desfez e as tranças deslizaram até meu ombro. Ele as tomou em suas mãos, de uma forma que me impedia de mexer a cabeça.

— Há muito tempo eu lhe disse que você era como um cavalo selvagem e que eu a controlaria pela crina.

Eu o visualizei do jeito que me apareceu em sonho, puxando meu cabelo enquanto mordia meu pescoço. Prendi a respiração na esperança de que ele repetisse aquilo, bem agora, fazendo ressurgir aquele êxtase extraordinário.

— Você não está fortalecida o bastante para isso — avaliou ele ao ler meus pensamentos. Soltou minhas tranças, que, desfeitas, espalharam-se pelas minhas costas.

Ele desatou meu espartilho, desapertou as tiras e deixou que caísse no chão. Passei os pés, livrando-me das roupas, e ele se ajoelhou diante de mim e subiu as mãos pelas minhas pernas e soltou as ligas. Fez com que eu me sentasse na cama enquanto desamarrava os cadarços dos meus sapatos e os retirava. Depois, uma de cada vez, fez deslizar as meias pelas minhas pernas, me deixando arrepiada dos pés à cabeça. Com os dedos, acariciou a sola dos meus pés e depois mergulhou os lábios num dos arcos, e então no outro, e eu gemi de prazer.

— Você sempre amou o seu prazer, Mina. Não é diferente desta vez, apesar da armadura que criou à sua volta.

Segurando minhas mãos, fez com que me levantasse, enfiou a camisola pela minha cabeça e alisou-a ao longo do meu corpo até que ela fosse resvalando, ondulante, bater nos meus calcanhares. Ele me segurou no colo e me deitou na cama.

— Há outra maneira de provar você — disse, enquanto arregaçava a barra da camisola e massageava minhas coxas, afastando minhas pernas e alcançando minha privacidade. Com um dedo, ele separou os lábios. — Quantas vezes venerei diante deste altar...

Cerrei os olhos para aproveitar o prazer, me deixando levar para um estado de puro arrebatamento.

Não afaste seu olhar do meu.

Abri os olhos de novo, e ficamos nos encarando. Quando ele me olhava desse jeito, eu me entregava. *Entre nós não há lugar para o recato. Você compreende?*

— Sim — respondi. Eu era dele, e ele podia fazer comigo o que quisesse.

Abra bem as pernas para mim.

Fiz o que ele mandou, e com as mãos ele as afastou mais ainda, enquanto sua boca me chupava e sentia meu gosto. Quis gritar de prazer, mas minha voz estava atravessada na garganta e não conseguia respirar. Minha boca travou escancarada e minha cabeça jogada para trás como se quisesse buscar alguma coisa que não conhecia. Sua língua se movia sinuosa dentro de mim, e parecia se expandir acendendo meu interior; depois ele retirou a língua e, escancarando a boca, cobriu toda a minha abertura. Senti seus lábios colados na minha pele, e ele puxou para dentro de sua boca o tanto que pôde de mim e ficou chupando ali do jeito que antes eu lhe havia chupado a língua. Comecei a ondular de prazer, como o mar abaixo de nós, mas ele agarrou minhas coxas com uma força que me impedia de mexer. Estava perto de um tipo de êxtase, mas com medo de que ele me mordesse no mais vulnerável dos lugares. Queria que ele fizesse comigo o que quisesse, pois sabia que tudo que viesse dele me traria uma excitação inimaginável. Mas permanecia vívida em mim a lembrança dos caninos ensanguentados do lobo, e era impossível saber se ele se cansaria de me dar prazer e resolveria me eviscerar.

Esperei pelo choque e pela dor de seu golpe; em vez disso, ele se afastou, me deixando arquejante e desejosa para que fosse até o fim. Por mais receosa que estivesse com o que ele faria comigo, temia mais ainda que ele parasse. Meu interior palpitava em contrações violentas, buscando alguma coisa para prender ao se contrair.

— Embora me seja extremamente prazeroso fazê-lo, não vou experimentar o seu sangue — declarou ele. — Mas vou lhe dar o que quer. O que você quer?

Ele sabia exatamente o que eu queria.

— Eu sei, mas quero ouvir a melodia das palavras quando você disser o que quer em voz alta — insistiu ele.

— Quero que você me preencha, como fez no sonho — disse e me surpreendi ao ouvir esse pedido saindo da minha boca. — Quero sentir você inteiro dentro de mim.

Ele nem mesmo me tocava, agora. De repente, tive a sensação de que saíra do quarto. Será que ele sumiu? Olhei ao redor. Estava tudo escuro, a não ser por um facho azulado arredondado que entrava pela escotilha.

— Onde você está? Por favor, não se vá. Por favor, não me deixe — gritei.

Nunca?

— Nunca — respondi.

Pude sentir novamente a presença dele, embora não o visse. Fiquei tão aliviada por ele não me ter abandonado... mas precisava vê-lo, precisava acreditar que era real, e que tudo isso não fazia parte de um sonho.

Não é um sonho, Mina.

Se não é um sonho, então me toque.

Esperei. Respirei fundo, mas antes que conseguisse expirar totalmente, senti um calor enlouquecedor, e ele estava de volta entre minhas pernas e, tal qual uma espécie de enguia ou lampreia, ele me chupou como se fosse me consumir inteira. Descargas elétricas percorriam todo o meu corpo; percebi que ele não se mexia, embora me deixasse sentir o seu poder, a força de sua vibração, e essa é a única maneira que posso descrever. Ele me inundava com um tipo de energia violenta, a mesma com que os deuses criavam tempestades com um leve sopro. Ele enviou todo seu poder direto para a cavidade escura do meu sexo e, lá dentro, depois de girar e se agigantar, alcançou minha coluna e minha cabeça. Naquele instante, explodi com um prazer desmesurado, como se meu corpo se dividisse ao meio e meu crânio se tivesse partido, abrindo as portas para o paraíso. Por um longo momento, fui somente felicidade.

Bem-vinda à sua casa, Mina.

Escutei o dedilhar da chuva que batia no mar. Ele esticou as cobertas sobre meu corpo, e eu velejei ao ritmo das ondas para dentro dos sonhos.

Acordei sozinha na manhã seguinte. O céu estava escuro, o mar turbulento e a cabine gelada. Tentei me levantar, mas o movimento das águas revoltas me devolveu à cama. Sentei-me e olhei para fora da portinhola, e uma onda quebrou contra o vidro com tal impacto que acabei caindo de costas mais uma vez.

Finalmente fiquei em pé. Alguém estivera aqui, coletara as roupas usadas ontem à noite, e deixara outras novas, e também roupas íntimas, meias e sapatos que, não sem dificuldades consegui calçar, apesar dos esforços do mar para me derrubar. No toucador, vi um bracelete feito de dez serpentes de ônix preto em formato de oito, cravejado de contas de marfim e diamantes e com borda de ouro. No centro, um delicado rosto de anjo que enfeitava a tampa do mostrador de um relógio. Era meio-dia. Levei-o ao ouvido e escutei a precisão de suas batidas. Imaginei meu coração pulsando na mesma frequência.

Estou esperando você.

Assim que ouvi sua voz, visualizei em minha mente a sala em que ele se encontrava. Eu seria capaz de caminhar direto para lá ao seguir umas coordenadas internas que sempre me levariam a ele. A sala era pequena, e um fogo ardia na lareira. O café da manhã estava servido, aguardando a minha chegada. Ele se ergueu quando entrei. Sua presença por pouco não me fez ter uma síncope. A luz entrava no cômodo através de uma minúscula janela de vidro jateado, salientando-lhe a pele fulgurante e o rosto esculpido, e os prazeres da noite anterior retornaram ao meu corpo.

De repente, um ofuscante raio de luz se projetou através do vidro, criando surpreendentes prismas. Naquele instante, eu o vi, não como ele era, ou como fora na noite anterior, mas um homem diferente num ambiente incomum. Mais jovem, mais impetuoso e menos etéreo, com uma farta barba escura e com roupas de outra época e de outro local, com uma capa vermelha debruada de pele de arminho, uma túnica branca brilhosa, com uma cruz vermelha no peito, um cinto de ouro pendente abaixo da cintura. Os olhos eram de um azul mais forte e eles me fitavam de um rosto em desespero, talvez por raiva ou amor ou desejo ou tudo junto. Senti que ia desmaiar e busquei a moldura da porta como apoio. Fechei os olhos e, ao abri-los, dei com ele em pé no mesmo lugar, como se o que eu tivesse acabado de ver não tivesse acontecido.

— Você está faminta. Venha comer alguma coisa.

O aroma de bacon e os doces confeitados, meticulosamente acomodados em travessas de prata, me subjugaram. Entrei na sala e enchi um prato com doces e outras delícias.

— A exposição à minha frequência deixa as pessoas famintas — disse ele. — Você vai comprovar como é verdade.

— Frequência? — indaguei enquanto passava creme num pãozinho, degustando uma prazerosa mistura de sabores em minha boca.

— Todo ser tem uma frequência, uma determinada vibração. Um cientista poderia chamar isso de eletromagnetismo. O eletromagnetismo do meu ser é maior que o de um mortal. Por isso, estar na minha presença, ou na de qualquer imortal, exaure as forças vitais das pessoas.

— E foi isso que aconteceu a Jonathan na Estíria? — perguntei. E foi falar o nome dele para minha voz começar a tremer.

— Foi — respondeu ele implacável.

Depois de ele ter me abandonado nas mãos daqueles médicos do hospício, não queria me preocupar com Jonathan. É claro que ele recebeu o maior choque de sua vida ao me ver na fotografia ao lado do conde. Ou talvez ele realmente acreditasse em Seward e tenha resolvido permitir que os médicos tratassem de mim, e assim eu ficaria curada. Uma coisa é certa: se não fosse pela obsessão do conde por mim, Jonathan ainda seria o homem que era quando o conheci, e talvez nós dois tivéssemos sido muito felizes juntos.

— Jonathan era inocente até que você o levou para o seu mundo, e agora é provável que nunca se recupere — falei.

Mastiguei uma fatia de bacon e aguardei que ele contasse o que tinha acontecido na Estíria, mas o conde permaneceu em silêncio. Será que eu achava mesmo que esse prodigioso ser iria dar explicações de seus atos como um homem qualquer?

— Jonathan nunca foi inocente — reagiu ele. — Poderia ter ido embora da Estíria após ter fechado o nosso acordo, mas quis Ursulina desde o instante em que pôs os olhos nela. Foi escolha dele permanecer no castelo, do mesmo jeito que você quis ficar comigo. Eu a convidei para se retirar da minha casa em Londres, caso quisesse. Mas, em vez de ir embora, você escolheu as roupas que queria e veio nesta viagem comigo.

Eu não tinha como refutar essa verdade.

— Mina, durante toda a sua vida, desde que era criança, você vem me chamando por meios que ainda lhe são desconhecidos. Jurei que me revelaria a você no seu aniversário de 21 anos, mas foi na mesma época em que Jonathan Harker apareceu; e não demorou muito, ficou evidente que você estava decidida a se casar e ter uma vida convencional.

— Eu não chamei por você; nem mesmo sabia de sua existência...

— Você não me chama com a voz, mas com o ciciar de seu desejo. Quando penso em nós dois, a associação que faço é com instrumentos musicais que vibram na mesma nota. Uma nota é tocada e ouvida pela outra que deve responder.

Ele ofegou.

— Vou tentar lhe explicar. Só fui capaz de envolver Harker nos meus negócios porque ele queria o trabalho. Eu o deixei com Ursulina porque era isso que ele queria. E a isso os religiosos de vocês chamam de livre-arbítrio. E eles estão certos quanto a isso. E essa doutrina governa todo o comportamento humano.

— Por que você o deixou na Estíria? Foi para ficar comigo em Whitby?

— Honestamente, pensei que, como a maioria dos humanos que sucumbiram aos encantos de Ursulina, Harker também morreria. Ele, porém, provou ser um rival mais forte do que previ. — O conde deu uma risada muito amargurada, uma risada bem humana. — Eu fretei o *Valkyrie* para chegar até você e persuadi-la a ir comigo para Londres. Mas os tripulantes descobriram que havia ouro e outros tesouros na minha carga. Os idiotas resolveram me matar e roubar meus pertences. Lastimo muito o que aconteceu, pois tive de matá-los, embora tivesse mantido o capitão vivo até que ele levasse o navio com segurança ao porto, mas não além disso, ou ele teria contado o que vira

Um arrepio correu meu corpo ao visualizar a imagem do capitão amarrado ao seu navio, o corpo ensanguentado submetido às intempéries e à violência do mar.

— Sei o que você está pensando. Você não é culpada pela morte dele, e pelas mortes dos tripulantes. A culpa é da ganância humana. Eu tinha de ir ao seu encontro, Mina. Seu desejo era muito ardente. Atendi ao seu chamado. É contra meus próprios princípios resistir.

— E as criaturas que seduziram meu marido? Ele chamou por elas? *Isso eu já lhe expliquei.*

Sua impaciência comigo era parecida com a que eu às vezes experimentava com as alunas, quando elas se recusavam a atinar com a verdade.

— Dr. Von Helsinger as qualificou de vampiras, monstras mortas-vivas que se transformavam em imortais ao sugar o sangue de suas presas. É isso mesmo que elas são? — indaguei. — É isso que você é?

— A criatura que esse doutor engendrou não passa de um demônio necrófago que retrata os medos dos homens. Mas as histórias de imortais sugadores de sangue não é fruto da imaginação.

Ele deve ter percebido meu estado de confusão mental, porque continuou:

— O médico alemão entendeu errado. Ter o sangue sugado não é o que debilita e mata a vítima, mas estar exposta ao nosso poder. Seres como eu carregam uma corrente elétrica similar à de um para-raios. Você sabe do que estou falando, pois já sentiu. Quando interagimos com o corpo de um humano, que é o que vocês chamam de fazer amor, ao mesmo tempo que essa corrente provoca um prazer extraordinário, também funciona como um tipo de descarga elétrica. Com o tempo, a energia do mortal se esgota. Dependendo do grau de fraqueza do humano, ele pode acabar muito doente ou, em casos extremos, ficar louco e morrer. Não tem nada a ver com sugar o sangue, salvo se houver excessos. Os homens que deram sangue à sua amiga Lucy, eles morreram? Não, eles doaram litros do próprio sangue para ela, mas isso não os afetou. Nunca matei ninguém por lhe sugar o sangue, a menos que a minha intenção fosse mesmo a de matar.

— Foi isso que eu fiz ao chamá-lo para mim? Foi como ter assinado minha sentença de morte? Vou ficar louca? Vou morrer? — Senti-me presa ao meu destino com ele, mas ainda assim tinha medo.

— Você não é como seu marido e outros mortais. Num momento crítico da história, o sangue dos imortais entrou nas suas veias, carregando consigo alguns poderes. Dentro desse sangue está a chave da imortalidade; de ser capaz de viver dentro de um corpo, mas continuar existindo sem ele; e de caminhar nos dois lados do véu em mundos visíveis e invisíveis. Dizem que numa época, era o traço comum, mas, milênios depois, os humanos perderam essa competência.

Jonathan me havia explicado os princípios científicos de como os humanos evoluíram alguns traços, e não outros.

— Talvez, caso a pessoa acredite nas teorias do Sr. Darwin, o traço não tivesse sido vantajoso para o ser humano... — falei.

— Passei séculos estudando ciência, medicina, filosofia metafísica e ocultismo. Creio que seja um passo natural do processo evolutivo, um passo na direção de fundir o mortal e o imortal. Um dia, o véu entre os mundos vai ruir. Os monges guerreiros acreditavam que Jesus estava tentando ensinar justamente isso quando Se transfigurou em espírito, fazendo Seu corpo converter-Se em vapor e ascendendo para o mundo invisível. Mas essa compreensão foi sepultada pela Igreja, que queria ter poder sobre seus membros, e por isso manteve essas verdades em segredo.

Tudo isso que você está afirmando é contra tudo em que me ensinaram a acreditar.

— Você não deve ter problemas para acreditar. Você e outros como você têm um sétimo sentido, algo além da telepatia. Dentro de você está a capacidade de integrar totalmente o corpo com a consciência eterna, de fundir carne e espírito. Se você não aceitar os seus dons, eles serão, para sempre, um flagelo para você, Mina. E quando eu digo para sempre, é para sempre mesmo.

Parte Sete

IRLANDA

Capítulo Quinze

Condado de Sligo, 31 de outubro de 1890

As falésias negras ao longo do litoral irlandês despencavam em abismos verticais no mar, onde eram lambidas com sofreguidão por indomáveis tendões de água. O sol refletia no mar, mas seus raios em nada colaboravam para aplacar a turbulência na água. Quanto mais velejávamos para o Norte, mais a paisagem se tornava inóspita e inclemente. Rochas negras se projetavam como tentáculos que nasciam em terra firme e adentravam o oceano. O verde-acinzentado do mar se mesclava no horizonte com a cor tirante a roxo do céu, e os ventos sacolejavam as ondas que se agitavam formando bolhas esbranquiçadas de espuma.

Ficamos observando o vento chicotear o mar. Estávamos acomodados no convés envidraçado, onde o conde me havia envolvido numa manta de peles para me proteger do frio da tarde. Cerca de uma hora para o crepúsculo, o navio lançou âncora distante do porto de Sligo, e dois barcos a remo nos vieram buscar para irmos a terra. Os respingos das ondas nos deixaram molhados, e a mim, com muito frio. Fomos recebidos por uma carruagem e um cocheiro que nos deu boas-vindas e nos conduziu para o castelo.

Nos dois últimos dias da viagem, o conde insistira para que eu descansasse. Nem uma vez sequer ele me tocou como fizera na primeira noite, embora eu tivesse certeza de que, por ler meus pensamentos, ele sabia que era o que eu queria. Às vezes ele jantava comigo, noutras me deixava sozinha, mandando me servirem caldos e infusões à noite, com a promessa de que me ajudariam a conciliar o sono. Ele repetia que eu precisava reunir forças para os dias que viriam e, com esse argumento, nem mesmo deu sequência à história de sua juventude, embora tivesse prometido contá-la até o fim quando estivéssemos na Irlanda. Constantemente, ele pressionava os dedos contra meu pulso e examinava os ritmos do meu corpo. Por vezes, comentava: "Bom, bom." Ou franzia o cenho e me mandava para a cama. Eu queria que ele viesse para o meu camarote ou, então, que me permitisse entrar no lugar em que dormia, mas ele negava qualquer das sugestões, alegando que eu deveria dormir ininterruptamente. Uma tripulação silenciosa e zelosa — e quase sempre invisível — cuidava das minhas necessidades. Eu nunca sabia ao certo quem havia estado em minha cabine, enquanto eu dormia, para cuidar das minhas roupas e preparar o traje que eu deveria usar no dia seguinte, ou quem deixara bandejas com nozes, frutas e chá enquanto eu tirava um cochilo.

A estrada estava às escuras, o campo frugalmente iluminado pelas luzes da carruagem. Uma névoa rala viera do mar, e eu apenas distinguia algumas sombras e silhuetas daquilo que o conde apontava como paisagens e pontos de referência.

— Olhe a grande Montanha de Ben Bulben. Espetada na terra como uma bigorna... e quando chove, corre tanta água daqueles sulcos profundos que parece que a montanha está se debulhando em lágrimas.

— Mal posso ver o contorno — comentei, apertando a vista, na tentativa de distinguir o que ele descrevia.

— Ah... esqueci que você não vê o que vejo. Mas verá, Mina, e ficará maravilhada com a beleza secreta da noite.

— Lá está o castelo. Pode vê-lo na ponta de terra que avança para o mar? Lá... no cume da montanha?

A monumental estrutura de pedras, com uma torre de observação alta e larga, dominava o promontório. Suas fachadas eram cortadas por longas e estreitas faixas de luzes amarelas que emanavam das janelas. A carruagem começou a longa subida morro acima, de onde mirávamos o mar escuro e lustroso sob o luar. Ao chegarmos ao topo, dobramos numa estrada em curva que levava ao castelo, e foi aí que vislumbrei sua imponente entrada principal iluminada por tochas. Conforme nos aproximamos, pude distinguir melhor duas colossais alas guarnecidas de torres, com janelas altas ligadas umas às outras por uma suntuosa fachada de pedras.

Uma mulher alta e magra, num vestido preto singelo, e com os cabelos grisalhos presos num coque no alto da cabeça veio nos receber quando apeamos da carruagem.

— Meu senhor — disse ela, fazendo uma genuína reverência ao conde. Ele assentiu polidamente e respondeu:

— Estamos satisfeitos por estarmos sob seus cuidados, madame. — Ele apresentou-a como a Sra. O'Dowd. Ela não era velha, talvez mais moça do que a diretora, e embora fosse esquelética, tinha a postura correta, e a pele amarelada era livre de rugas. — Esta senhora é do clã dos mais bravos senhores da guerra da Irlanda — disse ele, o que provocou no rosto da mulher uma expressão de contentamento, e fiquei imaginando se ela teria a mesma natureza do conde e se estaria viva desde os primórdios de sua tribo.

Impressionada com as dimensões do castelo, permiti que o conde colocasse a mão no meu ombro e fosse meu guia. Uma refeição ligeira estava a nossa espera no saguão principal, onde crepitantes lenhas queimavam na fornalha alta, da altura de um homem. Imensas cabeças de animais adornavam, como troféus, o cômodo: ursos de longos dentes, alces e outro animal que não consegui identificar, com chifres pontiagudos e dispostos em fileiras. Uma janela coberta por um vitral triplo com desenhos de reis ingleses e um enorme brasão nos guardava do topo do primeiro lance da larga escadaria de onde saíam, de cada lado, degraus que desapareciam da vista conforme subiam na direção dos outros andares.

Tudo que eu queria era sair correndo e entrar em todos os quartos como uma garotinha e descobrir tudo a respeito deste magnífico castelo, mas a Sra. O'Dowd me ajudou a tirar o sobretudo e fez sinal para que eu me sentasse no divã defronte da lareira, onde ela me serviu uma xícara de chá. Ela não ofereceu nada ao conde.

— Devo servir à jovem algo para comer? — Ela não se dirigia a mim, mas ao conde, que assentiu. Ela selecionou uma variedade de sanduíches e de frutas numa bandeja que colocou numa mesinha à minha frente, e foi embora.

Enquanto eu comia, o conde me contou algumas histórias do castelo. Fora originalmente construído nos últimos anos no século XII por um cavaleiro francês que o abandonou alguns anos depois.

— Não passava de um monte de escombros quando foi reconstruído na época de Cromwell e, mais recentemente, há uns cinquenta anos, foi modernizado por seu atual proprietário.

Fiquei curiosa e quis saber mais a respeito do proprietário misterioso, mas o conde disse ter outra história que preferia me contar. Segurando-me pela mão, levou-me para visitar uma sala de estar nos fundos. Não dava para ver muito naquela escuridão, a não ser o reflexo dos candelabros e dos espelhos trabalhados que cobriam as paredes. De uma janela, avistei à distância as ruínas de um prédio invadidas por trepadeiras, vizinhas a um lago enluarado. Alguma coisa se agitou dentro de mim. Fiquei tonta, como se fosse perder os sentidos, e me amparei no conde.

— Reconheceu, Mina?

— Não, mas alguma coisa me parece familiar.

— Venha — chamou ele, segurando minha mão. Abriu a porta que dava para fora. A temperatura havia caído, e a noite estava fria. Ele passou os braços pelo meu ombro. — Você ficará aquecida.

Ele me segurou no colo e foi caminhando naquela direção. Num dado momento, ele não mais andava nem voava, mas nos movíamos muito rápido, como se deslizássemos numa rota invisível. Prendi a respiração enquanto as paisagens passavam velozes umas atrás das outras diante dos meus olhos, e o castelo ia ficando para trás. No momento seguinte, o tempo se desfez, e atravessamos como um raio o que talvez tivesse sido uma janela, e pronto! Estávamos do lado de dentro do que restara da antiga construção.

Ele me pôs em pé, mas eu continuei agarrada a ele, tentando retomar o fôlego.

— Como o seu corpo se adapta ao meu, vai acabar se acostumando a esse tipo de viagem — explicou ele. Estava um breu, mas o luar que atravessava um enorme buraco no teto iluminava o ambiente. Era um cômodo reduzido, e vazio, a não ser por alguns troncos de madeira amontoados. O conde pegou alguns e os empilhou sobre o piso da lareira. Em seguida, cerrou os olhos e esticou a mão sobre as toras. Seus longos dedos pareciam pulsar e brilhar. De algum lugar distante, uma coruja chirriou, e ouvi o ruído de asas batendo, desesperadas, vindo de uma árvore; mas eu me encontrava por demais comovida por sua poderosa figura sob a luz da lua, para sequer me mexer ou deixar um mínimo som escapar da minha garganta. Ele permaneceu na mesma posição até que o brilho de suas mãos se intensificou. De repente, ouvi uns estalidos vindos da lareira, e vi que suas mãos haviam perdido o brilho, e que algumas chamas começaram a crepitar, primeiro num ponto, depois no outro, até que um fogaréu dançava na fornalha.

Ele tirou a capa e a estendeu no chão para que eu me sentasse. Depois, riu da expressão de espanto estampada em meu rosto.

— Não é difícil evocar o espírito do fogo — disse ele. — Já vi você fazer isso.

Assim que me sentei, o cômodo começou a girar. Ele se ajoelhou ao meu lado e pôs os braços em volta dos meus ombros.

— Estou enjoada.

Meu estômago doía, e achei que fosse vomitar a comida que acabara de engolir. Botando a mão em minha barriga, ordenou:

— Respire fundo, Mina. — Obedeci. — Você não está acostumada a viagens rápidas. — A mão dele foi esquentando sobre a minha barriga, o que fez dissipar a sensação de náusea. — Este lugar está carregado de memórias e, como tudo na vida, nem todas boas. No entanto, a maioria delas foi sublime.

— O que se passou aqui?

— Nós morávamos aqui. Você e eu, juntos, há muito, muito tempo.

— Não me lembro de nada; mas sinto alguma coisa no ar.

— E há mesmo, porque as lembranças ainda estão aqui. O tempo, como um todo, acontece de uma vez só. Já lhe mostrei isso. Num lugar que existe do outro lado de uma fina membrana que você não pode ver, você e eu ainda estamos vivendo aquela vida aqui, juntos.

— Não entendo. — Lágrimas brotaram dos meus olhos, e cerrei os punhos de frustração. — Quero entender, mas não consigo. É demais para mim.

Alguns meses atrás, tudo que eu queria era um casamento simples na igreja, uma casinha em Pimlico e um bebê. Agora, ele queria que eu entendesse os mistérios do universo.

Ele me apertou em seus braços e pressionou seus lábios contra minha testa, tentando me acalmar.

— Eu mesmo levei anos para compreender. Percebo que estou exigindo demais de você. Provavelmente ainda está sob o efeito de tudo que sofreu no hospício. Talvez eu devesse ter esperado até você ficar mais forte, antes de trazê-la aqui.

— Eu queria uma vida em que me sentisse segura, e que fosse simples — admiti. — Era com isso que eu sonhava. E agora não resta mais nada, e tenho de assimilar coisas que estão além da minha compreensão.

— Você não pode ter aquele tipo de vida, porque aquela mulher não é você de verdade, Mina. Você tem de ser quem você é, não o que deseja ser.

Ele tomou meu rosto em suas mãos e fitou-me nos olhos; e mais uma vez me enfeitiçou, dissolvendo minhas frustrações e me fazendo querer apenas a ele: compreendê-lo e ser parte do seu mundo.

— Ontem à noite você me pediu para lhe contar mais da história da minha vida antes de nos conhecermos. Quero que você saiba tudo... tudo que aconteceu comigo e que fez com que eu me aproximasse de você. Quero ajudá-la a entender quem você é... quem você é lá no seu íntimo... e por que você e eu estamos aqui, juntos, neste momento no tempo.

Ele retirou as mãos do meu rosto e se sentou, apoiando um dos braços no joelho dobrado, deixando sua elegante mão pendurada. Por um instante, ele ficou igual a qualquer outro homem; mas, ao se mover, as luzes das chamas atingiram-lhe o rosto, revelando sua resplandecência e salientando as mandíbulas fortes e impetuosas.

— Como viemos parar aqui é uma longa história. — Ele parecia estar respirando as memórias do lugar. Não foi fácil me desligar de sua beleza e prestar atenção às suas palavras. — Após um período no exército de Ricardo Coração de Leão, lutamos e vencemos importantes batalhas contra os sarracenos em Acre e em Joppa, batalhas que se tornaram fatos históricos e até hoje são motivo de pesquisas. Àquela altura havíamos nos tornado combatentes implacáveis. Nossas preces proibidas e nossos rituais negros pareciam ter o poder mágico que tanto esperávamos, e passamos a acreditar, mais do que nunca, que éramos invencíveis. Nossa fama se espalhou, e éramos admirados não só pela coragem, mas também por nossa força sobrenatural e atrevimento.

"A nós veio se juntar uma legião de mercenários conhecidos nas terras dos sarracenos por Assassinos, homens prontos a trabalhar para quem quer que lhes pagasse o preço. Os Assassinos vinham aterrorizando centenas de peregrinos cristãos que iam em romaria à Terra Santa, saqueando-os, roubando-lhes tudo, até a roupa do corpo, e os deixando à própria sorte para morrerem. Os Assassinos vieram trabalhar para o rei Ricardo Coração de Leão, que os contratou para protegerem os peregrinos, não para destruí-los. Eles formavam um bando aterrorizante, animalesco, e eram ainda praticantes de misticismo. Apesar de os considerarmos brutais e incivilizados, na verdade, compartilhávamos não só muitas de suas características, como também suas obsessões, e eles nos deixavam fascinados.

"Foi então que ouvimos rumores de que, na calada da noite, os Assassinos participavam de rituais proibidos e praticavam antigas fórmulas capazes de acender poderes ocultos que lhes proporcionariam invencibilidade e imortalidade. Então, resolvemos revelar-lhes que nós também formávamos um grupo secreto com ideias similares às deles e, não se passou muito tempo, começamos a interagir com eles. Foi assim que descobrimos que sacrificavam seres de sangue quente em honra de uma deusa-pagã dos guerreiros, conhecida por Kali pelos místicos da Índia, os quais drenavam o sangue dos inimigos para uma tina e o bebiam. Nas noites de terça-feira, eles ingeriam uma substância chamada haxixe, que fazia com que o mundo real desaparecesse, e dedicavam sacrifícios a essa deusa. Eles asseguravam que ela lhes dava o poder de controlar o tempo e de deter a morte. Fomos convidados a participar dessas atividades e do ritual mágico que eles praticavam, ao qual denominavam de o caminho da mão esquerda. Eles nos ensinaram os sete centros secretos do corpo, nos quais o poder fica armazenado e através dos quais a força da vida poderia entrar. Nesses rituais, fomos instruídos a meditar sobre esses recônditos pontos de poder e a estimular o mais fundo e mais poderoso centro na genitália, em nós mesmos e uns nos outros, o que levava ao êxtase e ao clímax. Aprendemos a absorver mais energia e luz todas as vezes que alcançávamos o orgasmo; com o tempo, nossa força mental e física cresceu muito. Descobrimos que meditar sobre um evento contribuiria para que ele acontecesse ou influenciaria seus desdobramentos. Acreditávamos ter um domínio crescente sobre as forças exteriores e também sobre nossos próprios seres.

"Mais tarde, quando algumas dessas práticas vieram a se tornar conhecidas, a Igreja as proclamou satânicas, mas o demônio não era o objeto que cultuávamos. Acreditávamos piamente na palavra de Cristo. Os monges nos haviam ensinado que o Santo Graal, que é a promessa mesmo de Jesus, não era senão a imortalidade. Acreditávamos que Jesus confirmou isso com Suas palavras e com o rito do sangue que Ele transformou no ponto central da cerimônia.

"Estávamos ansiosos para testar nossos novos poderes na guerra, mas era a paz que o rei Ricardo almejava, e tanto que acabou assinando um tratado com Saladino. Isso foi no segundo dia de setembro do ano 1192 de Nosso Senhor Jesus Cristo. Alguns membros de nosso grupo resolveram sair em busca do cálice sagrado, portador do sangue imortal de Cristo, na crença de que ainda existia. Outros foram para a Aquitânia e outras regiões da França e reivindicaram os territórios que lhes eram devidos por conta dos serviços prestados.

"Mas um pequeno grupo jamais esqueceu as histórias do visconde de Poitou, nem as filhas que ele teve da sua união com a fada rainha. Seduzidos pela ideia de se divertir com imortais, fomos atendidos no nosso pedido de receber em doação grandes extensões de terra na Irlanda. Antes de partirmos, o visconde veio conversar comigo e me alertou sobre os perigos da minha empreitada. 'Para mim, você é como um filho, de modo que preciso lhe dizer algo que nunca admitiria na frente dos outros, que é a profunda tristeza de ser abandonado por uma amante imortal. E isso é uma coisa que acontece mesmo sem que elas queiram: é da natureza delas amar e ir embora. Elas se cansam da vida mortal, com suas doenças e vulnerabilidades. Quando ficamos mais velhos, elas perdem o interesse em nós e se vão. Mas para aquele que é preterido, tudo é tristeza. E foi por isso que vim enterrar minha dor e solidão na guerra. Depois de perdido, nada pode substituir o divino prazer que elas proporcionam. Poucos, porém, são os privilegiados que merecem o amor delas; contudo, a perda desse amor é insuportável.'

"Mas como eu era inexperiente nesses assuntos de amor, as palavras dele não surtiram o menor efeito. Vendo que não conseguiria me dissuadir, deu-me sua bênção e me mandou procurar sua filha mais jovem. 'Ela é muito especial e eu a amo muito', disse ele. 'Das três, é a que mais provavelmente é humana. Ela parecia ter um coração profundamente humano.' Ele me deu um objeto para que eu entregasse a ela, algo de grande valor que a mãe dela lhe havia oferecido para protegê-lo antes de partir da França para a guerra. No dia seguinte, parti com meus soldados para aquela terra desconhecida."

Ele fez uma pausa e fixou o olhar nas chamas.

— E você a achou? — perguntei.

É evidente que ele não havia terminado a história. Não me respondeu, e fiquei impaciente. *Você a achou?*

Ele enfiou a mão no bolso, tirou de lá algo embrulhado num pedaço de linho amarrado com uma fita, e me entregou. Fiquei surpresa com o peso e a solidez. Desfiz o nó e com todo cuidado desdobrei o lenço, e apareceu uma cruz celta de prata cravejada com um mosaico de dezenas de pedras preciosas: ametistas, turmalinas, esmeraldas e rubis. Contemplei a peça, extasiada pela beleza e pelo brilho. As pedras cintilavam e dançavam com as chamas da lareira.

Aproximei a cruz do meu coração e o abracei, e o mundo ao meu redor desapareceu.

31 de outubro de 1193

Minha irmã e eu ajudamos uma à outra a vestir as túnicas pretas encomendadas para a cerimônia em honra da deusa Raven, a rainha da noite, da lua e de seus mistérios; a que sobrevoa os campos de batalha cuidando de seus protegidos e destruindo os inimigos. O tecido das roupas é grosso e pesado porque esta será uma noite muito fria sob uma lua cheia e branca como a neve. Cruzamos os peitilhos sobre os seios e os amarramos em volta do corpo com um cordão prateado. Nossos cabelos — os meus negros como a noite e os dela, cor de cobre bem escuro — desciam pelas nossas costas em volumosos cachos, oferecendo proteção extra contra o frio e o vento que soprava incessantemente pelo nosso vale. Nesta noite do ano, a invisível barreira entre os dois mundos deixa de existir, e as deidades se revelam aos que lhe foram fiéis; o tempo em que mortais e imortais podem se deliciar uns com os outros, o tempo em que os mortais são recompensados não apenas pelos frutos de seus trabalhos nos campos, mas também pelos imortais que lhes concedem favores. Esta é a noite em que a barreira feérica se abre, e as exuberantes e sedutoras seguidoras dos Sídhes buscam prazer nos braços dos escolhidos que habitam o plano terreno. Nesta noite, os homens mortais também estão indóceis. Guerreiros e reis vagueiam pelos campos na esperança de atrair, quem sabe, a própria deusa Raven, que concede aos seus amantes vitórias nas batalhas, ou mesmo uma de suas seguidoras que vão rogar à deusa que interceda em favor de seus homens, ou então uma mulher Sídhe, que lhes dará prazer e proteção.

Encharcamos nossos pescoços com água de rosas, porque sabemos que os príncipes imortais que hoje à noite talvez despertem das profundezas e venham nos ver se sentem atraídos pela essência. Minha irmã está prometida em casamento a um deles e, hoje, ela tem esperança de que eu consiga seduzir um outro, de modo a continuarmos juntas. A fragrância adocicada desperta por completo os meus sentidos, a ponto de me deixar tonta. Sou conhecida por ter a audição, o olfato e o paladar mais desenvolvidos do que as outras, inclusive minha irmã, que, no entanto, é uma exímia feiticeira. Havíamos montado grinaldas de rosas vermelhas para enfeitar nossas cabeças. Preocupadas em não nos ferir com os espinhos, colocamos a coroa uma na outra e, depois, enfiamos os braços em luvas pretas que nós mesmas costuramos, com longas garras na altura dos dedos, transformando nossas lindas e alvas mãos em armas letais.

E nos esgueiramos noite adentro e caminhamos pelas margens de um riacho, seguindo sua rota murmurante, até chegarmos ao bosque sagrado, oculto aos olhos dos homens, onde as outras já haviam acendido duas imensas fogueiras. Elas estão sentadas em círculo, um bando de corvos, vestidas de preto até as pontas dos dedos, as mais velhas encapuzadas, e as solteiras com uma grinalda de flores enfeitando os cabelos. Algumas usam uma ampla gola sobreposta enfeitada com penas pretas, e que lhes cobre o pescoço e o peito; e nossa líder, a suma sacerdotisa, usa um capuz alto de penas, que lembra a plumagem de um corvo, representativa da nossa Divina Dama. Elas estão passando entre elas uma tigela contendo uma infusão feita com as mágicas sementes roxas da flor da lua, que viemos cultivando o ano inteiro no nosso jardim secreto. Todos os anos, uns bobinhos que não sabem das coisas, mas têm curiosidade de se inteirar das histórias que ouviram sobre nossos poderes, morrem depois de comerem as pétalas brancas e azuis das flores da lua que brotam a esmo por aí. Eles sabem pouco sobre nosso jardim sagrado e as ervas e as flores servidas em nossas beberagens.

Minha irmã e eu entramos na roda de mulheres e bebemos um tanto do extrato amargo das flores, ao qual foram acrescentados ervas e mel para ficar menos intragável e, portanto, ser ingerido em quantidade que nos faça entregar nosso ser à deusa. As fogueiras, pirâmides de turfa, madeira e chamas que recebem os cuidados de duas sacerdotisas, ficam cada vez mais altas e lançam sombras nas majestosas árvores que protegem o bosque. Três mulheres tocam tambores de pele de cabra, e nós passamos a tigela mais uma vez, enquanto os ventos tomam força, açoitando e turbilhonando as chamas para o céu. Olho para cima e vejo um redemoinho de estrelas cintilando no firmamento. A lua prateada brilha suspensa no céu escuro da noite, e as mulheres começam a entoar:

Vem, ó deusa da encruzilhada,
Aquela que vai e vem da noite
Com uma tocha na mão esquerda e uma espada na outra,
Inimiga da luz, amiga da escuridão,
Que te comprazes quando os lobos uivam e o sangue quente é derramado,
Que caminhas por entre fantasmas e túmulos,
Cuja sede é de sangue e mete medo nos corações dos mortais.
Recolhe para si os poderes da lua
E lança teu olhar auspicioso sobre nós.

Com as línguas de fogo galgando os píncaros, fazemos uma fila e damos nove voltas ao redor da fogueira em homenagem às sacerdotisas do passado, preparando-nos para caminhar por entre as labaredas que purificarão nossas almas e nos farão merecedoras das graças e dos poderes da deusa. Vou atrás da minha irmã, que é mais velha e tem poderes mágicos mais possantes, e que sempre vai na frente para me proteger. Nunca antes atravessei uma fogueira, mas não tenho medo porque a poção me infundiu coragem. O fogo chama por mim, e quero sentir seu calor abrasador na minha pele tão branca quanto o marfim, pois sei que nesta noite sou invencível. As mulheres dançam entre as fogueiras ao ritmo dos tambores, rodopiando nos pontos em que as chamas se encontram, desafiando o fogo a exercer sobre elas o seu poder. Sabemos que a deusa nos concede imunidade e, portanto, não há o que temer.

Antes de se entregar às línguas de fogo, minha irmã se vira para mim e sussurra:

— Se for de seu desejo, verá o rosto de seu amado nas labaredas.

Devolvo-lhe um sorriso animador e começo a oscilar como um pêndulo, jogando meus ombros ora para um lado ora para o outro, enquanto ela caminha direto para as chamas, seu cabelo ruivo se funde à cor do fogo, os braços vestidos de preto rodopiam erguidos acima da cabeça, e as garras adentram o céu noturno. Assim que ela me envia o sinal, entro na dança, caminhando sem medo algum até que nossos corpos se encontraram. Olhos nos olhos, unimos nossos corpos, as cabeças jogadas para trás, como se oferecêssemos nossos rostos em sacrifício às chamas. Sinto um calor escaldante, tão quente que não consigo respirar; então, lembro-me do que devo fazer e penso na imagem da deusa Raven como a única coisa importante da vida, enquanto minha irmã e eu dançamos entre as labaredas. Ela é a primeira a sair, sempre me olhando direto nos olhos enquanto se afasta dançando até estar em segurança. Sei que tenho a obrigação de ficar bem no centro, e giro e giro com os braços para o alto em oração, deixando que o fogo lamba meu corpo.

De algum lugar distante, ouço... não, sinto debaixo dos pés, cascos trotando bem de leve na terra; mas que para minha audição aguçada soavam como um estrondear. Sei que um grupo de cavaleiros havia se aproximado, ainda que se movessem furtivamente. Em minha mente, ou nas próprias chamas, vejo-os apearem, amarrarem as montarias a árvores, e virem devagar em nossa direção, e me pergunto se os guerreiros do povo Sídhe teriam se levantado das profundezas da terra. Por cima do crepitar e do estalar das brasas, escuto-os se movimentando pela floresta e vejo-os em pé atrás das árvores nos observando. Sinto olhos. Olhos intensos, azuis, curiosos me fitando, e... saio do transe.

Agora, sinto o calor das labaredas e atiro meu corpo para fora da fogueira, direto para os braços da minha irmã, prontos para me amparar. Ela bate no meu cabelo e, pelo cheiro, sei que foi chamuscado. Ela me prende em seus braços; estou tonta por causa do calor e da dança e da bebida. Fecho os olhos, mas ouço as mulheres gritarem; abro-os e vejo você, o dono daqueles olhos azuis curiosos, em pé, me encarando. Você está só, mas outros, talvez dezenas de soldados, logo emergem do mesmo matagal de onde nos observavam e vêm se postar a seu lado. Você e seus homens usam capas de montaria, algumas debruadas de pele, todas muitíssimo mais luxuosas do que as que estamos acostumadas a ver, e posso dizer pela reação das outras mulheres que nenhuma de nós sabe ao certo se vocês são mortais ou seres vindos do outro lado do véu.

Fica claro que você é o líder, e, enquanto caminha devagar na minha direção, seus olhos não se desgrudam dos meus. Sinto seu cheiro: almíscar e suor de macho humano. Seus homens ficam para trás: parecem não saber qual atitude você vai tomar. Nenhum de vocês carrega armas, ou, pelo menos, elas não estão à vista. Você continua vindo, e as chamas lhe iluminam as feições: olhos enormes e fundos sob uma fronte ampla, forte, quase selvagem, as maçãs do rosto proeminentes como se fossem ao encontro dos olhos. Seus lábios vermelhos competem com a barba que os envolve e, finalmente, se exibem num lábio carnudo, sensual. Embora seus cabelos sejam longos, noto que estão limpos, e que os cachos foram penteados alguns dias atrás. Por baixo do casaco, a luz das brasas faz brilhar um cinto de ouro que lhe cinge abaixo da cintura, tão belo que bem podia ter sido furtado de um deus.

A suma sacerdotisa não aprova a sua ousadia, não no bosque sagrado, e dá início ao canto dos corvos, um crocitar alto e áspero que irrompe no silêncio da noite. Outras vozes se unem à dela, e os gritos ficam cada vez mais esganiçados conforme você se aproxima de mim. As mulheres começam a vir na minha direção com os braços estendidos, com brados ameaçadores saindo de suas bocas escancaradas. Embora meus olhos estejam cravados nos seus, posso ver, em minha mente, minhas irmãs arreganhando os dentes para você e também para seus homens que, aos poucos, vão recuando, inquietos com as ameaças das sacerdotisas.

As mulheres formam um meio círculo a minha volta à guisa de proteção, o tempo todo exibindo os dentes e as garras e suas vozes num coro aterrador de estalos e sibilos. Imperturbável, você continua diante de mim, me olhando; e eu estou tremendo. Tento me empertigar, mostrar-me altiva para que você perceba que me encontro sob as graças e proteção da deusa Raven. Você me observa com atenção e sem piscar, por um longo tempo, e depois cai de joelhos.

Agora, com esse gesto inesperado, as mulheres interrompem a cantoria.

— Princesa da noite, vim oferecer-me a você — diz você finalmente em francês, a língua da minha terra natal. — Venha comigo.

Tento olhar no seu interior para ver quais são suas intenções: lascívia, estupro, sequestro; mas sua beleza nubla minha visão.

— Por que eu haveria de ir com você, se nem mesmo o conheço? — pergunto, embora esteja excitada com a franqueza de seu pedido e com o desejo e encantamento nos seus olhos.

— Porque sou seu, queira você ou não. Você me fascinou, com seus olhos que guardam neles a luz da lua, e sua pele iluminada pelo brilho das estrelas e que desafia o fogo. Venha comigo, minha dama, e lhe darei tudo o que tenho.

Permaneço encarando você, avaliando sua lisonja, quando de algum lugar na noite, ouço o grasnar de um corvo. Todos olham em volta para ver quem está entrando no bosque. De repente, um par de asas negras sai das sombras da noite e plana sobre nós. A imensa ave entra no espaço sagrado com seus grasnidos estridentes. Sob o luar, posso ver o colar de plumagem longa e as garras compridas, quando o pássaro mergulha e, em seguida, alça voo acima da minha cabeça.

— É um alerta — diz a suma sacerdotisa.

Ouço, à distância, o barulho de cascos golpeando a terra, sem dúvida alguma vindo para cá, mas com muito mais algazarra do que quando você e seus homens se aproximaram. Esse grupo a cavalo não vem em surdina, mas anunciando a sua chegada com o tilintar de sinos, e sons tirados de gaitas e címbalos que nos eram trazidos pelo vento, e que toma força e fica mais alto e enche o ambiente.

— Vem alguém! — aviso.

— Posso ouvi-los — responde minha irmã. — São os Sídhes!

Noto como ela fica animada com a expectativa de ver o príncipe encantado por quem está apaixonada.

As mulheres ficam excitadas; percebo o que isso significa para você que permanece de joelhos na minha frente e lhe aviso:

— Vá embora! E leve os seus homens daqui!

Você se ergue, mas não sai do lugar. Seus homens o chamam com insistência. Nenhum deles tem interesse em entrar numa batalha com os guerreiros Sídhes, mas você não se mexe. Pergunto a mim mesma se é esse o desafio que o trouxera até aqui.

— Venha comigo. — Você tenta tocar minhas mãos, mas retrocede ao sentir as garras das minhas luvas. Algo em mim quer ir com você, mas minha irmã está aos gritos, mandando você ir embora. Ela lê a minha mente e sabe que você está quase me seduzindo.

— Você está louca? — pergunta-me ela. Nós duas havíamos chegado à conclusão de que me casar com um príncipe encantado aprofundaria meus poderes e perpetuaria a linhagem da nossa mãe. Esta noite seria a oportunidade para isso se concretizar. — Vá embora antes que o vejam aqui — ela está ordenando. — Minha irmã não é para você. Saia!

— Não sem ela. — Você a enfrenta, enfiando a mão pela gola da túnica. Temo que talvez esteja preste a sacar uma arma e me levar à força.

— Está desperdiçando seu tempo — grito. Não o conheço, mas não quero vê-lo ser morto por um Sídhe. — Poderia lhe custar a sua vida e as vidas de seus companheiros.

Mas você não me dá ouvidos e continua remexendo por dentro da roupa. Enfim, me estende uma cruz cravejada de pedrarias pendurada numa tira de couro. Minha raiva se eleva. Agarro a tira, passo-a em volta do seu pescoço e começo a sufocá-lo. Seus olhos se esbugalham e o rosto vai ficando vermelho. Você está pasmo por ser agredido dessa forma por uma mulher.

— Isso pertence à minha mãe! — acuso-o com rispidez, puxando seu rosto para perto do meu. — Você roubou!

Nesse mesmo instante, a mente de minha irmã e a minha estão se comunicando e chegando às mesmas conclusões: você é mais um mortal que espionou minha mãe na floresta; mais um que ela escolheu como amante e depois descartou; e você, por vingança, roubou a cruz que era dela.

— Maldito é aquele que rouba de um Sídhe — grrrpraaaguejja minha irmã contra você, mirando-o dos pés à cabeça.

Subitamente, porém, ela cai na gargalhada. Volto minha atenção para ver o porquê da risada, e tenho de achar graça ao notar que embora a minha intenção fosse sufocá-lo, o fato de estar tão perto de mim fez com que você tivesse uma ereção.

— Vim a mando de seu pai — você consegue explicar —, com a ordem de encontrá-la e lhe entregar a cruz.

Agora é a minha vez de ficar em estado de choque. Solto você para que consiga respirar. Há anos que não vejo meu pai, mas sei, pela minha visão interior, que ele deixou a Aquitânia para lutar nas Guerras Santas. Não sei onde ele está, mas sinto que está vivo. A cacofonia dos guerreiros Sídhes chega até nós. Os ritmos pontuados do galope dos cavalos, os latidos rascantes dos cães que os acompanham a toda parte e a música que bizarramente ressoa como prateada vão ficando cada vez mais altos, e logo podemos ouvi-los cantar uma das costumeiras toadas insolentes e atrevidas de quando vêm até nós em busca de prazer.

Preciso me decidir. Meu coração me diz para seguir o homem imóvel diante de mim, aquele a quem meu pai sagrou como seu mensageiro para ir à minha procura e me entregar o presente. Contudo, no bosque, a última palavra pertence à suma sacerdotisa que, depois de ler meus pensamentos, acena com sua mão coberta de penas e decreta:

— Vá com ele. Rápido!

Incitados pela aproximação do povo feérico, seus homens aprontaram os cavalos. Dois dividem uma montaria para que eu tenha uma só para mim, um garanhão branco como a lua e com uma longa crina. Antes de me ajudar a montar, você retira as luvas com garras e as joga no mato. Assim que partimos, os guerreiros de Sídhe entram no bosque com seus cavalos, deslizando por entre as árvores e as moitas como se elas não existissem e iluminando a escuridão com seu brilho celestial. De relance, vejo o clarão dos Sídhes, a pele radiante, os cabelos cor de bronze, e mantas verdes cintilantes, e sinto um lampejo de remorso e me pergunto: E se *eu* tivesse ficado?

Mas não há tempo para indagações. Você vem por trás e chuta forte o meu cavalo, que sai em disparada. Na dianteira, seus homens voam através da noite, e nós nos encalço deles. Os animais conhecem o terreno e galopam a toda velocidade, e a paisagem se transforma num vasto borrão. Minha cabeça ainda está nublada pela poção da flor da lua, e assim cerro os olhos e me integro ao corcel até que já não mais consigo identificar o meu próprio corpo que se amalgama com o dele. Sinto sua força animal infundindo meu corpo com seu poder, e o dele com o meu. Quando abro os olhos, é para mirar as estrelas que redemoinham num brilho esverdeado.

Depois de um tempo, nos aproximamos de um castelo de pedras cercado por um fosso profundo e protegido por guardas de prontidão na torre de observação iluminada por tochas. Um dos soldados dá um sinal, e a ponte de acesso é baixada. No interior, você, meu captor de olhos azuis, me ajuda a apear, e eu me entrego nos seus braços tão à vontade como se tivesse feito isso milhões de vezes e sinto que ainda o farei outras tantas. Alguém nos faz entrar, e atravessamos um salão onde homens se sentam diante de uma lareira. Eles nos observam como se passássemos por ali todos os dias. Você caminha comigo em seus braços por um saguão iluminado a velas e depois para um quarto desprovido de móveis, com uma lareira alta e barras de ferro recortando duas janelas bem altas.

Você me coloca sobre um colchão no chão coberto de peles perto da lareira, e eu grito de dor quando um espinho da minha grinalda fura meu escalpo. Com todo cuidado, você retira a coroa e beija a ferida. Mas, ao atirá-la para o lado, outro espinho fere seu dedo, fazendo um corte na pele que logo se enche de vermelho. Estamos espantados com o estrago, mas seguro seu dedo e o enfio na boca. Chupo um tanto do sangue. Tem o sabor fresco, mas também salgado do ferro.

Quero lhe mostrar minha mágica; então, depois de me satisfazer em provar de seu sangue e vê-lo ainda mais excitado, tiro seu dedo da boca e lhe mostro a ferida. Concentro-me profundamente, passo a ponta da língua sobre o corte, bem devagar, uma, duas e mais vezes, deixando minha língua escorregar num vaivém sensual. Em minha mente, vejo-o me observar extasiado, seus olhos de pedra preciosa brilham de desejo.

Paro e mostro a você que a ferida secou e a pele está limpa.

Pensei que fosse deixá-lo sem ação com minha mágica, mas, em vez disso, e sem dizer palavra, seus lábios estão nos meus. Suas mãos desfizeram o laço do cordão prateado que fechava o peitilho e estão dentro de minha roupa, agarrando sofregamente meu corpo. Posso sentir seu apetite — puro, humano — e correspondo a ele. Não é a primeira vez que faço amor com um mortal. Adoro o calor do corpo que acompanha o palpável desejo humano, e o cheiro e o gosto da carne e do sangue. O tempo terreno desaparece, e entramos num espaço atemporal, beijando com premeditação e explorando mutuamente cada milímetro dos lábios e línguas e rostos e pescoços. Você se livra das ceroulas e suspende minha túnica para ver meu corpo, e toca na marca vermelho-escura na minha coxa, tracejando o formato similar a asas com a ponta dos dedos.

— A marca dos Sídhes.

Alguns homens ignorantes acham que é a marca do demônio, e espero que você não seja um deles. Mas sua expressão me diz que você está sentindo outra coisa, algo parecido com assombro. Por querer você, não consigo vê-lo com tanta clareza quanto gostaria.

— Por que você não mora com os Sídhes?

— Meu lado humano gosta dos prazeres terrenos — explico, e é a verdade. Gosto da batida firme do coração humano, do aroma que vem do fogão quando um pedaço de carne é assada e da delicadeza da chuva brincando no meu rosto. — Não sou como minha mãe que gosta dos mortais, mas depois se cansa deles. Tenho uma natureza diferente, e ainda estou tentando descobrir qual é.

— Você é imortal?

— Talvez — respondo. — Posso estender minha vida passando um tempo no reino dos Sídhes. Mas se vou viver para sempre... isso eu não sei.

Neste momento, inspiro seu cheiro, e meu sangue Sídhe fala mais alto. Aquelas poucas gotas de sangue me excitaram, e quero beber mais, mas não quero enfraquecê-lo nem matá-lo. Minha mãe ficaria zangada comigo por eu ter esses escrúpulos. Ela não suporta quando ponho em xeque minha natureza.

— Você arriscou sua vida me trazendo para cá — pondero.

Olho suas pernas, e elas me atraem como um ímã. Com as mãos, afasto suas pernas e, sem pressa, subo os dedos pelas coxas enquanto passo a língua nos meus lábios em expectativa pelo prazer do seu gosto. Seus olhos estão enormes, tentando descobrir o que farei em seguida, mas eu o paralisei com meu toque. Sem avisar, beijo a parte mais interna de sua coxa, circulando sua carne com meus lábios, esfregando, lambendo, beijando e mordiscando, primeiro num lado da virilha, depois, no outro. Você se rende e, vulnerável, abre bem as pernas para mim. Você me deixa levar à boca tudo que consigo do interior da coxa, de forma que meu rosto roça seus testículos, e eu os acaricio suavemente com uma das mãos, enquanto com a outra agarro suas nádegas nuas e tensas. Você fecha os olhos e geme de prazer e expectativa. Eu me aproveito desse seu momento de fraqueza para enfiar os dentes e morder sua pele macia, sugando tudo o que quero. E você grita de prazer. Termino. Você está ofegante e com o corpo brilhando com o próprio suor.

Mas diferentemente dos outros com quem estive, você se recupera rapidamente.

— Você não é um qualquer — declaro.

— Estou acostumado ao perigo e aos meandros do misticismo; mas mesmo que não estivesse, uma noite com você valeria minha vida.

Passo os braços pelo seu pescoço e o trago para perto de mim, e tomo seus lábios e língua em minha boca. Você me beija de volta com violência, e percebo que não se enfraqueceu pelo que fiz. E seu pênis ereto me golpeia, procurando a entrada, e tenho certeza de que você é mesmo um mortal diferente dos outros. O gosto de sua língua é uma tentação, e quero mordê-la, mas me contenho e decido abraçá-lo com as pernas como um convite para vir para dentro de mim. Você entra devagar, um homem acostumado com o prazer feminino. Aguardo para que você enfie com força para que eu acompanhe seu prazer, mas você praticamente não se move, apenas estremece. Lembro-me, então, de que você não me sente como uma mulher normal, e você deve se acostumar com os sons do meu corpo. Você segura meus quadris com força e os aperta contra sua pélvis como se quisesse me devorar. Sinto-o acalmando o ritmo de sua respiração e de seus batimentos, como se estivesse se preparando para uma luta e, lendo suas lembranças, vejo o tipo de guerreiro que você é: feroz e imperturbável frente aos inimigos. Na hora em que se sente pronto, você tira e bota seu pênis num ritmo constante, até que não mais se aguenta e explode dentro de mim numa sequência de frenéticos espasmos. Espero você se refazer. Você está dizendo ao meu ouvido:

— Quero beber de você.

Afasto-o pelos ombros de modo a admirar seu rosto.

— Você não faz ideia do que está pedindo — digo. Poucos humanos conhecem os segredos do sangue, e fico me perguntando onde você teria aprendido.

Sua reação mostra que talvez eu tenha ferido seu orgulho masculino.

— Já bebi o sangue de outros, e isso só me fez ficar mais forte. — Seus olhos azuis mostram raiva e indignação.

— Mas eu carrego o sangue do povo Sídhe. Pode ser que você fique mais forte, ou então mais fraco, e pode até morrer. Não há como prever. Mesmo os adivinhos e videntes falharam ao vaticinar sobre quem morrerá por beber nosso sangue ou até por fazer amor conosco.

— Só posso ficar com você sendo da sua espécie. Senão, você vai se cansar de mim.

Reconheço a verdade de suas palavras. Muitas vezes meditei sobre a crueldade da vida mortal, de como toda a beleza humana descamba para a decadência e a morte. Olhando para você, não suporto a ideia de que se vá degenerar, de que sua pele e músculos murcharão, de que sua coluna se dobrará. Não suportaria presenciar o fogo de seus olhos desaparecerem. Isso poderia acontecer comigo também, se me entregar à minha herança mortal, mas tenho como buscar proteção no reino da minha mãe para me manter jovem. Você deve estar lendo meus pensamentos, pois coloca as mãos nos meus ombros e diz:

— Não tenho medo. Ponha minha força à prova. Se eu for fraco, então mereço morrer.

Com a força da mente, rasgo a pele na base da minha garganta com um leve toque da unha, abrindo uma ferida grande o bastante para a sua boca. Espero o sangue aparecer. Meu sangue é mais claro do que o dos mortais. Tem a cor das amoras, e é mais luminoso, e posso ver que isso o espanta. Sem lhe dar a oportunidade de mudar de ideia, pressiono sua cabeça contra meu pescoço e deixo você beber do meu sangue.

Capítulo Dezesseis

31 de outubro de 1890

Meus nervos estavam à flor da pele quando ele furou a carne macia na base do meu pescoço e ali mergulhou sua boca. Reclinei para trás e, agarrando um punhado de seus cabelos, segurei-lhe a cabeça com bastante força contra mim. A mão dele estava entre as minhas pernas e seus dedos dentro de mim, me fazendo chegar ao orgasmo, enquanto sua boca me levava a uma sensação semelhante à de agonia, mas sem que eu desejasse que parasse. Minha entrega a ele era total. Sua boca e seus dedos mantinham o mesmo ritmo; e quando minhas entranhas cingiram-lhe os dedos, ele me mordeu forte. O mundo à minha volta perdeu a nitidez, e receei a morte; mas, naquele momento, senti que o melhor seria deixar essa paixão descontrolada ser a onda que não só me levaria para fora deste mundo, mas também para o que viria a seguir. Mesmo que dali em diante tudo fosse escuridão, não tinha a menor importância, pois jamais haveria nada que se comparasse a isso.

Sob seu toque, gozei até minhas energias se esvaírem por completo.

— Ah, Mina, o seu gosto... — disse ele, me apertando contra seu peito e acariciando-me o cabelo.

Continuamos por um tempo deitados ao pé da lareira, até que o frio das pedras do piso atravessou a capa sob meu corpo e me congelou os ossos; foi então que tive a sensação de dor da ferida no pescoço. Ela pulsava e ardia, competindo em intensidade com o calor das chamas da lareira. Gotas de sangue haviam respingado em sua camisa.

— Sei que dói. Feche a ferida — sugeriu.

Toquei-a com a mão e senti a carne dilacerada e o lento escorrer do sangue.

Você sabe o que fazer. Não é a primeira vez.

É, mas como? Como conciliar a dona de poderes mágicos que eu era no passado com Mina, uma mulher comum neste corpo, um corpo esgotado, latejante, ensanguentado e tão humano? Parecia impossível.

Ele pressionou minhas têmporas e desenhou um círculo com as pontas dos dedos, e isso que me acalmou. Fechei os olhos e permaneci assim até que a escuridão oca detrás de minhas pálpebras foi sendo ocupada pela imagem mental da ferida. Palavras há tanto tempo esquecidas, palavras reprimidas durante séculos ergueram de suas sepulturas e entoaram em minha cabeça: *Divina Senhora, estou sedenta de teu poder. Leva-me ao Lago das Reminiscências, onde poderei beber de suas águas frescas e relembrar minhas origens. Deixa-me banhar no Lago da Memória, para que me lembre de tudo que és e de tudo que sou.*

Minhas mãos foram ficando quentes e eletrizadas, e pressionei a esquerda sobre a ferida. *Que o Poder da deusa Raven seja meu! Leva embora minha dor, seca a ferida e não me faça sofrer.*

O calor emitido por minhas mãos entrou em contato com a sensação de queimação da ferida, e achei que meu pescoço estivesse em chamas. Minha mão cauterizou a lesão, e fiquei sem saber se havia ou não me machucado mais ainda. Mas algum conhecimento dentro de mim fez com que eu mantivesse a mão sobre o machucado. Em minha mente, percebi que minha carne borbulhava e espumava, igual a um objeto que boiava numa panela de água fervente. Doía mais do que quando foi perfurada, e fiquei tentada a parar antes de a ferida secar. Talvez meus antigos poderes se houvessem perdido para sempre.

Não pare agora. Acredite.

E, logo depois, a dor começou a ceder, e minhas mãos que estavam abrasadoramente quentes foram esfriando até ficarem mornas. Toquei o lugar das incisões; não havia nenhum resquício de ferida, e a pele estava lisa. Tateei em busca de uma saliência, qualquer coisa, mas a pele do meu pescoço e da garganta estava intacta.

Sentei-me, e ele também. Ficamos calados e abraçados por um bocado de tempo. Eu fitava as chamas que faziam ressurgir imagens e lembranças dos meus primeiros dias com ele neste mesmo quarto há tantas vidas passadas. Não existe explicação para o amor; nenhuma palavra que seja dita se compara com sua silenciosa alegria. E se isso era verdade no nível do amor comum entre dois mortais — caso o amor possa ser considerado comum —, então era mais verdadeiro ainda em se tratando de um amor que se metamorfoseou em diferentes corpos e em diferentes eras ao longo dos séculos.

Enfim, tive de perguntar:

— Como foi que você, um mortal, viveu eternamente, e eu, filha de uma Sídhe, morri uma morte mortal?

— Foi a sua escolha — disse ele, desviando o olhar. — Não podia forçá-la a optar pela vida eterna, embora não me tivesse faltado vontade.

— O que me levaria a escolher uma vida longe de você, meu amor? Não consigo imaginar um motivo.

— Meu amor... — ele repetiu minhas palavras. — Esperei tanto tempo para ouvir de novo dos seus lábios de forma tão espontânea — continuou ele, e então sua expressão ficou pesarosa. — O resto da história não teve nada de bom.

— Então não quero ouvi-la — reagi. — Vamos esquecer o passado, todos os nossos passados, quaisquer que tenham sido. E vamos nos unir de novo, aqui e agora, e que seja para sempre. Nunca mais quero me afastar de você.

Esperava uma declaração de amor, mas, em vez disso, ele pressionou dois dedos no meu pulso e depois no meu pescoço.

— Como está se sentindo? Está tonta ou enjoada?

Não, não estou doente, estou feliz e apaixonada por você, e quero beber de você e ficar com você para sempre.

— Eu sei — disse ele sem nenhuma comoção. — Mas preciso aferir sua reação física ao que aconteceu. São raros os humanos que aguentam reviver um evento passado e, ao mesmo tempo, perder sangue, sem que o corpo se enfraqueça.

— Nós voltamos mesmo no tempo? — Eu havia experimentado o passado com todas as sensações físicas, do mesmo jeito que acontecia nos sonhos.

Ele abriu as mãos, palmas para cima.

— O passado está bem aqui, para aqueles que sabem como acessá-lo. Mas é verdade, nós retornamos juntos. Não era sonho nem alucinação, e foi por isso que não consegui me conter. Quando você se abriu para mim, o véu caiu, e fomos pegos entre os dois mundos. Ao regressarmos ao presente, eu ainda bebia seu sangue e não consegui parar. Não tive a intenção de que isso acontecesse, mas nossos desejos um pelo outro eram por demais intensos...

— Com pôde pensar que tivesse feito algum mal a mim? Você abriu o mundo para mim. Você me pediu para que eu me lembrasse de quem eu era, e do que éramos juntos, e agora me lembro. Então, nada mais importa.

— Vamos voltar ao castelo — disse ele categórico. — É absolutamente necessário que se mantenha aquecida e que descanse.

Quero sugar seu sangue para as minhas veias. Quero ser sua amante de sangue e viver com você para sempre.

— Há setecentos anos que este momento está sendo formado, Mina. Precisamos ser extremamente cuidadosos. Você ainda está muito mortal.

De repente, uma fome esmagadora me fulminou. Senti uma profunda inquietação. Minhas pernas e meus braços começaram a tremer, e um vazio abriu-se dentro de mim, um vazio que precisava ser preenchido, ou eu iria à loucura. Não sabia o que me satisfaria, que alimento poderia aplacar essa antiga fome. Meu corpo desejava algum alimento, e eu só conseguia imaginar que fosse ele o objeto de tanto desejo. *Tenho fome de você. Deixe eu me regalar em você.*

Ele não me respondeu, mas me avaliou como um médico faria, como John Seward havia feito. De novo, ele tomou meu pulso.

— A Sra. O'Dowd terá preparado uma comida quando chegarmos.

No salão, as línguas de fogo das velas do candelabro de ferro sobre a mesa de jantar projetavam sombras bruxuleantes nas paredes. Sentei-me diante de fartas travessas de guisado à moda irlandesa, salada de espinafre cozido com beterrabas, aipo, batatas assadas em molho cremoso, filé de hadoque com arroz e uma tábua repleta de queijos dos mais pungentes aromas e de pães deliciosos. Comi com uma voracidade animalesca e, aos poucos, a fome foi cedendo, e fui me acalmando.

Pouco conversamos. O conde ficou me olhando enquanto eu comia, e se ocupando em manter cheio meu cálice de vinho.

— Muito melhor — disse ele, avaliando minha saúde.

Por que você me deteve?

— Não é uma decisão simples — respondeu. — Há percalços no caminho da existência eterna.

— Você disse que eu tenho o sangue dos imortais, e que há centenas de anos você vem tentando me convencer a aceitar a vida eterna ao seu lado. Contudo, quando concordo em começá-la, quando a desejo, você me impede.

A comida havia aplacado a minha fome, mas eu continuava contrariada por ele ser capaz de me controlar. Ele havia despertado a mulher selvagem dentro de mim, minha parte animal que deliberadamente evitava o perigo e vivia para executar passes de mágica e, no entanto, ele me vinha e me imobilizava.

— Há mais coisas de que precisa saber...

— Sei tudo que preciso saber sobre você, se é isso que quer dizer. E sei tudo que preciso saber sobre mim. Pouco me importa o que aconteceu setecentos anos atrás, quando selamos nosso amor. E, para ser sincera, pouco me importa o que aconteceu sete dias atrás. O passado está morto, meu amor. Apenas me interesso pelo presente e pelo futuro.

O conde me deu uma olhada como se eu o entediasse.

— Vamos ver se você ainda sentirá o mesmo amanhã.

— Sinto-me mais viva agora do que jamais me senti em toda a vida — afirmei. Afastei a cadeira, aproximei-me dele e sentei em seu colo. Ele me abraçou, deixando que eu descansasse a cabeça em seu ombro. — Se podemos visitar o passado, meu amor, será que não podemos alterá-lo? Quero voltar ao passado e mudar o que quer que eu tenha feito que nos manteve separados todo esse tempo.

Ouvi-o rir para si mesmo. *Quantas vezes já não tentei fazer exatamente isso?*

— Se fosse possível, eu já o teria feito, Mina. E não teria parado de revisitar o dia em que tomou aquela decisão, até conseguir fazê-la mudar de ideia. Receio que o dom de retornar ao passado é tudo o que nos resta. Podemos revisitá-lo, mas sempre do jeito como aconteceu.

— Como atores num palco que devem obedecer às falas que foram escritas — falei, pois foi assim que soou para mim. — Eu habito meu antigo corpo, mas não o controlo.

— E, ainda assim, seus poderes estão sempre se expandindo — explicou ele. — Talvez venhamos a descobrir no futuro que somos capazes de coisas que agora nos parecem impraticáveis.

Por que resolvi viver como mortal?

— Calma, meu amor, calma. A impaciência não lhe servirá de nada neste processo.

No dia seguinte, acordei no meio da tarde e tentei me levantar; minha fadiga, porém, era grande demais, e não consegui vencê-la. Todas as vezes que me levantava, batia uma exaustão que me obrigava a voltar para cama, onde tomei uma refeição ligeira e um pouco de chá. O conde me observava com ares de preocupação. Estava evidente que ele não contava que eu reagisse dessa forma à perda de sangue e ao reacender dos meus poderes. Ele achava que eu conseguiria fazer a gradual transição para fora da vida mortal, mas minha avassaladora necessidade de descansar o deixou aflito. Ele ordenou na cozinha que me preparassem caldos de carne bem fortes, cozidos com ossos, os quais cuidou para que eu os tomasse até as últimas gotas. À noite, fez com que eu bebesse uma mistura de vinho quente condimentado com alguma coisa que ele garantiu que iria fazer com que eu relaxasse.

— Não preciso de sedativo — reclamei. — Mal consigo me manter acordada...

— Há uma diferença entre um corpo fatigado e um relaxado — afirmou ele, e eu, obediente, tomei e dormi 14 horas seguidas.

Depois desse longo descanso, fui capaz de me levantar à tarde, embora uma sensação de náusea invadisse meu estômago e lá permanecesse, mesmo depois de três xícaras de chá de gengibre e algumas torradas. Mas quando um sol amarelo e morno brilhou através de algumas frestas das nuvens pela primeira vez desde que chegamos à Irlanda, tive ânimo de sair da cama e me vestir.

Não consegui encontrar o conde em lugar algum. Fui procurar a Sra. O'Dowd e a encontrei na cozinha. Perguntei-lhe se sabia onde ele se encontrava, mas ela deu de ombros:

— Não sei, madame.

Esperei que sugerisse alguns lugares onde ele poderia estar, mas ela estava tão silenciosa quanto uma pedra. Tive a sensação de que ela sabia muito sobre ele, talvez mais do que eu àquela altura, mas logo me dei conta de que não me diria nada. Ela era muito prestativa, mas a forma monossilábica com que me respondia passava a impressão de que ou ela se divertia às minhas custas ou, por algum motivo, suspeitava de mim. Fiquei me perguntando se eu não teria sido a primeira a ser convidada pelo conde a visitar este castelo.

— Sra. O'Dowd, gostaria de descobrir se tenho algum parente vivo no condado. — Puxei conversa, na intenção de que ela revelasse alguma informação sobre minha família. Expliquei-lhe que minha mãe era filha única, e que eu não sabia nada sobre a família do meu pai. Dei os únicos sobrenomes de que me lembrava, mas ela disse não conhecer nenhum deles, permanecendo cheia de formalidades, apesar de eu tentar uma aproximação amigável. Pedi-lhe que providenciasse uma carruagem e um cocheiro. Queria passar na frente da minha antiga casa e, se fosse o caso, encontrar o túmulo de minha mãe.

— Pode tentar o antigo cemitério em Drumcliffe — sugeriu —, onde muitas pessoas são enterradas.

Ela me olhou com frieza, e eu mantive seu olhar. Em minha mente, vi-a como uma mulher bem mais jovem neste mesmo cômodo, curvada sobre uma mesa cujo tampo era uma tábua de carne repleta de lanhos de facas, com a boca do conde em seus lábios e pescoço. A aparência dele era idêntica à de hoje, enquanto ela aparentava uns quarenta anos menos. Por pouco não perdi os sentidos por causa dessa visão, e ela me olhou com uma desconfiança ainda maior.

— Estou bem, Sra. O'Dowd — disse, apressada, antes que ela me fizesse alguma pergunta. — Tomei um sedativo cujo efeito está custando a passar, e só.

— Conheço o efeito muito bem — replicou ela num tom de quem sabia do que estava falando. — Não precisa me explicar nada. Com licença, vou providenciar sua carruagem.

* * *

Quando afinal o cocheiro parou diante do cemitério e me ajudou a descer da carruagem, o sol ia se pôr no horizonte, e a luz esmaecia devagar. Uma antiga torre de pedras flanqueava o campo-santo, lançando uma sombra alongada em cima de algumas lápides, e uma alta cruz celta que devia estar ali fincada por uns mil anos, simbolizada pelo grande anel central e decorada com cenas tiradas da Bíblia, dominava a entrada. Uma igreja gótica com uma convidativa porta de madeira no recesso de um pesado arco funcionava como um anexo ao cemitério. Quis dar uma olhada no seu interior, mas sabia que teria de aproveitar o que restava de claridade.

Pedi ao cocheiro para aguardar na carruagem e fui caminhando pelas aleias que ladeavam os túmulos, à procura de nomes de que me lembrava, sobretudo os dos meus pais: Maeve e James Murray. E também do nome da minha avó: Una. Musgo, fungos e a própria passagem do tempo haviam danificado muitas das inscrições nas lajes de pedra. Não encontrei nenhuma com o sobrenome dos meus pais, embora Murray fosse bastante comum nesta área. Já perto da saída, vi um nome e uma data que me pareceram surpreendentemente conhecidos: Winifred Collins, 1818-1847. Mas de onde? Quem seria?

Cerrei os olhos e apoiei a mão na borda da lápide. Senti um vento bafejando um ar frio e suave no meu rosto, como se tivesse feito uma curva de propósito, justamente para me acariciar. Foi o bastante para me vir à mente o nome escrito no prontuário de pacientes de John Seward. *Winifred Collins: Nascida em 1818.* Vivienne? Mas ela morrera em 1890, em Londres. Um mal-estar embrulhou-me o estômago; e rapidamente descartei a ideia de se tratar da mesma pessoa.

Quais seriam as chances de que duas meninas com o mesmo nome tivessem nascido no mesmo ano em Sligo? Por outro lado, Vivienne nunca afirmara ser daqui. Talvez não passasse mesmo de uma coincidência. Muito embora Winifred não fosse comum, a Irlanda estava bem provida do sobrenome Collins.

Coitada de Vivienne. Tentei banir da mente a última lembrança que guardava dela, morta pelas mãos dos médicos e seus experimentos inúteis e fatais. E se eles tivessem conseguido concluir o tratamento a que me submeteram, hoje eu estaria deitada num catre no porão ao seu lado, coberta por um lençol, esperando para ser enterrada. Não gostava de pensar nela — morta ou viva — com aqueles olhos da mesma cor dos meus. Recordei-me de como suas narrativas bizarras me haviam cativado a imaginação. E agora, eu as havia revivido naquela noite, nas visões que tive, ou o que quer que fossem, tendo a mim como personagem principal. Seria possível que eu tivesse acertado, quando comentei com John Seward que, quando olhava Vivienne, enxergava o meu futuro? Será que eu era, de fato, tão louca quanto ela? A experiência da noite retrasada fora tão real para mim quanto qualquer outra que eu tivesse acordada; vai ver Vivienne plantara essas ideias na minha cabeça, e uma vez gravadas se transformaram em uma experiência que recriei e assumi como parte de minha vida.

Sentei-me sobre a laje que cobria a tumba de Winifred Collins, fosse ela quem fosse, e apoiei a cabeça nas mãos. Como eu gostaria de ser mais racional, de ter um espírito mais investigativo para juntar todas as informações que venho assimilando e com elas construir alguma forma de realidade que fizesse sentido para mim. Precisava de uma identidade concreta à qual me agarrar, mas da maneira como os fatos se desencadeavam, essa identidade estava em constante mudança, e ficando cada vez mais surpreendente.

Senti-me inquieta, com mais dúvidas do que respostas se multiplicando em minha mente; retornei devagar e pensativa para a carruagem e dei ao cocheiro a direção da casa em que vivi os sete primeiros anos da vida. Talvez encontrasse alguma coisa... qualquer coisa... que me ajudasse a entender o que se passava comigo.

— Ah, sei onde fica, perto da antiga estrada Circuit — respondeu ele confiante, ajudando-me a subir no coche.

Rodamos por uma estradinha contornada por árvores secas, das quais me lembrei de quando era criança. Costumava achar que o emaranhado de galhos no topo dos caules eram ninhos de pássaros gigantes. Ao atravessar uma ponte de pedra que cortava um rio estreito, porém turbulento, demos as costas ao poente e passamos diante de velhas casas abandonadas: chaminés caindo aos pedaços, o mato crescido. Ao chegarmos ao nosso destino, percebi que a casa dos meus pais não tivera melhor sorte. Ervas daninhas cobriam o jardim em que eu havia brincado, e janelas e portas tinham sido toscamente cobertas por tábuas, impedindo que eu entrasse ou espiasse lá para dentro.

Dei a volta na casa e sentei-me nos degraus da porta dos fundos. Pesavam sobre mim um desânimo e a sensação de não pertencimento. Embora não soubesse ao certo o que procurava, tinha esperanças de desvendar alguma conexão com o passado. Achei que dali onde me encontrava dava para escutar as águas do rio batendo nos pedregulhos pretos que vi no meio de seu leito quando cruzamos a ponte. Ou talvez fosse apenas o ruído do vento varrendo o vale. Pensei em caminhar até o rio enquanto ainda houvesse luz. Levantei-me e virei nos calcanhares.

"Mina, Mina, Wilhelmina, cabelos pretos como a noite!"

Ouvi vozes de meninas cantando ao meu lado, mas não havia ninguém. Conhecia aquelas vozes, escutara-as antes.

"Mina, Mina, Wilhelmina, olhos tão verdes e brilhantes!"

As vozes agora faziam um círculo à minha volta. Tive medo. Girei-me na esperança de ver quem ou o que estava cantando e acabei tropeçando. Tentei resguardar-me da queda usando as mãos; mas fui caindo, caindo, até que tudo ficou escuro, e só então bati no chão.

Ri e rodopiei, cantando com minhas amigas. Estou dando uma festa para elas; sei disso porque vejo as xicrinhas e os pires na mesa de brinquedo rodeada de banquinhos em que me sento todos os dias para brincar. Meu vestido de lã é verde e liso como as folhas das plantas; mas as outras garotas usam vestidos lindos, nas cores das pedras preciosas: vermelho-rubi com capas azul-safira salpicadas de brilhantes que dançam diante dos meus olhos como pequenos insetos em chamas. Meus cabelos são pretos como a plumagem das gralhas; os delas, contudo, ruivos e dourados, e bem mais longos do que os meus. Um raio de sol corta o borrascoso céu irlandês, e vejo que as imaculadas peles das minhas amigas brilham ao sol, transformando-as em seres quase translúcidos. Estamos de mãos dadas, cantando, dançando num círculo, até que fico tonta. "Mina, Mina, Wilhelmina!" Elas chamam pelo meu nome repetidas vezes, e sinto-me vaidosa, especial. E caio no chão às gargalhadas. Minhas três amigas riem de mim e dão-se as mãos para me levantar, insistindo para que eu entre na roda, mas estou cansada demais. Enquanto estou deitada de costas recobrando o fôlego, elas tomam todo o chá das xícaras que estão sobre a mesinha e desaparecem. De repente, o rosto de minha mãe está sobre mim, e eu lhe pergunto para onde elas foram, e seu rosto fica soturno e zangado.

— Você estava sozinha no jardim, Mina. Por que está sempre fazendo travessuras? Você sabe que seu pai não gosta nada quando você inventa essas bobagens. Por que você não pode ser uma menina boazinha?

— Sou uma menina boazinha — insisti. Havia visto as meninas, dado as mãos a elas, e escutado quando chamaram meu nome com suas lindas vozes. Não estou mentindo, e não entendo por que os adultos teimam em dizer o contrário.

— Vá se ajoelhar num canto até seu pai voltar para casa.

Ela me arrasta para dentro de casa, e ajoelho com o rosto colado na parede, e começo a ficar nauseada porque sei que quando meu pai chegar, ele vai me espancar. Cai a noite, e tudo fica escuro, e eu ainda estou ajoelhada, e dói muito. Finalmente, minha mãe me tira do castigo para eu jantar. Meu pai não chegou até essa hora. A carranca de minha mãe se tornou algo permanente. Mastigando um guisado malpreparado, ela diz que tudo de ruim é por minha culpa, que as minhas bruxarias mantêm meu pai longe de casa.

— Esta casa vai acabar sem um homem se você não se emendar — sentencia ela.

O passado se dissipou. Quando percebo, estou encolhida como um feto, no meio do jardim, o estômago embrulhado por causa das lembranças. Estava gelada e com câimbras, sem saber o que fazer. Fiquei imóvel por um tempo, para ver se as vozes das meninas voltavam, mas o único barulho que escutei foi o das águas do rio à distância. Sentei-me e decidi que uma caminhada pela margem do rio talvez fosse o que eu precisava para desanuviar minha mente. Quem sabe, a visão das águas caudalosas não levaria consigo minhas más lembranças?

Por sorte, eu estava usando uma saia de lã grossa e botas de couro altas para me proteger das inclementes condições do tempo no litoral, e lá fui eu por um caminho mais ou menos desobstruído, o mesmo que trilhara quando criança. Minha saia ficou presa num espinho da flor do cardo e, ao me abaixar para soltá-la, vi uma pequena raposa vermelha, cuja expressão parecia indagar se eu havia me perdido pelo caminho. E o mais incrível é que respondi que sabia onde estava, e ela se virou e sumiu mato adentro, mas não sem antes me dar adeus com sua cauda peluda. Faias e carvalhos, alguns com galhos partidos e troncos retorcidos, cobriam o vale estreito e profundo que levava até o rio. A luz do sol ia ficando cada vez mais fraca, e decidi apressar o passo para que não me visse na situação de ter de encontrar o caminho de volta no escuro.

A grama alta contornava a margem do rio. A correnteza era ainda mais forte vista de perto do que da ponte. A água saltava as rochas pretas em grande desordem, zangadas, espalhando espuma por todos os lados na corrida para a sua foz, onde se libertaria no encontro com o mar. Caminhei bem perto da margem até que minha saia ficou molhada. Retirei uma das luvas e me estiquei para pôr a mão na água. Estava incrivelmente gelada, e recolhi a mão, mas nesse instante vi um reflexo bem estranho na água, como se duas pessoas estivessem atrás de mim, e eu mirasse suas sombras na correnteza. Ouvi vozes iradas e o que me pareceu ser um uivo. Virei-me. Tive a mesma estranha sensação de estar caindo e fechei os olhos, mas não gostei nada do que vi em minha mente: dois corpos que se engalfinhavam perto do rio, dois homens completamente vestidos, numa luta corpo a corpo, aos socos e pontapés. Tremendo dos pés à cabeça como se estivesse molhada— do jeito como aconteceu durante o tratamento com água no hospício —, abri os olhos.

O conde estava sentado ao meu lado. Meus dentes tiritavam e meus olhos lacrimejavam. Era um choro sentido, mas eu não sabia o motivo. Ele me abraçou, e aproveitei para me aconchegar a ele, e como seu casacão era grosso e irritava minha pele, refugiei-me em seu peito.

Você se lembra?

Não quero me lembrar.

É preciso, Mina.

Imagens que eu não queria ver e ruídos que eu não queria escutar estavam de volta: o som surdo e assustador de um soco; uma vigorosa mão, dona de uma força sobrenatural, agarrada a um pescoço, apertando, estrangulando; um corpo sem vida sendo engolido pelas águas.

— Não, não, não! — gritei, batendo os punhos sobre seu peito, até que atentei para a inutilidade de meu gesto e deixei cair meus braços num ato de impotência. — Por quê? Por que você fez isso?

— Por sete longos e dolorosos anos, observei você sem interferir — respondeu ele. — Você nasceu com poderes extraordinários. Era diferente de qualquer criança mortal que eu vira e sofria demais por causa disso. Você era uma coisinha pequena, mesmo para a sua idade, e eu costumava assumir formas de animais e visitá-la, com o intuito de zelar por você, de protegê-la. Às vezes conversávamos, algumas vezes bem aqui. Mas sempre que você contava à sua mãe que conversara com uma raposa ou com uma lebre, ela ficava muito zangada.

"Seu pai desconfiava de você desde o seu nascimento, mas ele só entrou em pânico quando viu você mudar de forma. Acho que você se lembra daquela noite. Sua mãe tentou convencê-lo de que ele estivera bebendo e, portanto, estava imaginando coisas, mas ele não se deixou dissuadir. Ele insistia que queria que você confessasse que se comunicava com uma entidade diabólica. E por isso amarrou você na sua cama por dois dias sem poder nem mesmo se alimentar. Mas, evidentemente, você não poderia dizer o que ele queria ouvir.

"Então, ele chegou à conclusão de que você era consequência de uma troca e que os entes feéricos haviam levado embora sua filha verdadeira. Ele queria atirá-la numa fogueira para ver se você queimaria como uma criança humana, pois se acreditava que crianças trocadas não eram destruídas pelo fogo. Não intercedi porque sua mãe foi capaz de impedi-lo. Ela teimou que eles deveriam consultar uma vidente, que era contra tudo em que ele acreditava. A velha lhes disse que você era uma criança possuída por espíritos e que ele devia levá-la até o rio todas as manhãs antes do alvorecer por sete dias. Se ele a mergulhasse na água, evocando a Santíssima Trindade e todos os santos, então você estaria livre das bruxarias. Depois de dois dias fazendo isso, você pegou uma pneumonia e quase morreu."

— Santo Deus, a cura pela água! — exclamei. — *Tinha* acontecido antes.

A sensação de estar morrendo afogada, de ser pressionada contra vontade em água congelante, tudo me era muito familiar.

O conde continuou:

— Embora você estivesse à beira da morte, ele estava decidido a continuar o tal ritual. Sua pele e seus lábios tomaram a cor azulada, e você mal podia respirar... Ainda assim, ele a embrulhou num cobertor e a trouxe para cá. Eu conseguia ler o seu corpo e sabia que significaria a morte para você, caso ele não desistisse. Tentei conversar, mas ele não me escutou, e ainda mandou não me meter em seus assuntos. "Não te conheço, estrangeiro", ele me disse. Achava que eu era um dos Sídhes que vieram para salvá-la. Ele passou direto na minha frente com você no colo e a deitou na beira do rio, ia mergulhá-la de novo na água. Implorei a ele que parasse, mas foi em vão.

Daí para a frente, ele não mais precisou terminar seu relato, pois eu me lembrava de tudo: os dois homens brigando, um desferindo o soco fatal, e o corpo do outro boiando correnteza abaixo.

— Levei-a de volta para casa. Sua mãe nunca entendeu como você chegou lá, o que fez com que ficasse com mais medo ainda de você. Consegui apagar de sua memória toda essa experiência, o que foi bem fácil de fazer, pois você era pequena e impressionável, e também tinha uma febre que lhe dificultava distinguir entre eventos reais e imaginários. O corpo dele foi encontrado naquela mesma noite, rio abaixo.

Cruzei os braços sobre o peito e me movimentei para a frente e para trás, com o propósito de evitar que meu corpo se transformasse numa pilha de cacos.

— Por que ele me odiava tanto?

— Seu pai sabia sobre sua avó, e sobre a vergonha que ela fizera recair sobre a família. Ele não queria que a mesma coisa acontecesse de novo.

— O que você sabe sobre minha avó? Minha mãe nunca quis me dizer nada sobre ela, a não ser que eu acabaria igualzinha a ela se não me cuidasse.

— Você conheceu sua avó, embora não soubesse disso na ocasião. Mas ficou encantada com as histórias que ela lhe contou.

Ele esperou para que eu adivinhasse.

Vivienne?

— Não, não pode ser. — E fui ficando cada vez mais brava com a ideia de que uma louca fosse minha avó. — O nome da minha avó era Una. Por que está fazendo isso? Por que continua a encher minha cabeça com coisas que me levarão à loucura?

Levantei-me na intenção de fugir dali, mas mal tinha dado dez passos, e lá estava ele em pé na minha frente. Abraçou-me bem apertado. Eu queria buscar consolo em sua força, mas naquele momento ele era o portador de notícias que certamente me fariam perder a sanidade. Ele leu meus pensamentos, é claro.

— Você não pode se esquivar da verdade, Mina. Sempre que tentar desafiar a realidade, sairá perdendo. Sempre que procurar burlá-la ou fugir dela, ela estará esperando por você um pouco mais adiante. Agora, fique sentada e tente me escutar.

Embora eu não tivesse corrido mais do que alguns passos, meu coração estava acelerado e o sangue corria em torvelinho pela minha cabeça, comprimindo-a como uma atadura apertada. Quis escapar, mas não me sentia bem e estava amedrontada demais para mover um músculo sequer. Sentamo-nos lado a lado sobre uma grande rocha acinzentada, a mesma que me lembrava de costumar subir para ver a água do rio passando em disparada.

— Quando era menina, Vivienne tinha o apelido de Una, que significa "unidade" no antigo dialeto. "Winifred" é a versão inglesa do nome. Ela se rebelava muito contra a rigidez do pai, pois era curiosa e queria saber de tudo sobre a religião do passado, e também bastante sensual. A família ficou arrasada com a gravidez que se seguiu a ela ter se deitado com muitos dos rapazes da localidade. Ninguém poderia dizer ao certo quem era o pai, nem mesmo a própria. O pai de Una, o seu bisavô, resolveu que o melhor a fazer seria afastá-la de casa; porém, para dar uma satisfação à sociedade, ele a declarou morta e inclusive forjou o enterro da filha. O avô de sua mãe era de origem inglesa e irlandesa, e chegou a amealhar uma fortuna considerável. Ele ficou com o bebê, que é a sua mãe, e a criou. E também pagou pelos cuidados de Una.

— Eu sei que ele deixou um dinheiro investido, cujo rendimento pagou a minha escola, e até hoje recebo alguma coisa — expliquei, imaginando como eu teria reagido à Vivienne se soubesse da verdade.

— Não, Mina, quem aplicou dinheiro para você fui eu. Seu bisavô ficou tão furioso por sua mãe ter fugido para se casar com um homem que não era da mesma classe dela, que não lhe deixou nada de herança. Eu depositava o dinheiro como se fosse ele. E tive o cuidado de manter a remuneração bem pequena para que ninguém desconfiasse nem tentasse botar as mãos nos seus proventos.

— Você pagou a escola da Srta. Hadley para mim todos esses anos?

— Parecia o ambiente mais seguro para você, considerando as circunstâncias. Eu não tinha como tirá-la de sua mãe. Você era uma criança. E uma criança bastante assustada.

Eu tentava fazer a conexão entre tudo que Vivienne me havia narrado e o que eu experimentara.

— Mas as histórias dessa que você diz ser minha avó, sobre o povo encantado? Ela era louca? — Na verdade, a pergunta que eu queria fazer era se a louca era eu.

— Una ouviu contarem essas histórias sobre os Sídhes durante toda a sua vida e as adaptou para si. Mas ela as ouviu de alguém que realmente vivenciou essas coisas.

Ao passo que eu...?

— Quem você acha que contou essas histórias para Una? — Ele esperou que eu desse alguma sugestão, mas não me atrevi.

— A avó dela, que tinha poderes incríveis. O Dom normalmente salta várias gerações até se manifestar mais uma vez. E embora tivesse pulado Una, por mais que ela os desejasse, veio a se manifestar de novo em você.

— É demais para a minha compreensão. — Fui deslizando da pedra até ficar agachada, abraçada a mim mesma, tentando assimilar essas informações. — Você está me dizendo que meu bisavô internou a filha, e que meu próprio pai teria me matado? Que espécie de família é essa?

— Seu pai tinha medo de você. E por isso você passou anos temendo a si mesma.

Não sei se foi devido ao choque de conhecer a verdade, ou o alívio de finalmente ficar sabendo de tudo, mas tornei a me deitar no chão, toda encolhida como um feto, e recomecei a chorar. Ele me deixou à vontade por alguns minutos; depois me tomou em seus braços e ergueu meu rosto molhado de lágrimas. Mas eu não estava pronta para ser tranquilizada.

— E a Sra. O'Dowd? Você também vem cuidando dela desde que ela era uma garotinha? E também assassinou alguém da família dela?

Ele sorriu para mim com a benevolência dos santos.

— Está com ciúmes, Mina? Você não era nem nascida na época de nosso rápido caso.

Senti-me uma idiota. Será que eu poderia supor que ele tivesse sido fiel a mim por sete séculos, período em que aparentemente, e por quase que o tempo todo, eu estivera morta?

— Eu tive outras mulheres, mas você foi a única com quem quis viver para sempre. Suportei os seus intermináveis ciclos de nascimento, envelhecimento, morte e renascimento; e todas as vezes me custou um pedaço da alma. Quero você para sempre, mas quero que saiba tudo o que aconteceu: a verdade sobre a história de sua família e sobre a minha história, antes de fazer sua opção.

— É difícil absorver tudo isso — admiti.

— Você precisa desistir de analisar. Você tem dons que são bem superiores à mente consciente e racional. E essa é a chave que revelará todos os mistérios, e isso é justamente o que você sempre insistiu em negar.

Quer dizer que passei a vida renegando meus dons porque eles assustavam a mim e aos outros, e tentando achar um lugar para mim num mundo racional? Então, o mundo racional e ordeiro, o mundo de meu pai, dos doutores do hospício, de todos aqueles contra os quais o conde me protegeu é o meu adversário mais temível? Por mais difícil que fosse aceitar o que ele me dizia, não era a ele que eu devia temer.

O sol havia se posto, deixando-nos na penumbra cinza-chumbo do mês de novembro.

— Há uma coisa que não consigo entender, meu amor — observei. — Não entendo por que em algum momento eu teria escolhido uma vida sem você.

— À época você tinha seus motivos. E como não concordava com eles, tentei de tudo para que mudasse de ideia.

— Você é meu refúgio. Estar com você é como estar no meu santuário, protegida de todo o mal. Nunca mais ficaremos afastados um do outro, não é?

Ele se ergueu e me ofereceu a mão.

— Venha, quero lhe mostrar uma coisa. Há um lugar perto daqui de que você gostava muito.

Já me dirigia para a carruagem, mas ele me fez parar.

— Se formos de carruagem, perderemos a luz do crepúsculo.

Ele me tomou nos braços e foi na direção da casa. Em um segundo, seus pés não mais tocavam o solo, e nos deslocávamos a grande velocidade, tão depressa que o que via diante de meus olhos eram apenas laivos de marrons e de verdes. Senti um misto de alegria e medo. Havia experimentado isso antes, mas não nessa ligeirice nem para tão longe. Dava a impressão de que seguíamos o curso do rio, e eu sentia o vento murmurando apressado em meus ouvidos. Ao longe, a vasta escuridão vítrea do mar; e mais além, o contorno da cadeia de montanhas. Quando parecia que íamos bater contra a encosta de um dos grandes desfiladeiros, de repente estávamos de pé dentro de uma de suas fendas que se abriam para a baía.

Meu coração disparava, tanta era minha alegria por voar, mas me senti aliviada por ter um solo firme debaixo de mim. O vão na rocha era escuro e não muito profundo. Virei-me para ver o mar, mas entrei em pânico ao perceber que meus pés estavam na beira do precipício. Dei um grito, perdi o equilíbrio e caí para a frente. Seus braços me pegaram e me trouxeram para a segurança. Caí de costas sobre ele, com a baía à minha frente. De um lado, a lua dourada, fulgurante sobre a água, embora houvesse se passado alguns dias de estar cheia; a oeste, o sol se afogara no mar, e a derradeira névoa violeta do crepúsculo se dissipava na escuridão.

Ele me abraçou apertado pela cintura e aproximou os lábios do meu ouvido.

— Esqueceu-se deste lugar?

Cerrei os olhos e, em minha mente, vi nós dois deitados sobre uma coberta macia de pele de animal, nesta mesma pequena caverna, um cubo de turfa queimando num canto e iluminando a abóboda da gruta.

— Claro que me lembro. Era o nosso recanto secreto, nosso ninho da águia. Aonde vínhamos para ficar sozinhos e para nos resguardar da chuva que caía lá fora.

— Isso mesmo. E se lembra do que costumávamos fazer? — Ele colocou a mão na minha testa. *Ainda está acontecendo, aqui neste exato lugar. Ainda estamos aqui fazendo amor. Nunca saímos daqui.*

Encostei meu corpo no dele, ordenando à minha mente que esquecesse todo o resto. Então, vi a mim mesma em cima dele, fitando seu rosto enquanto o montava, seus olhos azuis marejados de prazer e quase translúcidos à luz da chama que queimava num canto. Meu cabelo era longo o bastante para cobrir meu torso, e ele o afastou para o lado para mirar meu corpo. Na minha memória, vi seu rosto jovial, ao mesmo tempo ansioso e inocente, ao se virar de lado, exibindo seu pescoço para mim.

Faça, agora.

Corri os dedos por sua nuca macia, furando-lhe a pele que, ao explodir em vermelho, atraiu minha boca.

Ele interrompeu minhas lembranças ao roçar seus lábios em meu pescoço, beijando-o delicadamente, tomando minha carne entre os dentes sem, contudo, furá-la, mas acendendo todos os nervos do meu corpo. Virei-me para vê-lo de frente, sabendo que ele havia lido minha mente e também revisitado o passado. Sem dizer nem uma palavra, abriu a gola da camisa, expondo seu pescoço e sua garganta, seus tendões e músculos proeminentes, tal qual uma escultura em marfim, convidativos. Juntos em pensamento, abrimos a pele, e o corte se encheu formando uma pequena poça vermelha, mais brilhante do que o sangue comum dos mortais, e cintilante. Ele estava imóvel, e eu sabia que ele não podia nem me encorajar nem me forçar a nada. A decisão era exclusivamente minha.

Cobri a ferida com os lábios, sugando sua essência, o que fez acender todos os meus sentidos. O sangue fluiu para minha boca que, assim como o restante de seu corpo, rumorejava como se tivesse vida própria, ao toque de meus lábios e língua ao sugá-lo. O início não foi fácil, mas insisti e chupei com mais força, e um fluxo encheu minha boca e escorregou pela minha garganta. Mantive os lábios bem comprimidos sobre sua pele; e ele pressionou minha cabeça contra seu pescoço, me incentivando. Houve um momento em que me senti cansada pelo esforço de sugar o sangue de suas veias, mas como estava determinada, continuei chupando igual a um bebê agarrado ao seio da mãe. Alguma coisa dentro de mim me fazia continuar: o desespero para tê-lo dentro de mim, para fazê-lo parte de mim, para ter seu sangue misturado ao meu, e, desta vez seria para sempre. Imaginei-o entrando em meu corpo e se integrando a tudo que eu era. Bebi com furor, sem me incomodar com ele e com tudo o mais que não fosse o que meus lábios estavam fazendo. Entrei num transe por sugá-lo dessa forma, sentindo-me livre, capaz de continuar para sempre, e ele me puxou pelos cabelos, me desprendendo dele e empurrando minha cabeça para trás, para que pudesse fitar meu rosto.

Tentei me liberar, querendo sugar mais, mas ele puxou meus cabelos. A camisa dele estava rasgada, e a pele do pescoço, ferida. Um fio de sangue escorria de um dos cantos. Ele passou os dois dedos com os quais costumava tomar meu pulso sobre o machucado, selando minha fonte de prazer.

Em alto-mar, 15 de novembro de 1890

Daquele instante em que bebi seu sangue, até dias mais tarde, quando deixamos a Irlanda, ele não saiu de perto de mim. Tratou-me como a um bebezinho, me dando banho, me vestindo, me trazendo comida, examinando minha pulsação, escutando minha frequência cardíaca, e me dando poções para beber. Eu não estava nada satisfeita com esses mimos. Era tanta energia percorrendo meu corpo, que meus ouvidos zuniam. Algo havia se acendido dentro de mim, uma ansiedade que eu não sabia como abrandar, e tentei convencê-lo a me deixar beber seu sangue mais uma vez.

— Tomar demais pode envená-la. Temos de ter cuidado.

— Fui cuidadosa a minha vida inteira — reagi, percebendo uma nova força na minha voz. O sangue dele estava tonificando meu corpo, aquecendo-me por dentro e infundindo nele uma exuberância incomum.

Nessas horas, ele me abraçava, mas não para demonstrar seu amor, e sim para me conter.

— Temos de ir devagar, Mina. Primeiro vamos ver como seu corpo vai responder.

— E como ele deve responder?

— As respostas variam. Alguns humanos caem doentes; outros morrem. Você nasceu com o Dom e, por isso, sabemos que vai sobreviver; mas pode ser que tenha sintomas desagradáveis. Ou não. Vai ficar sob observação para avaliarmos se os seus poderes estão se intensificando. Se cair doente, será a prova de que agimos precipitadamente.

— Quanto tempo vai levar para eu me tornar imortal?

— Você está muito ansiosa. Vai levar tempo para se confirmar se está, ou não, envelhecendo. Terá de ser paciente.

— Não quero ser paciente. Agora que estamos juntos, quero devorar a vida com você. Quero ir a toda parte para experimentar de tudo, de tudo o que a vida pode nos propiciar.

Ele achou graça do meu entusiasmo.

— Meu amor, estou confiante de que viveremos para sempre. Acredite em mim, não há mais nenhuma pressa. E não há necessidade de devorar a vida, se temos a eternidade para explorar seus mistérios e para vivenciar seus prazeres.

Iniciamos a viagem para Southampton numa sombria tarde de sábado, atrás das vidraças do convés e nos despedindo com um silencioso adeus à terra do nosso primeiro encontro. Uma fumaça preta em formato de um chapéu com abas largas pairava sobre a grande montanha que se salientava no campo verdejante. Deslizamos para fora do porto e navegamos mar adentro. De nossa posição privilegiada, os rochedos nus se erguiam como sentinelas defendendo o litoral do choque das ondas instigadas pelo vento. Conforme a costa da Irlanda ia ficando para trás, voltamos nossos olhares para o oceano em um tom prateado de cinza que começava a faiscar sob os respingos da chuva.

Planejamos fechar a mansão de Londres e viajar pelo mundo. O conde queria me mostrar as regiões em que passamos nossas vidas juntos. Ele dissera que havíamos morado, e nos amado, em muitos países — Inglaterra, Irlanda, Itália, França —, mas que somente iria atiçar minha curiosidade com pequenos fragmentos de informação.

— E não foi você mesma que disse que o passado estava morto e que só se importava com o presente e o futuro? — Ele me fez recordar.

— Mas agora quero me lembrar — retorqui. — Quero recuperar o tempo perdido.

— Não existe isso de recuperar o tempo perdido. Mas você vai se recordar de quase tudo quando chegarmos a esses lugares, igual, exatamente como aconteceu na Irlanda. Espero que sejam descobertas felizes, Mina — acrescentou ele com um sorriso tristonho. — Vou tentar evitar os locais das lembranças ruins.

— Estou certa de que com o tempo vou me lembrar de tudo. Quanto aos problemas, são todos irrelevantes, agora que estamos juntos de novo.

A Irlanda desapareceu em meio à bruma, à chuva, às ondas; ele me envolveu em uma manta, e ficamos descansando nas espreguiçadeiras do convés.

— Venho pensando, Mina... Há tantos lugares no mundo que quero mostrar a você, países que visitei nesses anos em que estava sozinho... Índia, China, Arábia, Egito, Rússia. Levariam muitas vidas para lhe narrar essas minhas aventuras. Vamos a todos esses lugares! Que eles se descortinem diante de você. Só assim vai saber de verdade como eu sou hoje.

— Quero saber de tudo que aconteceu — eu disse —, muito embora, agora que o tenho dentro de mim, é como se eu o conhecesse tanto quanto a mim mesma.

— Já fui comerciante, soldado, diplomata, médico, professor e tantas outras coisas mais. Trabalhei para príncipes, reis, grandes proprietários de terra e também para ladrões; e, por vezes, trabalhei para mim mesmo — explicou. — Conheci centenas de pessoas, e fiz numerosas alianças e me relacionei intimamente com inúmeras mulheres. Meu coração, no entanto, era uma terra árida até agora.

— Mas estivemos juntos antes. Vivemos décadas como casal.

— Verdade, mas nunca para todo o sempre, o que significou um profundo pesar para mim. Sempre soube que, mais dias, menos dias, eu a perderia por obra de uma das causas da extinção dos mortais. Pelo menos agora, você escolheu tentar ficar comigo para sempre.

— Você nunca mais ficará sozinho, meu amor — afirmei enquanto indagava a mim mesma o que teria acontecido para eu ter escolhido viver uma vida longe dele. Mas havíamos combinado que não discutiríamos essa questão, pelo menos por ora. — Estou forte e determinada. Nunca mais viveremos separados.

Nos primeiros dias da viagem, percebi que meus sentidos iam se aguçando gradativamente: a visão noturna estava mais nítida, e a audição, mais afiada. A sensação era estranha e nem sempre agradável. As panelas e os utensílios usados pelo pessoal da cozinha tiniam alto demais aos meus ouvidos, pouco importando se eu me encontrava do outro lado do navio. Um dos empregados mexia o açúcar numa xícara de chá, e o tilintar da colher contra a porcelana não só me deixava irritada, mas também me causava dor de cabeça.

Meu olfato também fora dramaticamente afetado. Os odores do navio me eram — mais vezes do que eu gostaria — insuportáveis. Da essência da madeira do casco, ao preparado usado para polir os delicados entalhes de madeira da mobília; dos cordames arranjados no deque ao óleo usado para manter o maquinário: cheiros que antes eu considerava frescos e exóticos se tornaram repugnantes. Até o odor doce e almiscarado do alcatrão que servia de rejunte das tábuas do assoalho me deixava enjoada. A aconchegante sala de visitas e a biblioteca agora carregavam um ar bolorento, e eu sentia cheiro de mofo por todo lado, o que me revirava o estômago.

No terceiro dia a bordo do navio, comecei a torcer o nariz para a aparência e os aromas da comida. Embora a mesa fosse posta três vezes por dia com variadas opções de pratos, eu havia perdido o apetite, salvo para uma xícara de chá com torradas. O conde não verbalizou sua preocupação, mas consegui ler seus pensamentos e entendi que eu não deveria estar perdendo interesse por comida, pelo menos não tão rapidamente assim. À noite, meus sentidos ficavam menos apurados e a náusea cedia, e eu me deitava na cama enorme do camarote dele, escutando embevecida as histórias de sua trajetória. Embora minha fascinação por ele só aumentasse, e eu já não pudesse imaginar uma vida que não fosse ao seu lado, a paixão que sentia por ele, a ânsia desesperada para que ele me tocasse, não estavam presentes. Ele jamais dormia; eu, porém, às vezes, cochilava no meio da história. Então, ele me levava no colo para minha cama, onde eu dormiria por longas horas.

Depois de dias dessa rotina, acordei com um enjoo violento. Corri para o banheiro e vomitei, mas ainda assim continuava passando mal. Eu não havia ficado nauseada na viagem de ida, apesar de que o mar estivesse mais mexido que na volta. O dia estava claro e as águas apenas nos balançavam de mansinho. Sentei-me na cama, ponderando se afinal talvez eu não tivesse a capacidade de assimilar o sangue dele e estivesse sendo envenenada, do mesmo jeito que os sangues dos doadores de Lucy e Vivienne as levaram à morte. Estava justamente pensando na ironia dessa situação, quando o conde, ouvindo meus pensamentos, veio até meu camarim para aquietar meus temores.

— Pode acontecer que algumas pessoas tenham uma reação tóxica a sangues do meu tipo. Só não podia prever que aconteceria com você — disse ele.

Não será fatal.

Escutei essas suas palavras na minha mente, mas elas soavam menos como uma afirmação e mais como um comando aos deuses; mais como um desejo do que uma certeza. E essa sua insegurança me aterrorizou. Estaria eu à beira da morte?

Ele deve ter sentido meu momento de terror.

— Nunca mais vou me afastar de você — assegurou-me. — Vou deixá-la dormir ininterruptamente; mas de hoje em diante estarei ao seu lado a noite inteira.

Fiquei agradecida; eu tinha medo e não queria ficar sozinha. Mas também me perguntei se ele sempre seria capaz de ler todos os meus pensamentos. Será que nunca mais teria a privacidade do que se passava em minha mente?

A isso ele ouviu, e sorriu.

— Conforme lhe expliquei antes, à medida que for desenvolvendo seus poderes, vai conseguir esconder seus pensamentos de mim. Afinal, é uma prerrogativa da mulher disfarçar seus pensamentos e sentimentos para o homem que ama.

— Não tenho nada para esconder de você — retruquei. E era a pura verdade. Passei a vida dissimulando meus verdadeiros sentimentos, ocultando meus segredos, negando minhas habilidades, e fingindo modéstia. Por que eu haveria de me resguardar daquele que me revelou minha natureza real?

— Que bom! Então, me permita examiná-la por completo — pediu ele.

Deitei-me na cama, e ele examinou meu pulso, avaliou minha língua, verificou se eu tinha febre e auscultou meu coração. Pôs a mão sobre meu diafragma e pediu que eu respirasse fundo e depois expirasse. Em seguida, desceu a mão até minha pélvis e fechou os olhos. Fitei seu rosto enquanto ele se concentrava. Imaginei que tivesse sido um médico maravilhoso, e tive vontade de saber mais sobre a época em que passou estudando e praticando as artes médicas. Já ia lhe pedir para me contar sobre essa sua fase de vida, quando vi seu rosto assumir feições diferentes.

O ar sereno e objetivo do médico deu lugar a uma expressão sombria. Suas mãos começaram a tremer além da vibração normal, e ele me apertou com mais força. Seu rosto ficou tenso e ele teve de se esforçar para se controlar. Senti a atmosfera do quarto se transformar. O pequeno e suave raio de luz que atravessava a vigia perdeu a intensidade, e não pude mais enxergar os detalhes em seu rosto, mas pressenti um urro crescendo dentro dele.

— Deuses amaldiçoados! — disse ele, urrando cada palavra.

— O que foi? — Minha voz era assustada e fraca.

Será que ele descobriu uma doença incurável dentro de mim? Ele não me respondeu; apenas manteve suas mãos firmes sobre meu corpo. Pensamentos de desalento tomaram conta de mim, me impossibilitando de perceber com clareza o que ele via ou pensava. Talvez o fluido que corresse em suas veias estivesse me envenenando. Pouco importa que em outras vidas o sangue dos imortais transitasse pelo meu corpo; nesta minha vida, eu não era nada além de um ser mortal e podia morrer ao ser exposta a ele. E pelo tremor em suas mãos e a ira que ia num crescendo e se tornava quase palpável, sabia que ele se sentia responsável.

Como era possível que depois de ter-me sentido incrivelmente revigorada após ter-lhe sugado o sangue, agora estivesse enfraquecendo tão depressa? Houve um momento em que questionara se o conde seria meu salvador ou meu destruidor. Agora, receava saber a resposta.

Ele arregalou os olhos e me fitou, mas em vez de tristeza e arrependimento, sua expressão era carregada de desprezo.

— Malditos sejam os deuses, maldita seja você! — exclamou ele.

Ele ficou em pé diante de mim por um breve momento, dando a aparência de que precisava se conter para não cometer uma violência, e em seguida disparou porta afora.

Arrastei meu corpo para fora da cama e fiquei de pé. Esperei que passassem as tonturas; vesti uma roupa, calcei os sapatos e fui atrás dele. Será que sua raiva era comigo? Ou consigo mesmo? Eu lhe havia bebido o sangue por vontade própria, mesmo depois de ele me ter contado a verdade sobre matar meu pai para me proteger. Fui sua cúmplice por minha iniciativa. Era responsável pelo meu próprio destino, e queria que ele soubesse que eu estava ciente de tudo.

As imprevisíveis condições atmosféricas haviam mudado, e o mar voltou a ficar turbulento, atirando-me de um lado para o outro do corredor do navio, enquanto procurava por ele. Agarrei um corrimão e me recordei de que para enxergar não precisava tanto dos olhos; então, cerrei-os e levei seu rosto para minha mente a fim de localizá-lo. E, no mesmo instante, senti uma excitação nervosa, uma agitação mais violenta do que a turbulência das ondas, e tive consciência de que eram as sensações que emanavam do meu amado. Bem de mansinho, deixei que minha intuição direcionasse meus passos, levando-me até onde ele estava, preparando-me para esse encontro enquanto subia as escadas para o convés envidraçado, de onde pude vê-lo, através da janela, de pé no deque e debaixo de chuva, os olhos voltados para o mar. O navio seguia seu rumo cortando as ondas verdes e violentas; o conde, porém, permanecia imóvel como uma estátua.

Sem me preocupar com minha saúde ou com a tormenta, corri para fora. Ele sentiu minha chegada e virou-se para mim. Aflição e fúria bafejavam de seu rosto molhado. A proa do navio mergulhou numa onda, atirando-me em seus braços. Abracei-o, desesperada com a possibilidade de perder seu amor. Gritei mais alto do que o rugido do mar e da tempestade inclemente:

— Nós sabíamos que não havia garantia alguma, meu amor. Não me importo de morrer nesta noite. O curto espaço de tempo que passamos juntos vale mais do que a minha vida.

Ele agarrou meus braços e me manteve afastada. Embora o barco sacudisse como se fosse partir ao meio, suas mãos me seguravam com firmeza. Estava tão furioso, que achei que fosse me atirar no mar e acabar comigo. Como eu poderia tê-lo desapontado tanto por algo que estava fora do meu controle?

— Vá para dentro antes que se machuque — ordenou ele com uma raiva que repercutia em cada célula do meu corpo.

— Não vou a lugar nenhum sem você. Nunca mais ficarei longe de você.

— Mina, não seja boba. Você não foi envenenada e não vai morrer. Você está grávida!

As palavras brotaram de seus lábios com tanta força e precisão que, apesar de estar absolutamente chocada por ouvi-las, não havia como entender errado o que ele acabara de dizer. E antes que eu pudesse responder, ele disse:

— É um menino. Um menino totalmente humano. É forte e saudável, e é filho de Jonathan Harker.

A chuva castigava nossos rostos, e o mar fazia o que bem entendia com o navio, mas a postura do conde continuava firme, e ele segurava meus braços tão apertados que nossos corpos nem sequer balançavam com as ondas. Não tendo nada para falar, continuei onde estava, transferindo às gotas de chuva a obrigação de martelar aquelas palavras na minha cabeça. Uma onda monstruosa bateu no deque, borrifando-nos de espuma. Por uma fração de segundo, notei uma expressão em seu rosto que me fez achar que ele iria deixar que o mar nos levasse embora, onde a vida para mim e a criança estariam terminadas. Em vez disso, com sua velocidade sobrenatural, ele nos colocou a salvo dentro do convés.

— Por que não deixou que o mar nos engolisse? — perguntei, tremendo dos pés à cabeça.

— Cheguei a pensar nisso. — Ele me soltou e deu um passo para trás. — Vou deixá-la agora. A tripulação está a seu serviço.

— Por favor, não me abandone assim — implorei. — Não conseguirei viver sem você.

— Maldita seja você, Mina. Você e esse seu útero — disse ele com uma frieza que congelou ainda mais o meu tiritante corpo. Senti que ele se envolvia com uma espécie de proteção, bloqueando seus pensamentos e sentimentos de mim. E, então, literalmente, ele desapareceu da minha frente, e fui tomada por uma solidão profunda, incomensurável.

Corri para meu camarote e despi as roupas molhadas o mais depressa que pude. Apesar da notícia avassaladora e da reação amarga do conde, estava aflita para me aquecer de modo que nenhum mal acometesse o bebê. Entrei na cama, me aconchegando em dois cobertores e abracei meu ventre no intento de acudir aquela coisinha pequena e vulnerável que crescia dentro de mim, enquanto me punha a atinar com tudo o que o futuro me reservaria. Apesar de ele estar enfurecido, eu tinha certeza de que o conde não deixaria que nada de mal acontecesse nem a mim nem ao bebê. Quem sabe, depois de ponderar o assunto, ele retomasse o nosso caso de amor? Isso era tudo o que eu queria; mas, por outro lado, mesmo que ele me quisesse, seria moral e legalmente justo privar Jonathan de seu filho? Eu pertencia ao meu amado de corpo e alma. Não restavam dúvidas de que nosso destino era permanecer juntos para sempre. Mas conseguiria eu conciliar esse destino com a condição de estar grávida de outro homem?

O medo tomou conta de mim, e a tristeza invadiu meu coração. Parte de mim queria exultar de alegria ante o milagre de estar grávida; no entanto, esse mesmo milagre estava transformando meu mundo de um jeito que fugia ao meu controle. Várias questões se levantaram para me confrontar, e eu não sabia responder a nenhuma delas. E se eu tivesse provocado algum mal ao bebê por ter bebido o sangue do meu amor, assim tão no começo da gravidez? O conde havia afirmado que o bebê era humano, mas será que isso significava que seria mortal? O feto fora exposto ao conde; seria então o tipo de mortal que conseguiria sobreviver à intensidade de um imortal?

E se Jonathan ficasse sabendo da criança e tentasse tirá-la de mim? Com a colaboração dos médicos, ele facilmente poderia me qualificar perante as autoridades como uma fugitiva do hospício e, portanto, incapaz de exercer os deveres da maternidade. Mas, com a proteção do conde — se é que eu ainda a tinha — e meus poderes recém-descobertos — se fosse o caso de estarem mesmo se intensificando —, será que eu estaria acima disso tudo?

Eu não tinha respostas. A vida nova que imaginava ter forjado para mim se espatifara em ínfimos fragmentos de cristais que se evaporaram no ar. Pensamentos sobre o bem-estar de meu filho logo se incluíram nas fantasias de ontem, nas viagens intermináveis, nas aventuras, no amor eterno. Eu não sabia se o conde me abandonaria mesmo, e me encontrava absolutamente despreparada para viver sozinha com um filho. O que eu faria? Kate achava que eu tinha potencial para trabalhar como jornalista, mas que jornal — ou que empregador — haveria de contratar uma grávida? Talvez eu pudesse falar com a diretora sobre retomar minha posição de professora. Mas que justificativa eu teria para estar grávida e sem marido? Por mais que eu tivesse sido a preferida da diretora, o fato é que ela não consideraria alguém nas minhas condições para servir de exemplo a ser seguido pelas alunas, cujos pais estavam pagando para que suas filhas fossem treinadas a atrair maridos em situação financeira vantajosa. Pelo tanto que eu podia antever, muito em breve estaria sozinha e sem dinheiro. Minha única fonte de receita era a mesada que recebia desde quando tinha 7 anos. E por que o conde haveria de continuar me financiando? Nenhuma das qualificações que eu havia, com o maior empenho, adquirido na Escola de Educação Feminina da Srta. Hadley seriam de algum proveito para mim agora.

E assim se passaram um dia e uma noite, e eu ruminava indecisa sobre essas questões irreconciliáveis. Depois de uma noite praticamente sem dormir, resolvi tentar me comunicar com o conde. Ele me havia excluído totalmente de sua consciência, de modo que eu não lhe conseguia ler nem os pensamentos nem as emoções, nem sequer senti-lo perto de mim. Embora não fizesse nenhuma ideia do que esperar dele, enviei-lhe um recado pela camareira, explicando que gostaria de seus conselhos. Achei que essa seria a melhor abordagem. Por maiores que fossem sua sabedoria e habilidades sobrenaturais adquiridas durante séculos, ele era um homem e, portanto, suscetível a uma mulher carente de ajuda.

Na mesma caligrafia burilada que reconheci daquele bilhete que me havia escrito em Whitby, ele me respondeu marcando um encontro na biblioteca. Embora me sentisse péssima, vesti-me de modo apresentável. Minhas mãos tremiam ao calçar as meias e subi-las pernas acima. Minha pele estava fria e úmida; também transpirava nas axilas e minha testa brilhava de suor. Eu não queria que ele me visse com uma aparência tão desolada, apesar de ter acesso aos meus pensamentos e, sem dúvida, estar a par do estado em que me encontrava.

Sentei-me, decidida a tentar me recompor e a forçar a ter em mente que, apesar da minha condição, apesar das circunstâncias, eu não era de todo desprovida de poderes. Meses atrás, antes que ele se apresentasse a mim, o conde me havia incitado a me recordar de quem eu tinha sido, e fora bem-sucedido em sua ajuda. Em algum lugar lá dentro de mim, eu ainda era a mulher de quem *ele* recebera o dom da imortalidade, a prioresa mística que o havia encantado e por quem ele aguardara por longos séculos. Fechei os olhos, e pelo olho interno, envolvi-me num manto celestial de ouro, deixando que ele brilhasse ao acariciar todo o meu corpo, acalmando-me e se fazendo de escudo protetor tanto para mim quanto para o filho que eu carregava no útero. Não conseguia lembrar onde foi que eu havia aprendido a fazer isso, mas sabia que o fizera muitas vezes no passado para encobrir minhas intenções, me armar de poderes adicionais e para me proteger dos perigos. Conforme as luzinhas cintilavam à minha volta, lembrei-me de uma banalidade que sempre soubera: nenhuma mulher precisa deixar que o homem conheça o conteúdo de sua mente. Com certeza havia aprendido isso com a diretora, mas algo me dizia que eu também havia escutado isso há muito tempo, no mais remoto dos passados. Nossos mistérios significavam os nossos poderes. Essa era uma certeza que jamais se alterara com o passar dos tempos. Embora meu estômago ainda estivesse um pouco embrulhado, sentia-me viva e revigorada. Olhei-me no espelho e joguei um xale de estampado colorido com forro de seda encarnado sobre os ombros. Estava pronta para enfrentá-lo.

Lá estava ele, o olhar fixo nas prateleiras de livros, quando eu entrei, e fiquei contente de saber que meu escudo funcionava; afinal, ele não antecipara minha entrada.

— Você queria me ver? — indagou, como se estivesse respondendo a uma solicitação de um desconhecido.

— Queria saber o que vai acontecer comigo, conosco.

— Por "conosco" está se referindo a você e ao bebê?

— Também estou me referindo a você e a mim — respondi, tentando emular o tom impessoal de sua voz.

— E por que está perguntando isso a mim? Será que ainda não percebeu que somos nós que criamos nossos próprios destinos? E esse bebê? Não é o que você quer? O que você quer desde que conheceu Jonathan Harker? — Ele pronunciou o nome de Jonathan com tamanha grosseria, que cheguei a recuar. Ele deve ter achado que eu queria voltar para Jonathan, e, no entanto, essa possibilidade mal me passou pela cabeça.

— Como você sabe que é um menino? E um menino humano? Como pode ter certeza de que o feto não está na rota da imortalidade, tal qual a mãe?

Ele dava a impressão de estar absolutamente exasperado comigo:

— Ele carrega a vibração de Jonathan Harker, a qual conheço muito bem. O feto tem a frequência de Harker, não a sua, que é mais rápida e acentuada, e isso por conta de sua herança imortal que, por enquanto, não lhe será de nenhuma utilidade.

— O que você quer dizer com isso? Como pode afirmar uma coisa dessas? — Eu viera ao encontro dele me sentindo poderosa; porém, em questão de minutos, ele já havia conseguido me alquebrar.

— Porque vivi o seu passado tantas vezes que sou capaz de vaticinar seu futuro. Você nunca vai mudar, Mina. Acha que é a primeira vez que faz uma coisa dessas? Pois não é, Mina! Você destruiu nosso amor vezes e mais vezes com suas escolhas idiotas.

A voz dele era baixa e monótona; contudo, as palavras por si sós vinham acompanhadas com uma espécie de poder que me fez estremecer.

— Não entendo onde você está querendo chegar — falei acariciando a mim mesma. — Não escolhi ficar grávida.

Por um momento, seus olhos vacilaram, ficando mais claros, para logo retomarem a cor escura.

— Suas tendências humanas são entediantes, Mina. E sempre foram assim. No seu nível de evolução, você deveria estar exausta de tanto dissimular impotência, quando você é mestre em criar e atrair exatamente as coisas que mais deseja. Toda vez que chega perto de recuperar seus poderes, você faz alguma coisa para sabotá-los.

— Agora é você quem está errado! — Suas palavras não apenas me deixaram confusa, como também ofendida. Não via como eu podia ter desejado nenhuma das coisas que aconteceram comigo, nessas incluídas meu encontro com ele. — Mal pensei em Jonathan, ou qualquer outra coisa senão viver com você desde que me foi resgatar no hospício. Foi a você quem eu quis, e nada mais além de você. Bebi seu sangue para que nada se imiscuísse entre nós novamente. Não pedi nada disso — respondi, cobrindo o rosto com as mãos para que ele não percebesse o quanto estava confusa.

— Tenho certeza de que é nisso que acredita piamente, pelo menos neste momento. Mas me sinto frustrado com essa sua recusa em vasculhar profundamente suas lembranças, para que veja o que aconteceu no primeiro ciclo de nossas vidas juntos.

Fui tomada por uma sensação de pavor. Eu sabia que estava prestes a escutar uma coisa que teria preferido nunca ouvir, mas não conseguiria impedi-lo de falar.

— Logo depois de nos conhecermos, você engravidou. Claro que você pode comprovar isso ao revisitar nosso tempo juntos. Foi um período muito feliz, mas como eu estava no começo da minha transição e como seu pai era humano, a criança era mortal.

Eu não sabia o que dizer, a não ser que não gostaria de ouvir mais nada a respeito. Aguardei para que continuasse, mas ele permaneceu em silêncio, me fitando com uma leve expressão de tristeza.

Nous l'avons appelé Raymond.

Ao ouvir o nome do bebê na língua em que nos comunicávamos à época, senti uma fraqueza imensa.

Ah, tu te souviens.

— Não me lembro e não quero me lembrar — retruquei, mas era tarde demais; não me recordei de fatos ou fisionomias, mas da sensação daquela vida e da experiência que ele me forçava a reviver.

— Você não me deixa alternativa a não ser lembrá-la. Senão, jamais vai compreender minha raiva no presente — disse ele. — Não sou um homem mau, mas não aguento mais, mesmo estando num alto estágio de desenvolvimento. Preciso continuar, Mina. Você entende?

Fiz que sim. O que quer que ele dissesse teria ocorrido numa outra vida e com outra mulher. Então, por que haveria de me ferir agora?

Acho que ele escutou meu raciocínio, pois respondeu com um sorriso amargurado.

On verra. Vamos ver.

E continuou a narrativa:

— Raymond nasceu saudável e forte. Ele se parecia com seu pai, e torcíamos para que viesse a ser tão robusto quanto o bravo guerreiro que, afinal, tinha resistido a uma cópula com uma fada rainha. Acreditávamos que com o tempo e a nossa orientação, nosso filho faria a transição para a imortalidade. Mas quando ele estava com 3 anos, uma praga varreu a região e o atingiu. Mesmo com seus mais aperfeiçoados conhecimentos sobre ervas e curas, você não foi capaz de salvá-lo. E não conseguiu viver com essa situação. Enfim, depois de um ano de desespero e autoincriminação, você trapaceou sua irmã, e ela acabou por lhe revelar os ingredientes de uma poção que mataria os que tinham o sangue dos imortais, e você a bebeu. Você nem mesmo me deu a opção de a tomarmos juntos.

— E você?

— Eu tinha bastante poder quando nos conhecemos. O seu sangue que veio a correr nas minhas veias certamente foi o último componente que me faltava para viver pela eternidade ou ao menos pelo tempo em que ainda estou vivo.

Qual a vantagem do dom da imortalidade, se ele nos põe na posição de ficar observando morrer aqueles a quem amamos?

Essas foram minhas palavras; elas escaparam dos meus lábios, e pude ouvi-las enquanto reverberavam. Comecei a tremer e curvei-me para a frente na intenção de conter as lágrimas. Envolvi minha barriga com os braços como se quisesse proteger o bebê mortal que estava lá dentro, de forma a não perdê-lo também.

O conde, porém, permaneceu imóvel.

— Perdoe-me se não compartilho da sua dor, Mina. Eu a vivi por muitos anos, enquanto você, com suas atitudes egoístas, escapou do sofrimento bem depressa. Quanto a mim, o sofrimento me foi todo arrancado à força. E me perdoe se pareço um pouco zangado, seja comigo mesmo, seja com você, porque mais uma vez estamos tendo de encarar problemas similares.

Ele ficou na minha frente e tomou minhas mãos, expondo meu rosto e desafiando minha angústia com seus olhos.

— Mina, me diga. O que você quer?

Cada palavra me soava como um golpe. Eu vim até aqui para perguntar a ele o que eu deveria, o que eu precisaria fazer, mas ele não estava disposto a me dar nenhuma instrução nem direção, nem mesmo a me oferecer seu consolo.

— Não, não vou oferecer-lhe consolo. Já lhe ofereci conforto e todo tipo de presentes nas nossas vidas, e nunca tive recompensa alguma. Agora, fica a seu critério a escolha do caminho a tomar.

O que você quer?

As palavras ficaram ainda mais estrondosas, mais persistentes do que quando ele as pronunciou em voz alta. Cerrei os olhos para não enfrentar seu olhar e me forcei a tomar consciência de que esta situação estava em minhas mãos.

— Isso, Mina! É isso que venho tentando lhe dizer. *Todo* o poder de decisão está em você; portanto, não se faça de vítima. — Sua voz deixou transparecer um ínfimo resquício de sentimento, embora eu esteja certa de que ele teria preferido disfarçá-lo.

Lembre-se de quem você é, lembre-se de quem você é. Fiquei repetindo sem parar. Quisera ter inteligência o suficiente para saber exatamente o que fazer, mas não conseguia acessar nenhum conhecimento de que precisava, sobretudo com ele me encarando e negando minha vulnerabilidade. Fechei os olhos, envolvendo-me no meu invisível escudo dourado, até senti-lo de novo acariciando minha pele e me transmitindo confiança.

— Você não pode me bloquear — disse ele, mas o mero fato de ele ter de pronunciar essas palavras em voz alta me fez admitir que, com dedicação, eu conseguiria proteger meus pensamentos dele e me separar de sua influência de modo a poder raciocinar sozinha. Abri os olhos e reparei que ele observava cada centímetro do meu rosto com a curiosidade de qualquer outro homem.

— Até ontem, eu não queria mais nada a não ser você. Mas o que eu quero não é tão importante quanto o que devo fazer pelo bebê. Eu fui uma criança diferente, desajustada e rejeitada pelos próprios pais. Agora você vem me dizer que embora você e eu sejamos imortais, meu filho é mortal e carrega o sangue e a frequência do pai. Então lhe pergunto: o que isso faz dele?

Sendo muito mais rápido em entender minha mente do que eu mesma, ele soltou minhas mãos.

— Você quer conversar com Harker sobre o filho. É isso?

— Na verdade, não quero, mas acredito que devo. — Foi minha resposta.

Houve um momento em que me senti em paz por ter reconhecido e confessado o que eu achava que devia fazer, um momento em que eu acreditei que ele compreendia minha situação e iria me ajudar. Mas no instante seguinte, vi na expressão de seu rosto que não era bem isso que iria acontecer.

— Bem, então vamos botar um ponto final nisso — disse ele com raiva. — Nós não queremos atrasá-la em seu encontro com ele. Vamos resolver esse assunto de uma vez por todas.

Ele me encarou por um tempo interminável, mas mesmo com minha nova autoconfiança, não consegui ler sua mente. Podia sentir sua ira, mas por causa de seus imensos poderes, e também porque ele assim o desejava. Seus pensamentos eram só dele e não seriam compartilhados.

Sem que o conde emitisse nenhum som, apareceu uma camareira trazendo duas pesadas capas, e as entregou ao conde antes de se retirar. Ele se vestiu com uma delas e jogou a outra para mim. Senti uma energia girar em torno dele, uma espécie de força que ele parecia puxar para si. Eu não via nada de diferente; apenas intuía, da mesma forma como sentia meu corpo, e essa força me fez perder o equilíbrio quando tentei vestir a capa. A sala e tudo que estava ali dentro foram ficando indistintos enquanto o tempo parecia ganhar velocidade. Num turbilhão de movimentos, ele me envolveu com a capa e me abraçou. Meu corpo ficou flácido, dominado pela grande força que emanava dele. O conde não usava uma força física, mas a força de seu próprio ser, aquela torrente de energia que ele convocou de algum lugar profundo no universo.

Rapidamente, sucumbi ao excitamento de estar envolta nessa aura extraordinária. Fiquei pensando se essa energia descomunal faria mal ao bebê, e no mesmo segundo ouvi-o responder com um sonoro *não*. A impressão que eu tinha era de que as paredes se afastavam de nós e, no instante seguinte, planávamos sobre o deque, nos movimentando mais e mais depressa na direção das portas de vidro que de repente se abriram diante de nós. Uma fria rajada do vento do mar bateu em meu rosto, mas não demorou nada, e estávamos sobre a água e bem acima de seus picos espumosos, de seus salpicos. A chuva havia cedido, mas a ventania ainda zunia forte. Ele nos fez voar a tamanha velocidade, que não fomos atingidos pelas correntes de ar, mas de alguma forma nós as cortávamos sem sermos incomodados. Eu ouvia as rajadas bufando ao nosso redor, mas nós as atravessávamos com a tranquilidade com que um fio de linha passa pelo buraco da agulha. Agarrei-me a ele, apreciando as gradações de cinza do céu e do mar que se fundiam enquanto íamos cada vez mais velozes até que uma mancha indistinta de terra apareceu à distância.

Parte Oito

LONDRES

Capítulo Dezessete

22 de novembro de 1890

As portas da mansão se abriram de súbito, e nós já estávamos no saguão de entrada. Não havia ninguém ali, mas a casa estava aquecida e as luzes, acesas. Num único gesto, o conde se livrou da capa, que adejou ao chão.

— Um banho quente está à sua espera, e também um vestido. Por favor, esteja pronta à meia-noite, e eu a levarei para ver o seu Jonathan. Até lá, e como sempre, os empregados estão à sua disposição.

Nada em seu proceder dava ensejo a perguntas e, para completar, ele desapareceu; então, fiz o que me ordenou. Entrei numa banheira e deixei que a água fumegante e perfumada com essência de lavanda me aplacasse a ansiedade. Eu não fazia ideia de como ele havia arranjado esse encontro com Jonathan, mas confiei, talvez ingenuamente, que ele não admitiria que nada de ruim acontecesse comigo. Presumi que Jonathan também teria a mesma atitude assim que soubesse que eu carregava um filho seu, ainda que, a essa altura, ele me incluísse no rol das criaturas que aprendera a temer. Se, por um lado, não me agradava nada ter essa conversa com ele, por outro, não achava certo esconder a gravidez do pai do meu filho, pelo simples fato de que um dia o garoto iria crescer e descobrir sua verdadeira identidade e, sem a menor dúvida, odiar-me por isso.

O conde mandou uma jovem francesa, chamada Odette, me servir uma bandeja com a comida a qual devorei. Desconfiei de que meus poderes estivessem aumentando, pois desta vez, e apesar da gravidez, não me senti combalida por voar com o conde. Seria possível estar grávida de um filho mortal e, ao mesmo tempo, estar passando por um processo de transformação?

Sentei-me diante da penteadeira e fiquei olhando enquanto Odette penteava meus cabelos e prendia-os num coque bem sofisticado, com cachos presos no alto, usando pregadores enfeitados com pedrarias. Ela também me ajudou com o vestido de tafetá de seda verde-esmeralda, acompanhado de uma capa do mesmo tecido. Com os olhos pregados no espelho, testemunhei minha própria metamorfose, e fiquei impressionada com o resultado. Não entendia por que o conde teria escolhido um traje tão extravagante e absolutamente arrebatador para um encontro com meu marido. Será que ele queria se livrar de mim, jogando-me nos braços de Jonathan?

O debrum do decote recebera um bordado de minúsculas pedras preciosas que refletiam um brilho especial no meu rosto maquiado por Odette com leves toques de ruge nas bochechas e um suave brilho nos lábios. Pensando no bem-estar do bebê, pedi a ela para deixar frouxas as tiras do espartilho; mas, mesmo assim, meus seios empinaram e minha cintura fina ficou ainda mais acentuada. A saia tinha dois recortes drapejados até a bainha, o que salientava os quadris, lembrando as curvas de uma sereia. Quando a camareira terminou de me vestir, ficamos admirando o resultado diante do espelho. Antes de sair do quarto, ela me entregou uma máscara com formato de olhos de gato, presa na ponta de uma longa haste de ébano.

O conde não fez nenhum comentário sobre a minha aparência quando me ajudou a subir na carruagem. Fomos em silêncio, e me forcei a manter minha mente livre de pensamentos, para que ele não tivesse a chance de os ler. A máscara que ele usava era de cetim preto e lhe cobria parcialmente o rosto, tornando-o inescrutável. Tentei imaginar o tipo de festa que exigisse trajes a rigor e que contasse com a presença de Jonathan. E também me parecia difícil supor que meu marido tivesse concordado em se encontrar com o conde. O suspense era demais! Não me contive e perguntei:

— Jonathan sabe que também estamos indo?

E ele respondeu:

— De certa forma, sim.

Por que você não conversa comigo?

Mal formulei o pensamento, e ele já me respondia demonstrando enfado:

— O que posso dizer que você já não saiba? Todas as decisões a serem tomadas estão em suas mãos. Não vou me intrometer, Mina. Paguei um preço muito alto por ter interferido em sua vida antes e não vou repetir o feito. — Ele virou o rosto e mirou através da janela.

Embora eu também olhasse para fora, através da janela do outro lado da carruagem, não prestava atenção ao caminho. Tive a vaga impressão de estarmos em Mayfair, quando o conde deu pancadinhas na janela com sua bengala, e o cocheiro virou numa rua estreita e parou. Depois de sair da carruagem, ele me ajudou a descer. Segurou-me pelo braço, num gesto nem carinhoso nem bruto, apenas indiferente, e fomos caminhando por uma viela que terminou numa pequena praça com um jardim central. Embora estivéssemos no final do outono, as plantas mantinham uma vistosa folhagem verde, e delas brotavam inebriantes buquês de flores. Quis parar para examinar uma berrante peônia rosada — verdadeiro milagre para o mês de novembro — através da grade de ferro que protegia o canteiro, mas o conde me puxou com impaciência.

A não ser por luzes esmaecidas vindas das janelas de uma mansão branca de três andares ao estilo georgiano, tudo mais estava às escuras. Subimos os degraus que davam no imponente pórtico sustentado por quatro majestosas colunas corintianas. Diante da porta, ele suspendeu uma argola imensa e decorada com a cara de um leão imperial, para, em seguida, soltá-la com força. A porta se abriu, e entramos no saguão com piso em mármore e uma escadaria em curva com corrimãos esmaltados de branco e dourado polido. Dois mordomos vieram nos receber; um cuidou dos agasalhos, e o outro nos ofereceu champanhe em elegantes flutes.

Entramos no salão de bailes, onde uma pequena orquestra tocava uma valsa; no centro da pista, pares de dançarinos mascarados giravam e giravam num rodamoinho de cores e movimentos. Havia máscaras de todo tipo, desde as mais singelas àquelas enfeitadas com guizos; das chamativas, com longos bicos de falcões, às mais delicadas no formato de asas de ouro, ou cravejadas de pedras faiscantes. Algumas eram encimadas por penachos, e alguns cavalheiros usavam o adereço em prata e ouro que lhes cobria todo o rosto. Uma luminosidade aconchegante tomava conta do salão, mas eu não consegui identificar de onde ela vinha. Uma pilha de lenha queimava na lareira, mas as velas dos grandes candelabros não estavam acesas. Aos poucos, fui percebendo que a luz emanava dos serviçais, das pessoas dançando, e que eram tão luminosas quanto o conde; não tinham um brilho incômodo, mas ofuscante.

— Onde estamos? Quem é o dono desta festa? — indaguei. Meus olhos varreram o salão a procura de Jonathan, mas não vi ninguém parecido com ele. Será que ele estaria por detrás de uma daquelas intimidantes máscaras de metal?

— Não há anfitrião. Deixe-me ver... como vou explicar isso a você? Esta é uma alucinação coletiva de um desejo de massa. Nós e todos os outros que estão aqui tomaram parte dos preparativos. Muitos da mesma natureza que eu estão aqui. Vieram para se encontrar uns com os outros, e alguns trouxeram os mortais com os quais estão se relacionando.

Ele segurou o meu braço, e depois de passarmos pelos casais que rodopiavam pelo salão, atravessamos uma ala de quartos distribuídos em forma de um labirinto, em que casais se agarravam na penumbra. Vi cenas fugazes de corpos nus; de braços enrolados em corpos que lembravam serpentes; de pernas abertas para o ar, os pés ainda com botas, como se fossem asas; uma mulher de seios de fora brincando num balanço forrado de cetim que descia do teto. Em um dos quartos, uma mulher com os cabelos presos bem no alto da cabeça tocava piano, a crinolina cobrindo o banquinho, enquanto um homem de peruca empoada virava as páginas da partitura. Por causa das máscaras e da música e do champanhe que me subiu direto para a cabeça, não conseguia distinguir os imortais dos mortais.

O conde leu meus pensamentos.

— Todos vieram atrás de respostas para suas dúvidas e para concretizar seus desejos. Você, por exemplo, veio para se encontrar com Jonathan; ele, contudo, tem os próprios motivos para estar aqui. Tudo está em ordem.

Ele abriu as portas duplas de um quarto e sinalizou para que eu entrasse primeiro. Dentro dele, as velas estavam acesas. Levou um instante para que meus olhos se ajustassem ao tremular da luz; contudo, a cena diante de mim entrou em foco num repente. Três elegantes vestidos estavam jogados sobre uma poltrona: dois brancos e, sobre eles, um escarlate, formando o desenho de uma cruz. Jonathan estava deitado de costas sobre uma cama imensa coberta por uma colcha de pelúcia carmim. Montada sobre ele, com as pernas escancaradas como se cavalgasse no lombo de um animal, uma loura com espartilho vermelho que só podia ser Ursulina. Seus lábios voluptuosos e rubros estavam encrespados, enquanto a boca aberta denunciava o instante de seu orgasmo. Duas mulheres de cabelos castanhos, deitadas uma de cada lado de Jonathan, ora o beijavam e o acariciavam, ora uma à outra. Os olhos dele estavam fechados e bem apertados, a boca aberta, e o rosto brilhando de êxtase enquanto as mulheres lhe chupavam os dedos das mãos. A cabeça de Ursulina estava jogada para trás, deixando exposto seu longo pescoço, branco como o marfim.

Pensei em fugir dali tal era o horror da cena, mas resisti. Percebi o conde me observando com grande interesse por detrás da máscara. Os quatro que se enroscavam na cama não pareciam ter notado minha presença, e fiquei me perguntando se essa visão seria mesmo real. Quando vi a concubina loura se contorcer de prazer em cima do pai do meu filho, subiu-me uma raiva imensa que logo tomou conta de mim e acendeu um sentido primitivo de ciúmes. Fui possuída por um ódio brutal e queria puni-la por tudo que estava fazendo e por tudo que fizera no passado.

Concentrei toda a minha atenção naquele pescoço imaculadamente branco até sentir que lhe podia perfurar a pele. Fazendo uma curva crescente no ar com meu dedo, devagar e com precisão, rasguei a base da garganta dela. De súbito, sua cabeça ficou ereta, e nossos olhos se encontraram: os dela se arregalaram de susto e, em seguida, ferveram de raiva. No mesmo instante, voei para cima dela e finquei-lhe os dentes com tanta força que ela tombou para o lado, saindo de cima do Jonathan. Na sequência, agarrei-lhe os braços, forçando-os contra a cama, ao mesmo tempo que lhe sugava o sangue de sabor estranho, ácido, como de uma fruta que, embora azeda, não fosse possível parar de comer, apesar do paladar adstringente e de ressecar a boca. Escutei meus próprios grunhidos de prazer, enquanto as outras duas tentavam livrá-la de mim. O conde gritou com elas numa língua que não entendi, e elas se afastaram. Eu parecia eletrizada, tal era a excitação por a estar destroçando dessa maneira, ansiosa para sugá-la até deixá-la sem vida.

Mas logo senti que a outra reunia suas forças. Mais forte do que eu, ela conseguiu trocar de posição comigo e afastar-me de seu pescoço, que sangrava um rio de brilhantes rubis e lhe escorria pelo peito. Senti que ela tentava fechar a ferida com o poder da mente, mas a cada ponto mental que dava, eu o desfazia. Esse cabo de guerra continuou, eu reabrindo a ferida cada vez que ela a fechava, e a minha euforia aumentando num crescendo, toda vez que via gotejar aquele sangue de um vermelho incomum. Nossos dedos estavam entrelaçados, e ela pressionava minhas mãos contra a cama, enquanto eu as afastava. Em minha mente, vi quando ela voou de costas para longe de mim e se chocou na cabeceira de ferro batido e daí para os braços da irmã. Com essa imagem bem forte dentro de mim, empurrei-a com toda minha força. O conde me segurou e, antes que eu a atacasse de novo, ele me agarrou pela cintura e me levou embora. Ursulina, ainda encostada na cabeceira, ciciava para mim como uma serpente. Jonathan e as outras duas se acovardaram, mais parecendo um tríptico profano. O rosto dele era só terror.

Conte para ele, ordenou a voz do conde. *Ou você conta, ou quem vai contar sou eu.*

— Você vai ser pai, Jonathan. De um menino. — E com um safanão me livrei das mãos do conde, e fomos embora daquele lugar.

Vi de relance minha imagem refletida num espelho alto quando passamos de volta pelo baile de máscaras. Eu parecia mais alta, mais forte, e minha já irretocável postura exibia agora uma força que me dava o garbo majestoso das estátuas. Senti que as pessoas recuavam, num misto de admiração e temor, para eu passar. Ao sairmos da mansão, a força que se havia aglutinado dentro de mim fez apagar da minha mente quaisquer pensamentos sobre as possíveis consequências do que eu havia feito.

Essa é você, Mina. Não há como duvidar, agora.

O conde sabia que eu estava muito agitada e por isso não me sentiria bem se ficasse confinada na carruagem. Então, ele despachou o cocheiro e caminhou comigo pelas ruas de Londres iluminadas por lampiões a gás.

Não demorou muito, e o arrebatamento foi se esvanecendo, e comecei a pensar se talvez o que eu tivesse feito teria acarretado algum mal ao bebê. O conde apoiou uma das mãos no meu ombro e a outra sobre meu ventre.

— Não acho que tenho prejudicado o bebê — disse ele. — Apesar da grandiosa demonstração desta noite, o feto ainda carrega a frequência e a vibração do pai. Nada mudou.

— Jonathan é fraco demais para ser pai.

Verdade. Ele é fraco demais para ser pai de um filho seu.

— E é fraco porque você o largou para que ele se tornasse vítima daquelas criaturas — afirmei.

— Você não é muito diferente delas.

Ele havia retirado a máscara, e reparei um sorriso irônico em seu rosto.

Cortamos caminho pelo Mercado Shepherd, onde algumas poucas e fracas luzes brilhavam atrás de janelas acima das portas cerradas das lojas. Fazia frio, mas eu não sentia o rigor da temperatura. O conde continuava me abraçando enquanto subimos a rua Half Moon até Piccadilly; atravessamos e entramos no parque.

— Aquelas mulheres, o que elas são? Elas começaram como mortais?

O comentário que ele havia feito de que eu não era diferente delas me deixou perturbada. Será que se eu desenvolvesse meus poderes, começaria a caçar inocentes?

— Não, elas não eram mortais. Mas originalmente, você também não era. Você as conhece como as filhas de Lilith. Elas são uma espécie de feiticeiras que moram sozinhas, longe dos homens, até que decidem seduzi-los. Também são conhecidas por lâmias. São seres indomáveis e libertinos, capazes de tomar diferentes formas: cisnes, focas, cobras e às vezes mulheres com cauda de serpente.

Eu fazia uma vaga ideia de Lilith dos quadros de artistas e de narrativas bíblicas.

— Lembro-me do nome dessa entidade das notas de Von Helsinger. Ele conjecturava sobre a possibilidade de ela ainda existir.

— De certo modo, o doutor acertou — disse o conde. — Tudo que um dia existiu ainda persiste de uma forma ou de outra. Lilith foi um dos anjos que, como Lúcifer, tomaram forma física, incitados pelo desejo de uma vida na Terra. Da primeira vez, ela surgiu em meio a uma violenta tempestade, e os humanos que presenciaram lhe deram o nome de Senhora das Tempestades. Sua beleza impressionou os homens, os mortais que a viram. Eles disputavam entre si, como animais selvagens, a atenção dela, inclusive com derramamento de sangue e atraiçoando-se uns aos outros. Com o tempo, eles passaram a culpar a própria Lilith por os instigar, e então começaram a demonizá-la, o que a tornou cruel e vingativa. No entanto, quando isso aconteceu, ela já havia parido muitas filhas; então, juntas, elas começaram a assombrar aqueles que as temiam e as odiavam, e apareciam durante a noite e lhes sugavam não só a energia, como também o sangue. E sempre que surgia uma oportunidade, elas se vingavam, seduzindo os homens mais fortes para conseguirem seu sêmen, mas depois os descartavam. Se um de seus amantes se casava com uma mortal, elas invadiam a casa do casal durante a madrugada e sugavam o sangue dos filhos.

Essas palavras me congelaram. *Elas vão tentar fazer isso com o meu filho!* Arrepiei-me de medo ao imaginar os atos de vingança que eu teria atraído ao agredir a criatura. Como proteger meu filho, se ele se tornasse totalmente humano e não tivesse nenhum dos meus poderes? Seria fácil para elas fazerem a ele o mesmo que fizeram ao pai. Ou talvez pior.

— As lâmias vivem de acordo com um código de conduta só delas — explicou o conde. — Os homens escolheram para si os próprios destinos, como consequência de seus desejos.

— Tenho para mim que você arquitetou o destino de Jonathan. Ele é apenas humano. Você tramou para que fosse arruinado por suas mulheres.

— Nisso você está correta: ele é apenas humano. Você é muito, muito mais.

— E o meu filho?

— Seus temores são justificados; a criança estará em perigo. Mas irei protegê-la. Afinal, ele também é seu filho.

No dia seguinte, atormentada de tanta curiosidade, saí à procura da mansão do baile de máscaras, mas não consegui encontrá-la. Refiz o trajeto da carruagem na rua estreita em que o cocheiro nos deixou, e logo depois achei a viela que ia dar na praça, mas nem a casa, nem a praça estavam no lugar onde deveriam estar. Na verdade, a rua não tinha saída, e terminava numa fachada em tijolos que era os fundos de um hospital.

Após esse incidente, desisti de tentar solucionar os mistérios da minha vida. O conde e eu nos amávamos, e se ele aceitasse o meu filho e o protegesse das criaturas que lhe pudessem fazer mal, então eu ficaria com ele. O que eu não desejava era continuar em Londres, onde diariamente estaria exposta às sombras da minha antiga vida. Nunca poderia encarar as pessoas que conheci sem que me visse na obrigação de dar alguma satisfação do que havia acontecido comigo. Provavelmente, Kate Reed ainda aguardava por minhas anotações para escrever uma reportagem sobre os indecorosos tratamentos dados às mulheres pelos médicos do hospício. Sem a menor dúvida, a diretora estaria entrando em contato com pessoas que me conheciam para saber notícias sobre a minha vida de recém-casada. De alguma forma, julguei que acabariam sabendo que eu havia me apaixonado por um estrangeiro misterioso e abandonado meu marido logo depois do casamento, e esse seria o final da minha existência nesta cidade.

Eu não queria ir para a propriedade do conde na Estíria, o local da queda de Jonathan. Decidimos morar sem grandes alardes na mansão de Londres, até que os nossos empregados conseguissem aprontar uma das propriedades na França. E então nos mudaríamos para lá bem antes do bebê nascer. Ele me assegurou que as parteiras francesas eram soberbas, e que a propriedade ficava numa área belíssima para meu filho crescer em paz.

— Você já morou lá, Mina, e logo que a vir, saberá que está em casa mais uma vez.

— Foi uma vida boa?

— Uma das melhores!

Depois do incidente de beber o sangue de Ursulina, ficamos observando meu corpo à cata de evidências de alguma alteração. Meus sentidos nunca estiveram tão aguçados; os únicos outros efeitos que notamos eram os da gravidez mesmo. Eu estava feliz por simplesmente ser uma mulher esperando um bebê, e não me encontrava nem um pouco ansiosa para usar meus poderes, ou minha mágica, por medo de que pudesse atingir o feto, embora eu soubesse que a ressurreição desses dons havia, de maneira definitiva, conferindo-me mais coragem. O conde agia como meu médico e meu metafísico, checando os sinais vitais humanos duas vezes ao dia, e também fazendo a leitura de minha frequência, em busca de alguma mutação. Ele acreditava que a gravidez havia interrompido o processo, ou reduzido a velocidade do mesmo, de forma a acomodar a gestação de outro ser. Como ele me havia avisado, esse era um jogo altamente imprevisível e sem regras predeterminadas:

— O corpo sabe o que faz, Mina — garantira ele. — O feto é forte. Vamos nos dar por satisfeitos com isso, pelo menos por enquanto.

No início de dezembro, a cidade se cobriu de neve. Eu passava os dias me deleitando com a magnífica biblioteca da mansão, que continha volumes revestidos de couro, colecionados ao longo dos séculos. Às vezes, à noite, saíamos para caminhar pelos parques onde, por entre os flocos de neve que caíam, e usando minha recém-adquirida visão superdotada, conseguia enxergar tão bem quanto de dia. Pássaros, animais, galhos de árvore, tudo se revelava em detalhes, mesmo sob o luar, e era emocionante observar as atividades noturnas, a maioria invisível aos olhos humanos. Ou, então, líamos juntos à luz de uma lamparina ou conversávamos sobre os planos para o nosso futuro próximo. Nunca discutíamos o tema eternidade. Como eu sabia que teria, pelo menos, esta vida diante de mim, comecei a ensinar a mim mesma a tocar piano. Um belo dia, uma belíssima harpa barroca apareceu na sala de estar, e, ao dedilhar as cordas, apaixonei-me pelo seu som vibrante. Imaginei que seria bom para acalmar o meu pequenino se eu tocasse uma singela música de ninar em qualquer um dos dois instrumentos.

Numa tarde fria de inverno, na segunda semana do Advento, num típico dia cinzento de Londres, em que o céu começa a escurecer antes mesmo que a luz do dia se instale, estávamos sentados na biblioteca, e o conde desviou os olhos do jornal e disse:

— Vem vindo alguém.

Ele se ergueu, e o jornal ondulou até o chão. Nada havia perturbado nossa tranquilidade em semanas, e não gostei nem um pouco da expressão alarmada em seu rosto. Ele se dirigiu à porta e, então, parou. Notei que cerrou os punhos, ainda com os braços ao longo do corpo. Virou-se e buscou meus olhos.

— É Harker. E vem acompanhado de outro homem.

Mal ele acabou de falar, e pude sentir a essência de Jonathan vindo em minha direção. Senti-o tão intensamente, que escutei o rangido do portão quando ele o abriu ainda que bem de mansinho, e também o esmigalhar da neve contra a sola de seus sapatos, ao caminhar até a porta da nossa casa. Também senti que não vinha sozinho. Percebi algo familiar em seu acompanhante, mas não consegui dar-lhe um nome. Essas eram sensações novas para mim; até ali eu tinha sido capaz de sentir apenas a vibração do conde. Mas agora, podia sentir a essência de Jonathan: seu ser, seu íntimo, aquele rumor que o identificava como sendo ele mesmo, e de forma tão intensa, como se ele estivesse ao meu lado. Assim que o percebi por inteiro, algo dentro de mim — talvez o bebê se comunicando comigo — entendeu que eu precisava escutar o que ele viera me dizer.

— Pode deixar que conversarei com ele na sala de visitas — sugeri.

— Não estou gostando nada disso — reagiu o conde. Ele cerrou os olhos por um momento e ergueu o nariz. — Eles trazem emanações de perigo.

Desnecessário para ele me dizer que se surpreendera com a coragem de Jonathan de vir aqui.

— Sei como proteger a mim mesma — afirmei, sabendo intuitivamente que não era eu quem corria perigo. — Talvez Jonathan quem esteja sendo ameaçado. E vem aqui em busca de ajuda.

Ele não é responsabilidade sua, Mina.

— É justamente sobre esse ponto que discordamos. Se não fosse por minha causa e, portanto, por sua causa, Jonathan estaria vivendo uma vida perfeitamente normal e feliz.

Estávamos um diante do outro, nos encarando, e assim permanecemos até que ele percebeu que eu não iria mudar de ideia.

Estarei observando. E saiu da sala.

Abri a porta antes de Jonathan ter tido a chance de bater. Ao seu lado, na ombreira da porta, Morris Quince. Os dois vestiam casacões pesados para protegê-los do inverno de dezembro, e seus ombros estavam arqueados, talvez devido ao frio ou, quem sabe, à ansiedade da visita. Quince parecia maior e mais enrugado do que eu me lembrava. O que um dia fora um queixo bem-delineado ostentava um tipo novo de ferocidade.

Jonathan, por sua vez, havia perdido o ar assustadiço e a atitude defensiva que esgotaram seu rosto desde os dias na Estíria. Seu olhar era límpido e os traços do rosto transpareciam determinação.

Convidei-os ao salão, mas eles vacilaram:

— Gostaríamos que você viesse conosco — disse Jonathan. — O Sr. Quince quer conversar com você.

— Por favor, entrem — insisti, sabendo qual seria a reação do conde se eu saísse com eles.

— Ele está aqui? — indagou Jonathan, espreitando. Antes que eu pudesse responder, ele acrescentou: — Não estou preocupado com a minha própria segurança, Mina. Se necessário, eu o enfrento. Mas não quero botá-la, nem o bebê, numa situação de perigo. Estão acontecendo certas coisas das quais precisa tomar conhecimento.

— Todos nós estaremos seguros, eu lhes garanto — respondi, embora ver Morris Quince me tenha feito recordar a forma como ele abandonou Lucy, e a morte dela, e não tive tanta certeza de que eu mesma não iria tentar matá-lo.

Os dois trocaram olhares e depois me seguiram até a sala de visitas. Ninguém se sentou. Foi Morris Quince o primeiro a falar.

— Posso fazer uma ideia da opinião que você tem de mim, Srta. Mina. Sei que você acha que abandonei Lucy da forma mais desnaturada possível, no verão passado, mas posso lhe garantir que não foi isso que aconteceu.

Não respondi, mas me sentei, aguardando que ele se explicasse. Com alguma hesitação, Jonathan se sentou numa cadeira à minha frente, enquanto Quince continuava a andar de um lado para o outro ao falar. Ele narrou sua história, explicando que havia deixado Lucy em Whitby com a intenção de voltar às pressas para a casa dos pais para se reconciliar com eles, e também dizer que pretendia trabalhar nos negócios da família e se casar.

— Cheguei à conclusão de que afinal eu não valia muito como artista — disse ele, balançando a cabeça com ar de arrependimento. — Quando eu li aquele absurdo no jornal sobre Lucy ter sido agredida na rua, percebi o terrível estresse que nosso relacionamento estava trazendo para ela. Corri ao seu encontro, mas sua mãe me avisou que ela estava doente e proibida de receber visitas. Naquela hora, meu desejo era de afastá-la do caminho e ir ver a minha amada, mas a Sra. Westenra já me detestava tanto, então entreguei-lhe uma carta, diante da promessa de que iria passá-la às mãos de Lucy. Também escrevi uma carta ao Arthur, explicando que ela e eu nos amávamos e que iríamos nos casar, e solicitava que, por ser honrado cavalheiro, ele não pressionasse a favor de seu casamento com Lucy.

E ele continuou:

— Quando cheguei aos Estados Unidos, mandei um telegrama para Lucy pedindo que esperasse por mim. Todos os dias eu lhe escrevia uma carta; passadas algumas semanas sem uma resposta sequer, retornei a Londres e descobri que ela havia se casado com Arthur e que morrera.

Seu rosto refletia arrependimento.

— Sou um homem acabado. Jamais deveria tê-la deixado, mas eu não queria que ela fosse tratada como uma mulher que precisou fugir para se casar. O que minha família haveria de pensar dela? Ela era boa demais para passar por um constrangimento desses. E, apesar de tudo, fui o causador de sua morte.

Enquanto ele falava, tive de reconhecer, com pesar, que tudo que dizia era verdade. Fui tomada por um profundo remorso e uma doída mágoa.

— Também colaborei para esse desfecho, Sr. Quince — falei. Será que algum dia eu me perdoarei por estimular Lucy a cair nos braços de Holmwood? — Estava convencida de que você era um patife e tentei de tudo para convencer minha amiga disso. Se lhe serve de consolo, ela nunca duvidou do seu amor.

O carrilhão tocou quatro horas, e Jonathan se levantou e olhou para fora da janela.

— Detesto ter de interromper, mas há um assunto urgente que precisamos discutir. Não temos muito tempo.

— Dei o meu recado, e você tem a minha gratidão por ter-me escutado — agradeceu Quince. — Se você não se incomodar, vou lá fora fumar. — Ele se virou para Jonathan e acrescentou que ficaria de guarda.

Já ia indagar de Jonathan o que ele queria dizer com isso, mas ele foi mais rápido.

— Mina, você precisa sair desta casa o mais rápido possível. — A voz era grave.

— Do que você está falando, Jonathan? — Ele estava muitíssimo nervoso, e me dei conta dos riscos que assumira ao vir aqui conversar comigo.

— Apenas me escute, Mina. Escute para depois me julgar. Não haverá tempo para isso agora. Precisamos ir embora daqui.

— Quem decide o que devo ou não fazer sou eu — respondi. Que petulância! Onde já se viu vir até aqui, dando ordens como um marido?

— Está tentando me levar como cobaia para mais um dos experimentos de Von Helsinger? Você faz ideia do que eu sofri, com seu consentimento, naquele hospício? Eles teriam me matado se tivessem conseguido ir até o fim daquele tratamento.

— Passarei o resto da minha vida expiando essa culpa, mas me escute até o fim. Entrei em choque depois do que aconteceu, depois de vê-la na fotografia com o homem que planejou minha desgraça e de ter acreditado que você estivesse em conluio com ele. Os médicos me garantiram que iriam ajudá-la. Eu não sabia o que mais poderia fazer. Estava desnorteado depois de tudo por que passei. Este mundo, Mina — e ele fez um meio círculo com a mão —, este mundo... o mundo do conde, o mundo de Ursulina... no qual agora você habita, não é o meu mundo! E agora você me diz que vou ter um filho, e que ele será criado neste mundo?

Vi a frustração e a impotência em seus olhos.

— Depois que lhe deixei a sós para tomar a transfusão, permaneci sentado no gabinete, preocupado com o que lhe pudesse acontecer, e cheguei a cogitar se você teria o mesmo destino de Lucy. Estava prestes a ir até a sala para fazê-los parar, ou pelo menos para fazer-lhes mais perguntas, quando Seward e Von Helsinger entraram correndo no gabinete. Estavam sangrando, e gritavam que um animal selvagem os havia atacado. Juntamos um tanto de armas e voltamos ao quarto, cuja janela havia sido arrebentada e as barras de ferro que homem algum poderia remover estavam destroçadas, e sua cama, vazia. Sem saber o que mais fazer e acreditando que não seria seguro ficar sozinho, permaneci no hospício. Queria chamar a polícia e avisar que você havia desaparecido, mas Von Helsinger disse que o assunto estava além da esfera policial. E estava certo, é claro. Perdi todas as esperanças e passei semanas deitado numa cama, desiludido e achando que havia entrado num estado de insanidade mental do qual nunca mais sairia. Quando Ursulina veio até mim naquela noite, me oferecendo prazeres que fariam com que eu esquecesse minhas angústias, não resisti.

E, como um raio, caiu sobre mim a certeza de que o conde havia planejado aquele encontro. Ficou claro que fora ele quem convocou a lâmia para seduzir Jonathan mais uma vez, a fim de que eu pudesse constatar que ele não serviria como pai. Percebi a manobra para me influenciar, e fiquei muito indignada.

O amor não é um jogo que se joga limpo, Mina.

Ele estava ouvindo tudo. Não conseguiria esconder dele; então decidi falar abertamente a Jonathan, sem me preocupar com o que pudesse acontecer.

— Não o culpo por isso. Você foi vítima de forças além de seu controle. Mas você não está com medo de mim depois de ter visto o que fiz com Ursulina?

Ele quase sorriu. Não o sorriso de menino que eu tanto amava no nosso passado inocente, mas um mais adulto, mais sagaz.

— Considerando tudo o que passei, também estou mudado. Não tenho pensado em mais nada a não ser em você e na criança, nessas semanas depois de tê-la visto. Não acho que seja merecedor, pelo menos não por enquanto, mas quero ser pai. E farei tudo o que estiver a meu alcance para ser digno dessa tarefa. Isso é o que desejo, Mina. Apesar do que você possa pensar, nunca deixei de amá-la, nem de almejar a vida que sonhamos que um dia teríamos juntos.

Eu, contudo, não lhe poderia dizer que tivesse os mesmos sentimentos. Nada se igualaria à minha ligação com o conde, mas a criaturinha crescendo dentro de mim tinha de ser levada em conta, e parte da minha afeição por Jonathan ainda perdurava, apesar de tudo.

— Não sou mais a moça dócil que você conheceu, e não tenho a menor intenção de voltar a ser aquela pessoa.

— Sei disso, Mina, pude ver do que você é capaz. — O tom sarcástico de sua voz era uma novidade, que se fazia acompanhar de um outro nível de compreensão, de uma maturidade que antes não existia. — Por outro lado, também não sou o mesmo homem. Talvez não venhamos a ter a vida que sonhamos, mas uma versão nova e, quem sabe, surpreendente.

Naquele instante, ele exalava esperança, e vi a sombra do homem que um dia eu amara.

— Você não precisa me responder agora, mas tenho de levá-la embora daqui. Coisas terríveis estão para acontecer. Depois da forma extraordinária como o conde a retirou do hospício, Von Helsinger se convenceu de que ele era mesmo um vampiro e que devia ser exterminado. Não faço ideia do tipo de fascinação que o conde tem por você, ou que você tem por ele, mas não quero vê-la machucada. Von Helsinger realizou pesquisas e descobriu uma forma de aniquilá-lo: uma bala de prata lhe atravessando o coração. Ele está vindo para cá ao crepúsculo, com Seward e Godalming, que é um colecionador de armas e um atirador de elite. Eles vão enfrentá-lo e matá-lo.

— Os esforços deles serão inúteis — retruquei. — Nada o destruirá.

— Não é essa a opinião de Von Helsinger... Logo estarão chegando. Por favor, vá embora daqui. Deixe que os outros façam o que deve ser feito. Pelo menos desta vez, vamos nos salvar — implorou Jonathan.

— Von Helsinger é um louco, e Seward, um discípulo; mas por que razão lorde Godalming se envolveria em tal conspiração?

— A culpa é toda minha. Eles me submeteram a um interrogatório sobre o conde e os negócios dele em Londres. Von Helsinger me incitou a não poupar nenhum detalhe, de modo que acabei revelando que o conde havia enchido cinquenta caixotes com os seus tesouros, inclusive uma quantidade fabulosa de ouro, e os transportado para a Inglaterra no navio *Valkyrie*. Eles têm quase certeza de que o ouro está escondido aqui.

— E então Godalming tem a intenção de colocar as mãos na fortuna?

— Isso mesmo! São bens não declarados. O conde tem vários bens sob diferentes nomes, mas o ouro é parte de seus tesouros secretos. Ninguém sabe nada sobre a existência deles, então ninguém ficará sabendo caso desapareçam.

A gargalhada do conde explodiu na minha cabeça quando ele escutou Jonathan revelar seus planos. *Idiotas gananciosos!* Lembrei-me do terrível suplício infligido ao capitão e à tripulação do *Valkyrie* e fiquei imaginando se o conde daria o mesmo destino a este grupo de tolos que tentavam a sorte como aprendizes de pirata.

— Você também vai receber a sua cota? — indaguei-lhe. — É esse o seu verdadeiro propósito?

— Não consegui convencer os outros a desistir do plano; então que façam o que bem entenderem. Por mim, o conde pode evocar os poderes do inferno para se defender. Minha única preocupação é com você e a criança. Esta casa será palco de muita violência. Não é lugar para uma mulher, nem mesmo para uma com poderes fora do normal.

Jonathan tentou pegar na minha mão, mas recusei.

Agora você sabe muito bem quem você é, Mina. Não pode voltar atrás.

A voz do conde soou estrondosa na minha cabeça. Ele estava certo: como eu poderia voltar para uma vida humana comum depois do que vivemos juntos? Contudo, como dizer a Jonathan que a criança seria educada por outro homem, um ser sobrenatural que estragou com a vida que ele e eu havíamos planejado viver?

Mina, o que você quer?

Pude sentir o conde me puxando, atraindo-me para ele, enviando sua poderosa energia para me capturar. Senti-me envolvida por ela, enrolada no manto invisível de sua devoção e eternamente conectada a ele, de uma forma que nunca seria de mais ninguém. Se ele estivesse presente na sala, possivelmente eu teria corrido para seus braços e nunca mais o largaria. No mesmo instante em que tive esse pensamento, ele sentiu o quanto eu estava vulnerável e apareceu em pé, entre mim e Jonathan, que deu um salto para trás, por pouco derrubando uma mesa e tropeçando antes de retomar o equilíbrio.

— Estou muito grato por sua visita, Harker.

Jonathan juntou os pés, firme no chão.

— Não vim aqui para vê-lo.

— Estou ciente de seus propósitos, assim como sempre soube de todos os seus desejos, por mais sutis que fossem — retrucou o conde. — Venho ensinando à Mina que não existem acidentes no mundo, que nenhum ser vivente é levado a uma situação que não tenha projetado com seus mais secretos desejos. Você concordaria com a minha avaliação?

Em vez de se encolher de medo ou vergonha, que era como eu havia previsto, Jonathan ponderou sobre as palavras do conde como se seu poder de raciocínio tivesse sido aguçado por uma nova e interessante teoria científica.

— Concordo, e foi por isso mesmo que vim. Tive a oportunidade de examinar meus mais recônditos desejos, e eles se resumem em ser pai para o meu filho e marido para a minha esposa.

— Nunca me imiscuí em sua vida — afirmou o conde. — E não vou interferir agora. Mina está livre para fazer o que quiser.

Os dois homens se viraram para mim, esperando pela minha decisão; minha mente, porém, toldara-se por causa das indômitas correntes de seus antagônicos desejos. Tentei levantar um escudo tanto contra um quanto contra o outro, como forma de poder dar ouvidos aos meus próprios pensamentos e sentir minhas emoções, mas suas energias opostas me dilaceravam. Não conseguia olhar para nenhum deles; contudo, em minha mente, vislumbrei as possibilidades de vida que se abriam para mim. Por mais que eu pertencesse ao conde e não quisesse partir, o pequeno ser que havia invadido meu corpo e temporariamente tinha tomado posse de mim precisava ser levado em consideração.

Seria este o dilema de todas as mães? Ter de optar entre os próprios desejos e o bem-estar dos filhos? Mal acabara de redescobrir minha verdadeira natureza e de explorar meus dons. Será que eu teria de abdicar tudo isso por uma vida de convenções?

A escolha é sua, Mina. Não vou interferir.

— Mina, qual a sua decisão? — indagou Jonathan.

De repente, soube o que faria.

— Quero que meu filho seja saudável e feliz, e que tenha uma família carinhosa que eu não tive quando era criança. É isso que quero. É com isso que devo me preocupar; não com os desejos de vocês, não com os meus desejos. Apenas os do bebê.

Em algum lugar da minha alma, eu continuava sendo a mulher que tiraria a própria vida tal o desespero por não poder salvar o filho. E isso fazia parte da minha natureza tanto quanto os meus dons. Talvez esse fosse mesmo o verdadeiro dom da mulher: ser capaz de obliterar os próprios desejos em prol do bem dos filhos. Jonathan estava certo; eu não conseguiria criar uma criança mortal no mundo do conde.

Assim que me resignei com essa realidade, senti um alívio, e soube que o sacrifício que estava fazendo não seria em vão. O conde nem mesmo esboçou estar surpreso, mas imediatamente deu seu veredito.

E então a vida se repete.

Ele retirou sua energia de mim, recolhendo-a para si. Ao sair, abriu-se um vazio em minha alma, e achei que fosse sumir por perdê-lo. Eu não percebera quanto nós fazíamos parte um do outro, até ele se afastar de mim. Senti que meu coração era arrancado do meu peito. Jonathan não estava ciente do que estava acontecendo, mas deve ter percebido minha súbita fraqueza, porque passou o braço pela minha cintura para eu não desfalecer.

Eu não conseguia me mexer. Jonathan tomou minha mão e foi-me levando para a porta. Mas justo naquele momento, Morris Quince entrou correndo, trazendo consigo o cheiro de tabaco e um imenso senso de perigo e urgência.

— Eles chegaram — disse para Jonathan. E recuou visivelmente ao dar com o conde, que logo assumiu ares ameaçadores.

— Pois que venham — respondeu ele, como se a ideia o fascinasse.

Ouvimos passos vindos da porta da frente e vimos quando ela se abriu devagar. Primeiro entrou Godalming, empunhando uma pistola, seguido de John Seward e Von Helsinger, cujo rosto exibia cicatrizes alongadas, fruto dos ataques das afiadas garras do lobo.

— Morris? — Ambos ficaram abismados ao ver Quince, mas apenas Seward falou:

— Que diabos você está fazendo aqui?

A atenção de Von Helsinger estava concentrada em Jonathan.

— Harker, você nos traiu, entregando-nos ao monstro! — E virando-se para Seward. — Bem que eu lhe disse que ele não era confiável. A mordida que levou surtiu seus efeitos. A lealdade dele é para com essas criaturas!

Seward me encarou.

— Devíamos ter previsto isso. São uma família de traidores.

Estaria mentindo se afirmasse que a visão dos dois médicos não me atemorizou. O medo de que eles pudessem me capturar e mais uma vez me infligir sua crueldade em nome da ciência e da medicina tomou conta de mim. Foi preciso lembrar a mim mesma de que agora eu tinha poderes contra eles.

— Quem tocar em mim vai pagar um preço muito alto! — ameacei.

Os dois olharam apavorados para o conde, sem desconfiar de que era eu quem os mataria com o maior prazer, se fosse provocada.

Ninguém sabia que atitude tomar, até que Morris Quince mirou Godalming, depois a pistola e, sem pensar duas vezes, saltou para cima dele, atirando-o primeiro contra os outros dois e depois ao chão. Sem atentar para nada, inclusive para a arma que Godalming ainda portava, Quince lhe desferiu uma sequência de socos no rosto.

Despreparados para o aparecimento desse novo inimigo, os dois se retraíram. Seward gritou para que Quince parasse:

— Você não faz ideia de onde você está se metendo, Morris. Saia daqui!

Ele bem que tentou afastar Quince puxando-o para trás, mas por ser bem mais fraco, não adiantou nada. Godalming acertou a arma na têmpora de Morris, que pareceu não sentir. Ele continuava sentado em cima de Godalming, aplicando-lhe golpes, até que a arma, ainda na mão de Arthur, se voltou para Seward. Ao reparar o cano apontado para seu rosto, ele se acovardou.

Von Helsinger se encontrava pressionado contra a porta; e seus grandes olhos negros de gafanhoto voavam, como flechas, do combate no chão para o conde. Jonathan fez menção de entrar na briga, acho que para apartar os dois, mas o conde o impediu.

— Isso não é assunto seu, Harker.

— É meu sim. Vou levar Mina embora daqui — reagiu Jonathan, buscando meu braço. O conde, porém, o fez parar, bastando para isso apenas encostar a mão no ombro dele.

— Ainda não! — ordenou.

Vi o braço e o ombro de Jonathan se encolherem ao toque do conde e entendi que ele devia estar usando grande energia para detê-lo.

A pessoa precisa saber quando intervir no rumo dos eventos humanos.

Embora ele tivesse removido sua essência de mim, ainda conseguia escutar palavras amargas dentro da minha mente, e, portanto, sabia que elas eram dirigidas a mim com o intuito de que eu soubesse que eu o havia magoado mais uma vez.

Mas tive medo de tirar meu foco de atenção da luta. Quince havia enlouquecido e estava descontrolado.

— Isso aqui é pela Lucy — disse ele, desferindo um soco atrás do outro.

Por ser mais forte, sua fúria agigantava sua força. Seward continuava circulando os dois, tentando encontrar uma brecha para agarrar Quince, cujos braços se movimentavam tanto que era impraticável chegar perto.

Meus olhos acompanhavam o cano da arma toda vez que uma investida de Quince fazia com que ela apontasse pela sala, sem destino certo. Arthur mantinha o dedo no gatilho, e tive medo de que ele o apertasse e ferisse alguém. O cano da pistola continuava virando de um lado para o outro conforme a força dos socos, e todos nós nos tornamos um possível alvo. Fiquei impressionada com a capacidade de Arthur de continuar agarrado à arma.

Morris Quince afastou seu poderoso punho preparando para uma investida final. E atacou, desferindo um duro golpe no rosto de Arthur, que veio acompanhado de um som repulsivo. A arma voou da mão dele, deslizou pelo chão de mármore, indo parar aos pés de Von Helsinger. O médico rapidamente a apanhou.

Sem sequer olhar para os lados, Morris continuou a golpear Arthur. Tive certeza de que ele o mataria se seguisse desferindo seus violentos golpes.

— Morris! Você vai matá-lo! — insistiu Seward sem se aproximar demais, mas usando sua voz autoritária de médico. — Não faça isso! Você vai se arrepender.

Virei-me para o conde:

— Por favor, faça com que ele pare. — Eu odiava Arthur pelo que havia feito, mas não queria assistir à morte de ninguém. *Por favor*. Implorei com os olhos, com todo o meu sentimento, pois sabia que ele era o único com poder para interromper aquela insensatez. Ele apenas me olhou, impassível, sem fazer nada.

Não é assunto meu nem seu. Muitas coisas estão acontecendo aqui hoje. Não interfira.

O conde se virou e fitou Von Helsinger, que segurava a pistola em suas mãos agitadas. Achei que ele fosse usá-la para golpear a cabeça de Quince e salvar Godalming, mas, em vez disso, afastou-se dos dois homens que lutavam e apontou a arma para o conde. As mãos do doutor tremiam quando bem devagar ele tentou, com um dedo, puxar o cão da pistola para trás, não muito seguro do que estava fazendo. Não conseguiu, e foi obrigado a empregar mais força e a usar os dois polegares. Com isso e mais uma vez, o cano descontrolado mirava ora alguém, ora ninguém.

— Saia do caminho, Harker! — gritou ele. — Quero ter uma boa visão do demônio!

Olhe para mim, Mina. Olhe para mim.

Eu não queria tirar os olhos de Von Helsinger, mas senti que o conde exigia que lhe mirasse nos olhos.

Fitei-o, e ele me deu um sorriso quase indiscernível. Naquele instante, ouvi a arma explodir. Jonathan passou os braços pela minha cintura e me afastou para o lado. Não consegui ver quem ou o que a bala atingiu, mas quando um barulho atroador ecoou do piso de mármore e se espalhou pelo vestíbulo, Quince parou de agredir Arthur e ficou em pé num salto.

Von Helsinger tremia, os olhos esbugalhados. Uma baforada de fumaça saía do cano da arma. Os enormes olhos cor de safira do conde cintilavam e tinham um brilho que eu jamais percebera.

— Não acabou, Mina — ele me disse. — Nunca vai acabar.

A eternidade é nossa.

A bala lhe penetrara o peito que não explodiu com sangue. Em vez disso, um vapor branco começou a escapar da ferida. A expressão de seu rosto não se alterou, e seus olhos estavam cravados nos meus. Devagar, seu corpo começou a se desvanecer como uma pintura de um quadro desbotado pelo tempo, com a diferença de que isso estava acontecendo diante de nossos olhos. A cor se esvaiu dele até ele tomar o aspecto perolado, e cada vez mais transparente, do jeito como aparecia na fotografia tirada pelos Gummler. Partícula por partícula, sua essência reluzente se transformou numa bruma fina, leve e branca, igual à que eu havia visto escapar da janela do hospício. Então, sem deixar vestígios, ele evaporou no ar, indo agregar-se à teia invisível dos elementos do universo.

Todos estavam boquiabertos, assistindo atônitos ao milagre que acontecia diante deles. Pelo que pareceu uma eternidade, ninguém moveu um músculo sequer nem emitiu uma só palavra, absolutamente apavorados pelo que haviam acabado de testemunhar. Apesar dos motivos escusos que haviam trazido os médicos até ali, ambos estavam em estado de choque. Von Helsinger sussurrou algumas palavras em alemão, e Seward replicou:

— Amém.

Continuávamos parados como estátuas, fitando, assombrados, o lugar que estivera ocupado pelo corpo do conde, e certamente com medo de nos mexer. Morris foi o primeiro a ofegar, o que fez com que nos lembrássemos de respirar. Von Helsinger deixou cair a mão que empunhava a arma, o braço ainda tremendo. Pude ouvi-los voltar a respirar. E, no instante seguinte, quando todos começaram a expirar, Arthur arrancou a pistola da mão do Dr. Von Helsinger e apontou-a na direção de Morris. Sem pestanejar, deu-lhe um tiro certeiro no coração.

Morris caiu de joelhos, no rosto a expressão de choque. Godalming manteve a arma apontada para o peito de sua vítima, que foi ao chão. Morris ergueu os braços num gesto de rendição, e achei que Arthur fosse atirar de novo, mas não foi isso que ele fez. Apenas continuou com a arma apontada para Morris, cujos olhos se fecharam, enquanto o resto do corpo agonizava no piso, até que aquela vida se extinguiu.

John Seward correu para Morris, arrebentou os botões do colete e da camisa para ter acesso à ferida, ignorando o sangue que espirrava. Em seguida, rasgou a veste, expondo um buraco monstruoso que arruinava a perfeição do corpo jovem do amigo.

— Santo Deus! — exclamou Seward, e pude sentir, e avaliar, sua impotência.

— Se você conseguir retirar a bala, eu fecharei a ferida — falei.

Os homens me fitaram sem entender nada, mas Jonathan disse:

— Ela é capaz de fazer isso sim. Já vi com meus próprios olhos.

Seward levou sua mão à garganta de Morris, mas suas costas se curvaram em sinal de derrota:

— Ela também consegue ressuscitar os mortos?

Eu sabia que era tarde demais. A vida de Morris acabou no momento em que o projétil penetrou seu coração. Arthur atirara para matar.

— Você não vai se livrar dessa — avisei a Arthur, ignorando a pistola que ele empunhava. Eu tinha certeza de que ele não a apontaria para mim.

Seu rosto estava tão inchado que seria difícil reconhecê-lo. Seus olhos pareciam pequenas cabeças de alfinete vermelhas socadas dentro de cavidades intumescidas. Hematomas começavam a se formar logo abaixo dos olhos. Em poucas horas, a aparência dele ficará tão medonha quanto seu caráter. Tive a impressão de que seu maxilar estava quebrado, por causa do sorriso repuxado para um lado.

— Todos os aqui presentes me viram ser atacado por um homem que era obcecado pela minha falecida esposa — disse ele com toda a calma. — E se você, Mina, discordar, aproveito para lembrá-la de que é fugitiva de um manicômio e, consequentemente, uma testemunha de pouca credibilidade. — Ele se dirigiu aos outros homens: — E vocês todos são cúmplices, não se esqueçam disso.

Nem Von Helsinger nem Seward responderam, mas Jonathan disse:

— Vou levar Mina embora daqui.

Jonathan pegou no meu braço, mas eu me esquivei com firmeza. Comecei a sentir uma fúria crescente, a mesma selvageria que me fizera atacar Ursulina. Jonathan deve ter reparado, porque se afastou me cedendo espaço. Senti uma onda dentro de mim que condensava energia e me enchia de desejo de vingança. Visualizei a mim mesma voando pelo ar e aterrissando sobre o assassino, e enfiando os dentes em seu pescoço e sugando-lhe a essência até que viesse a falecer. Vi tudo isso acontecer em minha mente. Mas não faria uma incisão cuidadosa igual ao que havia feito na lâmia. Não, não desta vez. Agora o estraçalharia com os dentes como um animal, causando-lhe a maior dor possível. Vingança por Lucy. Vingança por Morris.

Sem nenhum esforço, meu corpo voou para cima dele. Não senti que estava me movendo; só percebi quando minhas pernas já o haviam imobilizado, quando seus cabelos já estavam na minha mão, que empurrava sua cabeça para trás e revelava um longo pescoço branco. O cabelo dele era oleoso e ralo, e ele cheirava a suor e a pólvora, o que embrulhou meu estômago; contudo, não podia permitir que isso me fizesse parar. Ouvi a pistola lhe cair da mão e bater no chão.

— Socorro! — implorou Arthur, com a voz forçada porque eu havia lhe pressionado a cabeça bem para trás.

Pelo canto do olho, vi Von Helsinger dobrar-se para apanhar a arma, e foi quando Jonathan deu um passo e pisou na mão grande e gorda com sua bota. O doutor gritou de dor.

— Faça o que tem de fazer, Mina — incitou-me Jonathan.

Num momento de ferocidade jamais experimentado, mergulhei os dentes bem fundo no pescoço de Arthur. Estou certa de que os homens estavam gritando, mas eu só me concentrava na minha tarefa e não lhes dei atenção. Ciciando e rosnando como uma fera indomável, eu não apenas suguei-lhe o sangue através de uma ferida, mas fiz uma sequência de incisões em seu pescoço e a cada vez arrancando-lhe a carne, com o intuito de lhe causar mais e novas agonias. Eu o teria sugado até a morte, mas não suportei nem o gosto nem o cheiro que ele exalava: acre como vinagre que tivesse ficado tempo demais num cataplasma.

Afastei-me desse sujeito, que ficou largado no chão, sangrando. Tossi e cuspi o gosto dele de dentro da minha boca. Esfreguei os lábios com o dorso da mão e me virei para Seward, que estava com ar cadavérico e em estado de choque, agarrado ao tampo de uma mesa, como se aquele pedaço inerte de madeira lhe pudesse servir de salvação.

— Sua vez, John. Você não disse que me queria? Pois agora você me terá.

Antes que ele pudesse se mexer, atravessei a sala e agarrei-lhe o pescoço, e seu corpo ficou imprensado entre mim e a parede. Ao olhar naqueles olhos acinzentados, lembrei-me do sofrimento que me havia infligido e fui possuída pela urgência de matá-lo. Meus dentes já iam lhe furar a pele quando a porta se abriu de súbito, e um vento forte e congelante tomou conta da sala. Senti um sopro girar em meu redor, acariciando meu rosto e corpo e me deixando gelada até os ossos. O vento se fez acompanhar de um som fantasmagórico, a voz de uma mulher pranteando num lamento fúnebre. Solitário e triste, o choro encheu a sala, e soube — fosse intuitivamente, fosse por experiências de um passado distante —, que esse era o canto do espírito da morte.

Liberei Seward do jugo das minhas mãos, mas ele continuou acuado contra a parede, se tinha medo de mim ou estava aterrorizado pela ventania, eu não sei. Procurei pela fonte daquele som plangente e triste, mas nada vi. O lamento foi aumentando, aumentando, até ficar intolerável, e fiquei imaginando se o conde não teria desatrelado uma força maligna sobre nós. Os homens tentavam esquivar-se daquela presença invisível que circulava entre eles e os cingia, brincando com eles. E o volume continuava a se expandir, vindo de ninguém e de lugar algum, até chegar a um ponto que suas lamúrias se tornaram insuportáveis. O próprio aposento trepidava com a magnitude daquele som e, ao cobrir os ouvidos, percebi que todos haviam feito o mesmo.

Todos nós esfregávamos o corpo, tiritando de frio. Arthur permanecia jogado no chão, sangrando e em estado de torpor. O ar ao redor dele começou a se iluminar e a formar a figura conhecida de uma jovem mulher. Vi o rosto de Arthur se contorcer de pavor quando ele se deu conta de quem era a mulher diante de si. O longo cabelo louro estava solto e quase lhe chegava aos joelhos, e camadas de energia em branco e dourado caíam-lhe pelo corpo, tal qual uma túnica diáfana.

Arthur deu um grito e se acovardou contra a parede, ajoelhado, os olhos inchados mirando-a, aterrorizados. Eu não podia ver seu rosto, mas pelo terror estampado nos olhos de Arthur, a repulsa dos outros dois homens e o choro terrível que parecia se originar de seu ser fantasmagórico, mas que penetrava em cada canto do cômodo, tinha certeza de que estava exatamente do jeito como seu marido um dia a descrevera: vingativa e com raiva, os olhos pingando sangue como uma das Fúrias. Ela não atacou Arthur, mas deixou-se cair no chão, enrolando-se ao corpo de Morris, suas vestes diáfanas esvoaçando feito asas até que ele ficou completamente encoberto. E ela continuou a uivar com tanta intensidade que achei que o som nos ensurdeceria para sempre.

Jonathan me segurou pela mão e me puxou para a porta, mas eu resisti.

— O bebê, Mina. Você tem que pensar no bebê — alegou ele, gritando por sobre o lamento sobrenatural de Lucy, que reverberava tão intensamente no âmago do meu corpo que cheguei a me perguntar se aquilo realmente não machucaria a criança.

Ele colocou a mão em minha barriga, para enfatizar seu argumento, e eu o deixei me arrastar da cena terrível, meus olhos fixos nela até que a porta se fechou atrás de nós.

— Não temos mais nada a ver com isso — disse ele afinal.

Encaramos um ao outro nos olhos, e um silêncio de entendimento se passou entre nós. De mãos dadas, nos afastamos da mansão em direção ao crepúsculo silencioso.

Epílogo

Londres, 31 de dezembro de 1897

*P*rezado leitor, minha história ainda não acabou. Receio que haja mais sangue em minhas mãos. No início de 1891, Kate Reed e eu escrevemos a reportagem denunciando os médicos de Lindenwood de terem ministrado transfusões de sangue que levaram a óbito pelo menos duas pacientes. As autoridades deram início às investigações após a publicação da denúncia, mas antes que as provas pudessem ser coletadas, John Seward se suicidou, e o Dr. Von Helsinger desapareceu, provavelmente indo se esconder na Alemanha. Kate e eu visitamos o manicômio com um integrante da comissão encarregada das questões de saúde mental, e a Sra. Snead nos disse que na noite anterior um homem ruivo com um calombo na testa levou o médico embora. Tenho para mim que juntos eles urdiram a improvável trama que talvez você conheça.

Logo depois de o artigo ter sido publicado no jornal, Kate ficou grávida. Jacob se casou com ela, largou o emprego de jornalista e se tornou sócio na tecelagem do sogro. O editor de Kate a botou no olho da rua, sob a alegação de que nenhum homem de respeito daria emprego a uma grávida. Nós estamos sempre juntas; nossos filhos são mais ou menos da mesma idade; mas não nossas filhas: a dela tem 5 anos, e a minha ainda é um bebê. Kate continua comparecendo a reuniões de organizações que lutam pela igualdade de direitos para as mulheres. Eu, contudo, sigo aliviada por não ter a responsabilidade de votar; tenho a impressão, porém, de que minha filha e as outras de sua geração assumirão uma postura diferente. Foi Kate quem me mostrou o anúncio do noivado de lorde Godalming com outra herdeira, embora eu tivesse ouvido rumores de que ele andava magro e abatido, fraco de saúde, e que sofria de um recorrente problema de insônia.

É provável que, de todos nós, a diretora tenha sido quem teve o desfecho mais surpreendente e mais feliz. Conforme Kate previra, a Escola de Educação Feminina da Srta. Hadley fechou as portas, uma vez que portas mais liberais para acesso à instrução foram abertas às mulheres. Aos 65 anos, a diretora finalmente se aproveitou das habilidades que ensinara por quase cinquenta anos e se casou com um viúvo de boa aparência, com netos, e cinco anos mais moço que ela.

Embora eu não deixe de especular sobre o outro rumo que minha vida poderia ter tomado, nunca me arrependi da decisão de ficar com Jonathan. Nem ele nem eu ficamos remexendo o passado, mas nossas experiências com os imortais abriram um mundo de infinita sensualidade, o qual continuamos explorando juntos, e apreciando. Jonathan não tem mais a jovial exuberância que me atraiu, mas confesso que sou a grande responsável por ele a ter perdido. Todavia, ele se tornou um respeitável advogado e um pai dedicado e carinhoso.

Nosso filho, Morris, é uma criança sanguínea. Quando bebê, ele mamava impetuosamente — quase com violência —, mas passada aquela fase, se tornou um garotinho bem tranquilo. Lucy, nossa filha, ainda é um bebezinho, e não faço a menor ideia de qual será sua índole quando crescer. O parto dela foi tão fácil que chegou a impressionar. Ela nasceu sem nem mesmo chorar, e quando a parteira a suspendeu pelos pezinhos, ela me encarou com olhos verdes iguais aos meus.

— Veja isso — exclamou a parteira, apontando para um sinal de nascença cor de vinho, na coxa. — Igualzinho ao da mãe.

Quanto a mim, tenho provas de que ainda estou de posse dos meus poderes e que, se desejasse, poderia desenvolvê-los. Quase sempre, ouço os pensamentos dos outros, o que não é tão interessante quanto poderia parecer, pois com exceção das crianças, a maioria das mentes é um amontoado desordenado de superficialidades mundanas. Não seria verdade se eu dissesse que não tenho vontade de beber sangue, e aguardo ansiosamente pelo dia em que poderei bebê-lo de novo... E com certeza esse dia chegará, só não sei quando. Certa vez em que Jonathan e eu estávamos fazendo amor, e ele estava no auge da excitação, me encorajou a sugar o seu sangue. Embora isso nos tivesse levado ao máximo de prazer, não voltou a acontecer, porque ele se sentiu fraco e adoentado.

Quando as pessoas me veem, sempre comentam que não mudei nada com os anos; pudera, ainda estou me aproximando dos 30. Vamos ver o que o futuro me reserva.

Algumas semanas depois da morte de Morris Quince, quando Jonathan chegou ao escritório, ficou sabendo que o título de propriedade da mansão do conde em Londres havia sido transferido para mim, e também que o conde me havia doado uma quantia substancial para a manutenção do imóvel. Os empregados do conde desapareceram sem deixar vestígios, de modo que eu mesma contratei uma equipe mínima, a meu gosto. Nós não moramos lá — sentimo-nos mais confortáveis em nossa casa em Pimlico —, mas volto lá sozinha, e com bastante frequência, para ler os livros do conde ou só para ficar deitada naquela cama enorme na qual acordei depois de ele me ter salvado dos horrores do manicômio. Sinto mais a presença dele nesses dois cômodos. Muito embora desde que ele sumiu nunca mais tenha aparecido para mim, estou ciente de sua existência, apesar de não conseguir localizá-lo nem no tempo, tampouco no espaço. Sei que ele existe e, conforme afirmara no momento em que desapareceu, nem tudo está acabado entre nós.

Não faço a menor ideia do que aconteceu depois que Jonathan e eu deixamos a mansão naquela última noite. Quando tomei posse da casa, ela havia sido arrumada, mantendo a mesma aparência de quando o conde ainda morava nela. Ninguém registrou queixa e, sem dúvida por causa do nome e das conexões de Godalming, nenhum jornal publicou o ocorrido, nem houve qualquer escândalo público. O corpo de Morris deveria ter sido enviado de volta para a família em Nova York, mas houve um naufrágio e ele jamais foi recuperado. Meu coração sofre por seus pais, e se algum dia vier a me encontrar nos Estados Unidos, irei lhes fazer uma visita e lhes contar sobre o herói que o filho deles foi.

Não sei o que acontecerá com o romance do escritor de cabelos ruivos. Até o momento, apesar de seu tom sensacional e da narrativa absorvente, não conseguiu vender muitos exemplares nem receber a aclamação dos críticos. Assim como a maioria das obras de ficção, tenho certeza de que será lida por alguns poucos e que, em questão de anos, os exemplares que não forem jogados no lixo, ou perdidos, ou consumidos por incêndios ou outras calamidades vão acabar estragados em bibliotecas bolorentas, até que as prateleiras sejam desocupadas para dar lugar a histórias mais recentes e mais relevantes. Mas eu dei o meu recado e corrigi os registros, de modo que, no futuro, meus filhos — se é que algum dia virão a associar seus pais àquela obra de ficção — conhecerão a verdade.

Notas da Autora

"Minha querida Mina, por que os homens são tão nobres, enquanto nós, mulheres, tão indignas deles?"

"O sangue de um bravo é o melhor presente que uma mulher pode receber quando sua vida corre perigo."

Bram Stoker escreveu essas linhas e muitas outras com o mesmo teor em sua obra *Drácula*, sem o menor traço de ironia. Nos dias de hoje, o texto é quase sempre lido como uma peça de advertência contra a liberação da sexualidade feminina no final do século XIX. Seguindo essa tendência, quis virar a história original de ponta cabeça e expor sua zona vulnerável ou sua "mente inconsciente", ao jogar luzes sobre os medos culturais, assim como sobre o rico caldeirão de mitos e tradições que está embrenhado na criação de Stoker.

Na época em que o *Drácula* foi escrito, enquanto algumas mulheres iam para as ruas lutar pela emancipação feminina, a maioria se agarrava fervorosamente aos ideais vitorianos de castidade e conservadorismo, considerados padrão. A minha opção foi por retratar o hospício do Dr. Seward como ele teria sido: não com um louco comedor de insetos, mas repleto de pacientes mulheres, encarceradas por motivos que hoje consideraríamos apetites sexuais normais. Minhas descrições dos casos clínicos foram quase que totalmente aproveitadas das anotações dos médicos do final do século XIX, encontradas nos arquivos do Hospital Real de Bethlem, conhecido também por Bedlam. (As exceções óbvias são as experiências de Von Helsinger para aprimorar o gênero feminino por meio de transfusão de sangue masculino, e a inferência de que Lucy e Vivienne morreram em consequência de reações hemolíticas, depois de receberem sangue de tipos incompatíveis.)

Vivenciei duas extraordinárias coincidências enquanto realizava minhas pesquisas. Primeiro, eu havia definido Sligo como cidade natal de Mina, antes mesmo de ficar sabendo que a mãe de Stoker nasceu lá e que embalou o filho com histórias de fantasmas e folclore. Segundo, eu havia fabricado a personagem da jornalista, amiga íntima de Mina da escola, e lhe dado o nome de Julia Reed, bem antes de ler nas anotações de Stoker que ele havia brincado com a ideia de incluir uma personagem chamada Kate Reed, que seria amiga de Mina. O cenário original de Stoker para a casa de Drácula era a Estíria, e resolvi usar esse lugar com o único propósito de relembrar aos fãs do vampiro que a Transilvânia como a cidade de origem do conde foi uma invenção de Stoker, selecionada de uma lista de possibilidades.

O vampiro que brotou da mente de Bram Stoker gerou centenas de variações. Meu interesse foi o de iluminar as fontes históricas e mitológicas da criatura que tanto inflamava minha imaginação quando jovem, ao mesmo tempo em que revisitava o cenário perdido do poder mágico feminino que, sem a menor dúvida, coloriu a narrativa de Stoker e deu forma às tradições vampirescas. Minha esperança mais sincera é de que tanto os leitores e a eterna essência do Sr. Stoker — a quem reverencio por sua bem-orquestrada obra — aceitem este livro com espírito de diversão e de aventura, porque assim ele foi escrito.

Agradecimentos

Gostaria de agradecer não só àqueles que me ajudaram com esse romance, mas também a todos que continuam contribuindo para que minha carreira literária seja uma possibilidade. Na Doubleday, Bill Thomas e Alison Callahan abriram espaço para que eu me aventurasse em novos territórios, e Alison, com sua mão firme, seu instinto perspicaz e espírito colaborativo, brigou comigo, e por mim, nesta criação. Agradeço o sincero entusiasmo e a verve criativa de Todd Doughty e Adrienne Sparks, e também de Russell Perrault e Lisa Weinert, da Vintage/Anchor. Agradeço ao diretor de criação John Fontana por me dar belos livros; à Nora Reichard por sua paciência e diligência; assim como o apoio que recebi de toda a equipe. Sinto-me abençoada por chamar a Doubleday e a Vintage/Anchor de meus editores.

Amy Williams, em Nova York, e Jennie Frankel e Nicole Clemens, em Los Angeles, não são meras representantes, mas parceiras criativas e amigas leais. Estaria perdida sem esse triunvirato de mulheres dinâmicas.

Em Londres, Katie Hickman abriu sua casa, sua família e uma comunidade de amigos para mim, descortinando uma infinidade de possibilidades. Caroline Kellett-Fraysse foi uma verdadeira companheira na pesquisa esotérica. Naquele lado do Atlântico, os meus velhos amigos Virginia Field, Elaine Sperber e Nick Manzi não me deixaram desanimar.

Por 15 anos, Bruce Feiler, autor de *The Council of Dads* escutou minhas aspirações e preocupações, e devotou sua inesgotável energia a me ajudar a dar forma à minha vida e à minha carreira de escritora. Michael Katz está sempre disposto a me ajudar no que for preciso. Beverly Keel me injetou um humor afiado e carinho quando eu mais precisava. C.W. Gortner é o ouvinte compreensivo e o amigo solidário do outro lado do telefone. Meu irmão, Richard, lê tudo que escrevo com entusiasmo, um lápis vermelho e uma formação jesuíta. Mamãe e meu padrasto perturbam desconhecidos e amigos ao me promoverem na maior desfaçatez.

Em Los Angeles, dependo dos eternos otimistas Vince Jordan e Jayne McKay para longas e comoventes conversas, e o humor mais cínico de Keith Fox, provedor de excelentes comidas e vinhos, e das passagens de avião para lugares exóticos, cenários dos meus livros. Minha filha, Olivia, tem o verdadeiro espírito das Musas, e não para de inspirar e influenciar meus personagens. Por sua impressionante bravura e resiliência, a ela dedico este romance.

Este livro foi composto na tipologia Adobe Jenson Pro,
em corpo 12/15,1, e impresso em papel off-white
no Sistema Cameron da Divisão Gráfica
da Distribuidora Record.